十二金錢鏢

──夜逃敵窟又祕返，撈魚古堡戰賊寇──

白羽 著

四方好友探聽助拳，江湖上卻沒有一人識得耍煙袋的老盜魁？
偽裝成莊稼漢、作賊反喊捉賊、一路偽裝戲弄……

賊眾多般把戲，終於探得一絲虛實
撈魚古堡兩廂對峙，俞劍平率眾英雄鏢頭一戰永絕後患！

目錄

目錄

第十章
十二金錢六路遍訪鏢　一豹三熊多方故示警

十二金錢俞劍平和鐵牌手胡孟剛等人，聽了九股煙喬茂的被囚、逃亡經過，至此已大略得知劫鏢的人出沒之地。他們立即趕到寶應縣，大撒請柬，在寶應縣城遍邀大江南北的武林能手，請大家獻計助拳，查賊窟，索鏢銀，一同對付這個插翅豹子。

其中邀請的能人，已經到場的有：丹徒綿掌紀晉光、徐州智囊姜羽沖、阜寧白彥倫、信陽蛇焰箭岳俊超、奎金牛金文穆，和霹靂手童冠英、郭壽彭師徒，魯鎮雄、柴木棟、羅善林師徒、少林寺靜虛和尚，及柴旋風八卦掌閔成梁、孟廣洪、阮佩韋、時庭光、葉良棟、雲從龍、沒影兒魏廉等人。

鏢行方面有馬氏雙雄馬贊源、馬贊潮兄弟，單臂朱大椿、黃元禮叔侄，楚占熊、歐聯奎、金弓聶秉常、石如璋、梁孚生、于錦、趙忠敏、鐵矛周季龍等人。

自己的人自俞、胡以下，有俞門弟子鐵掌黑鷹程岳、左夢雲；有振通鏢師金槍沈明誼、單拐戴永清、雙鞭宋海鵬、追風蔡正、陳振邦、九股煙喬茂等。

居停主人是義成鏢店竇煥如鏢頭和手下的鏢頭。老老少少，也有三四十位。唯有鐵蓮子柳兆鴻、女俠柳研青，這父女因故不能前來。

此外還有一些人，如青松道人和夜遊神蘇建明，漢陽郝穎先，濟南霍氏雙傑霍紹孟、霍紹仲等；已答應前來相助，可是還沒有趕到。

這一日，在義成鏢店擺上盛宴，大家推綿掌紀晉光、霹靂手童冠英為

首席，其餘序齒而坐。首由俞、胡二人和竇煥如鏢頭，以主人地位，起立敬酒致辭。獻酒已過，又請九股煙喬茂述說賊情；然後俞劍平請大家設計獻策。

等到喬九煙說罷賊情，在座的人就持杯沉思起來。俞劍平見眾人還沒有開言，便先說道：「那個高良澗地方，可惜愚下沒到過，那裡的地勢，我一點摸不清。在此的諸位，有誰曉得那裡的情形？那裡窩藏著大撥子綠林人物沒有？或者附近居民中間，也有好結納、喜技擊的人物沒有？」

徐州姜羽沖把酒杯放下，說道：「這話很對！我們必須先要訪明了當地的形勢和那一帶出名的人物，方好看事做事。喬師傅當日陷身盜窟，直至脫險逃出，一來是生死呼吸，二來又在昏夜間，所經過的地方也未必能記得準確。何況盜窟的虛實、黨羽的多少，究竟還沒有訪著確實情形。此時必須仔細推敲，從各方面印證一下，方能斷定。斷定了才好著手，該情討則情討，該力奪則力奪。」

俞劍平眉峰緊蹙道：「姜兄所慮極是，小弟我也正想到這一點。等到真下手討鏢，還得費一回周折呢！我們現在必須訪明高良澗一帶的情形，眾位有知道的，不妨說出來，千萬別存客氣才好。」喬茂聞言，低頭不語。

丹徒綿掌紀晉光就說：「俞鏢頭，你現在不必著急。若說是賊人劫去了鏢，遠走高飛，那倒是死症；現在既然有地名，這就好想法子了。我說喂，在座的諸位有誰知道高良澗一帶的情形，盡請說出來，大家揣摩揣摩。」

鏢師歐聯奎道：「若說這高良澗一帶，我記得那地方多是荒莊野店、葦塘竹林，地勢非常遼闊。要是一點準根沒有，便到那裡，恐怕也嫌無從下手。」

那阜寧城內永和店店主白彥倫，是當日剛趕到的，此時就插言道：「若

說這高良澗附近的人物，倒沒聽說有水旱綠林道出沒的。只是距離寶應湖西南，雙叉港附近，有個地名叫做火雲莊；那裡倒有個江湖有名人物，叫做子母神梭武勝文。此人少年時浪跡江湖，專在北方遊俠。他的武功卻也驚人，使一對純鋼短掌，運用開來，真有神奇莫測的招數。」

白彥倫接著說道：「他那十二支子母梭，也是自成一家的暗器，發出來帶響，極容易防，卻極不好擋。這子母梭，子不離母，一出手就是兩支；躲得開子梭，躲不開母梭。這一子一母的鋼梭，份量是一重一輕；趕到發這種暗器，是先發母梭，子梭跟著出手。可是腕力的大小全在功夫的鍛鍊，母梭是虛，子梭是實；母梭先發後到，子梭後發先到。這種子母梭只一出手，敵人不死必傷。所以這武勝文仗著一雙鐵掌的兵刃和十二支子母梭的暗器，在北方橫行了多少年。這幾年方返回故鄉，聽說是洗手不幹了。但是他這火雲莊，不免時有江湖異人出沒來往。喬師傅被囚的荒堡，可是緊挨著一個港岔子麼？」

九股煙喬茂翻眼想了想，遲疑答道：「我被他們由野寺裡架走的時候，雖然已近五更，可是教他們把我蒙頭蓋臉，外面任什麼情形也沒看見。我破鎖逃走時，又在夜間；一道上奪路奔逃，被惡狗追逐，也記不清有港岔沒有。如今思索起來，那地方是很荒曠的，四面荒林泥塘倒不少，村莊卻不多。他們是由船上把我運來的，然後才把我搬到旱地；推算著，距荒堡不遠，一定有河道，那是毫無可疑的。」

眾人聽了，無不愕然道：「如此說來，這就很對景了。」十二金錢俞劍平十分注意地看著白彥倫道：「喬師傅被囚之地，附近有苦水鋪、李家集兩個地名。白賢弟，可曉得這武勝文所住的火雲莊，距離苦水鋪、李家集有多遠？」

白彥倫道：「這個，我可就說不上來了。小弟因為開著店，常常有江湖上的人物路過往來，聽他們念叨過江北一帶新出手的英雄。說到這個子

母神梭武勝文，乃是由北方成名還鄉的；小弟卻跟他並不認識，也沒有到過火雲莊。」

俞劍平道：「那麼這火雲莊和喬師傅被囚之地，是一個地方，還是兩個地方，還在未可知之列。」

這時沈明誼插言道：「喬師傅這一回，到底是摸著一點影子來了。依我看，還得請喬師傅引路，再去實地勘查一遍才行。」戴永清看著沈明誼，也說道：「可不是，現在我們只得著賊人囚禁我們喬師傅的地方罷了。囚禁的地方，是不是埋贓的地方？還有賊人的首領，是不是就在那裡，還是在別處？似乎我們都得切實踩探一下。不過這還得喬師傅出力，引一引路。」

九股煙喬茂狠狠瞪了戴永清一眼，戴永清笑著不作理會。

眾人紛紛核議良久，都說一個荒堡，一個火雲堡，究竟是一是二，必須先探明。閔成梁也說：「事隔已久，我們還得提防賊人運贓出境。所以事情該趕緊下手，緩則生變。」眾人矍然道：「這層不可不慮。本來賊人囚著我們的人，我們的人居然逃出來，他們追趕不上，一定要多加一番防備，就許要遷動地方。現在最要緊的，是怎麼防備賊人運贓出境。」

白彥倫道：「依我拙見，我們可以派兩撥人出去，先訪火雲莊和喬師傅被囚之地。這須要年輕力壯、腳程快、地理熟的人。」

戴永清插言道：「而且還得請喬師傅領路。」宋海鵬嗤地笑了。

智囊姜羽沖接言道：「那個自然。不過此外還得煩幾位前輩英雄，武功超眾的，率領群雄。就拿火雲莊、苦水鋪、李家集這幾個地名作為核心，四面包抄下去，暗暗布下卡子，以防賊人運贓出境。因為喬師傅這一逃出來，賊人便是輸了一招，真得防備他先機逃遁。我們還要請幾位年輕的英雄，專管往來巡風拉線之責。必得這樣，方才有條不紊，也不致教賊

人逸出我們的手心。」又看著喬茂說道：「喬師傅這一手真夠賊人消受的，我猜想他們必然亂了陣了。」

此計一出，眾人譁然稱讚道：「果然不愧為武林先進，智珠在握，閱歷規劃勝我等十倍。姜師傅這番打算周密之極，劫鏢的賊首就是本領高強，也不易逃出我們的掌握。我們看，就依著姜師傅這個主意動手，一定能把賊黨的巢穴、鏢銀下落一網打著。」

姜羽沖笑道：「我這是信口胡說，諸位過獎了。」又看著喬茂說道：「這件事真是多虧了喬師傅！你們看吧，賊人這工夫正吵窩子哩。」那九股煙喬茂正自悻悻不悅，惱著戴永清；此時一聞姜羽沖推重之言，自覺臉上有光，把怒容消釋了。

姜羽沖年屆五旬，舉止文雅，素有智囊之名。他尤其是人情練達，對人非常謙和，另有一種氣派。當下對眾人說道：「眾位不要這麼謬讚，在下不過是一得之愚，略陳拙見。還請紀老前輩、童老前輩和俞大哥、胡二哥諸位斟酌，並請在座諸位指教。」

十二金錢俞劍平忙道：「姜五哥不要過謙了。我俞劍平一介武夫，遭這打擊，一籌莫展。這番普請江湖上同道幫忙，還求諸位捧場，給我弟兄挽回已失的顏面，尋回已失的鏢銀、鏢旗。凡是到場的朋友，務必一掃客氣，開誠指教，有何高見，千萬說出來，好請大家參詳。姜五哥剛才通盤籌計，先得我心，咱們就照這個法子下手。我看一事不煩二主，就請姜五哥分派；哪幾位探道，哪幾位該下卡子，索性商量好了，明天就辦起來。不是我俞劍平過於趕碌，實在展限不易，如今已經一個月零十天了，在座的諸位仁兄賢弟不辭勞苦，遠道光臨，絕沒有不幫忙的，我先謝過。」

俞劍平、胡孟剛二人雙雙站起，再向眾人作揖。姜羽沖慌忙起來，連連還揖道：「小弟趕來幫忙，專聽二位老哥派遣；教我拿主意，點派人，小弟可是敬謝不敏了。」綿掌紀晉光仰面大笑道：「姜五爺，你不用裝蒜

了。誰不曉得你是諸葛亮？派兵點將，非你不可。來吧，我先聽你的。」

姜羽沖還在推辭，堅讓紀晉光為首。禁不得俞、胡二人一再情懇，霹靂手童冠英、綿掌紀晉光又一力慫恿；白彥倫、閔成梁等也齊聲勸駕。姜羽沖情不可卻，這才拉著紀晉光、童冠英和俞、胡二人，在宴席間，一同商量派遣探道放卡的人選。

大家一面飲酒用飯，一面商量正事。不一時宴罷茶來，眾人聚在義成鏢局的客室。紀晉光等特邀喬茂、閔成梁坐在桌邊。因為他二人便是探鏢的地理圖；喬茂是身從盜窟逃出，閔成梁卻熟悉洪澤湖、寶應湖附近的地理；分派的時候，必須先打聽他們兩個人，然後由義成鏢頭寶煥如執筆鋪紙，預備記事。

紀晉光見姜羽沖還在謙退，便捻著白鬚，首先言道：「這次俞、胡二位走鏢失事，我們本著江湖義氣，拔刀相助；在下跟童師傅、姜師傅一同分派辦事，這卻是難事。我弟兄點配人物，恐有不妥當地方，務請諸位多多原諒。有甚不相宜，請儘管說出來，咱們再另想法。」

眾人哄然笑道：「咱們都是為這場事幫忙來的，三位老師傅只管分派，不要客氣；我們大家一律遵命。」

紀晉光拱手道：「那麼在下就有僭了。姜五爺，來吧。」

姜羽沖道：「紀老前輩，你一個人點派足行了，何必這些人七嘴八舌的？」霹靂手童冠英眉峰一皺道：「姜五爺，怎的這麼不爽快？」

姜羽沖這才笑了笑，臉向眾人道：「也罷，諸位仁兄，小弟可就要胡出主意，亂派人了。」眾人道：「請，只管吩咐。」

姜羽沖道：「紀老前輩，我看頭一位得先請喬師傅，帶兩三位助手，先到高良澗，重新查勘一遍。再須白彥倫白仁兄帶三四位幫手，到火雲莊訪一訪。其次，再請幾位老英雄分張四面，布下卡子。這須得紀老前輩、

俞老兄臺和……」說到這裡，眼光向眾人尋著。

此刻到場的三四十位英雄，鏢客倒占一半，年在三旬、四旬左右；至於武功出眾，可以獨當一面，竟還不夠。姜羽沖眼珠一轉，改口道：「俞老兄臺，小弟的愚見，我們暫且就火雲莊和苦水鋪、李家集、北三河這四個地方為界限，在四面布下卡子，以防賊人運鏢逃竄。可是這每一卡子，就得有五六位朋友才夠用，並且還得每道卡子，推出一個頭來。小弟不客氣說，紀老前輩、童老前輩，足可獨當一面。此外還有兩面缺少領袖。」

紀晉光道：「那就煩俞、胡、寶三位鏢頭分占兩面就完了。」

姜羽沖笑了笑道：「但是諸位可別忘了，寶應縣這裡，還得留幾位要緊人物，作為四路的接應。再有續到的朋友，也好有人招待。所以我看俞、胡、寶三位全離不開這裡。」

紀晉光道：「有了，姜五爺你管一路；我們童大哥跟這位閔賢弟和朱賢弟、楚師傅、沈師傅分保兩路；在下當仁不讓，也擔一路。」智囊姜羽沖道：「也好……」意思不甚謂然，俞劍平卻已聽出來。楚占熊、朱大椿也說：「在下微技末學，實在不敢獨當一面，怕誤了大事。」沈明誼道：「這四個卡子非常要緊；比如賊人的首領率黨羽奪路而走，憑小弟的能耐，實在擋不住，我本來就是敗將。」臉向胡孟剛道：「總鏢頭，你說是不是？」胡孟剛道：「姜五爺，咱們都不要客氣，我們沈賢弟說的是實話。那個劫鏢的盜首，小弟六個人都敗在他手下了……」

俞劍平憤然道：「那麼，怎麼辦呢？胡賢弟跟沈師傅在這裡，我去擋一路。」

周季龍笑道：「諸位忘了這兩位能人了。」用手一指姜羽沖和少林寺靜虛和尚。童冠英哈哈大笑道：「軍師，你派兵點將，怎的忘了你自己？得了，你乖乖地也擔一路吧。」

大家聞言，一齊推舉姜羽沖。姜羽沖又轉而推舉少林寺靜虛和尚。兩人謙辭了一陣，到底由靜虛僧擔承了一路，姜羽沖卻陪俞、胡二人居中策應。這一來三路都有人了。還短一路。正商計著，外面報導：「濟南的霍氏雙傑霍紹孟、霍紹仲到。」俞劍平歡然說道：「好了，有他哥倆來了，就又有一路了。」霍氏雙傑進來，與眾人見禮。這兄弟二人武功出眾，似可獨當一面。

姜羽沖暫且把各路人選草草派定，隨即散席。等到夜闌人靜，姜羽沖邀著綿掌紀晉光、霹靂手童冠英、義成鏢頭竇煥如，再和俞劍平、胡孟剛密談。

姜羽沖說：「這四道卡子，力量單薄，人還是不夠用。劫鏢的飛豹大盜來歷突兀，但既糾結至百餘人之多，膽敢劫奪鹽課，公然拔旗留束，公然對名震江南的十二金錢俞仁兄指名尋仇，這豈是無能之輩？就憑他這膽量，已很驚人，他的武功更是可畏。再看他劫了鏢一走，竟至於尋訪一個多月，尋不著他的蹤影；足見此人智勇兼全，是狠辣穩練的老手。我們萬萬不能小看他，我們現在的人不過三十幾位，實在不夠用。這還得續請幾位武林名手，可以獨當一面的，才能卡得住他。不然的話，恐怕一擊不中，落個打草驚蛇。我看目下可以先打發探訪盜窟的喬師傅和白店主這兩撥人先行出發。至於四面的卡子，必得拉開大撥，每撥至少也得有武功出眾的朋友五六位才夠。另外還得要跑腿傳信的十幾個俐落踩盤子小夥計，給他們打下手。看這地段，西面由洪澤湖，東面到寶應湖，北面由李家集，南面到北三河，這方圓足有百十里地，人少了再分配不開。」

胡孟剛應了一聲道：「可不是！我們上上下下，現在不過三四十位，人實在不算富裕。但是我們已派人到海州、鹽城邀人去了，大概這三兩天總能來一批的。」

姜羽沖道：「人來齊了，那就好辦多了。不過，這四道卡子，並不是

下在那裡，就不動了。小弟的拙見，要採步步為營、層層逼緊的法子；分四路八方，拉開防線，卻一步一步往裡踏。約定一個日期，指定四個地點，四道卡子從四面收攏起來，往當中擠。到那一天，擠到那個地方打住。就好比張開了一張網，從四面收網一樣；必得這樣，才容易把賊人兜抄住。要是瞎摸，地勢如此遼闊，我們摸到東，賊就許溜到西。賊人一看風緊，保不定明著運贓奪路而走。再不然就暗地埋贓潛蹤而逃，教你再撈不著他的影兒。那麼一來，我們白費了很大的事，反教賊人冷笑。所以小弟的打算，目下暫時分四路下卡，每處一共就要用一二十人才夠。為首的更要有名的英雄，遇見賊首，足能截得住他；就是他們人多，也能擋他一擋。就是擋不住，也能綴住他，然後派急足到各處送信邀援。大家得訊，一齊趕來下手，把賊四面兜抄起來，賊人再不會跑掉。假如我們的人頂不住他，連送信候援的空都來不及，那又是白費事了。」

　　姜羽沖慢條斯理說到這裡，俞、胡二人齊聲說是。霹靂手童冠英卻笑了，寶煥如便給姜羽沖斟過一杯茶來。姜羽沖說道：「謝謝你。……像這樣，四面既然布下結結實實的卡子，內中又有喬、白兩撥哨探尋蹤的先鋒，外面再留下一兩撥巡風游緝之兵；另在這寶應縣城，常時留下一批硬手，作為各路的接應，彷彿就是大營。這樣子辦，方才面面周到。總而言之，這回緝鏢並不是採取尋常訪鏢的套數。平常失鏢訪鏢，訪得了下落，開鏢局子的鏢頭可以依禮拜山討鏢；討不成，托江湖朋友說和；說和無效，這才武力對付。這回事卻不如此，乃是跟下海屠龍、上山打虎一樣；撈得了，恐怕就得動手拚鬥。」寶煥如道：「也許不至於吧？」

　　姜羽沖道：「不然！你看吧，非得拚一下不可。此賊手法如此厲害，分明不是劫財的強盜，乃是尋隙的仇敵。劫財的強盜不過是上線開耙，拾落買賣，我們自然可以按著江湖道走；破費一點財物，自可把鏢討回。無奈他們這次劫鏢並非圖財，當然不能以利打動；他們既是尋仇，當然也不

能以禮打動。傷官劫帑，無禮無情！一旦狹路相逢，將鏢銀下落尋獲，那時候就得由俞仁兄親自出場，向這劫鏢的主兒答話。若是三言兩語，把過節兒問明了，揭開了，也許可以化干戈為玉帛。但是實際上，又哪有這麼便宜的事呢？」

俞劍平喟然嘆道：「正是如此。這個劫鏢的豹頭環眼的老人指名要會我，我還不曉得他跟我是爭名，還是鬥氣哩！」

姜羽沖道：「不管爭名也罷，鬥氣也罷，反正過節兒不輕，斷然不會片言講和的。一定覿面之後，不免動武。一說到動武，我們要是人單勢孤，莫說被賊人打敗；就是我們搶了上風，若不能把賊的老巢挑了，那也怕起不出原贓來。他們敗了，還許來一場群毆。群毆不敵，還許毀贓滅跡，一走了事。賊走了，鏢還尋不出，依然是個不了之局。小弟反覆盤算，這一回是非打不可。既然打，我們就得一戰成功，直入虎穴得虎子。那麼我們的人數總要壓過賊人的黨羽才成。紀老前輩，你說是這樣看法不是？」

綿掌紀晉光捋著白鬚，很耐煩地聽著，把大指一挑，道：「軍師的妙算，實在不漏湯、不漏水。但是這番話，剛才你怎麼不說？」姜羽沖笑了笑，不肯言語。紀晉光一迭聲催問，姜羽沖道：「都是來幫忙的朋友，人家自告奮勇的，我能說你不行，等著我們另請高明麼？人家只往後打倒退的，我也不能詰責他膽小呀！」紀晉光道：「你看你哪裡來的這些顧忌？我老人家便不懂得這些。說了半天，軍師爺到底要怎樣呢？」

姜羽沖笑道：「現在屋裡沒有別人，我說句放肆的話吧！這些人裡面足能表率群雄、獨御強寇的，除了你紀老英雄、童老前輩和人家靜虛和尚、俞老兄臺之外，別位朋友的資望功力都似乎差點。簡短節說，咱們還得再邀能人。咱們辦正事，當著大眾，說話不能不客氣點。我能點出名來，說誰能行，誰不能行嗎？現在私地裡，小弟可要說句不自量的話了。

俞、胡二位鏢頭可以專在寶應縣打接應，聽各方的情報，款待續到的武林朋友，同時也好分配續到的人，到各路增援。紀老前輩和童老英雄、靜虛上人，你們三位可以各管一道卡子。其實就這樣，人力還嫌單薄；小弟不才，要是撥給我五六位硬棒的幫手，我也可以對付著管一道卡子。不過若教我當軍師，我又離不開寶應縣了。乾脆說，此外還差一道卡子。必得另請高明。要是鐵蓮子柳老英雄來了，可就夠了。無奈聽沈鏢頭說，人家不能分身。」

姜羽沖又看著紀晉光道：「老前輩，我知道你嫌我不爽快，可是我們總得要看眼色。你留神那位喬師傅麼？他一起頭，臉上的神氣就很掛火；還有白彥倫白店主，又露出為難的意思來。像這些情形，咱們不能太強人所難。那自告奮勇的人，我們說話也得小心，別要打破人家的高興。」

綿掌紀晉光道：「軍師，練達人情即是學問，難怪你叫智囊，你的眼力是有的。……好吧，咱們就再邀能人。俞賢弟、胡賢弟，江北江南的武林名家，近處可以邀請的還有誰？」

十二金錢俞劍平、鐵牌手胡孟剛，皺眉互盼道：「近處可以說都請到了。可是直到現在，能來的全來了；不能來的，再催怕也趕不來。」胡孟剛道：「我想奎金牛金文穆也是成名的人物了，手底下很是不弱；那霍氏雙傑在濟南也久負盛名，武功很不含糊。俞大哥，你看他三位怎樣，可以獨當一面吧？」俞劍平看著姜羽沖道：「姜五哥你說怎樣？」

姜羽沖默然不答，低頭很想了一會兒，才說：「可也是！就再邀人，要待著邀齊了才動手，也真怕誤了事。那麼，先就現有的人派出幾撥去。續有請到的，好在都是在這裡聚齊，隨到再隨著分配出去，也倒可以。」紀晉光道：「好！咱們是急不如快，今天晚上定規了，明天就全數出發。」

姜羽沖微笑道：「全出發，那可有點來不及。小弟的意思，明天先派八卦掌賈冠南的大弟子閔成梁、沒影兒魏廉、鐵矛周季龍師傅，跟著九股

煙喬茂喬師傅，前去踩探喬師傅被囚的那個荒堡。他們四位可以先到李家集，一路踩探，直到苦水鋪、高良澗一帶。只許暗探，不可明訪。萬一訪不著那個荒堡，就折奔火雲莊，和白彥倫白店主碰頭重訪。如果一舉成功，訪實了賊人囚肉票的所在，那就下心探明賊人的老巢、黨羽和底情。只要大概訪實了，便趕緊留下人潛蹤監視，火速派人返回來送信。咱們就立刻糾合大眾，前去找賊首答話。這一路完全是密緝賊蹤的做法，須防打草驚蛇。另一路，就由白彥倫白店主，率領楚師傅、雲從龍雲壯士和俞仁兄的高足鐵掌黑鷹程岳，也是四位，徑奔火雲莊；暗察地勢，明訪莊主。如果從子母神梭武勝文口中探出賊情，也要請白店主火速派人回來送信。」

姜羽沖說到這裡，又道：「賊人勢眾，我們每一路人少了，實在無濟於事。我看還得續發請柬，續邀能人。好在我們已經訪得賊人大概的蹤跡，我們可以說，不是請人代訪，乃是請人助拳。我們可以快快再發一批信，就說鏢銀的下落已然訪得，催請他們作速前來，協力討鏢。有了準地方，人們一定肯來捧場的了。」

童冠英道：「這話不錯，發信再普請一下，咱們大家一齊出名。」遂看著已請未到的人名單子道：「可以照單子，每人再發一封信，催他們都務必趕到。不過這單子上的人物不算齊全，咱們得再想一想。」

胡孟剛道：「鷹游嶺的黑砂掌陸錦標，武進的老拳師夜遊神蘇建明，這個單子上都沒列名。黑砂掌陸錦標是在沒發信以前，就由俞大哥邀出來的。他已單人獨馬，自己訪下去了。蘇建明老拳師，是我私下去信邀出來的。他已經有了回信，這兩天大概可到。」

紀晉光道：「我想起兩位成名英雄來，一位是遊蜂許少和，一位是九頭獅子殷懷亮。聽說現在江北，這都可以請，他們足可擔當一面。哦，還有揚州的無明和尚，這個人也是有驚人本領的。」胡孟剛忙說：「遊蜂許少

和，我跟他只有一面之緣，我們鏢局的宋海鵬宋師傅跟他交情很厚；我們已經在鹽城打發人請他去了。可是的，無明和尚乃是峨嵋派的名手，九頭獅子殷懷亮也是成名的英雄，怎的把他二位全忘了？」霹靂手童冠英道：「九頭獅子殷懷亮不用請，我在鎮江見著他了，他不久必來。」

胡孟剛又道：「還有一位，是崇明青松道人，跟小弟交誼很深，卻是路遠點。上次已經去了一封信，現在要請他們幾位，只怕來不及，趕不上了。」姜羽沖道：「請，很可以請；現在請不到，隨後還許用得著。咱們只管多多的邀人；這一回事，我管保不是一舉手，一張嘴，就可以順順噹噹了結的；一定要鬧得天翻地覆，才能把鏢銀討回來。」

十二金錢俞劍平微喟一聲，心以為然。當下幾個人把各處的武林名家，交情深、路程近的，又盡力想一回；開出單子來，託付義成鏢局竇煥如，轉煩書手寫信。就派振通鏢師沈明誼、戴永清、宋海鵬、蔡正、陳振邦和俞門弟子左夢雲這幾位，以及振通、義成鏢局的夥計，分頭投信。有的只是空函，有的備下禮物，有的派夥計投書，有的由鏢客登門邀請，情形不一樣，全看彼此間的交情。這一批信具名的人更多了，已經在場的鏢頭和武林名家，俱各列名。眾人列名的公信以外，又就私交，另附私信。送信的法子，除了徑投直訪外，也托各地鏢店代為傳書邀人。這一回聲勢，又比在鹽城大得幾倍。

這幾人祕議了半夜，打算到次日早晨，對眾宣布。沒想到幾個人議罷離座，正要各自歸寢，那九股煙喬茂已然在外面等著呢。他在院中晃來晃去，神情似很焦灼。

俞劍平、胡孟剛回到屋裡，喬茂也跟著進來了。俞、胡連忙向他客氣道：「喬師傅，喬老弟，天不早了，你還沒歇著麼？」喬茂道：「我，還不睏呢，胡二哥！……」胡孟剛自從喬茂犯險歸來，很感激他，當然刮目相待。喬茂這幾日傷是養好了，脾氣又鬧起來，跟戴永清、宋海鵬連吵了好幾架。

前幾天，戴、宋二鏢師當著人故意誇獎他的功勞，誇得過火了，又近乎奚落。喬茂哪裡肯吃這個虧，把一雙醉眼一瞪，說道：「我姓喬的不是小孩子，任什麼不懂！殺人不過頭點地，挖苦我、損我，我都受著。我是振通鏢店大家墊牙縫的奴才，行不行？訪出賊蹤來，沒有訪出賊蹤來，那是胡孟剛跟我姓喬的交情；要是別位，我還犯不著呢！我本來無能，不錯，教賊綁去了；可是我小子事到臨頭，我沒有溜啊！哪位不服氣，何不單人獨騎，也自個兒訪一訪？」

戴、宋二人一看喬茂眼珠都紅了，簡直要玩命，都一笑住口，不敢再招惹他了。可是偏偏姜羽沖這次派兵點將，又要派他再去摸底。他本想已經訪著賊人大概落腳地點，這就該大家一齊前往；自己跟著大幫，只當個引路的，用不著再犯第二次險難了。姜羽沖等又教他領著三個人重去查勘，喬茂老實說，有點怵頭了。

當時喬茂把鼠鬚一捋，頭上冒汗，兩眼就露出為難的神氣；可是戴、宋兩人正自拿眼瞪著他，衝他暗笑，他也不好意思對姜羽沖說出別的話來，不過暗地裡自己盤算主意。

這時胡孟剛議定出來，喬茂趕緊湊過去，跟著一同進了臥室。九股煙喬茂這才低頭對胡孟剛說道：「胡二哥，咱們這訪鏢的事，就算定局了麼？剛才你們幾位，還有什麼別的祕密打算沒有？」

胡孟剛說道：「大致就是那樣，剛才我們是斟酌誰行誰不行，所以背地議論一下，倒沒有別的什麼打算。趕明天早晨，就煩老弟再辛苦一次，這回非得你引路不行，你可以領閔成梁、魏廉、周季龍，由此地徑奔李家集，撲到苦水鋪，把賊人囚你的地方探實，你就趕緊回來報信。千萬別跟他們朝相，更不要動手。這全靠老弟你這一趟了。」

九股煙喬茂把眼翻了翻，看見屋外戴永清、宋海鵬全沒有睡著。他本不願當著人說出私話，無奈明早就要出發，今晚再不說，更沒有說的機會了。

喬茂先咳了一聲，這才說道：「胡二哥，我可不是脫滑。你是知道我的，這一回差點廢了命，誰教咱哥們不錯來著呢。這可不是我姓喬的誇功，別看他們七嘴八舌地說我訪得不落實；可是我們好幾撥人，直訪了一個多月，還沒有訪出這麼一個不落實的消息呢。這好比摸著一點影子，挨著一點邊，到底有了下手的地方了。無奈我的能耐就這麼一點，我可是都擠出來了。我敢說一點沒藏私，還幾乎把命賣了。現在教我再去一趟，我也知道該有這麼一著。可有一節，我教賊人捉了去，把我蒙頭蓋臉的監禁起來，一直囚了二十多天。我是認不得人家，人家可認得我。我這回逃出來，請想放虎歸山，賊人焉有不害怕、不防備的道理？賊人一準說，姓喬的回去勾兵了。」

　　俞劍平點頭道：「這卻是不假。」戴永清看著宋海鵬，微微一笑。宋海鵬說道：「放虎歸山，這話還真不含糊。喬師傅一溜煙走了，賊人準嚇酥了。」

　　喬茂霍地一轉，衝著兩個人一齜牙，就要大吵。胡孟剛連忙攔住道：「算了吧，少說兩句吧！你們又好逗，逗急了又真惱，何必呢？老喬，你說怎麼樣呢？」

　　喬茂狠狠地說：「我這回九死一生，還不夠給人家墊牙縫的呢！說閒話，算得了什麼？我也夠不上老虎，老虎躺在床上裝著玩呢。有這工夫窮嚼，怎麼那時候不把賊人扣下，幹嘛也跟我一樣？」胡孟剛說道：「得了得了，瞧我吧！咱們還是說正經的。」九股煙喬茂又哼了兩聲，這才接著說道：「胡二哥，我就衝著你。別人哪，少挑刺！胡二哥、俞老鏢頭，你二位請想，我這一走，賊人一準驚了。」胡孟剛說道：「那是一準的，怎樣呢？」

　　喬茂說道：「你想，咱們這裡是訪著賊蹤，往四下裡安卡子，防備賊人逃走。賊人們一見我逃出來，他們也必定四下裡埋伏卡子，防備咱們尋

來。我這次二回頭再去道，我不認得賊，賊可認得我；就好比賊在暗處，我去了，還會有好處麼？」

胡孟剛聽了，說道：「這可是真的。」眼看著俞劍平要主意。俞劍平卻眼看著喬茂說道：「喬師傅，你的意思是打算不去麼？」戴、宋躺在床上，兩人齊聲重咳。九股煙喬茂回頭瞪了一眼，忸怩地說道：「我怎能不去呢？不過我總得把話說明了。」

胡孟剛把大指一挑說道：「喬老弟，咱哥倆心裡有數就是了。你這回賣命似的衛護我，我不是任什麼不懂……」

喬茂說：「胡二哥，你別錯會意思。」說到這裡，接不下去了。怔了一怔，方才吞吞吐吐地說：「我吃振通鏢局的飯，把命賣給振通，那是該當。不過是賊在暗處，我這次再往苦水鋪、李家集去，賊人這工夫一定不知撒出來多少人呢！他們一看見我，要明目張膽地跟我們動手。我就是死，我也死在明處，也還算值。二哥您想，我要是半路上教賊暗暗殺害了，我死了不算事，可是那鏢還是耽誤了訪不著，我這一條命，可算白饒了！胡二哥，我可是衝著你，你說我這回去得麼？你一定教我去，就是上刀山、下油鍋，我也得算著。不過，你得估量估量！」

十二金錢俞劍平聽出來喬茂是害怕，不敢再去了。他的話東一句西一句，雖然不靠邊，可是賊人認識他，他不認識賊，這倒有一半對。

俞劍平心中盤算，正要設法激勸；只見胡孟剛臉色一變，用很沉重的語調說道：「喬老弟，你儘管放心，我看這絕不要緊。反正這一回去的不止你一個，還有閔成梁、周季龍、魏廉跟著你呢。那紫旋風閔成梁，雖然年紀不過三十六七，可是他的武功已然盡得他師父八卦掌賈冠南的奧妙。鐵矛周季龍你是曉得的，他是雙義鏢店的臺柱子，他師哥趙化龍都不如他。沒影兒魏廉，我跟他不熟；可是俞大哥說過，他輕功絕頂，縱躍如飛，你還看不出來麼？他探訪賊蹤，定有把握，他本是綠林出身，賊人的

詭計瞞不過他。況且老弟你也不是初邁門檻的人，你也是老江湖了，誰能暗算得著你？你難道怕半路上遇見打劫你的賊人不成？你還怕住賊店、上了當不成？你放心大膽地去。這回並不是請你明訪，仍舊請你暗察；也不要你直探賊巢，不過教你摸準地方，得了，摸準了，你就趕緊返回來送信，別的事你全別管。你不挨近賊巢，賊人絕不會明目張膽地跑出老遠來，再把你擄回去。就算光天化日之下，他們真敢亂來，你還有三個夥伴呢。就算他們人多，你們小心一點，你們還有腿會走，有嘴會嚷呢！你放心！大白天價，賊人不會硬綁票。夜晚算計你，你又是行家。喬老弟，你別作難我了；眼下事事都安排好了。就看你這一手了，你可別打退堂鼓。你要是還較勁，這屋裡沒外人，我可就給你跪下了。本來打算得好好的，又變卦了，你、你、你真格的還憋拗我麼？」

鐵牌手胡孟剛雙目怒瞪，面帶焦煩。那九股煙喬茂辭又辭不掉，去又真不敢，他臉上的神氣更是難看。不由把脖頸一縮，把頭一扭，口中喃喃地說：「胡鏢頭，你別下跪，我給你先磕一個頭吧。這是怎麼說的，咱們不是商量商量麼？我捨生忘死地跑回來，我又是淨為找彆扭麼！」

十二金錢俞劍平一看兩人又要鬧僵，連忙勸解道：「胡二弟，你失言了。人家喬師傅絕不是打退堂鼓，人家說的都是實情。胡二弟你別著急，喬師傅也別為難。我說二弟，喬師傅並不是過慮，咱們總得想個萬無一失的法子，人家自然踴躍前往；盡發急不行，倒耽誤事。喬師傅，這臺戲全靠你挑簾唱開場呢。你有什麼高見，怎麼去才穩當。儘管請說出來，咱們大家斟酌。」

喬茂說道：「誰說我不去，我說不去了麼？我說的是我這一去，準教賊給毀了，我賣命總得賣得值……」

俞劍平把手一拍說道：「著啊！喬師傅這話太對了！喬師傅這一趟去，倒是越加小心越妥當。要知道咱們是尋鏢，不是拚命；我說對不對，喬師

傅？」再回顧胡孟剛說道：「二弟你別把喬師傅看錯了，人家跟你乃是患難弟兄。喬師傅是一準去，不過……要盤算一個十拿九穩的法子，免得打草驚蛇。」

胡孟剛緩聲說：「喬老弟，我心裡著急，你別介意，我當你不願去呢。你不去，我可是抓瞎啦。喂，你說怎麼去才穩當？」

俞劍平輕輕幾句話，扣定了喬茂不好再推卻。喬茂遲遲地說道：「拿穩的法子……剛才你們說，分四路啦，分八路啦，若教我看，滿用不著。我說，咱們這些人宜合不宜分，給他個一擊而上。你們全跟著我，先奔李家集摸一摸；摸不著，再奔苦水鋪。賊人的堆子窯，反正不出這高良澗一帶；不過方圓百十里地，還用分那些撥幹什麼？就是咱們這一堆，直撲上去，一下子準摸著了，咱們就按江湖道的規矩。這可就該你們二位老英雄出頭，簡直遞名帖，拜山討鏢。給了鏢，萬事皆休；不給，咱們就跟賊人招呼起來。把他們的窩挑了，贓還起不出來麼？這多乾脆！還擺什麼八卦陣做什麼？左不過百十來個賊，又不是捉拿楚霸王，十里埋伏，八路兜抄，用得著這麼大舉動麼？」俞劍平撚鬚含笑說道：「喬師傅，你的功夫、閱歷、眼力勁，我是很佩服，辦這事非你不可。不過分路下卡之計已定，不好再改。我也知道你的顧慮，是怕遭暗算，可是喬師傅，你何不改了裝去？你臉上抹了顏色，身上換了衣服，打扮一個鄉下人，不就行了？或者裝一個算卦賣野藥的，再把口音改一改。閔、周、魏三位也改了裝，暗暗地跟著你。著啊，你們四個人一塊去。但在白天訪下去的時候，你們盡可以分做兩撥；走在路上，誰也別跟誰說話，你們裝不認識。這麼一來，賊人不論多麼能，再也看不破了。喬師傅，我說一句話教你放心；這夥賊人乃是遼東口音，決計是外路來的，決非本地土寇。他們人生地不熟，說不定是潛伏在哪裡，跟當地綠林勾結著。你只管放心大膽的訪下去，你們出發以後，我再教一兩個好手隨後跟著你。你們只要在前途遇見風吹草動的

情形不好，你就發暗號，我只一得信，立刻趕了去接應你。」

俞劍平拿好話擠，擠得喬茂不好再說不去的話了；可是他想挾著大家一同出發，他自然穩當了，不過這法子不行。

俞劍平不好明白的攔駁喬茂，眼望鐵牌手胡孟剛說道：「喬師傅這話非常對，實在說起來，這分路下卡子的法子，也顯得太迂了。不過……」轉臉來對喬茂道：「喬師傅你剛才說得很好。你一逃出來，不亞如縱虎歸山，賊人這工夫不知怎樣的騷擾哩。你這一走，不啻是先贏了他們一招。他們一發慌，喬師傅，咱們真得防備他們溜了。你辛辛苦苦訪得賊人的蹤跡，咱們在前邊搜，他們往旁邊溜，末了咱們趕去了，卻撲一個空，豈不是一番苦心，白費事了？」

俞劍平又轉臉對胡孟剛說道：「不過，只教喬師傅一個人去道，那也太懸虛。喬師傅斷不是怕事的人，人家乃是小心，怕誤了事；好在有三位跟著喬師傅一路訪，那就穩當多了。喬師傅你要是嫌人少，咱們多派幾個人跟著你；你覺得哪位跟著你順手，你就挑哪一位。不過話又說回來了，這回本是暗訪，人去多了，更扎眼。況且咱們就是全去，不過才五十六七個人，賊人全夥卻有百十多個。所以，還是少去人好，少去人不顯眼。著哇！少去人對極了。就是你們四位辛苦一趟，頂好頂好！」

當下，俞劍平、胡孟剛百般激勵，九股煙喬茂百般推辭。

到底事情擠在這裡，他不去是不行的；這才要約了許多話，俞、胡二人都答應了他；他無可奈何，方才答應。胡孟剛聽了，這才把臉上的怒氣平消下去；又和俞劍平斟酌了一會兒，方才睡了。到了次日，群雄紛紛出發。沈明誼等仍去分頭送信邀人；綿掌紀晉光、霹靂手童冠英、少林寺靜虛僧和霍氏雙傑等人分四路布卡。白彥倫與鐵掌黑鷹程岳、楚占熊等奔火雲莊，拜訪子母神梭武勝文。喬茂和紫旋風閔成梁、沒影兒魏廉、鐵矛周季龍等四人就先奔李家集。俞劍平、胡孟剛便和姜羽沖、寶煥如等，暫時

在寶應縣義成鏢店，一面候人，一面聽信；準備哪一路有了消息，便馳往接應。人數雖不多，安排得井井有條。

這些人依照計畫出發，俱都踴躍而前，面無難色。只有九股煙喬茂和上刀山一樣。同行的三個人中，他和紫旋風閔成梁不熟，鐵矛周季龍又有點瞧不起他。只有沒影兒魏廉，是俞鏢頭的晚輩，又受俞、胡的密囑，對喬茂倒很客氣。

臨行時，喬茂便請大家一律改裝。閔成梁、周季龍夷然不屑，兩人只將鏢客的服裝換去，穿上便鞋，披上過膝的長衫。

喬茂無法，又找到俞、胡二人，嘀咕了一陣。俞、胡暗勸數語，閔、周二人這才笑了笑，扮作兩個小買賣人；但兩人體格魁梧，改裝起來也不很像。

九股煙喬茂和沒影兒魏廉，都是身材輕捷的人，商量著扮作扛活小工。二人穿短打，用根木棒挑著小小的鋪蓋卷，內中暗藏兵刃。四人又約好了互打招呼的暗號。這才向眾人告別，雄糾糾的徑奔高良澗、李家集。

跟著，白彥倫備好了名帖禮物，便和程岳、楚占熊、雲從龍等，穿著長衣服，騎著馬，前去投刺拜訪武勝文。

俞劍平、胡孟剛送走眾人，便和姜羽沖、竇煥如，留在寶應縣城，暫且聽信。預料至多三四天，定有回報。不想就在眾人陸續出發的當天下晚，義成鏢局櫃房上，就遇見了一件怪事。一個鄉下模樣的人，拿著一個小包，先在鏢局門口張望了一會兒，忽然進了櫃房，說是：「由海州來的，給十二金錢俞三勝俞鏢頭，帶來一包藥。」

有櫃房中人便要往裡讓。這個人說道：「俞鏢頭在裡面沒有？」鏢局櫃房道：「在！」轉身要去請，那人連連搖手道：「這是俞鏢頭的鄉親託買的，大遠的煩我捎來。我的事情很忙，我也不認識姓俞的，你把包兒交給他就

完了。」櫃房道：「哦！你等一等，我請本人去。」那人笑道：「你們這字號還有錯麼？我交給你們轉給他就行了。」竟轉身走出，順大街入小巷，徜徉不見了。那櫃房先生一拿著這小包裹，覺得這也是常事，剛剛邁步往裡走，義成鏢店的總鏢頭竇煥如恰從後面來到櫃房，問：「是什麼事？又有人托寄包裹麼！」櫃房道：「倒不是煩咱們捎帶的，是俞鏢頭的鄉親煩人給俞鏢頭帶來的。」竇煥如驚訝道：「什麼？」急接過小包來，就桌上打開，且解且盤問道：「那個捎包裹的人哩？」櫃房道：「剛走。」竇煥如道：「怎麼個模樣？像哪裡人？」櫃房道：「是個鄉下人，三十多歲，好像是北方人……」

竇煥如已將包兒打開，裡面竟是一包包的刀傷藥，一共百十多小包。小藥包之外，還有一幅紙，畫著一個劉海灑金錢、金錢落地的畫兒；旁邊畫著一個插翅膀的豹子，作側首旁睨之狀。竇煥如猛然省悟，罵道：「娘賣皮的，搗鬼？送包的人呢？」颼地躥出櫃房，急撲到門口，往外一望；又喝問櫃房：「你快出來，你看是這個人不是？」用手一指街上。街上一個精壯的漢子手拿紙扇，敞胸露臂，披著短衫，剛剛從鏢局門口走過。那櫃房跟出來一看道：「不是這個人。」這個人回頭往鏢局瞥了一眼，停了一停，卻又閒然走去。竇煥如向櫃房叫道：「黃先生，到底哪個是送包的人？你怎麼把他放走了，也不回一聲？」問得櫃房黃先生啞口無言，道：「我尋思著……」

竇煥如憤然說道：「你尋思什麼？告訴你，往後無論有找誰的，給誰送東西，甚至於攬買賣走鏢的；從今天起，你千萬告訴一聲，別再把人放走了。你不知道，這是個奸細！他就是劫取鹽鏢的探子，特意來向俞鏢頭賣弄一手花活的。真是，你們真誤事！」一頓吵嚷，鬧得後面也知道了。

俞劍平、姜羽沖忙出來詢問。竇煥如道：「俞大哥，你瞧！我們這黃先生多麼糊塗，這是剛收到的！」一指桌上的包裹，百十包刀傷藥漫散在

桌上，最刺目的自然是那金錢落地的圖畫。俞鏢頭說道：「呀，那送信人現在哪裡？」竇煥如道：「我這不是正說著哩！他們竟把人放走了。」

姜羽沖伸手拿起那畫來，俞劍平就仔細搜檢那一個個的藥包。姜羽沖忽然笑道：「哈哈！」俞劍平抬頭道：「怎麼樣？」原來姜羽沖正翻著這張畫的背面，背面卻寫著字：「書寄金錢客，速來寶應湖；鹽課二十萬，憑劍問有無。」

俞劍平嘻嘻地冷笑道：「好賊，他倒先找起我來了！」

姜羽沖看了看俞劍平的神色，勸道：「俞大哥，他們是激將計，大哥不要搭理他們。」但是俞劍平非常氣惱。姜羽沖向櫃房問明了送包人的年貌，立將鏢局的人派出一多半，去到各處窮搜了一遍。這當然搜不著，姜羽沖卻也曉得，但是不能不這麼做。

光陰迅速，又過了一天。到傍晚，趙化龍老鏢頭忽從海州派專人，送來一封信，是送給俞、胡二人的，拆開一看，首先觸目的，竟也是一幅金錢落地、飛豹旁睨之圖；另外才是兩頁信。信上說，俞、胡二人報告尋獲賊蹤的信，已經接到了，展限的事正在託人辦理。既已覓得賊巢的大概地點，請二人火速設法討鏢。能不用武力更好，因用武力恐怕難免遲誤，仍以情討為是。又說此幅畫乃胡孟剛的振通鏢局收到的，由蘇先生給趙化龍送去，趙化龍特意派遣急足送來。

至於這幅畫是怎麼收來的，何時接到的，信上草草一說，竟忘提及。俞、胡二人和姜羽沖、竇煥如，讀信的讀信，看圖的看圖。這張圖的背面巧得很，也題著二十個字，是：「書寄金錢客，速來大縱湖，鹽課二十萬，憑拳問有無。」

竇煥如一拍屁股，罵道：「搗鬼！一個樣的把戲，沒出息的賊，沒出息的賊！」

胡孟剛道：「一樣的詞，兩處送，這有什麼勁！」

但是姜羽沖道：「怎麼是一個詞？你不看這是兩個地名麼？」胡孟剛道：「唔，這是大縱湖。」俞劍平這時候默然不語，雙眉一挑，面橫殺氣，半晌才道：「這惡賊戲我太甚，咱們走著看！」

但是，事情越逼越緊，俞劍平離家之後，丁雲秀和留下的小徒弟陸嗣清，整日指撥著練拳，倒也平安無事。忽一夜，聽外院啪嗒的一響，丁雲秀霍地躍起來，到院中一看，只見一條人影，箭似的越房逃走。丁雲秀仗劍急追，趕出院外。忽一想，恐中了賊人調虎離山之計，忙又返回來；招呼長工起來，點燈尋照。這才在外院，倒座屋門門框上，看見插著一支鋼鏢，鏢上掛著一個小小的錦囊。打開錦囊一看，便發現這幅怪畫。丁雲秀不是外行，從此家中戒備起來。又一想，恐怕丈夫不知，才又派人給俞劍平送來。

俞劍平拆開家書細看，這幅圖畫也題著二十個字：「書寄金錢客，速來洪澤湖，鹽課二十萬，憑鏢問有無。」

幾天中，連接了三張畫，竟邀定三個地點：一、寶應湖；二、大縱湖；三、洪澤湖；卻也湊巧，全在江北地方。胡孟剛竟未看出詞句似同而大異，俞劍平和姜羽沖卻已看出；不但地名是三個，第一憑劍問有無，第二憑拳問有無，第三憑鏢問有無。分明指示著俞劍平三絕技，一劍、雙拳、三錢鏢，劫鏢的賊人都要會會。

俞劍平勃然大怒，立刻與姜羽沖商議，要派人分到寶應湖、大縱湖、洪澤湖三個地方，去尋訪這飛豹為號的仇敵。姜羽沖道：「但是，賊人如果是藏頭露尾的戲弄你，他並不在邀定的地點等你呢？」

俞劍平道：「我有法子！我此行恰巧把金錢鏢旗帶來一桿，我就打著鏢旗走，賊人要是有志氣的，我看他敢不敢動我的金錢鏢旗，而且，他會畫畫兒戲弄我，我就不會掛幌子找尋他？我一定這麼辦！」

　　俞劍平怒氣衝衝地吩咐手下人，快買一匹白布來。他要在白布上親題文字，指名要會這個藏頭露尾的插翅豹子，他要教人打著這一丈二尺長的白布幌子，幌子上寫著「十二金錢尋訪插翅豹」，就這麼遊遍寶應、大縱、洪澤三湖。他要公然叫陣，看看賊人有沒有膽量來答話。

　　姜羽沖道：「萬一他不出來答話呢？」

　　胡孟剛緊握雙拳道：「那他就栽個死跟頭，還是怕人家十二金錢……」這個主意，立刻就這樣打定。

第十一章
探盜巢九煙做嚮導　露馬腳二客詐鏢師

十二金錢俞劍平怒欲歷游三湖，尋仇挑戰。姜羽沖勸他不要受了賊人的激誘。俞劍平已經忍耐不住。

卻是正當俞劍平準備動身還未起程的時候，那阜寧店主白彥倫已遣人奔回送信。說是身到火雲莊子母神梭武勝文家，投帖拜訪的結果，武勝文辭色可怪，顯然與賊黨通氣。現已弄得雙方失和，業經變顏詰明，立下誓約，催請十二金錢俞鏢頭本人到場。人家武勝文不要俞劍平的名帖、禮物和慕名致候的八行書，卻單要領教俞劍平的三樣禮物：一劍、雙拳、三錢鏢。

人家也備了還席，那是一槽子母神梭和一對鐵掌。

俞劍平一聽這話，怒氣更增，哈哈大笑道：「好好好！俞某末學微技，不承望武大爺如此抬愛，我當然要登門獻拙！」

俞劍平含嗔改計，正要策馬先奔火雲莊，偏偏這時候，九股煙喬茂已垂頭喪氣，從李家集奔回來了，照舊又弄得一身輕重的創傷。不用說，又吃了大虧了。

據那喬茂喘吁吁地說，已經和賊黨碰上，而且交了手，過了話，尋著他那一度被囚的古堡。只是賊黨兇殘，公然以鄉團自居，倒把紫旋風、九股煙等當賊看待，動起手來。賊人勢眾，四個人幾乎全折在那裡。

俞、胡二鏢頭更問起同行的紫旋風閔成梁、沒影兒魏廉、鐵矛周季龍三人。喬茂拭著汗說：「還在那附近潛伏著呢，恐怕賊人見機遷場，所以必須監視他們。」說罷，又道是事情緊急，請俞、胡二位趕快先顧這一

頭，不然就遲則生變了。

十二金錢俞劍平和鐵牌手胡孟剛，兩個人氣得面面相覷，說不出話來。九股煙喬茂坐在一邊，揮汗喘氣。半晌，還是由姜羽沖發話道：「俞大哥不要生氣。教我看，咱們還是依著喬師傅的話，先到李家集去一趟要緊。賊人留柬所說的什麼大縱湖、寶應湖、洪澤湖那一定是虛幌子。他們的舵主準不在那兒。武勝文有家有業，咱們也不怕他跑了，這緩一步都行。只有喬師傅訪的這個荒堡，我們必須趕早過去盯住了。」

俞劍平一跺腳站起來，道：「對！咱們就先奔李家集，可是火雲莊那裡，也不能擱著。這可怎麼辦呢？」

漢陽武術名家郝穎先應邀剛到，謙然接話道：「若是沒人去答對這位武勝文武莊主，小弟不才，還可以替俞大哥走一遭。」姜羽沖未等俞劍平開口，就忙答道：「郝師傅肯去，那太好了！」就請後到的幾位武師，相伴著郝穎先，同奔火雲莊。

欲煩寶煥如鏢頭就近留守寶應縣；姜羽沖親陪俞、胡二人徑奔高良澗、李家集。這樣分派，總算面面顧到了。

一路上，姜羽沖細問喬茂。喬茂才將他們數日來訪鏢的經過，重說了一遍。

原來九股煙喬茂和沒影兒魏廉、紫旋風閔成梁、鐵矛周季龍四人，分做兩撥，改裝私訪，當天走了一站。次日走到過午時候，遠遠望見一個小村落。沒影兒魏廉向喬茂問道：「喂，我說當家子，這一早走出三四十里地，越走越荒涼，總沒碰見大鎮甸。離著高良澗還有多麼遠？這是什麼地方？」

九股煙喬茂本與眾人約好，千萬別管他叫喬師傅、喬二哥；只管叫他趙二哥。魏廉便開玩笑地說：「我也姓趙，我管你叫當家子。」就這麼當家

子長、當家子短，整整叫了一路；說是叫順了口，省得到地方，叫錯了。

當下喬茂把前後地勢看了一轉，四顧無人，這才說道：「我從高良澗逃出來，是奔東北走的。咱們現在是往西走，這裡的路我沒走過，我也不知道距離高良澗還有多遠。問問梁大哥吧。」梁大哥就是閔成梁，他已走在前邊，魏廉趕上去問。

閔成梁止步回頭道：「我從前在李家集住過幾天，高良澗一帶也走過；不過那時我是從盱眙奔淮安辦事，走的是正路，這裡的地理也不很熟。不過看這光景，大概離李家集不遠了，估摸也就是還有幾十里路。苦水鋪我卻沒到過。」

閔成梁轉而問喬茂。喬茂把一雙醉眼翻了幾番，末了說：「等個過路人，咱們問問吧。」鐵矛周季龍卻不言語，雙目一尋，看見前面有道高坡，遂搶步走上去；向南北西三面一望，走下來說：「靠西南好像有個鎮甸，也許是個大村子。咱們何不投過去，連打尖帶問路？」眾人稱是，遂又繞著路，直奔西南。

走出八九里地，沒影兒魏廉忽然若有所悟地說：「這裡好像離苦水鋪不遠了。」閔成梁道：「怎見得呢？」魏廉道：「你看這裡的土地都生了鹼，這裡的水又很苦，一定是苦水鋪無疑了。當家子，你看像不像？」

喬茂又復東張西望地看了一晌，還是不能斷定。鐵矛周季龍道：「不用猜了，咱們到前邊打聽去吧！」

四個人又走了一程，已到那村舍密集之處。走到切近處一看，這裡還夠不上一個小鎮甸，只可算是稍大的村子罷了。進入路口，街道兩邊茅茨土屋，百十多戶人家，橫穿著很直的一道街。從這頭一眼望到那頭；哪有什麼買賣，只不過寥寥三五家小鋪罷了。靠街南一家門口，挑出來一支笊籬，上綴紅布條，石灰牆上寫著四個大字：「汪家老店」；字跡已然模糊不清了。

　　四個人本分兩撥，到了這時，不覺湊到一處，東尋西覓，要找個打尖的飯鋪茶館；卻沒有找到。在汪家老店對面路旁，倒看見一家老虎灶，帶賣米酒。喬茂湊過去問道：「借光二哥，苦水鋪離這裡有多遠？」賣酒的抬頭看了看喬茂道：「由這裡奔西北，還有五十多里哩。」魏廉又問：「大哥費心，這裡有小飯鋪沒有？」賣酒的用手向西邊一指，四個人順著方向尋過去，原來就是那個汪家老店。四個人雖然嫌髒，也是沒法；相偕著才走進店門，立刻轟的一聲，飛起一群蒼蠅來，更有一陣馬糞氣味，沖入鼻端。裡面走出一個像害黃病的店夥，問客人是住店還是吃飯，周季龍等全不願在這裡落店，就說是打尖吃飯。

　　店夥把四人讓到飯座上。天氣正熱，又挨著廚灶，熱氣撲面，令人喘不過氣來。閔成梁很胖，頭一個受不住，就問：「有單間沒有？給我們開一個。」店夥說：「有。」又把四人殷殷地領到一個單間屋內。這屋又潮又暗，只有一張桌、兩個凳，一架木床支著破蚊帳，七穿八洞，很有年代了。紫旋風閔成梁催店夥打洗臉水沏茶，一面喫茶，一面要菜，這裡的鮮魚很現成；四個人要了兩大盤煎魚和炒筍、鹽蛋、鹽豆等物。跟蒼蠅打著架，胡亂吃了一飽。

　　鐵矛周季龍喝著酒，向店夥打聽附近的地名。店夥說：「這裡叫馮家塘。李家集離這裡只有十八里。苦水鋪距此較遠，還有四五十里，須經過風翅崗、藥王廟、盧家橋、鬼門關等地。」喬茂一聽「鬼門關」三個字，心中一動，睜著醉眼，把店夥盯了半晌，倒把店夥看毛了。

　　喬茂道：「好難聽的地名，卻是為何叫鬼門關呢？莫非是常鬧鬼麼？」

　　店夥笑道：「鬼門關這個地方，倒從來沒鬧過鬼。不過那裡是個高土坡，又挨著個泥塘；牲口、車輛走到那裡，一個不小心就溜下來，陷入泥塘裡了。因此人們管它叫鬼門關，無非是說那裡很難走罷了。有一年，一頭水牛驚了，竟奔陷在泥塘裡；越掙越陷，那牛瞪著眼哞哞地直叫，人們

也不敢下去救。等到牛的主人向鄰近人家借來板子，設法搭救，時間已經晚了，活活一條牛陷死在泥塘裡面了。這泥塘又是個臭坑，又是個要道，上面只架著一個小竹橋，很不好走，所以人們就管它叫鬼門關。」

喬茂打聽了一回，看看天色不早，可是都不願在這裡住下。算還飯帳，四個一商量，還是趕到李家集再落店。四個人出離汪家店，走出村口沒多遠，忽然聽見背後一陣馬蹄聲。

四人急急的回頭一看，只見從岔路上奔來一匹馬。馬上的乘客是一個中年人，穿一身土布短衣服，手裡擎著馬棒，背上背著一個黃包裹，風馳電掣的奔來。到了四人身邊，便把韁繩一勒，牲口放緩了，竟從四人旁邊走過去；卻又回頭把四人打量了一眼，又打量了一眼。然後這人把馬韁一抖，馬棒一揮，策馬飛跑起來。一霎時抹過莊稼地，奔西北走下去了。

訪鏢的四個人相顧愕然。這樣一個荒村野鎮，又不是正路，不會有驛卒走過的。這個騎馬的人神情很昂藏，令人一望而知是江湖上的人物。而且奇怪的是這人走過去好遠了，還是扭著頭往回看。這個人是做什麼的呢？幾個人都把眼神直送過去；唯有九股煙喬茂，一看見這匹馬，立刻將手中拿著做扇子用的破草帽，往頭上一扣，把上半邊臉遮住，又把頭扭到一邊去。

等到騎馬的人馳過去，沒影兒魏廉湊過來道：「有點門兒，這東西就許是老合？」閔成梁向四面一看道：「趕下去！」魏廉應聲道：「好！走，咱就趕上去。」這兩人便要施展陸地飛縱術，憑四人的足力，追趕奔馬。

鐵矛周季龍笑了笑，問喬茂道：「喬師傅，你看剛才那個人怎麼樣？咱們追不追？」

九股煙喬茂疑思過了半晌才說：「大白天，咱們四個人在這曠野地拚命一跑，有點太扎眼了。梁大哥，咱們還是徑奔李家集好不好？你看這個騎馬的，也是奔李家集去了。」

閔成梁把長衫放下來說道：「隨你的便，我看是追好，再不然咱們四個人，分出二個人追下去，留兩位奔李家集。」

喬茂最怕拆開幫，還是不甚願意，說道：「閔大哥，咱們加緊走得了。我看這個騎馬的，若不是過路的江湖人物，就一準是賊人放哨的，咱們到李家集看吧。這麼望風捕影的，拿兩條腿的人追四條腿的牲口，太不上算了。」閔成梁和魏廉都笑了。

四個人腳下加緊，一口氣奔到李家集，天色已經很晚，太陽落下去了。一進街裡，未容打聽，九股煙喬茂便已頓時記起這個地方，確是李家集無疑。他從匪窟逃脫出來，在泥塘荒崗邊路逢女俠柳研青，扯謊挨打之後，曾經柳研青詢明情由，把他放走。臨行時還贈給他十兩銀子做路費，他便一直逃到此處。就在這街西茂隆客棧住了一夜，還在此地小鞋鋪買了一雙鞋，又打聽了一些情形；第二天就由此處動身，一直北上送信。

九股煙喬茂遂同沒影兒魏廉在前，紫旋風閔成梁、鐵矛周季龍相隨在後，仍舊投到那個茂隆客棧住下。四個人本想分住兩個房間，可是商量事情又很不便。結果還是住在一塊，占了一明一暗兩間房。

到了起更以後，沒影兒魏廉悄問喬茂道：「現在到了地方，今天晚上咱們出去一不？喬師傅你估摸你被囚的地方，離這裡有多遠？那個荒堡是沖哪一面？可是地勢很高麼？大約一共有多少間房？」紫旋風閔成梁也道：「咱們四個人白天在一起道，究竟有點扎眼。魏兄說得很不錯，咱們今天晚上就出去一趟；就按夜行人的規矩，兩個人摸底，兩個人巡風，先去扎一下子。」

九股煙喬茂簡直嚇破了膽子，臨上陣還是挨磨一刻是一刻，抓耳搔腮地耗過一會兒；見三個人都拿眼瞪著他，他這才囁囁道：「三位這麼捧場，總是為我們振通鏢局，小弟實在心上感激。不過這有一層難處，不瞞三位說，我教賊人囚了二十多天，蒙頭轉向。那個荒堡到底靠李家集哪一邊，

我也說不上來，反正覺得不很遠罷了。那天我仗著一根鏽釘子，斬關脫鎖，逃出虎口來。後有追兵，外無救援，我只顧往黑影裡一陣亂鑽，拚命似的瞎跑，實在連東西南北也不知道。況且又在半夜裡，又心慌意亂，一路上的情形，也沒顧得留神。我打算明天一清早，煩你們哥兒三個跟我辛苦一趟，白天到底好思索一點。」

鐵矛周季龍微微笑了，前天當眾報告時，喬茂沒肯說出這些泄底的話，他還端著勁呢！現在事到臨頭，他方把實底端出來；可是這一來又不亞如大海撈針一樣了。賊窟究在何處，還是沒譜。

閔成梁眉峰一皺，道：「鬧了半天，咱們連個準方向、準地方也摸不清啊！」

喬茂臉一紅道：「雖然摸不十分清，可是多少還有點影子。賊人的堆子窯至多不出二十里，總算是圈住了。咱們就拿李家集、苦水鋪兩個地方做起點，我記得那地方是有個高坡和泥塘的。那個荒堡也有點特別，地勢比近處都高。」

四個人接著商量，周季龍兩眼盯著喬茂道：「喬師傅，我看今天晚上出去一趟最好。你的意思，是怕晚上看不清楚；但是你逃出來也是在晚間，現在乘夜去重勘，豈不更好！夜景對夜景，倒容易辨認。」

喬茂無言辯駁，就說道：「要不然，明天白天先一回，到明天夜間，再重淌一下。今天晚上，我實在去不得了；也不知怎的，我腦瓜子直暈。」閔成梁、周季龍相視而笑，也就不便勉強他了。

喬茂搭訕著，向魏廉說道：「魏老兄，你瞧咱們路上遇見的那個騎馬的，可有點怪。咱們進了李家集，就沒碰見他。」

閔成梁霍地站立起來說道：「對呀！既然晚上不出去，咱們何不出店，到街上遛遛，先把鎮甸裡的情形察看察看，怎麼樣？」說罷，不容喬茂答

應，竟自穿著小衫，邀同鐵矛周季龍出去了。沒影兒魏廉起來說道：「一塊走！」也要跟出去。

九股煙喬茂連忙攔住道：「魏老兄得了，你跟我做伴吧！這不是鬧著玩的；剛才那個騎馬的，我提心吊膽的，總疑心他是賊人的探子。我怕他認得我，他們或許成幫的來找尋我。」

沒影兒魏廉想不到喬茂也是一個鏢師，竟如此膽怯。他哪裡想到，喬茂曾吃過大虧，至今談虎變色！魏廉嘻嘻地笑著，只好不走了。過了一會兒，他對喬茂說：「屋子裡悶熱，我可要到院子裡涼快涼快去了。」

喬茂眼珠一轉，心想：他也許要溜？忙說道：「可不是，真熱！咱倆一塊兒涼快去。」

喬茂鏢住了魏廉，殷殷勤勤地搶著把茶壺端到院中，又搬來一個長凳和魏廉一同乘涼。此時畫暑猶熱，院中納涼的人竟有好幾個，在月影下喝茶閒談。喬茂低聲跟魏廉說話。因魏廉對他不錯，遂將自己訪鏢遇險的事都對魏廉說了，只沒說柳研青打他嘴巴的話。他又對魏廉說，自己逃出匪窯後，賊人曾放出八九條惡狗追趕他，這些狗比人還凶。他又悄悄地告訴魏廉：「我們尋訪賊窟，可以專打聽養狗最多的人家。」

閔、周二人到李家集街上蹓躂，魏、喬二人在店中乘涼。

約到二更時分，喬茂倦眼迷離。自歷凶險，喬茂的精神總還沒有恢復過來。那沒影兒魏廉連喝了幾碗茶，仰面看了看天色，忽然對喬茂說：「當家子，你頭暈好點了麼？」

喬茂把手一摸額角道：「這一涼快，覺得好多了。」

沒影兒魏廉道：「嘿嘿，你好多了，我可肚子疼起來了。我知道我是在路上吃甜瓜吃的。不行！我得泄一泄。」魏廉遂到房間內，找了兩張手紙，奔店後院廁所去了。

九股煙喬茂仰面看著星河，尋思明日之事。白天道，就是遇見了賊人，在這人煙稠密的村鎮中，他們也不會硬捆人，還是白天尋訪穩當。又見店中人閒談，喬茂就想湊過去，也跟他們談談，也許能夠探出一點什麼情形來。

　　喬茂又想，不要向人亂打聽，只打聽養著八九條狗的人家就行了。如果問得出來，就算探出賊人囚禁自己的地方了。不過，看那荒堡情形，未必就是賊人的堆子窯；也許是他們囚禁肉票之處。但是他們的老巢，也必相距古堡不遠。

　　喬茂湊合著，跟店中客人閒談。沒想到他只問了幾句話，閒談中的兩個壯年人，忽然問起他的名姓來，又問他從哪裡來的。喬茂心中一驚，信口胡謅，答對過去。那兩個客人反湊合著跟喬茂攀談，又問喬茂：「你們那幾個同伴呢？」又問：「客人，我聽你說話的口音，很像北方人，不是江北土著吧？」越問喬茂越發毛。

　　喬茂閃眼四顧，閔、周二人全未回來；魏廉上廁所，也一去沒回頭。這可糟！喬茂不是傻子，是行家！張望四顧，面呈可憐之色；可是又慌不得，只可提心吊膽地支吾著。

　　那兩個客人卻也怪，竟不與別人閒談了，一邊一個，挨到喬茂身邊。先是一口一個「客人」叫著，後來竟改口叫起「相好的」來了。

　　其中一個說道：「相好的，你是幹什麼的？扛活的，不像呀！我看您倒像個在江湖上跑腿的，對不對？別看月亮地，認不清面貌；我就只聽你的口音，我就知道你是幹什麼的。相好的，可是由打北邊來的吧！你貴姓？姓趙，怪呀，巧極啦，我也姓趙，趙錢孫李頭一個姓嘛！一張嘴就來。相好的，姓趙的可太多了，張王李趙是熟姓。相好的，我也姓趙，咱們是當家子，你也會姓趙？」

　　九股煙喬茂久走江湖，月影中忙辨這兩個人的面貌，兩人背著月影坐

著，竟看不甚清。可是聽口音，也聽出來不是本地人，是外鄉人。尤其教人懸著個心的，他們也是北方口音，而且身軀雄健；敞著懷，拿著大扇子，已經不熱了，卻仍忽扇忽扇地扇著。更令人不寒而慄的，兩個人無緣無故，忽然揚聲狂笑。

九股喬茂恨不得站起來躲開，卻又覺得不妥，未免太示弱了。這兩人好像故意開玩笑，把喬茂問了一個夠，隨後兩人又自己閒談起來。談的話卻又似有意，似無意；忽然講起出門在外的事。從車船店腳牙，說到綠林劫盜，又由綠林劫盜扯到江湖上醫卜星相、賣藝保鏢和看宅護院。內中那個胖子笑著說：「行行出狀元，哪一行不是人幹的？就只有文的教書行醫，武的保鏢護院，不是人幹的。教書害人子弟，行醫誤人性命，弄不好都損陰喪德。護院保鏢的比這個更不如！」那一個瘦一些的同伴就笑著問：「這話怎麼講？」

胖子答道：「你想，護院的跟財主當奴才，保鏢的跟富商當奴才，賣命給人看家護財；就好比看家狗一樣，但再有點人氣，也不幹這個。我說這話可有點傷眾；卻是巧啦，咱們這裡沒有一個保鏢的。」把頭一轉，衝著乘涼的人說：「我說喂，咱們這裡頭，哪一位是保鏢的，可別挑眼。我說的話冒失一點，可也跟罵我自己一樣，我家裡就有保鏢的。」

那瘦同伴就問：「是你什麼人？」那人嘻嘻地笑道：「就是我的二侄子，他現在就吃鏢行的飯。最近丟了鏢，憋得孩子成了孫子啦！滿處亂撞，求爺爺、告奶奶的找鏢。」

這一席話把喬茂罵得背如負芒；暗中端詳兩人的體格，又很猛壯。他心上又是疑懼，又是驚喜，心想：「這兩塊料，不用說，什九是賊人的探子。他們必是瞧出我可疑來，故意使詐語，罵賊話給我聽，要瞧瞧我的動靜。我還是不接這個碴；你會罵，我也會罵，我罵臭賊！……」但是轉念一想，又罵不得：「這兩塊料不是賊，我就白罵。要真是賊，就許罵翻了

腔，當下給我苦子吃。」

這麼一算計，喬茂只得忍辱裝傻，也不敢再套問這兩人；他只一開口，就被這兩人給幾句冷譏熱嘲。這兩人又是一邊一個，緊挨著喬茂。喬茂實在懸著個心。挨到三更將盡，乘涼的人陸續歸寢，喬茂也站起來要回房間。這兩個人突然也站起來，把喬茂一拍道：「相好的，別走。」

喬茂嚇得一哆嗦，失聲道：「幹，幹什麼？」兩人笑嘻嘻地說：「再涼快一會兒呀！相好的，千里有緣來相會，咱們多談一會兒啊！」

喬茂窘得一顆心突突地直跳，怯怯的一閃身，把那人的手撥開道：「不行，我睏了。」扭頭就往屋內走。那兩人嘻嘻哈哈地笑著又坐下來，竟沒有用強。

第十一章　探盜巢九煙做嚮導　露馬腳二客詐鏢師

第十二章
抵隙搗虛金蟬驚脫殼　捕風捉影白刃誤相加

喬茂像鬼趕似的進了房，暗恨閔、周二人不該任意出去，更恨魏廉不該借屎遁溜了，連一個仗膽的人也沒有。他心想：「只剩下自己一個，萬一這兩人半夜來動我的手，可怎麼好？」

喬茂提心吊膽，背燈亮坐在屋隅，睡也不敢睡，溜又不好溜。試向外面一探頭，那兩壯漢守著一壺茶，還在院中乘涼呢！喬茂自知落在人家掌握中了，心想：「難道他們半夜真來暗害我，還是綁架我？」又想：「跑是跑不開，我會跑，人家就會綴；還是在店中穩當一點，除非這裡是賊店。」

九股煙喬茂為自衛之計，把兵刃暗摸在手下，挑燈而坐，眼睛看著門窗。忽又想不對，忙把燈撥得小小的，身子藏在暗影裡；似坐困愁城，挨過一刻又一刻。忽然外面有一陣腳步聲和說話聲，喬茂深吁了一口氣，如釋重負；聽出這是紫旋風閔成梁、鐵矛周季龍兩個人回來了。他忙把燈撥亮，站起來迎過去，向二人招呼了一聲，又偷眼向那兩個壯漢瞥了一眼。那兩個壯漢並不在意，還在乘涼閒談。

閔、周二人進了房間，率爾問道：「喬師傅沒睡，魏老弟呢？」喬茂忙向兩人施一眼色，悄悄用手一指院中。閔、周問道：「什麼事？」順著喬茂的手往外看，看到乘涼的人，閔、周二人立刻注意。果然這兩個納涼的人體格精強，不同尋常；又看喬茂臉上的神色不寧。二人納悶，便又重問了一句：「什麼事？」又問魏廉上哪裡去了。

喬茂悻悻地說：「誰知道他哪裡去了！他說是上茅廁，你們二位剛走，

他就溜了。你們三位都走了，只剩下我一個人，可就遇上……」說到此，把話噤住，低低地問道：「真格的，你們兩位出去這一圈，想必也不錯吧。摸著什麼沒有？」

但是閔成梁、周季龍，卻是白出去一趟，結果只打聽來一點恍惚的消息。兩個人相偕出店，本想繞著李家集一道。只是聽喬茂說過，那個荒堡大概是在高良澗一帶，從這裡尋起，也是白饒，況且又沒有喬茂跟著引道。復又想起，賊巢如果是在高良澗附近，這李家集也算是要道，賊人也許在此伏下底線。

兩人遂假裝查店的官人，把此地幾家小店都走了一遍。問他們：「這裡可有騎馬的一個單身漢投宿沒有？」但是問遍各店，俱都說沒有。旋在一家字號叫雙合店的櫃房上，跟一個饒舌的店主打聽；卻問出來，前幾天有幾個騎馬的客人，曾來打尖。打尖的時候，也是不住地向店家問長問短，情形有點可疑。店主又說，這幾個騎紫馬客人好像隔一兩天，就上李家集一趟，卻不一準住在哪個店；很眼生，自說是跑驛報的，到底也不知是不是。閔、周又問：「附近有匪警沒有？」回答說沒有。

當下二人回來。記得胡孟剛說過，劫鏢的人有幾匹馬都是紫騮駒，雙合店這幾個騎馬的客人，卻是很對景。兩人不由動念，正要回店以後，問問喬茂；不意喬茂神色驚惶，倒先反詰問起二人來。

詰問完了，喬茂這才悄聲地對閔、周兩人說：「你們二位在外面沒有探出什麼來？我在這裡坐等，竟跟賊人的探子朝相了。」遂暗指兩個納涼的人，將適才之事草草說了一遍，道：「這兩個漢子翻來覆去地套問我，問我是幹鏢行的不是。他們打聽過你們二位是幹什麼的，剛才出門幹什麼去了？神情語氣傲慢得很。」只有兩個壯漢罵鏢行的話，喬茂吃了啞巴虧，沒好意思學說出來。

閔、周二人向外瞟了一眼道：「這兩個人倒像是走江湖的，不過就憑

幾句要打聽的話，也難作準。人們就有多嘴的，他們也許瞧出喬師傅像個鏢客，所以要問問。」

喬茂搖頭發急說道：「不對不對！哪有那麼問人的？他們還說了好些個別的話呢！他倆簡直繞著彎子拿話擠我，我只沒上他的當就是了。這兩個東西太可疑了，我管保他倆來路不正，我還保管他倆一定是劫鏢的賊人打發來的底線；若看錯了，你把我的眼珠子挖去。二位費神吧，咱們思索思索怎樣對付吧！要是放走了這兩個點子，不但丟了機會，我敢說我們往前道，可要寸步難行了。」

喬茂的意思，是要把兩個壯漢看住了，就由兩人身上動手。閔成梁、周季龍卻怕喬茂看走了眼，弄出笑話。喬茂自嫌丟人，又不肯把剛才受窘的情形說出來；因此他著實費了好多唇舌，才慫恿動了閔、周二人。二人說：「這麼辦，就依喬師傅，咱們先摽摽這兩個小子。」

三個人悄悄商計好，再往院中看時，那兩個客人已經回房了。閔、周只顧談話，一時疏神，竟不知兩客進了哪間店房。

九股煙毫不放鬆，身在屋中，兩眼不時外窺；看見這兩個客人走進對面西房第二個房間，遂暗向閔、周一指。

閔、周點頭默喻，溜溜躂躂出來，假裝小溲，到店院走了一圈，暗暗地將兩個點子的住處，前門後窗俱已看清，這是八號房，和閔、周住的東房十四號遙遙相對，卻是個單間。

紫旋風閔成梁、鐵矛周季龍，向八號房間隔簾張了一眼；只看見兩個客人的背影，正立在燈前，似有所語。周、閔二人更不再看，轉身便回。九股煙忙問：「二位看清了沒有？究竟怎麼樣？」閔成梁點點頭道：「倒似乎可疑。」他探頭仰望天空道：「這時也不過三更來天，稍微沉一沉，咱們就摸一下子看。周三哥你說怎樣好？」周季龍道：「可以摸一摸；但是，要看事做事，別冒失。喬師傅雖說招子夠亮的（眼力明），不會看走了；不過

咱們要真動手收拾他們，還得先對一對盤（看看面貌）。」

　　這時候全店客人什九已入睡鄉，各房間只有三兩處還沒熄燈，院內悄然寂靜下來。喬茂又挨了一刻，低問周、閔二人：「咱們該下手了吧。魏師傅一個人溜出去，頂這時候，怎麼還不回頭？……要不然，你們二位在屋裡等一會兒，我先把合（巡視）一下，看這兩個點子脫條（睡覺）了沒有。」說罷，喬茂把精神一抖，躡足輕行，掩門屋，向外先向全院一照，內外漆黑，又向西一抬頭，不由愕然，只見八號房燈光依然輝煌。

　　喬茂道：「唔，怎麼這兩個東西還沒脫條呢？」回頭看了看，屋中的閔、周二人無形中給他壯著膽子。九股煙這才提起一口氣，出房門循牆貼壁，由南面溜到西邊。他先附窗傾耳，八號房內聲息不聞，也沒有話聲，也沒有鼾聲。屋門依然大敞，上垂竹簾，燈亮就從簾縫射出來，在甬道上織起一條條的光線。

　　喬茂心中納悶，又向四面一瞥，然後一伏腰，一點腳，躥到門畔。猛探頭往裡一張，急急縮回來，暗道：「莫非真輸了眼？要是老合（行家），絕不會這麼大意呀？」

　　這八號房不只燈明門敞，而且屋中一張桌、兩鋪床，兩個壯漢各躺在一鋪上，面向外閉眼睡著了，並且睡得很香。兩個人的面貌，隔簾看得分明。莫說江湖道，就是常出門的人，也不會這麼疏忽。就說是空身漢，天熱沒有行李，不怕丟東西；可也沒有住店房，敞了門睡覺的。難道這兩個東西故意擺這陣勢麼？可這又有什麼用呢？暗想著，喬茂又探了探頭，偷覷了一眼。

　　閔、周二人聽喬茂出去以後，院內一點聲息沒有；兩個人不耐煩，也輕輕探身出來。恰見九股煙在對面房前伸頭打晃，喬茂的影子被隔簾射出來的燈光映照在甬道上，鋪了一條長影。喬茂忽一回頭，看見了閔、周二人，立即將身形一撤，沒入牆根的暗影中。他用彈指傳聲之法，把中指指

甲往拇指指甲下一扣，輕輕地連彈了兩聲，是招呼閔、周二人過來。

閔、周二人相視一笑，微訝喬茂這麼老江湖，怎的在窗根下亂彈起這個來！這扣指傳聲之法，只能掩蓋外行的耳目，道上朋友沒有聽不懂的。喬茂既拿這兩個「點子」當「合子」，怎的又拿「合子」當起「空子」，真也太疏忽了。兩個人忙溜牆根繞過去，喬茂也溜牆根迎上來。三人相會；喬茂一拍兩人的肩頭，一齊蹲下來。喬茂低聲悄語道：「這兩個合子怪得很，你猜他們幹什麼了？他們竟亮著盤兒，全脫條了，這是什麼意思？」閔、周二人詫異說道：「睡了，這可是怪事，等我照一照。」立刻兩人一分，一左一右，縱到那號房間之前。周季龍穴窗一探，閔成梁就隔簾一瞥。倏然的，閔成梁一縮身，向鐵矛周季龍一揮手；高大的身軀一旋轉，提氣輕身，腳尖點地，飈的連縱，已躥到自己房間門前，直入屋內。

鐵矛周季龍、九股煙喬茂，料到閔成梁一窺而退，定有所得；兩個人也一先一後，縱身飛躥，輕輕退回來，走到屋內。

閔成梁向外面一看，回頭將燈撥小了。喬茂問道：「怎麼樣？」

周季龍也問道：「閔賢弟才一過目，立刻抽身，必定確有所見。」閔成梁說道：「喬師傅所斷不差，就請你費心把合著井子裡（院內）。」喬茂靠門口一坐，一面往外瞟著，一面聽閔成梁、周季成二人的意見。閔成梁向周季龍說道：「周三哥，可看出這兩個點子的來路麼？」周季龍微笑道：「我眼睛拙得很，沒看出什麼來。我只看見他們全暗合著青子（兵刃），一個放在枕頭底下，一個插在右腿上。大概他們故意擺這樣兒，引我們露相。」

閔成梁大指一挑道：「佩服佩服，這兩個東西一定跟咱們合上點，我一看就知道他們是逗咱們上陣。趕到一看出他們暗合著青子，事情就更明了，怪不得喬師傅斷定他們路數不正，你看！咱們在井子裡做活，人家已經覺察出來。靠西牆的那個老合，竟用擊木傳聲的法子，示意給那夥伴。」

周季龍道：「這個我卻沒看出來。」閔成梁說道：「您是窺窗孔，自然沒看見。我正窺簾子縫，瞧見他那只搭在板鋪上的手，食指動了三動。咱們人來人往，他們是連人數都知道了。尤其是喬師傅彈指傳聲，人家一定聽出來了，所以我就趕快退下來。咱們得合計一下，要是動他，就別容他扯活了；要是綴他，咱們也該布置了。」

九股煙喬茂插言說道：「咱們怎麼布置呢？咱們要是綴著他們，倘如他們真是劫鏢的匪徒，就怕綴不成他，反教他們把咱們誆到窯裡去，上他一個當。咱們要是動他，可是咱們一不在官，二不應役；硬在店中捉人，只怕也使不得。不過我這是拙想；我近來時運顛倒，專碰釘子，我說的不算。閔師傅，周三哥，我聽你二位的。你說咱們該怎麼著？」

閔成梁微微一笑，道：「在下年紀輕，閱歷少，我也不曉得怎麼辦好。家師派我給俞、胡二位鏢頭幫忙，胡、俞二位又教我跟著喬師傅來道，我是跟著喬師傅走。喬師傅只管分派，我是唯命是從。」

鐵矛周季龍素來瞧不上喬茂，可是現在眼看閔、喬二人要因言語誤會，只得從中開解道：「閔賢弟、喬師傅，咱們商量正事要緊，千萬別來客氣。都是為朋友幫忙，誰有主意，誰就說出來。」轉臉來單對閔成梁說道：「說真的，綴下去也許上了他們的當。我們莫如動手捉住他們，逼出他們真情實話來，倒是個法子。不過咱們絕不能在店裡動手，咱們可以把這兩個點子誘出店外；找個僻靜地方，憑咱們三個人，只能捉活的。喂，喬師傅，你說好不好？」

喬茂總是疑心人家看不起他；不想他才說了一兩句冷語，閔成梁把臉一沉，一點也不受他的。喬茂不由臉上一紅，氣又餒下來，忙賠笑道：「周三哥說得很對。閔師傅，你說他這著好不好？說實在的，出個主意，料個事，我真不行。」過來作了個揖道：「你可別怪我，我簡直不會說話。」

閔成梁看了周季龍一眼，嗤地笑了；這個喬九煙，怪不得人家盡挖苦

他，簡直是賤骨頭！閔成梁這才說道：「我可是胡出主意。若教我想，我們應該先把外面的道，探一下子，看好了動手的地方，然後還是由喬師傅出頭，逗他們出窯（離店）。我和周三哥到敬渦子口（野地）一等，再不怕他逃出手去。捉住了，稍微一擠他，我保管問他什麼，他說什麼。喬師傅，你可把合（看）住了，兩個點子大概扎手的。」他說到這兒，又對鐵矛周季龍道：「咱們哥倆得趕緊把道探好了，天一亮，就沒法子動人家了。」說著立刻地站起來，把衣服收拾俐落，把兵刃也帶好；這就要邀周季龍，一同出去勘道。

九股煙喬茂一看這個勁兒，暗吸一口涼氣道：「好嘛！硬往我身上拍！兩個點兒要是老老實實地睡大覺，還好；倘若人家一出窯，我老喬就得伸手招呼兩下；兩個打我一個，饒讓人家毀了，還落個無能。這種好差事，我趁早告饒吧！」

九股煙慌忙一橫身，滿臉賠笑道：「閔師傅，周三哥，二位先等一等。」紫旋風閔成梁怫然站住道：「我也是胡出主意，也忘了請教你了，你若是看著不行……」

九股煙喬茂沒口地說道：「不是不是，我的閔大哥，你老可別價誤會！您這招好極了！不過有一節，咱們都不是外人，我可得有什麼說什麼。」周季龍皺眉道：「喬師傅，你就一直說吧，別描了。」

喬茂道：「不是別的，這兩個點子一定夠扎手的，我看還是你們二位撐底看椿（留守）。要是教我一個人在這裡把合這兩個點子，萬一他們靈了（睡醒），一想扯活，二位又不在這裡，我一個人是拾不拾？要是拾，我伸手拾不下來，豈不誤了大事？閔師傅武功出眾，掌法無敵，準可以把兩個東西扣得住。要不然，簡直咱們換一個過，我跟周三哥出去道，你老在這裡把合。等著我們看好地方趕回來，您再把兩個點子移到外面去取供，這萬無一失。我說這話，可不是我膽小；我是量力而為，怕耽誤了

事。這要跟外人說，好像我是吹；賊人在范公堤劫我們的鏢，上上下下六十多個鏢行，淨鏢頭也七八個，沒一個敢綴下去的。只有我姓喬的匹馬單槍直入虎口，兩次被他們捉住，都教我掙脫出來。我絕不是膽小怕事，無奈人各有一長，各有一短，我手底下太頂不住……」

鐵矛周季龍剛要發話，閔成梁連連擺手道：「好啦，好啦，喬師傅不要多心，我焉能往死處照顧好朋友？我不過看透這兩個點兒，就當真跟咱合了點子，他們也不會在店裡明目張膽的動手。留下不過是看住他，決打不起來。既然喬師傅怕他們扎手，拾了（失敗）；索性把這兩個差事交給我……」

喬茂還要分辯，閔成梁一揮手道：「二位趕緊請吧，天實在不早了，咱們辦正事。」

九股煙喬茂見閔成梁正顏屬色的，竟不敢再還言了；轉向周季龍道：「那麼，咱們就別耽誤了，閔師傅多辛苦吧。」閔成梁搖頭不答，只將手一伸，做了個手勢，催二人快走。九股煙喬茂這才跟鐵矛周季龍，悄手躡腳的掩到店院中；對面那個八號房間，依舊燈光很亮。周、喬兩個人溜到靜僻處，施展輕功，飛身躥上後房，翻出店外。

八卦掌紫旋風閔成梁容得二人走開，便將屋門閉上，又把油燈撥得微小，布置了一下，然後坐在窗前暗影中，從後窗洞往對面窺伺。估摸著周、喬二人剛剛跨牆出去，那八號房通明的窗扇，忽然黑影一閃，分明是有人起來了。

閔成梁暗暗點頭：「這可得綴住了。」趕緊地站起來，要開門出去；忽又一想，看了看屋內，忙把門閂上，翻身來到後窗前。輕輕一啟窗扇，湧身竄出窗外。他回手把窗扇闔好，一下腰，飛身躥上房頂，伏脊探頭，往八號窗前房後一望，絲毫沒有可異處。他遂又相了相地勢，八號房是西房，自己住的十四房是東房，這須要繞南房奔西南角，比較得勢。遂一飄

身，躥下房來，循牆貼壁，奔西南角。西南角兩排交錯，旁有小棚，很是僻暗，足可隱身。

閔成梁先把退身覓好，這才繞過去，就隱身在暗影中。身未臨近，他先凝神側耳，細細聽了聽，八號房內並沒有發出什麼動靜來。又看了看周圍，正要撲奔八號後窗；忽然聽南房後，啪嗒響了一聲。「這是問路石子。」閔成梁急急地一縮身，就勢一伏，將身退藏在小棚門旁不動，兩眼注視南房和西房。

緊跟著南房房頂微微一響，閔成梁忙探頭一尋；倏見一條黑影，箭似的從外面躥進來。初疑是自己的同伴沒影兒魏廉回來；但立刻見這條黑影，從院中偏南一掠而過，好像胸有成竹，走熟路似的，身法迅速，竟一直掄奔八號房。看來人穿著打扮，和魏廉、喬茂、周季龍迥乎不同；一身夜行衣，背插短刀，驀然已到八號後窗前，把數枚銅錢投入屋內。

閔成梁藝高人膽大，藏身處看不準八號房後窗全面的情形，竟將身一挪，挪過這邊來，凝眸再看。只見這個夜行人，立身在八號後窗前，也不知怎麼一來，屋中人已然答了話：「起了風吧！」

外面的夜行人輕輕應了一句，卻沒聽清楚說的什麼。但只一問一答，頓時見這夜行人抹轉身，繞奔前面。閔成梁跟著也挪了幾步。這夜行人忽又轉到八號門前站住；回頭瞥了一眼，撩起竹簾子，直走入屋內。屋內燈光忽然間黑暗了。

紫旋風閔成梁潛身暗隅，閃目四顧；這來的自然是老合無疑了，倒也得盯住他，看看他們意欲何為。想罷，立即一伏身，躥奔賊人後窗；側耳傾聽，屋中人喁喁私語，只能辨聲，不詳語意。他心裡要想挖破窗紙，向內偷窺；卻又怕行家遇行家，做這把戲，被人識破太丟臉。正自遲疑著，意欲舉步，轉到前窗，不意竹簾子一響，從八號房間，一先一後走出兩個人來。這兩個人先行的是屋中兩個客人中的一個，隨著的便是剛來的那個

夜行人。這兩個到當院站住，四面一看，忽然一晃身，上了南房。閔成梁暗道：「不對，要出窯！」正要綴下去，再看這兩個人，原來跟自己一樣的打算，竟從南房繞奔東南角，又躥下來，撲奔閔成梁等人住的那個十四號房間了。

閔成梁大喜，暗想：「得了，這可對了點兒了。我們偷看他們，他們偷看我們；倒不錯，看看誰鬥得過誰。」他忙從黑影中挪了幾步，匿身牆角，探頭外窺。見這兩人中，一個夜行人留在十四號房前巡風；另一個徑上臺階，舐窗往裡窺看。但是，屋裡的燈早教閔成梁臨出屋時撥小了，什麼也看不見。賊人轉身一擺手，那巡風的夜行人立刻跟過來。兩個人低低私語，好像也商量了幾句話；又輕輕地推了推門，竟相偕繞奔十四號房後窗去了。紫旋風暗罵道：「好大膽的賊，他竟敢進屋行刺不成！」

當下，閔成梁勃然動怒，便要上前拿人；又一想，要過去把賊人堵在屋內，教他先栽個跟頭，給自己看。閔成梁才高氣豪，不把敵人放在眼裡。敵人是三個，他是一個人，他竟傲然不懼，從隱身處旱地拔蔥，托地一躍，直躥上南房，徑掩到東南隅。

閔成梁身軀魁梧，舉動卻輕捷，不愧旋風之名；唰的像一支脫弦箭，從南房東排一躍，飄落到短牆上。又趁勢一擰身，早躥上了東房；東房一排是五間。閔成梁急伏身蛇行，將近十四號房，施「夜叉探海」式，往下面一望，急又縮回。雖然只一瞥，卻已看見西房客和那夜行人，一個人在外巡風，另一個挨到十四號房後窗前，把手指微沾唾津，將窗紙弄溼，挖了小小一個月牙孔。

這夜行人卻也膽大，明知屋中住的是行家，他仍然窺窗往裡瞧。這一瞧，屋內昏昏沉沉，殘燈微明；明暗兩間房，內間房床上像躺著一個人，卻是聲息不聞。殊不知這床上實在沒有人。

紫旋風臨行時，料到自家去後，恐怕賊人潛伏的同黨多，也許來窺探

自己；便將帶來的鋪蓋卷打開，在床上凸凸昂昂地堆成兩個人形。他把枕頭豎作人頭，上面搭著一條手巾；暗影中乍一看，倒像兩個人躺在床上，蒙巾遮面而睡，其實也無非暫掩人一時的耳目。

這夜行人看到床上，心裡覺得奇怪，回頭來低問巡風的夥伴：「喂，併肩子，你不是說，這裡窩著兩個點子，聽動靜好像都出窯了麼？怎的這裡還有兩個脫條？」

巡風的西房客急忙過來，先四面一瞥，小心在意的側耳聽了聽，然後探頭往裡一張。這賊人先用右眼看，又用左眼看，隨後把窗孔扯大了，用兩隻眼細看。看罷回頭，悄聲說：「不對，這是空城計，你瞧床上不像是人吧？」又撕了一個紙孔，兩個人一齊往內看。

巡風的人忽然一笑，伸手把窗戶一推，竟悠悠地推開。回頭來說道：「併肩子，你輸眼了。哪裡是人，這是空屋子。人早離窯了！」

兩個人在房後窗前，竊竊私議。一個就要一直掀窗入室搜檢，一個就說使不得，不要魯莽了。房上的閔成梁卻不禁欲笑：「屋裡沒有，房上可有人。可憐兩個笨賊，連我在房上也聽不出來。值不得在此跟他動手！有本領的人倉促遇敵，不會喊出來。像這兩個笨貨，擠急了就許炸了；在店裡喧鬧起來，或者反而害了事。」但又一轉念，還是阻止兩賊，不教他進房胡翻的好。

閔成梁頓時想了個打草驚蛇之計，把身上的鵝卵石取到手中一塊；颼的一躥，退回短牆，躍到南房上。然後一探身，抖手打出去；不待石落，自己忙一騰身躥開，潛藏起來。那塊鵝卵石啪嗒一響，掉在東房頂上；咕嚕嚕的一滾，墜落到平地上，立刻又是啪嗒的一聲，正掉在二賊跟前。

二賊吃了一驚，叫道：「風緊，昏天裡窩著點兒了！」意思說黑影裡有敵人埋伏。那個夜行人身法也夠快，頓時一煞腰，猛一縱身，已躥上房頂。那個巡風的西房寓客很矜慎，獨往斜刺裡一躥，登上後牆，借房山牆

隱身探頭。兩個人急忙四面一打望。約莫石子的來路，疾如電光石火般搜尋過來，又分兩個人斜折東南，搜尋過來。

不意紫旋風閔成梁，石子才發出手，早已看準潛跡之地。

這南房過廳上，前後有二尺多長的廈檐探出來，門楣上還橫著一塊匾。閔成梁預有打算，施展輕功，在房上驟將身子一探，由檐上「珍珠倒捲簾」，往檐底一翻，雙手一找檐前的方橡頭，立刻將身一卷，「金蜂臥蕊」、「壁虎游牆」，頓時懸空轉來。他面向檐外，背貼檐裡，手指扣方橡，腳尖找橫楣。提一口氣，輕輕借力，腳登楣框，胸腹往下塌，全身懸成弓形。閔成梁手腳挺勁，儼然將魁梧的身軀掛在檐底黑影中，紋絲不動，上半身借橫匾遮蔽，只兩腿兩手微伸出來。這種輕功全憑手勁腳勁，會者不多，見者少有，是最好的隱形法。

兩個賊人前前後後搜了一個遍，不見一個人影，二人似仍不死心，改由一個人在房上，一個人跳下地，一上一下橫搜。

又搜了一個圈，卻再想不到檐下黑暗影中會有人懸空。兩個人心知遇見勁敵，將那鵝卵石拾起來，看了又看；只覺得這個敵人神出鬼沒，錯疑他腕力強，也許從店外打來的。店外西面和西南面，恰有幾棵高樹；兩個人對著大樹端詳，又不信人的腕力會打出四五丈遠來。

兩個人正自駭異，目注十四號房，打不定主意。那八號房的同伴卻等耐不得；見兩人一去半晌不回，微聞房上有人奔過，急忙掀竹簾躥出來；口中微打胡哨，把兩個同伴叫過來盤問。

容得兩人進房，又隔過一刻，閔成梁試量著輕輕躍下平地，竟潛行南房過道，倚著門往外探；又慢慢地溜出來，打算自己索性把賊人誘出店外。不想八號房後窗忽開，房中的三個人忽又躥出一個，還是那個夜行人。這夜行人背刀急馳，竟騰身躍牆；向四面瞥一眼，如飛的躥出來，沒入黑影中，繞向西南而走了。

這一番舉動，竟難住了閔成梁；是趕綴這個夜行人呢，還是看住屋中的兩個人呢？是立刻就預備動手擒賊問供呢，還是等候喬、周二人回來再動手呢？閔成梁主意還沒打定，猛聽八號房門扇一響，竹簾子一掀，又躥出一個人。這個人面向著十四號一看，轉身轉臉，對著閔成梁潛身的這邊，唇邊微打胡哨，低聲叫道：「相好的露相了，不要藏麻虎了！」

紫旋風心中一動，心想：「他要叫陣，且先不理他。」果然這個使的是詐語。這個人當門發話，後窗卻又一掀動，聲音雖微，閔成梁正在留神，恰已聽到。他暗道：「不好！賊人要分散溜走，這一定是回去送信。」紫旋風更不遲疑，轉身一穩背後刀，從過道闖然躥出，向對面人招手道：「相好的，風起了！」

那人聞聲側步，似覺駭異；略微停得一停，只見他一回手，亮出兵刃來，卦閉門戶，向閔成梁這邊注目端詳。想是看不清，這賊人口唇微微作響，低問道：「夥計，帶了多少本錢來？」這自然是暗號，閔成梁猝不及答，順口說道：「本錢帶得不多……」

一句話露出破綻，與人家約定的暗號不符了。那人失聲笑道：「唔？朋友，還會蒙事麼？來吧，光棍遇光棍，有什麼說什麼。你是鷹爪、老合，還是托線？」這是問閔成梁究竟是做什麼的，是官面，是江湖道，還是鏢行。

閔成梁不答，微微一笑道：「你瞧我像是幹什麼的，就是幹什麼的。相好的，你是幹什麼的？」

兩個人相隔不過數丈，空費唇舌，誰也不說實話。那人突將手一抬，閔成梁急一閃身；啪嗒一聲，暗器打在牆上。那人向四面一看，驟轉身，唰的一個箭步，退回八號房前。閔成梁道：「不要走！」回手把一把背後刀，挺身上前攔截。那人微微閃身，兩人立刻低聲叫陣。那人說道：「外面寬敞。」閔成梁說道：「龍潭虎穴，隨你的便！」兩人全不願在店中動手。

那人回手一拍八號窗戶，低叫道：「併肩子，我掛著點子出窯，你馬前點，往漩渦裡拈。」意思說他這就誘敵離店，催同伴速到曠野聚齊。說罷一轉身，健步躍奔南牆根。他那同伴卻從八號房窗竄出，躍上了東牆。

閔成梁道：「野地聚齊，就讓你們聚齊。」立刻奮身跟蹤追出。他躍上牆頭，閃目四顧，心中稍有點後悔：「一隻手掩不過天來。三個賊人先放走了一個，這一個跳上南牆，那一個卻跳出東牆；萬一全溜了韁，喬茂回來，我就搭不了他。他一定要說便宜話。」

閔成梁腳上加緊，心想：「這賊人定與劫鏢有關，至少也是附近的匪徒。他就逃到老窯裡去，我也得追上他，把他掏出來。」立刻認定了跳南牆的那個夜行人，追趕下去。

夜行人前行，閔成梁後追。夜行人剛才關照其同伴的切語，本是說到野外聚齊；不想這人逃出店外，竟不奔野外，反而順著鎮甸的後街飛奔。閔成梁覺得奇怪，便一步也不放鬆，緊緊綴著，恐怕賊人別有詭計；不便欺近了，只在六七丈外盯著。

那人掠過後街民房，倏上倏下的急馳，忽然間似乎到了地方，那人竟跳進了一所大院子內。閔成梁跟蹤趕到，見賊人已然到了落腳的地方，又防他鑽小巷逃走；忙飛身上房，往下察看。這才看出，這地方乃是剛才去過的那個雙合店的後門。

閔成梁把全副精神貫注敵人的行蹤。賊人到雙合店後門，騰身上房，越牆而過。閔成梁恰好躍在斜對面一家民房的後脊；看雙合店全院的情形，恰是居高臨下，一覽無遺。那人恰似輕車熟路，回頭瞥了一眼，立刻跳入店內；拐彎抹角，竟奔到東南一排店房之前，由南數到北，數到第四間房，便站住了。閔成梁也跟著往前挪了挪；再看賊人，略停了一停，也不曉得他在那裡鼓搗什麼。

突然嗤的響了一聲，似穿窗投進去一物，跟著那第四號房間裡，呀的

一聲，門開處，躥出一條人影。兩條人影往前一湊，倏然分開；一左一右，出離了雙合店。二人仍從後門牆隅躥出來，到後街牆根下，交頭接耳說了幾句什麼；立時兩個人又分手，各奔東西。

紫旋風閔成梁在房上，隱約看了個大概，暗自點頭，卻又心驚。料到這雙合店和那茂隆棧，俱都有賊人的黨羽潛伏著，非誘敵，自己人單，賊黨勢眾，他們何必散開了逃走？閔成梁不肯大意，按刀從側面近前一看，這不過小小的疏疏的一座矮林罷了，不像有埋伏。閔成梁一聲也不響，嗖的一躥，為截斷賊人的逃路，抹過側面莊稼地，急急地繞林一轉。東邊雖是葦塘，沒有路徑，賊人跑不出去；忙又兜到南面。

這南面林木叢雜，隱約露出一段矮牆。閔成梁一鼓作氣，飛身躥上矮牆，在牆上只一瞥，便已恍然。這原本是座塋地，可是跟著又爽然若失了；滿心只提防林中有賊人埋伏，誰想這林子倒成了穿堂門！賊人莫非是穿林而出，繞塋地循牆逃走了麼？

閔成梁不信自己腳程這麼快，會放賊逃開。頓時飛似的繞林踏勘了一圈，竟不見賊蹤；忙又伏身傾聽、窺視，林木疏落，黑影掩蔽，又聽不出一點意外的動靜來。紫旋風既恚且慚，像瘋了似的，又像飛也似的，倏然轉身，一躍竄入矮牆以內，矮牆內叢莽亂生，中有數道狹徑，和一堆堆的墳墓。

閔成梁躍上墳頭，縱目四眺。忽見北邊遠隔數箭地以外，似有人影奔馳。閔成梁駭然暗道：「這賊的腳程比我還快麼？怎的一個展眼竟奔出恁遠！」他不由慚愧起來，自己一步沒放鬆，居然會把賊人追丟了，放跑了，自己還叫什麼紫旋風？一想至此，他越發憤怒；立刻一縱身，跳下墳頭，又望著這人影追去。但要追這人影，必先出離塋地，繞過葦塘，躥上高坡，再撲奔小路。

紫旋風閔成梁躍上高坡，再一看那人的趨向，竟是由北往斜刺裡奔西

南。閔成梁不由愕然，回頭望了望樹林，心中納悶：「莫非這另是一人麼？怎的往那邊走？不管他，只好先捉住了再說。」相了相賊人的路線，他又是往斜刺裡橫截過來。

閔成梁跳下高坡，有青紗帳；橫穿狹徑，前面又是一片青紗帳。

閔成梁算計著，再繞過青紗帳，定可把此人截住；這一回一定跑不了。腳下攢勁，奮力一躍。……冷不防從近處青紗帳，相隔兩丈遠近，驟縱起一條黑影。這黑影迅若飄風，突然撲到自己身旁，冷森森一把鋼刀，斜肩帶臂的劈下來，真個是來勢迅猛，猝不及防。

閔成梁吃了一驚，刀鋒已到，急忙地往左一塌腰，左掌往外一穿，用「龍形穿手」掌勢，身隨掌走，右腳尖用力，身軀如箭脫弦，憑地躥出丈餘遠。他立刻將厚背折鐵刀交至右手，封住門戶，才待發招；來人手下更快，頭一刀劈空，霍地騰身而起，刀尖一展，跟蹤撲來。閔成梁還未容身勢轉回，已聞得背後金刃劈風之聲，正是間不容髮。

紫旋風閔成梁幸而利刃在握，施展八卦刀，轉身探臂，「蒼龍入海」，左腳往外一滑，右腳尖擦地一旋，厚背折鐵刀已隨擰身迴旋之力，向後面掃去。敵人的刀挾著一點青光遞過來，卻又走了空招，唰的撤回。閔成梁更不容情，「腕底翻雲」，往外一展，刀鋒抹過去，正斬敵人的小腹腿根。這個敵人不但身形快，手法也很快。倏然變招為「跨虎登山」，用力一撤，往下提刀攢，亮刀刃，驟向閔成梁的刀上一掛。噹的一聲響，二刃相碰，都是純鋼利刃，頓然激起一溜火花。各自抽招換勢，往回一收。

紫旋風閔成梁吸了一口冷氣，卻未免有點寒心，想不到一個跑腿踩盤子的小賊，居然有這麼硬的功夫。急將掌中刀一緊，施展開六十四手八卦刀，往前進招，一開手連環四式，那敵人卻用十二路滾手刀法，展開來也是進手的招數；刀法很巧捷賊猾。閔成梁一點也不放鬆，奮力應敵。輾轉數合，抓著一個破綻，暗影中虛領一刀，借勢一攻，喝一聲：「著！」攔

腰橫砍，敵人急閃，只斜身一躥，橫縱出一丈多遠，卻一腳登坑，險些滑倒。

那敵人不禁出口罵道：「鬼羔子，太爺今天非得活活捉住你！」

閔成梁聞聲愕然，不由得閃身側目，停刀封住門戶，厲聲喝問道：「喂，你是誰？」

敵人早挺刀揉進，猛攻過來，閔成梁揮刃接架。那人忽又撤回去，他側著頭往這邊窺看，喝問道：「你是誰？……哎呀，原來是你！」

閔成梁也聽出來了，不禁失聲驚呼道：「咦，你是魏仁兄！你上哪裡去了？剛才不是你呀！你怎麼一聲不響，就給我一刀！」沒影兒魏廉收刀頓足道：「嗬，糟透了！閔大哥，我太對不住，我再也想不到是你。你不是同周師傅一塊出去的麼？周師傅呢？」

兩個人湊過來互相詢問。才曉得魏廉隻身緝賊，轉了一個更次，也是追趕兩個夜行人，到這一帶不見了。因瞥見閔成梁從塋地飛躥出來，魏廉這才埋伏在青紗帳裡，滿想伏隅暗襲，定可刺倒賊人，捉個活的來問問；不想陰錯陽差的，和自己人打起來。又覺得可笑，又覺得可愧。魏廉不住向閔成梁道歉，說：「小弟實在太冒失了，我只想你同周師傅一塊出去的，絕不會落了單，這是怎麼說的！」言下很覺對不住。

閔成梁笑道：「這沒什麼，魏兄千萬別過意。早知道是自己人，怎麼也得問一聲，誰想咱們竟啞打起來。」閔成梁遂將店中之事對魏廉說了，又道：「我是在店中把合著三個點兒，竟全給放跑了。現在喬、周二人出去勘道，這工夫也許回來了。費了很大的事，三個賊跑到三下裡，我一雙手抬搬不過來，只得認準了一個追。追到這裡，竟教他溜出手心，你說多麼丟人？」又問魏廉，獨自訪得怎麼樣？

魏廉道：「唉！我本來是出去瞎撞，東撲一頭，西撲一頭，倒是沒白

忙。在道上遇著一個夜行人，也不曉得跟鏢銀有關沒有。我也是追了一程，追丟了；回頭就瞧見你從那邊塋地跑來……」

閔成梁聳然道：「哦，你也遇見夜行人，在什麼地方？」魏廉一指北邊高地，黑影隱約，是個小村落。閔成梁往四周看了看，也用手一指叢林塋地，道：「我是追到這裡，把人追丟了。又望見那邊有條人影，往這裡跑，我這才斜截過來。照這情形看，他們也許都是一夥。」閔成梁停了一停，又笑道：「不管他，我只納悶，這座塋地，孤零零的，賊人是怎的會溜了？魏仁兄，你我正好是一樣，都是丟了人。咱們合起來，再搜搜吧。真格的空手回去，一定要聽那位九股煙喬師傅的閒話了。」

兩個人立刻結伴重到叢林塋地查勘，哪裡還有人影？他們又登上高坡，往四面望；一片片的青紗帳，到處都容易潛藏人蹤。閔、魏二人都很不樂，正要下坡，忽見李家集街裡，又躥出兩個人影，東張西望，竟往這邊奔尋過來。沒影兒魏廉道：「閔大哥你看，這兩個東西鬼鬼祟祟的，保管又是兩個夜行人。」

閔成梁道：「倒像是道上的朋友，好歹捉住，就可以追究出真情來了。咱們迎上去！」魏廉道：「還是埋伏起來的好。」

兩人站在高坡上，眼見兩個黑影越走越近，這才溜下坡來。再看兩個人影，竟也似看見閔、魏二人了；兩影頓時湊在一處，似在商量什麼話。忽然兩人一分，一左一右，徑直向高坡撲來。魏廉大喜道：「有門道，你看他們這不是搜過來了，快藏起來。」

閔成梁一笑，跟魏廉到後坡，一同潛藏在高粱地內。魏廉將刀拿在手內，靜等敵到，就猝然襲擊。閔成梁目注前方，忽然說道：「且慢！魏仁兄，你可留點神；不要冒冒失失的，再傷著自己人。我越瞧這兩個人，越像是周師傅和九股煙。」

魏廉道：「是嗎？」又看了看道：「倒是一高一矮。」當下，只見那兩個

人影，箭似的馳到坡前，忽然站住；目望青紗帳，似又低聲密議。兩個人影倏復分開，一個直搶土坡，一個繞奔側面。魏廉暗笑道：「他們還想兜抄咱們呢！」

忽然那高身量的人先搶上高坡；那矮身量的繞向後坡，巡了一圈，也躥上坡去。兩個人影背對背，往四面張望，立刻發出疑訝之聲。一個尖嗓子的人說道：「又撲空了，簡直是活鬧鬼！」那個高身量地答道：「準是鑽了高粱地了。」

閔、魏二人一聽這話，互推了一把。聽口音這兩個人影分明是自己人，一個像是喬茂，一個像是周季龍。閔、魏二人失聲笑道：「你瞧這事！」

這一句話又教喬茂聽見，也是一推周季龍道：「那裡有人！」周、喬二人立刻亮出兵刃，撲下土坡。這一邊，閔成梁連忙躥出來，鼓掌招呼魏廉；魏廉應聲也鑽了出來。

第十二章

抵隙搗虛金蟬驚脫殼　捕風捉影白刃誤相加

第十三章
撥草尋蛇環參唇典　臨流買渡鶩遇騾夫

　　四個鏢師瞎轉了一圈，竟在李家集鎮甸外相遇。周季龍忍不住大笑起來。魏廉道：「我們簡直教鬼迷了。」九股煙喬茂似笑不笑的，衝著魏廉說：「嗬！你們兩位倒湊到一塊了。魏師傅，你不是上茅廁去了？你原來獨自個訪下去了；不用說，一定不虛此行嘍！」又沖閔成梁說道：「閔師傅，你怎麼也在這裡？店裡那兩個點子怎麼樣了，您都給撂倒了吧？」閔成梁搖頭道：「他們溜了。」

　　喬茂道：「咦，怎麼溜了？這可倒好，我跟周師傅把道也蹚好了，地方也思索定了，淨等著閔師傅誘賊人入網了。剛才我們撲回店去一看，敢情雞飛蛋打，剩下空房子了！我這麼一思索，也許兩個點子要扯活，閔爺不肯放，綴下去了，我們才又翻出來。哪知道閔師傅也撈空把了！這可真是，怎麼樣呢？想必這兩個點子手底下有活，拾著扎手？」

　　說著，喬茂又回顧周季龍道：「幸虧是閔爺，要是擱在我身上，一準是連我也得教他們拾擄走了呢。真險哪！」說著吸了一口涼氣。沒影兒魏廉聽了這些話，嘻嘻哈哈地冷笑了幾聲。

　　紫旋風閔成梁不由沖天大怒，抓著九股煙，厲聲道：「喬師傅，你說話可估量著點！我也知道把點兒放空了，是怨我無能；但是事機不巧，我一路追下來，竟在這裡誤打誤撞，跟魏師傅動起手來，才把賊人放鬆了。我本來少智無才，只會說兩句閒話；我不過奉了家師之命給俞老鏢頭幫幫忙，跑跑腿。說真的我本來就是廢物，我別耽誤了您的正事。喬師傅，請你訪你的吧，我別在這裡現眼了，我跟您告退！」一鬆手，憤憤地插刀甩袖，轉身就走。

鐵矛周季龍、沒影兒魏廉忙一齊拉住，同聲勸解。喬茂也慌了，作揖打躬的告饒道：「閔師傅別怪我，我是加料渾人，我不會說人話！」

平地風波的又鬧了一場誤會。周、魏二人作好作歹，才把閔成梁勸住。周季龍特為岔開這事，又問魏廉，出去這一趟，結果怎麼樣？

魏廉笑道：「我本來沒打算踩探去，喬師傅疑心我匹馬單槍的訪下去了；其實我誠如閔大哥所說，我也是加料廢物，離開人，我半步也不敢多走。不過我剛從茅廁出來的時候，偶爾聽見窗外有人彈指傳聲，聽著好像夜行人通暗號。不由引起我多事了，要出去瞧一瞧；也許與鏢銀有關，我就從牆頭跳出去了。不料出去一看，牆外並沒有人。我想，或者有人早溜了，我就信步瞎撞起來。一路瞎遛到鎮甸外，竟趕巧遇上兩個走道的人，搭伴急走，迎面而來。不知怎的，一見我，撥頭就轉彎。我立刻隨後趕，這兩人忽然施展起夜行術來。」

魏廉接著說：「我想，這也許是道上的朋友，出來拾買賣的。只是這麼一個小地方，怎麼會有綠林光顧？說是過路的夜行人吧，又未免太巧了；怎的偏會教咱們訪鏢的碰見？當時我就上了心，把兩人綴上了。誰想我只顧跟綴人家，人家後面還有綴頭，反過來又把我綴起來；想著也怪可笑的。我就裝傻，連頭也不回，直著脖子往前走，耳朵卻留了神；我是要試試他們怎麼通暗號的。跟了一會兒，前頭那兩個人竟不進鎮甸，反向大路邊斜岔過去，繞奔西北。卻是他們走著走著，又不跑了，反而慢慢地踱起來。在我身後綴著我的那個東西，居然也把腳程放慢了。我們四人簡直成了一串。果然又綴出幾箭路，前後兩撥賊通起暗號來，前面的兩個點子，一個矮個兒的，有意無意地忽把右手一曲一伸，立刻嘩啦一響，順手墜落下幾個銅錢來。」

閔成梁默然地聽著，聽到這裡，不禁出聲道：「哦，也是銅錢，你沒有拾起來看麼？」

魏廉道：「誰說不是？銅錢墜地，我也想看看丟錢的人是不是故意留暗號；因此我藉著一提靴子的當兒，偷偷往後窺了一眼，我就俯身要拾地上的銅錢。我才剛剛的彎腰，那後面綴著我的那小子，冷不防的給我一袖箭。他當我真不知後面有人呢！袖箭奔下三路打來，被我閃開。我一怒之下，揭開了假面具；並冒充官面，喝罵拿賊。我抽刀翻身，要料理這東西……」

閔成梁又插言道：「到底你拾起銅錢來沒有？」

魏廉道：「拾起來了，要不是顧著拾錢，焉能挨他一袖箭？他發這一箭，明明是阻止我，不教我拾他們的暗號。這東西一箭無功，撥頭就跑，我撥頭就追。」

喬茂也問道：「前頭那兩個人怎麼樣了？」

魏廉道：「前頭那倆麼？你別忙，聽我說。我翻身追捕，這東西不知是什麼意思，總在西北一帶打轉，似乎不願跟我動手，又不肯離開此地。他的腳程好像不如我，眼看被我追上；這東西忽然口打呼哨，從那邊丁字路口道邊上，忽然又鑽出兩個人，他們竟想把我圍住。可是這兩人也全不是我的對手，竟又奔向高粱地，鑽了進去。我便要闖進去，誰知我先追的那兩個人，倒追起我來，內中一個高身量的人，也使一把厚背刀，躡手躡腳，從後面溜來，要暗算我。被我打了一暗器，兩人又翻回頭，奔莊稼地。我緊追著，一步也不放鬆；兩個東西竟又撲奔小村。我追入小村，眼看他跳到人家院內，我就躥上房，也要往下跳。不知怎麼一來，把本家驚動了。一下子弄炸，好幾戶人家一齊喊著拿賊，放出幾隻大狗，亂叫亂咬。」

魏廉接著說道：「這麼一攪，我也不好綴下去了，那兩個賊也溜了，我只好退回來。撤到這裡，忽然又看見一個人影，在塋地樹林旁邊打旋。我只當又是賊黨了，我這才悄悄地溜過來，藏在高粱地裡等著。我想這麼一下子，敵明我暗，總可以出其不意，把他料理了。哪知塋地裡亂鑽的不

是賊黨，乃是閔大哥；陰錯陽差地瞎打了一陣。要不是聽出聲來，工夫大了，我準得受傷。」

周季龍聽罷，說道：「嚇！這小小李家集，到底潛伏多少道上朋友啊！你看兩個一夥，三個一夥的。你們三位遇上多少人？就是我一個也沒遇見。」

喬茂是在店中遇見兩人；閔成梁是除了店中兩人以外，又遇見一個夜行人；還在雙合店看見一個，剛才又看見兩個人影。魏廉遇見了五個；合起來，至少也有十個。而實際上才七個人，他們有遇重了的，他們自然不曉得。茂隆店確有兩個，另外一個是傳消息的，一個是在野外巡風的，兩個是在路口放卡子的。

九股煙喬茂此時不敢多說話了，實在憋不住，這才對周季龍說：「咱們怎麼樣呢？是先回店看看，還是再在這裡探勘一下呢？」閔成梁默然不語。周季龍道：「近處可以搜一搜；咱們一面搜著，一面往回走。」

四個人於是又分開來，把近處重搜了一遍，一面往李家集走。四個人都是沒精打采，白鬧了一夜。幾人將入鎮甸，正由雙合店後門經過，閔成梁不由止步。周季龍看出他的意思來，對喬茂、魏廉道：「這裡恐怕還躲藏著人呢！」

魏廉道：「賊人的舉動可真不小，我們總得把他們的堆子窯和瓢把子訪出來，才算不虛此行。閔大哥，咱們進去搜一搜，怎麼樣？」

閔成梁道：「也可以。」四面一看，嗖的躥上店房。魏廉道：「周師傅、喬師傅，給我們巡風。」說罷，跟蹤也躥上去。

兩人直入雙合店，從房上翻落平地暗隅；然後放緩了腳步，就像住店的客人起夜似的，從廁所旁邊，一步一步躧過去，一直找到東房第四個門。張目一看：門窗緊閉，屋內燈光已熄。因為裡面住的是行家，二人不

敢大意，四顧無人，急急地搶奔後窗。俯身貼牆，二人側耳一聽，屋中一點動靜也沒有。閔成梁向魏廉一點手，急忙撤身退離窗前，悄聲道：「大概窯是空了。」

魏廉點頭道：「我們試一試。」閔成梁復又翻回來，手扶窗臺，點破窗紙往裡看；裡面黑洞洞的。閔成梁回手從身上取出幾文銅錢，劃破窗紙，抖手把銅錢放入屋內；銅錢嘩啷的一聲，觸壁落地。閔成梁、魏廉急忙抽身，竄開兩丈多遠，四隻眼睛齊注視著後窗和前門。但銅錢投入之後，屋內依舊寂然無聲。閔成梁對魏廉說：「賊人一定早已出窯了。」重複撲到窗前，輕輕用指甲彈窗，屋中還是不聞聲息。兩人至此爽然，立刻一縱身，出店院，越牆頭，來到後街。

九股煙喬茂、鐵矛周季龍追了過來，問道：「怎麼樣？」魏廉道：「走了，只剩下空屋子。」

九股煙喬茂道：「要是這樣，索性一不做二不休！咱們進屋搜尋一下，看看他們還留下什麼東西沒有。反正他不是正路，就是拾炸了，有人出來不答應，咱們也有話對付他，咱們是奉官訪鏢。」

周季龍微微一笑。夜行人私入人家宿處，是可以的，鏢行卻差點事。沒影兒魏廉卻不管這些，說道：「屋裡頭我們聽了兩回，確實無人喘氣，鑽進去看看，也沒有什麼。這麼辦，我豁著進去；要是教店中人堵上了，或是屋中竟有人藏著，拾炸了，我就趕緊往外撤。我把他誘出來，你們三位就上前打岔；我也躲開了，你們也可以跟他朝相過談了。」

紫旋風道：「好，哪位帶火摺子了？」

喬茂道：「火摺子現成。」連火摺子帶竹筒，都遞給魏廉。

魏廉笑道：「這個我也有。」沒影兒魏廉展開飛行縱躍的輕功，與閔成梁第二番來到客房後窗之下。

魏廉搶步當先，身軀斜探，右手壓刀，伸左臂，疊食指中指，再將窗格一彈，屋中依然沒有動靜。暗想：反正屋中人不是空了，就是扯活了。立刻刀交左手，把鹿皮囊中插的火摺子，從竹筒裡抽出來；只一抖，燃起了火光，又一抖手，把火摺子帶火苗投進屋去。

魏廉把刀仍交回右手，閉開了面門前胸，破窗往內看；火摺子在屋內燃燒，火光熊熊，照得屋中清清楚楚，屋內空空無人。他向閔成梁低聲只說得：「入窰！」兩個人立刻一長身，左手一按窗臺，右手握刀，推開窗扇，就將刀暫作了支窗桿。魏廉騰身一躍，一個「小翻子」，輕似猿猴，掠入屋地。

火摺子散落在地上，松脂騰煙，煙火甚濃，沒影兒伸手拾起，捏得半滅。紫旋風閔成梁見魏廉入窰太猛，很是擔心，急忙竄出來，只探頭向內張望，未肯入內；暫且留在院中，替魏廉巡風。魏廉笑了笑，身在屋中，如遊蜂一般，倏地先往屋門一竄，驗看雙門扇；門扇交掩，輕輕把插管開了。急抽身到桌前，晃火摺一照，看了看桌上的油燈，又摸了摸燈壺。閔成梁低問道：「怎麼樣？剛走的，早走的？」

魏廉道：「燈只有一點熱，走了一會兒了。」

沒影兒魏廉又到床前，床上只有一床薄褥，此外一無所有。

掀褥子，看下面，枕旁褥下也沒有什麼。猛回頭，看見前窗窗櫺上，掛著一串銅錢，還有一張紙條，信手給扯下來，帶在身旁。魏廉還在滿屋中搜尋，將床下、牆角都借火光細細地察看。忽然，紫旋風在外面輕輕一吹口哨，道得一聲：「快出窰！」颼的躥出上房去。

沒影兒魏廉知道外面有警，卻惡作劇的把火摺丟在地上，把薄褥引燃；轉身一躍，直往後窗躥出去。腳不沾地似的又一作勢，躍上了牆頭。張目一望店院，這才看見從雙合店前院晃徘徊悠走來一個赤臂起夜的人。沒影兒一聲不響，追上紫旋風，從店房上抄過去，跳到後街。

這很經過一會兒工夫了，周季龍、喬茂正等得心急，也都上了房。一見閔、魏二人出來，忙湊過來，問訊道：「怎麼樣，人是溜了麼？」

魏廉道：「早溜了。」

閔成梁回頭瞥了一眼道：「快回店吧，少時雙合店一定鬧起來。」

周季龍問道：「怎麼啦？」魏廉笑道：「我臨走時，放了一把煙火。」

周季龍道：「那又何必開這玩笑？」魏廉道：「這就叫做打草驚蛇。店中人看見失火，必然鬧起來。只一鬧，就發覺他們屋中沒人。那個臥底的朋友，再也不好在這裡住了。」

四個人說話時，都上了房，往雙合店房看。果然雙合店驚動起許多人，譁然喊叫救火。果然亂了一陣，發現失火的房中，那個自稱姓嚴的客人失蹤了；店中的掌櫃和夥計全驚異起來。

店家也略略懂得江湖上的勾當，嗅出這把火的氣味來，明明不是失慎，乃是人故意放的松香火種。店中人倒疑心是這姓嚴的客人臨行不給房錢，反倒放了一把火，斷定他不是好人。

那姓嚴的客人也很乖覺，他竟沒有再回來。

沒影兒這一手壞招，果然頗收打草驚蛇之效。九股煙喬茂暗暗佩服沒影兒魏廉，心說：「他這一把火不要緊，屋中的賊人恐怕在這李家集，就沒有立足餘地了。店家必定猜疑他跟店夥慪氣，才挾嫌放火。將來這個賊走在這條線上，也怕有點麻煩。人都說我喬九煙做事缺德帶冒煙，看起來這位沒影兒比我更陰。」

閔成梁等四人，眼看著雙合店的火撲滅，方才悄悄從房上溜走。展眼間來到茂隆棧，天色已經不早；四人各將兵刃插好，就要越牆入店。

紫旋風閔成梁微微笑道：「等一等，咱們會給人家使壞，也得提防人家給咱攔蒼蠅。我們四個人出去這一會兒子了，說不定咱們店屋中，也會

有人給咱們來一下子。」鐵矛周季龍道：「這可是情理上有的。」

魏廉道：「我先進去看看。」他即從店後飛身上了牆頭，先往院裡一看，店院中依然寂靜無人。沒影兒看明白了，飄身落下來，急急地了一趟道。

本來店房中難免有值夜的夥計不時出入。魏廉循牆試探，院中昏暗，卻喜沒有什麼聲息，這才翻身回來。那九股煙喬茂已然跟蹤而至，正伏著牆頭，欲要跳進來。魏廉忙打了個招呼，喬茂也向牆外遞出一個暗號。鐵矛周季龍、紫旋風閔成梁立刻躥上牆來。三個人一條線似的，輕輕跳進茂隆棧後院。

喬茂和魏廉從房上躥過來，直奔自己的房間。閔成梁和周季龍就往東繞；從那夜行人住的東房前面走進，這裡也是一點動靜沒有。四個人分兩面，來到自己住的十四號房前；閔成梁稍稍落後，要看看九股煙喬茂的舉動。

九股煙喬茂果然是個老江湖，一點也不敢大意。雖到自己門口，也不敢直接進入，仍然很小心的側耳傾聽了，閃目微窺了，等到確已聽出自己的屋中無人，回頭來向沒影兒魏廉道：「喂！您瞧！咱們這裡可真是有了人，動了咱們的底營了。」

九股煙又繞到後窗，不住向三人招手，故意俄延，竟不肯先進去。居然也和沒影兒的手法一樣，要過火摺子來，晃著了，也拋到屋內。火光一照，屋中景象畢見；九股煙這才放心大膽躥入屋內，把屋門開了。

閔、周二人推門進來，沒影兒卻從後窗跳進來，順手把火摺子拾起來，把桌上的油燈點著。四個人仔細察看屋中的情形。喬茂一看自己的行李捲，已經改了樣；向著閔、周、魏三人說道：「得！人家果然動了咱們的東西了，這才叫一報還一報，快看看丟了錢沒有吧？」

周季龍很不高興。看喬茂的意思，彷彿把一切失誤，都推在閔成梁身上，一個勁地向閔成梁翻眼睛。喬茂又將自己的小褡褳打開一看，卻喜白花花的銀子分毫沒短。喬茂是有點犯財迷的，一見他的銀錢沒丟，不由情見乎詞地指著銀子，率爾說道：「咦，這屋子明明有人進來了，可是什麼東西也沒動！你瞧這勁，他們或許不是賊呢！」

紫旋風閔成梁冷笑道：「可不是！這年頭財帛動人心，小毛賊哪有見財不起意的？莫怪喬師傅覺著稀奇了。他們或許是好人，他們不過是閒著沒事，上人家屋子蹓躂蹓躂。他們居然連喬師傅的十好幾兩銀子都捨不得動，二十萬鹽鏢，他們更不肯動了。咱們趁早往別處訪去吧！」九股煙喬茂才曉得自己隨便一句話，又教人奚落了一頓，低著頭不言語了。

鐵矛周季龍、沒影兒魏廉都向他暗笑，卻各自動手，細細檢查屋中的情形。果然看出屋中進來了人，進來的還是個高手，並沒有留下什麼露著的形跡。他們四個人攜帶的包裹行囊，全被人搜尋了一遍。

閔、魏等人檢畢，沒影兒魏廉用手一指桌上燈臺道：「這可不錯，針尖對麥芒！你搜我，我搜你，暗中鬥上了。喬師傅，你瞧這裡有火摺子松香末沒有？進來的點子還真不含糊，很有兩下子，他也是走後窗進來的。可是的，他們是什麼時候溜進來的呢？」

九股煙喬茂忙答道：「這可得問閔師傅，閔師傅是末一個離屋的。」喬茂到底又給了閔成梁一句話。閔成梁哼了一聲道：「不對，你和周師傅不是還翻回來一趟麼？你們回來的時候，賊人進來沒有？喬師傅一定知道了。」

鐵矛周季龍見兩個人又暗中較勁，忙插言攔阻道：「不錯，我們兩個人回來過一趟。可是我倆是好了道，匆匆回到屋中一看；閔師傅沒在屋，我們立刻就到對面八號房窺探了一下。見賊人門窗洞開，人已不見，我們就料想賊人溜了，閔大哥必是綴下去了，所以我們才出來趕。現在不要管

他了，先說眼下的吧，咱們再到八號看看去；閔大哥，你陪我去一趟好不好？」

閔成梁情知周季龍是排難解紛的意思，便站起來說：「好！」兩個人開門出去了。

九股煙喬茂咳了一聲，說道：「魏師傅，我現在走背運，說一句話，碰一個釘子，鏢沒有訪著，我的腦袋先腫了。魏師傅，咱哥倆投脾氣，您可別怪我，您得幫幫我的忙。趕明天，我打算……」

魏廉正向門外探頭，漫答道：「明天打算怎麼樣呢？咦，又是一條人影！」

沒影兒突然從屋中躥出去。喬茂駭然，從床上爬起來，也跟著出去；只見沒影兒魏廉箭似的竟搶奔後院而去。喬茂躥到院心，突然止步，望了望八號房，房中火亮一閃，喬茂心中一轉，竟不追了；就在院牆根一蹲，眼睛瞪著東西兩面。

片刻之間，紫旋風閔成梁、鐵矛周季龍從八號房撲出來。

喬茂忙站起來，迎過去。閔成梁也不言語，徑與周季龍回到十四號房；喬茂搭訕著跟了進來。閔成梁卻手舉一物，與周季龍就燈下一同端詳。

周季龍道：「魏師傅呢？」喬茂道：「他說他又看見一個人影，他追出去了。」閔、周二人驚訝道：「唔，還有人影？」

喬茂道：「你們搜出什麼來了？」也湊到燈前看時，見閔成梁手中拿了一串銅錢，約莫十幾文，用紅繩編成一串。又道：「這是在他們屋裡找出來的麼？他們人全走了吧？」

周季龍點點頭，說是在八號房靠南床的板牆上，釘著個小釘，掛著這麼一串錢，不知是什麼意思？

喬茂道：「給我瞧瞧。」

閔成梁不語，把錢放在桌上，躺到床上去了。喬茂把鼻子一聳，將這一串銅錢取來一看，是十二文康熙大錢。喬茂道：「這不過是賊人遺下的錢文罷了，他們屋裡沒有別的扎眼的東西麼？」周季龍道：「乾乾淨淨，只有一份褥子，什麼也沒有。」

喬茂把十二文錢暗數了一遍，抬頭偷看了閔、周一眼，方要說話，復又噤住。心裡說：「你們不用瞧不起我，嘿嘿！咱們往後走著瞧。十二文錢，你們懂得麼？」

喬茂正在尋思著，沒影兒魏廉在外面微微一彈指，撩竹簾進來；沒等人問，就先說道：「我瞧見一條人影在南房上一探頭；我緊追出去，又沒有追上，不知鑽到哪裡去了。三位，我不知你們怎麼想。若教我看，這地方大有蹊蹺，我管保附近必有大幫道上的朋友潛伏著，李家集簡直可以說是他們的前哨。你絕不能說他們是外路的綠林，在此探道；這是個小鎮甸，哪有油水？不會值他們一盼的，他們必是在這裡下卡子。我們明天必得打起精神來，好好地摸一下子。說句武斷的話，這什九跟已失的鏢銀有關；我還思索著咱們的動靜，他們是報回去了。」

閔成梁坐起來說：「我也這麼想。」周季龍道：「我也這麼想，他們一定跟咱們對了點了。明天我們務必要和衷共濟地訪一訪，咱們可別鬧閒氣，折給人家。」說時，就抬手把那一串銅錢指給魏廉看，道：「這是我們剛在八號房搜出來的。」

魏廉只瞥了一眼，立刻恍然，對閔成梁道：「閔大哥，鏢銀的下落一準是落在這裡，現在我可以看十成十了。」喬茂道：「怎麼呢？你從哪裡看出來？」

魏廉道：「就從十二文銅錢看出來。喬師傅，你難道不曉得這十二文銅錢，是賊人的暗記麼？」

喬茂心中一動道：「他倒看破了。」故作不懂道：「怎麼見得呢？」

魏廉面向閔成梁道：「閔大哥眼力真高。」又對喬茂說道：「閔大哥人家早就看出，賊人是拿十二銅錢做暗號，這分明影射著十二金錢俞老鏢頭的綽號。我和閔大哥在雙合店裡，也搜出這麼一串銅錢來，還有一張紙條。」喬茂矍然道：「閔師傅就沒對我們說……」

魏廉忙道：「本來還沒顧得說，這紙條和銅錢都在我身上呢。」急將一張小紙條和一串銅錢掏出來。周季龍、喬茂一齊湊過來，就著燈光，一同比較這兩串錢。果然全是十二文康熙大錢，全是用紅繩編成一串。

四個人相視默喻，忙又看那紙條。紙條上只寫著一行字：「六百二十七，南九火十四，四來鳳。」

喬茂道：「這是什麼意思？簡直像咒語。」

閔成梁衝著魏廉一笑，立刻教喬茂覺察出來了，忙說：「我是個糊塗蛋！你們哪位解得出來，告訴我，讓我也明白明白。莫非這是他們的暗號麼？」

周季龍道：「別是他們的口令吧？……一對，二對，三對！……哦，一共十三個字，倒有九個數目字。除了數目，就只一個『南』字，一個『火』字，和『來鳳』幾個字。你瞧這『來鳳』兩個字，許是人的名字。那連著的兩個『四』字，末一個也許不是四字，也許是個『向』字，有姓『向』的吧？這許是『向來鳳』。」

四個人八隻眼睛，翻來覆去地思索這十三個字。這裡面喬茂最糊塗，周季龍也不明白。魏廉和閔成梁是首先看見紙條的，已經揣摩了一會兒子了。半晌，閔成梁「哦」的一聲道：「今天是幾號？」

喬茂搶著回答：「今天是二十七。」周季龍眼珠一轉道：「我明白了，這『六百二十七』，莫非就是六月二十七日的意思麼？」魏廉道：「這一猜有譜……」

閔、喬二人也連連點頭，魏廉又道：「末尾三個字大概是人名，再不然就是人的綽號。這裡最難解的，是『南九火十四』五個字了，這不定是什麼啞謎呢！」轉向閔成梁說道：「大凡綠林中作案，暗暗通知黨羽，就許把作案的方向、動手的時候約定出來告訴夥伴。這個『南九火十四』，也許指的是方向；下面『火十四』三個字，莫非指的是夜四更的意思？」

　　周季龍想了想點頭道：「八九不離十，『南九』就許點的是靠南邊第九家，『火』字倒許是說『夜晚點燈火』，『十四』未必是四更天，這不是作案的時候。」

　　喬茂道：「是不是明火打劫，要來十四個人？」

　　魏廉道：「這也許是有的。」但是閔成梁卻說：「那麼猜，可就跟咱們尋鏢的事無關了。那十二文一串錢，也沒有意思了。這紙條和十二文錢確是放在一處裡。我們必須認清，紙條和錢串互有關係的。」

　　周季龍道：「這話不錯，我們必須照這意思猜。」於是四個人重新揣摩起來。周季龍把末尾的幾個字，看了又看說道：「我剛才猜得又不對了。這絕不是『向來鳳』，道上的朋友斷不肯把全名全姓露出來。」

　　魏廉道：「況且就露出來，也不會遺落在店中教外人搜著。這兩個『四』字，必定另有意思。四四是一十六，二四得八，……這是什麼數目呢？」越猜越猜得遠了。

　　閔成梁道：「咱們先別猜這十三個字的啞謎；咱們先猜這條子，有什麼用意？是賊人約會同黨，共赴作案之地呢？還是密報同黨，潛通什麼消息呢？若教我拙想，咱們共是四個人，這裡可有兩個『四』字……」紫旋風這麼一解釋，眾人一齊憬然道：「著啊！這話很對。」

　　周季龍本著這意思，連貫下去，逐字解釋道：「那麼『六百二十七』說的是日期，六月二十七正是今天。『南九』許是方向，或者就是南邊第九

門第九家的意思。『火十四』就算它說的是時辰，再不然，就是咱們來了四個人。『四來鳳』可不曉得是怎麼講。總而言之，他們這一定是密報同黨，潛通消息的了。」

閔成梁道：「周三哥猜得很對。不過，這『火十四』決計另有意思。『四來鳳』倒許是說咱們來了四個人。」沒影兒魏廉道：「那麼，我們可要小心這『火十四』。他們或者是要在夜四更天，邀人來對付咱們。」

四個人像猜謎語似的，從各方面揣測，都覺得日子很對景，人數很對景，而賊人出沒窺探的舉動更足參證。這十二文錢暗暗影射著十二金錢俞老鏢頭的綽號。四個人又驚又喜，覺得鏢銀的下落現在可以說摸著門了；但是賊人今夜還有什麼舉動，卻難以揣度。

喬茂惴惴地說：「現在正好是三更已過，四更正到，咱們怎麼著呢？」

沒影兒魏廉率爾說道：「兵來將擋，水來土屯。依我說，咱們吹燈裝睡，他們真格的跟咱們對了點兒了，咱們正好看看他們玩什麼把戲。」

周季龍道：「好！咱們預備起來，可是哥們別忘了『南九火』這幾個字；這店裡南房第九門，咱們倒要探探。」閔成梁搖手道：「不用探。」

喬茂道：「怎麼呢？閔師傅探過了麼？」閔成梁道：「你們全沒留神，我可留神了。這裡就沒有九間房，哪來的南房第九門？」魏廉道：「由此看來，這『南九房』，又不對勁了。」周季龍道：「不管對不對，咱們總得防備。」

四人議定，熄燈裝睡。然而事情很怪，四更天轉眼度過，五更破曉，轉瞬又將天明，外面一點異動也沒有。又挨過一會兒，天色大亮了。喬茂、魏廉忍不住假裝出來解溲，溜到南房巡了巡，不論怎麼數，怎麼算，南房一共才五間，並沒有第九號。

但在魏廉解溲回來時，一抬眼看見自己住的這號房，釘著「十四號」

的木牌，這才想起了「南九火十四」，這「火十四」聯看起來，豈不是指「南九火第十四號房」？魏廉頓時又跑出茂隆棧外，站在街上數了數。巧極了，這茂隆棧恰是路南，恰是第九戶。

這一來，「南九火十四」五個字也算揭明了。魏廉忙跑回來，告訴三人道：「這十三個字的祕語，我全猜出來了。」繼而面向周季龍道：「周師傅，你猜這『南九火十四』怎講？」周季龍道：「怎麼講？」

魏廉滿面喜色地說道：「原來這個火字太古怪，我剛才才看明白，這是指客店，寫一個火字乃是代替『火窯』。」

閔成梁正洗臉，也回頭來問道：「你是怎麼悟出來的？」魏廉笑嘻嘻地說：「我剛才出去數了，咱們住的這茂隆棧，恰好是大街上路南第九門；所以這個火字就是指南房……」

周季龍恍然道：「不用說，這火十四就是說咱們住在火窯第十四號房裡了。哈哈，這紙條原來是賊人窺探咱們，得到結果的一個密報！」

於是，全文悉解。「六百二十七，南九火十四，四來鳳。」

正是說：「六月二十七日，李家集大街南火窯第十四號房，有四個點子來了，鳳。」

下面的鳳字，自然是寫條的人的暗號，也許姓鳳，名鳳，或者外號帶個鳳字。這一張紙條，賊人一時的自恃，以為旁人猜不透，無意中遺留下來；不意鏢行四人，人多主意多，居然逐字解開了。頭一個就是九股煙喬茂，非常歡喜，立刻對三人道：「這一定無疑了。魏師傅，我真佩服你，還是你呀！」

喬茂話裡總是帶刺的，總要傷著一個兩個人才痛快，他是不管周、閔二人下得來下不來。他接著說：「好極了！咱們算是訪實在了，咱們該回去報信去了。咱們四個人，應該留兩位在這裡；兩位回去送信，請俞、胡

二老鏢頭，率眾前來尋賊討鏢，一舉成功。……好好好！咱們一下子就訪著實底了。魏師傅，要不然，就是咱倆回去一趟。閔師傅、周師傅二位留在這裡把合著。」這就站起來，拍拍屁股要走。

但是，周、閔二人不必說，就是魏廉，也一動也沒動地笑道：「訪著什麼了？就訪著這麼一個紙條，我們就回去麼？倘若回去了，寶應縣現有大批能人，不論哪一位，問問我們可訪著賊人安窯在何處？藏鏢在哪裡？共有多少賊？為頭的到底是誰？我們可是半句話也答不出來呀！」

閔成梁哈哈地笑了起來，周季龍也笑了起來。喬茂不禁臉通紅道：「魏師傅，您的意思還想在這裡露一手，您不怕打草驚蛇，把賊逗弄走了麼？」

這一回，閔、周、魏三個人，齊主張還要細訪，喬茂隨便怎麼說，也扭不過三個人去。閔成梁等教店夥進來，打水淨面，略進早點。因為通夜沒睡，在店房歇息了一會兒，方才由閔成梁、周季龍二人，找到櫃房上，打聽八號房的客人。

此時櫃房也正在詫異；據說這八號房的客人是前幾天投店的，都是白天出去，晚上次來。一到掌燈，便把第二天的店錢交了，人很規矩，自稱是買賣人。不知怎的，昨晚臨上店門，沒見人出店，一夜之間，兩個客人竟會全不見了。店中人很疑心，也覺得他們有點來路不正；查閱店簿，寫的是姓于、姓錢，也不知是否真姓？

在茂隆棧問不出什麼，又到雙合店探詢。這雙合店卻很熱鬧。昨夜那把火，直到此時，還惹得店家疑神疑鬼。周季龍下心套問一回，也無所得。打聽附近有無強人出沒，店家也都說：「地面太平，倒沒有成幫的匪人。」魏廉道：「我們出去訪訪吧。」

四個人仍分兩路，把這李家集前前後後、裡裡外外，細細查看了一遍，再沒有遇見可疑的人。又按著昨夜追賊所到的地方，來回尋了一遍；

在叢林、古塋、荒郊、高崗、青紗帳，盤旋了幾個時辰；只遇著兩三個鄉下人種地的，也不像是綠林道的眼線。

周季龍笑向喬茂說道：「喬師傅，你看怎麼樣？當真我們就這樣回去，豈不是笑話？」

喬茂無言可答，過了一會兒道：「白天看不出什麼來。一到晚上，賊人就要出現。」

閔成梁道：「可是出現的不過是賊人放卡子的，摸不著他們的老巢，總算白訪！」

四個人轉了一圈，隨後在一棵樹陰下坐了，商量著如何奔哪邊訪下去。閔成梁打算今晚還在李家集住下；如果賊人與鏢銀有關，他們必定再窺探我們來。沒影兒魏廉卻打算就此往西南訪下去；昨夜所見的人影，揣度來蹤，應該是從西南來的，並且苦水鋪也正在西南。周季龍又打算先奔苦水鋪，摸一摸看，如果摸不著，再翻回來打圈排搜，反正賊人離不開苦水鋪、李家集這一帶。

三個人三樣打算。及至一問喬茂，喬茂只想翻回寶應縣去；以為賊人的下落算是訪著了。閔、周二人不由大笑道：「咱們四個人正好分四路，各幹各的。」末後，還是依了魏廉的主意，由這裡往西南，一步一步訪下去，自然就訪到苦水鋪了。

在鎮外又繞了一會兒，四個人回店用飯，算還了店飯錢，一直投奔西南。喬、魏在前，周、閔在後，迤邐行來。離開李家集約有八九里地，前面橫有一道高坡，沒影兒魏廉望了望，用手一指道：「當家子，你看這地方！」

喬茂立刻站住，周、閔二人也跟了過來。原來這片高地，後面通著一道小河，旁有泥塘，這地勢很像在前途打聽的叫做鬼門關的地方。魏廉見

喬茂皺眉咂嘴的看了半晌，也沒有言語，忍不住嘲笑道：「當家子怎麼樣，還沒咂出滋味來麼？」九股煙喬茂把一雙醉眼，盯著魏廉說道：「唔？」魏廉道：「到底你瞧這地方對景不？不要啞巴吃偏食，肚裡有數啊！」喬茂舒了一口氣道：「什麼，你說對什麼景？」

魏廉不悅道：「咱們幹什麼來的？你不是說，你逃出匪窟的時候，曾經被狗追入泥塘麼？可是這泥塘不是？當家子你可別玩勁，咱們幹正經的，你若是老這樣，我可恕不奉陪了。」

想不到又把魏廉慪惱了。九股煙喬茂這才慌忙說道：「不像，不像！我記得陷入泥塘的那地方，這邊是一帶疏林，那邊才是一個高坡。」又將身一轉，手指後面道：「後面不遠，估摸二三里地，就是一座高堡，這哪裡像？我思索著，這倒很像那個什麼鬼門關。人家不是說，鬼門關鬧過路劫麼？我是思索這個來著。咱哥倆很好，我怎能跟你玩勁？我是揣摩這條小河，不知道能行船不能？」

魏廉哼了一聲，不願再問了。鐵矛周季龍在後面插言道：「這裡可真是一個險僻的地方，線上朋友在這裡開耙，倒是個絕地。只是……」展眼四顧道：「這附近一帶，卻沒有安窯的地方，就有歹人，也不過是小毛賊打樁子和，不像窩藏大盜的所在。我們索性不要三心二意地到處悶猜，莫如一徑先奔苦水鋪倒爽當，由苦水鋪再往四處排搜。閔賢弟，你說怎麼樣？」

閔成梁道：「好！」只說一個字，邁步就往前走。魏廉道：「但是，咱們也得到這裡掃聽掃聽，一步也別放鬆了。」

沒影兒魏廉記得昨夜追逐人影時，恍惚是從這裡躥過來的；便繞過泥塘，透過斜徑，走上高坡。這是一道斜坡，一步走滑，就要陷入泥塘的。到了高處，向四面展望；一片一片的青紗帳，高低起伏；唯有偏南是一片草原，看來很荒涼。江南膏腴地方，像這樣的還不多見。那條小河曲折流

波，好像也能行船。因想著要找個鄉下人，打聽一下；這還得往東繞，未免又多走半里路。魏廉便要溜下坡來；紫旋風閔成梁跟蹤走過去，也要登高一望；周季龍也不覺得信步跟來。

九股煙喬茂卻呆望著小河，心想：「記得自己被囚時，是經賊人裝船，從水路把我運來的，莫非就是這裡麼？可是那囚我的高堡又在哪邊呢？」他正要獨往河邊，順流探看；忽然聽閔成梁、魏廉二人在高坡上，手捏口唇，輕輕地打了一個呼哨。九股煙喬茂說道：「什麼事？」

魏廉催道：「二位快上來，你瞧那邊！」喬茂慌忙繞過泥塘，走狹徑，奔了過來。魏廉催道：「快著，快著，要看不見了。」

九股煙喬茂嗖的一個箭步，連躥帶蹦，躍上了高坡。鐵矛周季龍眉峰一皺，恐怕教鄉下人看見，不願施展武功，只緊走上幾步，也上了高坡。

魏廉說道：「你看，你來晚了一步！」周季龍急順手往西南看；西南面一帶疏林大路，相隔一里來地，征塵起處，有人跨馬飛馳。路隨林轉，周季龍一步來遲，僅僅地看見了馬尾一搖，一個騎馬的人背影眨眼沒入林後。那片疏林拐角處，恰巧遮住了視線，林後浮塵卻揚起很高。

鐵矛周季龍只瞥得一眼，回頭看九股煙喬茂、紫旋風閔成梁，都蹻足延頸，目送征塵。周季龍問：「這過去的是幾匹馬？」喬茂將二指一伸道：「兩匹。」沒影兒魏廉說道：「而且全是紫騮馬。」閔成梁說道：「並且騎馬的人全是短打扮，後面背著小包裹，細長卷，很像是刀。」

沒影兒魏廉、紫旋風閔成梁兩個人躍躍欲試的都想追下去。周季龍不以為然，徐徐說道：「這裡相隔一里多地，假如真是劫鏢的主兒，他給你小開玩笑，兩條腿的到底跑不過四條腿的；他把咱們遛一個大喘氣，又待如何呢？依我說，反正到此逐步縮緊，總不出這方圓數十里以內；咱們加緊排搜，也跑不掉他們。咱們還是奔苦水鋪。」沒影兒對閔成梁說：「不追就不追，閔大哥看這兩匹馬是幹什麼的？」閔成梁道：「不是放哨的，就是

往來傳信的；我們便不緊追，也該履著他們的後塵綴下去。」

九股煙喬茂卻站住不動，只呆呆地望著那條小河，道：「三位師傅，記得我被他們擄去以後，他們就把我帶上船，從水路走了兩天半；隨後就把我移上旱地，囚禁起來。你們看，這不是一條小河麼？你們再看那邊，地勢很高；若教我揣度起來，我們還是奔正西。剛才這兩個騎馬的是打正西，往西南去的。我們不如履著河道走。」

紫旋風、沒影兒還在猶豫，周季龍就說道：「喬師傅說得對，咱們就奔正西。喬師傅是身臨其境的人，總錯不了。」

四個人打定主意，傍水向西前行。走了一程，河道漸寬。

前面橫著三岔河口，河口上有兩只小小的漁船，料想橫當前面這一道較寬的河，必然是正流。問了問漁人，這個三岔河口地名叫七里灣。要想坐船上苦水鋪去，還得往西南走，到了盧家橋，才有搭客的船。

九股煙喬茂拿出江湖道上的伎倆，向漁家打聽地面上的情形：「有一個地方，緊挨首河沿，地勢很高。有這麼一家大宅子，養著十幾條惡狗，這是誰家？」

漁人看了看四人的穿戴、模樣：閔成梁、周季龍是雄糾糾的，穿著長衫，打扮成買賣人；魏廉體格瘦小；喬茂形容猥瑣，打著小鋪蓋卷，一張口搖頭晃腦，倒像個公門中的狗腿子。這漁人賠笑回答說：「我們打魚的天天在水裡泡著，除了上市賣魚，輕易不上岸的。你老要打聽什麼，你老往那邊問問去。」用手一指道：「你老瞧，由打這裡再往西走；過了莊稼地，不到半裡地就有一個小村子。」

周季龍道：「叫什麼村？」答道：「就叫盧家村。哦，盧家村地勢就不低，你老打聽他們，他們一準說得上來。他們本鄉本土，地理熟，哪像我們。」

喬茂什麼也沒問出來，但是還不死心，又問：「附近可有遼東口音的人在這裡浮住的沒有？」又問：「這裡安靜不安靜？」

打魚的全拿「說不清」三個字回答，喬茂臉上帶出很怪的神氣，索性不問了。離開漁船，喬茂向周季龍討主意：「咱們是奔盧家橋僱船，還是先到盧家村問問？」

周季龍道：「等一等。」轉身向漁人大聲問道：「二哥費心，這盧家村緊挨著河麼？」漁人道：「離河岸不遠，不到半里路呢。」周季龍嗤地笑了，對喬茂說：「這個老漁翁滑得很，你沒看他神頭鬼臉的，拿咱們也不知當什麼人了；好像咱們會吃了他，他一定是拿咱們當了辦案私訪的公人了。喬師傅，你也疏了神了。」

喬茂道：「怎麼呢？」周季龍道：「你一開口就叫他相好的，這可不像個小工的口氣，你沒看他只轉眼珠子麼？這是老滑頭，咱們還是奔盧家橋吧。」

四人走到盧家橋，果然看見橋下停著幾艘小船。講好價錢，四人上船；船家划起槳來，徑往苦水鋪駛去。喬茂坐在船頭，兩隻眼東瞧西看，全副精神注意兩岸；沒影兒和紫旋風低聲談話；鐵矛周季龍卻有一搭沒一搭的和船家攀談。

周季龍的口齒可比喬茂強勝數倍，他本是雙義鏢店的二掌櫃，功夫也強。慢慢閒談，片刻之間，把船家籠絡好，一點顧忌心也沒有了。問什麼，答什麼；居然問出地勢高而傍河近的三四個地名，又居然打聽出養狗最多的人家。有一家民宅，養著六七條狗；有一家燒鍋，養著十多條狗。又有一家因養得狗多，惹了禍，把人家一個老太婆、一個小孩子咬傷嚇壞，幾乎打了人命官司；後來拿出幾百串錢，方才私了結了。又問：這裡為什麼好養狗？據說是地面上不很太平，養狗的人家，不是豪紳，就是富商。

正在談得起勁，九股煙喬茂突然失聲道：「咦，那不是他們麼？」

鐵矛周季龍愕然四顧道：「你叫誰？」看喬茂時，兩眼都直了。這時候恰有兩艘小船，箭似的迎面駛來。小船飄搖如葉，船頭上搭著兩個客人，並不坐在船上，卻昂然立著。兩個人俱在壯年，短衣短褲，敞著懷，手搖黑摺扇，很顯著精神。

紫旋風、沒影兒一齊注意；以為喬茂必定看出來船可疑，再不然，船上的客人和他認識。但是轉眼間，一艘小船掠著他們的船，如飛劃過了。再看喬茂，兩眼還是直勾勾的，並不回頭，似乎眼光遠矚，正傾注在前途東岸上。九股煙猛然站起來，一迭聲的催船家攏岸；把整個身子往前探著，似要一步跳到岸上去。船家甚是詫異，呆看著喬茂的臉道：「客人，什麼事啊？你老可留神，別晃到水裡去呀！」

喬茂只是發急，催促：「快攏岸，快攏岸，我們要下船！」

把手舉得高高的，沖岸上連連招呼：「喂喂，前面走道的站住，走道的幾位站住！」

紫旋風等急順著手勢，往岸上看；東岸上果有五個行人，像是一夥。聽九股煙這一喊，五個人倒有三個人回過來瞧；好像說了一句什麼話，一夥人立刻住腳回頭。沒影兒忙問：「當家子，他們是誰？」

九股煙急口的說：「是熟人！」他又大聲招呼道：「我說你們站住啊！」

船家努力的搖動雙槳，小船掠波靠岸。岸上的五個人忽然喊叫了一聲，一齊翻身，撥頭就跑。九股煙急了，未等得船頭抵岸，飛身一躍，嗖地登上了陸地，沒影兒、周季龍緊跟著也飛身跳上去。

紫旋風閔成梁也要離船登岸，船家攔道：「那不成！客人，你老坐不坐的，也得把那一半船錢付了。」閔成梁不禁失笑，忙掏出一塊銀子，說道：「這使不了，你等著我們。」這才飛身上岸，跟喬茂一同追趕那五人。

這岸上五個行人一見喬茂等下船趕來，越發連頭也不回地急奔下去，那樣子竟要奔入前面那一帶竹林。沒影兒莫名其妙，在後面追問喬茂：「喂，怎麼回事？他們是什麼人？」喬茂顧不得回答，只催快追。

前面五個人全是短衣襟小打扮，有三個手裡拿著木棒，兩個空著手；有的頭上蒙著破手巾，有的頂著個草帽，看模樣很不像當地的農人。鐵矛周季龍見事情可疑，也顧不得忌諱，長衫一撩，施展開輕身提縱術，立刻趕過來。

九股煙喬茂回頭看了一眼，用手一指路旁，叫道：「三哥奔那邊，咱們兩邊截。」一面跑著，一面提起喉嚨喊道：「呔，前面走道的人站住！喂，站住！」

前邊的五個人著實可怪，若是五個人分散開逃走，就不好追了，這五個人卻抱著幫，拚命往一塊跑，鏢師們頓時就要趕上。五個人失聲叫了一聲，互相關照了幾句話，也不知說的什麼，依然大踏步奔竹林跑。九股煙喬茂喊道：「呔，前面可是海州泰來騾馬行的騾夫麼？快給我站住！」

喬茂這一嗓子頓時生效，五個人驟然吃驚，一齊回頭，情不由己地往前狂跑了幾步；忽然又站住，張皇失色，不敢再跑了。五個人又互相關照了幾句，好像曉得脫不開身，老老實實地轉身止步，不等喬茂、周季龍追到，反而惴惴地迎上來。內中兩人滿面驚慌地說：「爺們，我們盡快走著，一步也不敢停，一步也不敢走錯了道。我們一路上任什麼話也沒說。你老不信，只管打聽！」

這五個人說的話很離奇，鐵矛周季龍飛身急追，越過了喬茂，首先趕到。把兵刃亮出來，提防著五人動手，正要喝問他們。誰想這五個人，倒嚇得跪下了三人，齊聲央告道：「我們真是沒說話！你老算一算路程，我們連半天也沒敢耽擱呀！除非是走錯了道，那是我們路不熟呀。」

周季龍一見這情形，簡直莫名其妙，不禁問道：「你們說的什麼，你

們是幹什麼的？」

五個人你瞧我，我瞧你。周季龍的話本很明白，這五個人竟瞠目不知所答，只是瞅著周季龍那把短刀害怕。那站著的兩個人一見同伴跪下了，也跟著跪倒。青天白晝，五個人打圈跪著，只叫饒命。

周季龍忙催道：「這是怎的！快站起來，不要下跪，起來！起來……」

五個人還是磕頭禮拜央告，展眼間喬茂斜抄著追過來。鐵矛周季龍忙問：「喬師傅，他們五個人都是誰？你一定全認識他們了，難道他們就是咱們要找的人麼？」

喬茂搖頭道：「不！不！」用手一指內中的一個胖矮漢子，說道：「我只認得他，他就是咱們海州泰來騾馬店的騾夫。」

周季龍一聽這話，猛然省悟過來，把頭一拍道：「嗬！看我這份記性！這可不像話，你們快起來吧，別跪著了。」五個騾夫惴惴的跪著；周季龍一開口，露出海州口音，五個人頓時上眼下眼，把周、喬二人打量一個到。周、喬二人為訪鏢銀，都改了裝，這五個騾夫偏偏也都失了形，七個人十四隻眼睛竟對盯了半晌。

喬茂失笑道：「周三哥，我不信你還不明白，他們就是在范公堤失鏢被擄的那五十個騾夫。這一位胖矮個，腦袋長著一個紫包，所以我才認得他。」騾夫也省悟過來了，先後站立起來；垂頭喪氣，臉上都很覺掛不住。那年老的一個向周季龍面前湊近了一步道：「你老是咱們海州雙義鏢店的周二掌櫃吧？」

那個額長紫包的胖矮漢子也對喬茂發了話：「你老估摸是咱們海州振通鏢店的達官，是不是？我記得你老不是姓柴，就是姓喬。」

說話時，沒影兒魏廉、紫旋風閔成梁也都趕到。周季龍把刀插起，忍不住哈哈大笑。五個騾夫越發難堪，快快的抱怨道：「好嘛！二掌櫃，哪

有這麼來的！你老拿刀動杖的，差點沒把我們嚇煞！」五個人個個露出羞慚怨憤的神色來。

　　但是，四鏢師無意中得逢被擄脫險的騾夫，自然人人心中高興；以為這總可以從他們口中探出盜窯的情形來。

第十三章　撥草尋蛇環參唇典　臨流買渡驀遇騾夫

第十四章
歧途問路紫旋風逞威　荒堡款關九股煙落膽

鐵矛周季龍忙安慰騾夫，向他們道歉道勞。九股煙轉對閔、魏二人誇功道：「他們五個，周三哥竟沒看出來！你瞧，我在船上，老遠的就盯上了，這一位腦袋上長著這麼一個紫包，我記得清清楚楚，要不然連我也認不出來，這真是意想不到的巧事。這一來，賊人的巢穴算是沒有跑了！」

說到這裡，他興高采烈的向騾夫一點手道：「哥們多辛苦了！教你們哥幾個擔驚受怕；我們鏢局正為搭救你們哥幾位，派出好些人來，苦找了一個多月了。現在可好，來吧，哥們，這裡說話不合適，咱們上那邊去。周師傅，咱們到那邊竹林子裡頭談談去。」

五個騾夫一個個形神憔悴，衣服襤褸，臉上也都帶輕重傷痕。

周季龍、喬茂引著五人要進竹林，盤問他們怎麼脫得虎口？怎麼事隔月餘卻在此處逗留？五個人楞柯柯互相顧盼，面現疑懼之色，不願和周、喬二人久談，恨不得立刻躲開走路。但是四個鏢師雄糾糾的盯住了他們，神氣很不好惹。

那年長的騾夫怯怯的向四面望了望，見實在無法可躲，路上又別無行人，這才說：「說話可要謹慎一點。」對同伴說：「沒法子，咱們只好到竹林子裡去。人家一定要打聽咱們麼！」

四位鏢師忙引五個騾夫進了竹林，找了一塊空地，拂土坐下。

九股煙喬茂搶先說道：「你們哥幾個到底教他們擄到哪裡去了？怎麼這時候才逃出來？就只逃出你們五位麼？那四十五位怎樣了？是你們自己逃出來的，還是賊人把你們放出來的？這一個多月，賊人把你們關在什麼地方了？」

忽又想到自己探廟被囚的事，喬茂復向五個騾夫說道：「你們可曉得我麼？我跟你們一樣，也教賊人擄出去好幾百里地。你們可知道我們振通鏢局的趙子手張勇、馬大用、于連山哥兒三個的下落麼？他們是第二天綴下去訪鏢，至今一去沒回來。也不知落到賊人手裡沒有？」

五個騾夫並不理會趙子手訪鏢失蹤的事，他們只關心他們的險苦。未曾說話，先搖頭嘆氣道：「我們教人家綁去了，哪裡還知道別的！我們喊救命，還沒處喊去呢！喬爺，您說我們多冤！差點把命賣了，這有我們的什麼事？」

鐵矛周季龍忙又安慰五人：「我們知道你哥幾個太苦了。你放心，鏢局自有一番謝犒，絕不能教諸位白受驚。」

年長的騾夫摸了摸腦袋，又重重嘆了一口氣道：「周掌櫃，這回事提起來，真教人頭皮發麻！白晃晃的刀片，盡往脖子後頭蹭，這怎麼受得了？我們吃這行飯，不止一年半載，路上凶險也碰著過；我的天爺！可真沒遇見過這個。誰家打劫，連趕腳的也擄走的？這些天，挨打、挨罵、挨餓，這是小事；頂教你受不了的是渴！還不準人拉屎撒尿，一天只放兩回茅房，憋得你要死！一個人就給兩頓饃，一口冷水。這麼老熱天，渴得你嗓子冒煙！吃喝拉撒睡，就在那巴掌大的一塊地方上，臭氣烘烘，熏得人喘不出氣來。」

那一個年輕的騾夫道：「頂嚇人的是頭幾天，這一位過來說：『累贅，砍了他吧。』那一位說：『放不得，活埋了吧！推到河裡吧！』一天嚇一個死，不知哪天送命！而且不許你哀告求饒，連哼一聲都不行。你只一出聲，啪的就是一刀背；單敲迎面骨，狠透了！喬師傅，你老不也是教他們擄走了？這滋味你老也嘗過了吧？你老說可怕不可怕？」

九股煙瘦頰上不禁泛起了紅雲，支支吾吾地說：「我哪能跟你們一樣？我是自投羅網，自己找了去的。賊人夠多麼凶，你們是親眼見的，我們鏢

局沒一個敢綴下去；就只我姓喬的帶著傷，捨生忘死硬盯下去。一直綴了十幾天，沒教他們覺出來。是我自己貪功太過，不該小瞧了他們；我一個人硬要匹馬單槍搜鏢，一下子才教他們堵上。他們出來二三十口子，那時我要跑，也跑了。無奈我尋鏢心切，戀戀不捨，這才寡不敵眾，落在他們手裡……我是鏢頭，哪能跟你們一樣？他們往上一圍，我一瞧走不開了，我還等他們捉麼？我就把刀一拋，兩臂一背，我說：『相好的，捆吧。』那老賊直衝我挑大拇指，說：『姓喬的別看樣不濟，真夠朋友。』過來拍著我的肩膀說：『相好的夠味，我們不難為你，暫且委屈點，把亮招子蒙上點吧。』很客氣地把我監起來。他哪裡想到，只因了二十來天，我可就對不住，斬關脫鎖，溜出來了……」

喬茂還要往下吹，周季龍皺眉說：「咱們還是快打聽正文吧？」

於是五個騾夫開始述說他們被擄的情形。據那年老騾夫講，賊人在范公堤動手劫鏢，先把鏢行戰敗，立刻留下二三十人，占據竹塘，攔路斷後；另派十幾個騎馬賊，在四面梭巡把風。然後出來一夥壯漢，口音不一，衣裝不同，穿什麼的都有，個個手內提著一把刀，過來把騾夫們圍上。兩個賊看一個，三個賊看兩個；拿鋼刀比著脖頸，把五十個騾夫逼著，趕起鏢馱子就走。東一繞，西一繞，一陣亂轉，走的盡是荒郊小徑、沒人跡的地方。騾夫們連大氣也不敢喘，深一腳，淺一腳，跟著急走。誰也不敢哼一聲，只要一出聲，就給一刀背。

後來到了一個地方，前前後後，盡是片片的草塘。賊人這才分開了，一撥一撥，把騾夫裹進草塘去。鏢馱子到此，也不再教騾夫趕了；卻將五十個騾夫，挨個上了綁，先蒙兩眼，又堵耳朵，後來連嘴也塞上麻核桃，就只留下兩個鼻孔出氣。又把騾夫們五個人一串、五個人一串全拴起來，一共拴成十串。

然後派一個賊在前頭拉繩牽著，又派一個賊在後面持刀趕著。

就這樣，趕到一座廟裡！這廟就是九股煙被擒的那座廟。

一到廟中，群賊暫將眾騾夫蒙頭之物摘下，把五十個人全拴到偏廡地上。鏢馱子自此便看不見了，連騾子也看不見了。

囚了一個多更次，才聽見車輪聲、牲口動的聲音，可是乍響旋寂。又過了一會兒，進來一大批賊，把騾夫們個個撮弄起來，連推帶打，又轟出殿外，把臉罩又給蒙上。隱隱又聽得群盜一撥一撥，奔前竄後，好像很忙碌。

忽然間，一個粗喉嚨的人吆喝道：「走啊！」立刻奔過來許多人，把五十個騾夫重新綁上。這一回都是二臂倒剪，耳目和嘴全都堵上，把五十個人拴成一大串，拿馬鞭趕著跑。

五十個人磕磕絆絆，一路上栽了無數跟頭，挨了無數踐打；唧溜骨碌，像這麼趕了一程子。五十個騾夫全轉暈向了；不但東西南北不知，連經過多久，走出多遠，也曉不得了。奔了一陣，忽又打住；卻又另換了一種走法。把騾夫兩個做一捆，橫捆在牲口背上，教牲口馱著走。有的又不用牲口馱，另用幾輛小車裝。車裝牲口馱，忽又分了道；有的上了船，有的仍用車子載，這樣又走了兩天半。

騾夫們述說到這裡，九股煙哼了一聲道：「有牲口馱著，比趕著跑總舒服點吧？」

年輕的騾夫把嘴一咧：「我的喬師傅，舒服過勁了，比打著走還難受！我們是活人，不是行李褥套，橫捆著一跑；牲口顛得你肝腸翻了個，繩子勒得你疼入骨髓，還舒服？我們不知哪輩子作的孽，那一晚上全報應了！」

繼而五個騾夫又述說被囚的情形，這卻各人所言有殊；因為他們囚禁的地方不同，所受的待遇也就各異了。據這五個人說，大概僅只他們五個

人，就已被囚在三個地方。

那頭生紫包的騾夫說，他被囚的地方最苦，是囚在地窖子裡頭。人多地窄，能蹲能坐，不能睡倒；吃喝拉撒睡都在一處，滿窖子臭氣燻蒸。每天只給兩個老米飯糰吃，有時候就忘了給水喝，渴得要命。

那年老騾夫說，他被囚的地方是很高大的一間空房，潮氣很重，好像久未住人。也沒有板床，也沒有土炕，只在磚地上鋪著草。屋內共囚著六個人，倒很寬綽。同囚的人都倒背手綁著，牆上釘著釘環，半拴半吊著。所以地方雖寬綽，還是睡不下。而且仍堵著嘴，蒙著眼睛；這幾個人和別人囚的不同，想必是離著農戶近的緣故。

那年輕騾夫卻說，他被囚的地方是五間草房，屋裡有長炕，窗上關著窗板，屋內黑洞洞的，整天不見陽光。同囚的人大概不少，同屋就有八個。每個人脖頸上拴一根細鐵鏈；一頭緊鎖在咽喉下，另一頭穿在一根粗鐵鏈上。把八個人串在一起，只一動，便嘩啷啷的響；倒是只蒙眼，不堵嘴。每天只給兩次饍，也是常常忘，一頓有，一頓無，不免挨餓。一天放兩回茅，有時賊人忙了，就顧不得放茅。騾夫說到這裡，嘆氣道：「憋著的滋味真難受啊！」

沒影兒魏廉望著喬茂，忍不住撲哧一笑。那老騾夫倒惱了，瞪著眼道：「你老別見笑，我們夠受罪的了！告訴你老，我被囚的時候，我們嘴裡全塞著東西。吃飯了，他們現給拔塞子。可是我們的嘴筋早麻痺了，餓得肚子怪叫，嘴竟不受使；張不開，閉不上。看守我們的硬說我們裝蒜，誠心要自己餓殺，拿皮鞭就抽！還是我們結結巴巴，一齊跪求，才容我們緩一口氣再吃。白天受這份罪，到了晚上，蚊子叮、跳蚤咬；別說搔癢，你就略微動一動，立刻又是一皮鞭。你們老爺還笑哪，你們老爺是沒嘗過！告訴你老吧，挨打還不許哎喲！」

紫旋風笑勸道：「你別介意，他絕不是笑你，他也教土匪綁過。」

九股煙一聽這話，又紮了他的心，瞪了閔成梁一眼，哼道：「人家受罪，咱們笑……」

周季龍忙道：「得了得了，咱們還是掃聽正經的。到底你們哥五個怎麼逃出來的呢？可是他們釋放的麼？」五個騾夫道：「可不是人家放的？憑我們還會斬關脫鎖不成！」

五個人又述說被釋放的情形。他們被拘了許多天，昏天黑地，度日如年；也不知過了多少時間。忽一夜，從囚所被提出來，倒剪著手，五個人一夥，照舊蒙頭蓋眼，給裝在車上。乘夜起程，咕咚咕咚，盡走的是土路。五個人擠在車廂裡，雙手倒縛，不能扶撐；車一顛，人一晃，五個人像不倒翁似的，前仰後合亂碰頭。一路上磕得五個人滿頭大疙瘩；後來越走越顛，把五個人全顛簸得暈了。

思索時近四更，咯噔一響，車站住了。又過來幾個人，把五個騾夫扛下來，扔在空屋裡。屋子很寬敞，倒不覺熱。就這樣扔了一整天，也沒給水喝，也沒給飯吃。耗了一白天，覺得有許多人七出來八進去，唧唧噥噥，也不知講究些什麼。猛然間進來幾個人，把五個騾夫腦袋一按，立刻有冰涼挺硬的一件東西，往腦角皮上一蹭，明明覺出是一把刀。

五個人不覺顫慄，有的人竟失聲號叫起來；被兜臉打了幾個嘴巴。耳畔聽見罵道：「小子，老爺們服侍你，你倒鬼嚎！」

冰冷的刀片在頭皮上硬蹭起來，五個騾夫這才覺出是給他們剃頭。他們被囚月餘，頭髮已經很長了，這麼用刀片硬剃，未免拔得生疼；卻不能蠕動，一動就是一個嘴巴。但雖挨著打，五個人心中卻暗暗歡喜，自以為死不了；強盜殺人，絕不會給死人剃頭的，這一定是要開恩釋放了。

但剃頭的去後，過了不大工夫，外面人馬喧騰起來。眾騾夫擔心生路，都側耳偷聽。忽又進來一個人，罵道：「死囚，全給我躺下！」立刻把眾人推倒在土炕上。這時天色已黑，又進來一人，像個首腦人物，先提

燈向五個騾夫臉上照了一照，隨用深沉的語調，對騾夫告誡了一席話：第一，釋放以後，立即回家；勒定了日限，指定了路線，沿途不准逗留，不准聲張，也不准信口打聽什麼。

第二，到家之後，立即裝病；十天以後，方准出門。

第三，不准報官，不准對親友聲言；更不許見鏢局的人，也不許尋找牲口。

如果遵守告誡，必將已擄去的牲口送還，另給壓驚的錢。

否則，不但牲口不還，還要找各人的家口算帳。很威嚇了一陣，當下又給了每人五兩銀子，都給塞在懷內；命大家好生待著，今天晚上一定發放。

眾騾夫心頭剛一放寬，暗暗唸佛。不料聽得那首領猛喝道：「送他們回去吧！」立刻從各人身旁，撲上來一雙手硬扣住各人的咽喉。眾騾夫大駭，就拚命掙扎，哪裡掙得動？只覺得有溼漉漉的一塊布，照他們鼻間一堵；立刻有一種香息息的邪味，撲入鼻管，嗆得窒息欲絕。五個人起初還在扭動，漸漸的也掙不動了，頓覺天旋地轉，耳畔轟轟的亂響。昏惘中又覺得頭頂上被猛擊了一下，耳畔又聽得一聲叱吒，立刻都死過去了。

就這樣也不知過了多少時間，被涼風一吹，五個人才悠悠醒轉。睜眼一看，五人做一串被拴在一處，仰面朝天躺在曠野密林裡，時候正在夜間。每人身邊給留下一根短棒，一個小包，包內有些乾糧。五騾夫定醒移時，不敢亂動，直耗到天亮，看了看四近無人，方才曉得虎口逃生，居然被釋放了。可是手腳還被捆綁著；那其餘四十五個同伴，也不知道生死去向。

五個人慢慢地互相招呼，慢慢地去了縛手的繩套。你給我解縛，我給你鬆綁，這才全都恢復了自由，爬起來連夜往北逃……五個騾夫說到這

裡，卻還是談虎色變，痛定思痛，臉上帶恐怖之色。

　　幾個鏢師靜靜地聽了半晌，覺得他們說盡了身經的險苦；可是賊情、匪黨、盜窟，一切有用的消息，隻字未曾提及；他們所知的事，也並不比喬茂多。

　　紫旋風搖著頭，開口盤問道：「你們受的苦，我們全知道了；鏢局子自有一番報答。可是，賊人的巢穴到底在哪裡？你們被釋的樹林中，是什麼地名？有一個豹頭環眼的盜首，六十多歲年紀，你們看見過沒有？」

　　騾夫們翻著眼睛向閔成梁看。半晌，那年老騾夫才慢慢吞吞道：「爺臺！我們囚了二十多天，他們看得很嚴，也不許我們說話，眼睛又蒙著，也看不見什麼。我們除了受罪，任什麼都不曉得。再說就曉得，我們也不敢隨便亂說。這不是鬧著玩的，泄了底，他們還要我們一家大小的命哩！」

　　九股煙忙說：「我們不能教你白說呀，還有賞錢哩！」

　　騾夫連連搖頭道：「我們可不貪那個賞，只要賊大爺不找我們算後帳，我們就唸佛！」說著站起來，道：「得了，爺們，咱們再見吧！賊人給我們回家的日限很緊。我們還得緊趕，誤了限，還要割耳朵呢！」四個同伴也跟著站起來，這就要往竹林外面走。

　　紫旋風見騾夫心存顧忌，似不欲吐實，便勃然的把面色一沉，屬聲道：「什麼！你們就知道，也不肯告訴我們麼？好好好，你們是只怕賊，不怕官噢！你們曉得這二十萬鏢銀是官款，你們不知官面上正在嚴拿劫鏢的犯人麼？你們可曉得匿案不報，罪同通匪，你們是怕賊不怕官！好，走！跟我到縣衙門辛苦一趟，看那時候，你們說是不說！」

　　五個騾夫面面相覷，你看我，我看你，嘀咕起來。沒影兒魏廉也加上幾句威嚇的話。騾夫更是害怕，以為閔、魏二人氣度嚴厲，必是私訪鏢銀

的官人。

鐵矛周季龍、九股煙喬茂一看這神氣，忙開口圓場，向騾夫哄勸了一陣，道：「你們哥幾個是教匪人嚇破膽了。你們別聽他們那一套，他們哪有工夫長遠綴著你們！你們也思索思索，話是對誰說。出你們的口，入我們的耳，怎會教賊人知道？稍微小心一點就是了。真格的他們會未卜先知不成？他們是嚇你們。哥們趁早說吧，說出來有你們的『相應』。你們估量估量，這是二十萬官款哪！」

騾夫們吐舌道：「嚇唬我們？我們又不是小孩子，我不說，你老也不信，他們真綴著我們了。」一歪頭，把小辮一揪道：「你老瞧瞧！」

五人的小辮都齊齊截截的被剪短了一縷。問起來，是昨夜住店，被賊人跟蹤剪去的。據他們說，五個人被釋之後，出了密林，急急的北返，在路上一句話也沒敢說。次日住店，因被囚日久，身上骯髒，五個人就跑到澡堂，洗了一回澡，在澡堂中解衣見傷，撫創思痛，情不自禁地曾憤憤咒罵了幾句。入夜後，躺在店房的大鋪子上，五個人又少不了我問問你，你問問我，互訴前情；又悄罵了一陣，就睡了。

想不到下半夜，不知怎的，賊人竟進了屋，把五人的頭髮，每人割去一綹，他們竟會一點不知道。只在睡夢中，猛聽大響了一聲，驚醒睜眼看時，床沿上明晃晃插著一把匕首，匕首下穿著一張紙和五綹頭髮。字紙上寫著：「大膽騾夫，任意胡言；割髮代首，速歸勿延。初犯薄懲，再犯定斬不寬。」這一來，把五個人嚇得亡魂喪膽，一路上連大氣也不敢喘了。

騾夫說完這件事，九股煙不禁駭然。紫旋風卻高興起來，笑道：「好啊！你們五個人放心吧。他們故意嚇唬你們這一下，他們就翻回去了。」周季龍道：「這話對極了。你想你們五十個人，賊人若是人人都綴著，那得派出多少人來？別害怕，快講吧！他們這是故意留一手，鎮嚇你們的。」

五驟夫半信半疑，萬分無奈，這才說道：「你老要問快問。我們說也只可說，不過我們不知道的也編不出來，你老別見怪。只求你老替我們瞞著點，對外人千萬別說是我們走漏的呀！」四鏢師齊應道：「那是自然，我們何苦害你們哩。」閔成梁隨即放出和緩的聲調來，慢慢盤問道：「你們聽我問，你們知道什麼說什麼，可不許替賊扯謊。我先問你們，賊人囚禁你們的地方，到底在哪裡？」

劈頭這一問，五個驟夫就互相眙愕起來。那年老驟夫道：「地點真是不曉得，我聽賊人們話裡話外念道，大概是寶應湖。」年輕的驟夫道：「囚我們的地方，好像是在大縱湖什麼地方。」那額生紫包的驟夫卻說：「我是被囚在洪澤湖。」至於小地名，五個人全說不知道。

九股煙道：「你們說的是真話麼？」紫旋風冷笑道：「不管他，咱們再往下問。」他和沒影兒魏廉、鐵矛周季龍，繞著彎子，反覆盤問；又把五個驟夫分到兩處，隔開了盤問。問了半晌，五個人只說出被釋出的那座密林，地名叫枯樹坡，地方在高良澗的西南五十里以外。至於五個人三處囚所的準確地點，卻到底問不出來；只曉得有一座囚所是地窖子，又似菜園子菜窖。有一所囚所地勢甚高，似乎養著許多狗。往往入夜聽見群犬亂吠；此外也就任什麼也說不上來了。

再問賊黨，據五個驟夫參差的述說，人數足有百十多個，和喬茂所猜的倒相符。問及賊首，據說有一個瘦削人材的少年賊人，像是頭目。這個人精神滿臉，眼光射人；看人時，一種令人不敢逼射的威棱。此人短裝佩劍，白面黑衫。

還有兩個被人稱為大熊、二熊的，也不曉得是姓名，還是外號。還有一個黑面大漢，氣度威猛，可是性情和藹，並不虐待被擄的肉票。

另有一個黃焦焦面孔的人，這東西卻異常粗暴。生得兩道重眉，一個鷹鼻子，旱煙袋不離嘴；他不但模樣凶，手底下更歹毒，裹腿上總插著兩

把叉子，犯上野性，動不動的就要扎人。那年輕的驟夫大腿上就被他刺了一下，至今傷口沒好。

另外還有一些人，也像是賊頭；聽口音，看相貌，倒很有些像是遼東人。但內中也有的人說話是江北口音。至於那個豹頭虎目的六旬老人，在賊黨中頤指氣使，很像是大當家的；可是只在劫鏢時當場看見過他，以後見不著了……

四個鏢師把驟夫問了好久，可是盜窟確址，賊黨實數，依然不得其詳。紫旋風閔成梁、鐵矛周季龍，又續問了一些話，把喬茂、魏廉叫到一邊，低聲商計：「沒的可問了，這五個驟夫該怎麼辦？」

依著魏廉，還要把五個人押回寶應縣，請俞、胡二老鏢頭細問；再不然，把五個人交到官面上，經官嚴訊一下，多少還可以擠出一點真情來。閔成梁、喬茂都不以為然，對周季龍說：「這五個人講的話，並沒有隱瞞什麼。他們實在是不曉得賊人的底細罷了。賊人若是高手，斷不會把老巢洩給肉票知道。依我說，放他們去吧，留下也沒用。」

四個人商量好了，卻又故意對驟夫恐嚇道：「你們的話還有不實不盡之處。現在海州緝鏢的官人正在寶應縣城；你們是逃出來的肉票，官面上正要取你們的口供，要你們做眼線。你們隨我們到寶應走一趟吧。」

驟夫一聽大吃一驚，連說：「使不得！那一來我們可毀了。賊人一定要我們的命，我們家裡的老小也活不成了！怎麼你們四位盤問了一個夠，臨了還是不饒？」五個驟夫又怕又惱，怪叫起來，沒口的哀告。四鏢師笑了笑道：「便宜你們，去吧！」

五個驟夫拔腿就走。鐵矛周季龍道：「等一等！」卻從身上取出五兩銀子，分贈給五人，善言安慰了幾句，囑咐五人回轉海州，務必到雙義鏢店去一趟，找鐵槍趙化龍鏢頭，報一個信。五驟夫沒口地答應了，長嘆一聲，這才告辭上路。卻又央求四鏢師，千萬不要洩露了他們的話，恐被賊

人知道，不肯輕饒。紫旋風等人笑著答應了。

容得五人去遠，四鏢師立刻商量起來；都以為騾夫所說的三處囚所大縱湖、寶應湖、洪澤湖三個地名，全都不可靠，定是賊人愚弄騾夫。倒是騾夫被放之地，那個枯樹坡比較可信，猜想定距賊巢不遠。

這番巧遇騾夫，盤問了好半晌，九股煙喬茂以為枉費唇舌，一無所得；紫旋風卻道：「獲得的消息不少，我們已從騾夫口中探出賊巢定有地窖，並且賊人還養著許多狗。從許多狗猜測，賊人的堆子窯大概混在人家叢中，必然不是孤零零的山寨。」

四個人揣議了一回，決定順著路線，還是先奔苦水鋪，再訪枯樹坡。遂一同出離竹林，來到河邊。不想河邊停泊的那條小船，久候客人不來，又已得了船錢，竟悄沒聲開走了。四個人只好順著河沿，往西南步行下去。一路上仍然注意兩岸，尋視高崗古堡，和菜園地窖之類，在道上並未尋著。四個人便進了苦水鋪，投店進食；店號叫做集賢客棧，卻是一家小店，字號倒很響亮。

喬茂等人心想苦水鋪必很熱鬧，哪知進鎮一看，不過是較大的漁村。街道並不多，人家倒不少，卻也算是水陸的小碼頭，居然有三四家店房，六七家大小飯館。照顧的客人，多是魚販水手們，並且居然有串店賣唱的花姑娘。

紫旋風等忙著吃了飯，趁天氣還不晚，立刻出去勘訪。假作找人，先把各店房都走到了。又打聽臨河的高崗古堡，又打聽叢林泥塘，四個人作一路摸索下去。九股煙喬茂和沒影兒魏廉前面走，紫旋風和鐵矛周季龍搭伴在後跟著，因料到迫近賊巢，喬茂不願意把四個人分成兩撥，怕人單勢孤，再遭人暗算。

一路行來，直走出十幾里路，竟發現兩處大泥潭相連，中間有一狹土崗，人可以勉強透過。泥塘東面又有一道荒崗，亂草叢生，有幾棵高楊，

偏西又恰有一片小樹林。這地方和喬茂逃出囚所，被狗追逐的那個地方，倒有幾分相似。

九股煙喬茂立刻站住，就從這泥潭起，打圈徘徊起來；越端詳，越覺有點相像。這地方非常空曠，荒草鹼地，不類江南膏腴之區，倒似塞外不毛之地。喬茂搔首遮眼的把四周看了又看，覺著有兩件怪事。這泥塘很像，可是當初記得是一座大泥潭，這裡卻是兩處泥潭；當初泥潭很淺，這泥潭卻深，潭心還漾著兩汪深綠的死水。

還有一樣古怪，記得那一夜是由南往北跑，跑到泥潭，險些陷在泥潭裡去。可是如今這泥潭的南面近處，並沒有古堡；北面遠在七八里之外，倒有兩三片村舍。卻又方向不對，地勢也高低不同。

九股煙喬茂立在這似是而非的地方上，倒怔住了。紫旋風閔成梁和鐵矛周季龍緊跟過來，看了看四面的景象，動問道：「怎麼樣？是這裡麼？」

這時候夕陽西斜，暑氣猶盛；四個人立在太陽光下，好像揮著汗晒太陽似的。大路上有兩三個扛著農具的鄉下人，口唱山歌，走將過來；似為四鏢師奇裝異服、怪模怪樣所動，竟從大路上摺向泥塘這邊走來。

沒影兒魏廉人雖瘦，卻更怕熱，不住催問喬茂道：「怎麼著，老鄉到底是這裡麼？」

喬茂道：「誰知道呢！」手指著小樹林、土崗子和這泥潭道：「這都對！就是那邊土堡不像。我分明記得我被囚的那座荒堡，是在泥潭南邊。你瞧，這南邊倒是一片大空地。還有這泥潭也不對，我記得是一個泥潭，而這裡卻是兩個。」

紫旋風閔成梁道：「那片泥潭是比這個大，還是比這個小？」喬茂道：「彷彿比這片大。」紫旋風嗤地笑了，向周季龍道：「人的眼沒準稿子，喬師傅今天夜裡再來看看，也許兩片泥潭變做一片了。」

喬茂恍然省悟道：「我可真許是矇住了。那天夜裡一路疾跑，也許我把兩片泥塘看成一片了。不過這土堡……」

周季龍道：「你記得土堡在南邊，不在北邊，是不是你那天轉向了？」

喬茂尋思道：「不會轉向，我記得清清楚楚的，那座土堡地勢很高，怎麼這近處一塊高地也沒有呢？」這時，三位鏢師一齊向喬茂催促道：「咱們別在這裡發怔了，北邊有村莊，咱們先往北邊看看去。」

四個鏢師在泥潭邊講究，那三個農夫戴大竹笠，肩荷鋤頭，已經走了過來，他們徑到泥潭邊，各將那農具放在泥潭水裡洗泥。洗了又洗，很少停住手；扛了鋤，又唱著山歌，奔北頭走了下去。

在先，喬茂等對這三個莊稼漢，並不曾理會。直到他們走出十幾步去，沒影兒魏廉忽然趕上去，叫住三個農夫道：「老鄉，等等走，我跟你打聽點事。」

三個農夫一齊止步扭頭，兩下里對了盤。紫旋風陡然注起意來，這三個農夫，內中一人面色黃中帶黑，鷹鼻子環眼，在這猛一回頭之際，眼光一掃，十分尖銳。另一個年約四十多歲的，是個黑胖子，末一個是年輕人，細高個。魏廉上前拱手問路，三個人倒有兩個一聲不響，只讓一個人答話。那黑胖子操著江北的鄉音，答道：「你們做啥事情？」

魏廉道：「老鄉，我向你打聽一個地方。」黑胖子農夫道：「啥個地方？」喬茂等也不覺走了過來，道：「我們打聽一個古堡。」魏廉接著說：「那古堡有很多狗，有菜窖，地窖子。」三個農夫齊聲道：「哦！」還是那黑胖子答話道：「你問的這是啥話？你要打聽地方，你要告訴我個地名呀！」魏廉賠笑道：「地名我們忘了；就記得那個古堡，有家大戶，他家養著十幾條狗，很凶很凶的。」

農夫翻眼把四位鏢師打量了一下，忽對同伴笑了笑。那個鷹鼻子黃臉

的農夫，忽然把鋤頭往地一拄，往前湊上一步，道：「你們四個人是幹什麼的？你們打哪裡來，找的是誰？」這說話的口音卻不是江北方言，不南不北，另一種腔調。沒影兒魏廉說道：「我們打苦水鋪來，要找一家大財主。我們是瓦木匠，給他做活的。他們管事人姓趙，我們只記得他家有好多的狗；那地勢很高，院子很大，房子也多。偏偏我們忘了問地名了；我們轉了向，找不著了。」

那個黑胖子一低頭，忽然抬起頭來，哈哈一笑道：「你找的是別名叫惡狗村的那地方吧。你們看！那邊，那地方叫撈魚堡。」卻又自言自語道：「怪道來！今朝有兩三起人打聽撈魚堡。我對你們講，撈魚堡上是有一家大戶，養著好多的狗，專咬歹人，小毛賊都不敢傍它的邊。那裡倒是一塊高地，後邊有河，專釣大魚，不釣小魚，所以地名叫撈魚崗，又叫鮑家大院。」

說罷，嘻嘻哈哈笑起來，笑得沒一點道理。他隨又望著四個鏢師詫異的臉，說道：「你們四個人辛苦了，你們從苦水鋪來，不認識地名，可怎麼找人？我對你講，那裡那家大戶很有錢，家產值個二十萬，我們這裡沒有不曉得的……」

鐵矛周季龍探進一步，雙目一張，厲聲說道：「他姓什麼？」黑胖農夫還是那麼一字一頓地講道：「他姓鮑，喂！姓鮑，很有錢哩。二十萬傢俬，一點也不假的。你們可是找姓鮑的？你要找姓鮑的，還是跟我們走；我們領你去，也不要你的謝犒。你們自己去，小心咬了狗腿……不是的，小心狗咬了你們的腿。」紫旋風閔成梁陡然走過去，一拍這農夫，厲聲冷笑道：「相好的，你姓什麼？我看你一定跟姓鮑的認識，說不定你們是一家子！」

農夫笑道：「我麼，我們自然認識的，我們是老鄰舊居，這個不稀奇。你問我姓？我姓單，叫單打魚。我不僅種地，我也打魚。都告訴你了，

再會再會！」倏然轉身，卻又桀桀一笑，唱起山歌來；與兩個同伴且唱且走，也不回頭，竟投北去。

喬茂、魏廉、閔成梁、周季龍四位鏢師不由相顧愕然，八隻眼灼灼不約而同，一齊貫注在三個農夫的背影。容得相隔稍遠，閔成梁狂笑道：「好大膽！咱們是碰上了，此行不虛！」周季龍也神情緊張地說：「好！既然碰上了，咱們是過去挑明了硬上，還是暗綴下他們去？」

紫旋風閔成梁此時大怒，對三人說：「還講什麼明上暗綴？他們簡直是伏路兵，前來巡風誘敵。他們前路走，咱們就給他一個隨後趕！」魏廉一捋腕子道：「對！」周季龍也說：「就是這樣辦。」

只有喬茂還在猶豫道：「我們就這樣直入虎穴麼？」閔成梁說道：「怕什麼？青天白日，莫不說他們還敢活埋人不成？」四個人立刻拔步綴下去。那三個農夫頭也不回，直往前走；正走著，忽又轉了彎，竟不往正北，折奔北面上一條小道走去。約莫綴二三里地，魏廉咦了一聲，叫道：「喬……」九股煙連忙攔住道：「瞧什麼？」

魏廉忙改口說道：「瞧啊，瞧前邊，你看那裡可是鮑家大院那個古堡不是？」用手一指西北；紫旋風閔成梁、鐵矛周季龍、九股煙喬茂，一齊順手尋著。只見三四里外，竟有孤零零的一座土圍子，地勢固然不矮。那三個農夫且唱且行，竟奔土圍子後面去了。同時又從東南面，看見兩匹馬，沿曠野飛奔，直進了土圍子。馬上的人戴著馬連坡的大草帽，穿短打，揚鞭疾行，馬的皮毛又是紫騮色。

沒影兒魏廉向紫旋風閔成梁、鐵矛周季龍，暗打招呼道：「閔大哥、周三哥，你看人家布置的情形，實在不可輕視。這明明是知道我們已經下來，這才又派出人，故意引逗我們上圈。我們明知道他們已有提防，可是我們勢逼處此，又絕不能示弱，還得跟著就上。」周季龍憤然道：「那是自然，咱們一定得上。咱們一個前怕狼後怕虎，可就現眼到家啦。」

紫旋風閔成梁點頭道：「不錯，咱們哥們就是把性命都扔在這裡，咱們也得往前闖。」又一回頭，問喬茂道：「我說對不對，喬師傅？」

九股煙喬茂一時無言可答，若說明知道是個圈套，反倒故意去鑽，分明是不智。但如一退縮，當下就要叫同伴看不起。

他吞吐著說道：「咱們要是今天夜裡來探呢？」

紫旋風道：「可是就那麼辦，現時也得一道；準了，夜裡才好來。」喬茂默然不語，只得跟著三人，一齊往這古堡走。

這時斜陽西墜，日漸銜山。四個人腳下加緊，展眼間已到古堡前。紫旋風拔步當先，且不入土圍子，引著喬茂等在古堡外面走了半圈。只見這土圍子，高不過一丈四五尺。土垣上生著一叢叢荒草。有幾處土垣已經殘缺了，用泥土葦草現修補的；上面的堆口俱已參差不整。又有一道壕溝繞著，溝水已乾；壕上仍然架著木橋，橋板半朽了。

木橋上正有兩個人。一個穿一身紫灰布襖褲，白骨鈕子，白布襪子，藍紗鞋，正蹲在橋上。那另一個穿得倒整齊，綢長衫，衣襟半敞；手拿灑金扇，面色微黑，一臉風霜之色；站在那短衣人面前，比手畫腳，似正說話。

紫旋風閔成梁瞥了一眼，抬頭恰看到土圍子上；隱然見正面堆口上，還有莊稼人打扮的一個人，頭頂大笠，面向田野，很淡閒地看那夕陽落照的野景。

四個鏢師繞了半圈，側目注視橋上兩人。兩人依舊談話，一點也不看他們。沒影兒魏廉一扯九股煙喬茂，不帶一點神色，徐徐從古堡東邊繞著走。紫旋風閔成梁、鐵矛周季龍遂也不作一聲，跟隨過來。

將近橋邊，九股煙喬茂故意落後，佯作腳下一絆，跟蹌地往前一栽，呀了一聲，險些沒絆著，卻把鞋踩掉了；偏著身來穿鞋，乘機側目，一瞥

這橋上的兩人。哪知這兩個人好像沒理會來了人似的，連身子都沒轉，照樣談話。可是那個穿短衣蹲著的人，眼角閃光；斜往這邊一掃，正也偷看喬茂。

喬茂慌忙把靴提上，緊跟上三個人走過去。四個人改從斜刺裡往堡門走，相距已然很近了。紫旋風閔成梁昂然轉身，直上木橋。沒影兒卻跨過壕溝；喬茂也跟沒影兒從那平淺的旱溝跨過去。四個人分從兩邊來到堡前。

喬茂緊行幾步，追上魏廉，低問道：「還往裡麼？」沒影兒魏廉悄答道：「幹什麼不？」

就在這工夫，陡聽見堡上堆口後有人大聲道：「寶貝蛋，來了麼？你小子倒真有料！」

喬茂吃了一驚，急仰面看。土圍土堆口後，突然走來一個人。這人面向裡，指手畫腳的，好像堡內正有人跟他說話。紫旋風閔成梁、鐵矛周季龍一點也不顧，一徑過了橋，才把腳步放緩，容得喬茂、魏廉趕到，就用眼神示意。喬茂略略地點了點頭。

紫旋風遂毫不猶疑，舉步當先，直入堡門。剛剛的挨到堡門口。突從裡面閃出三個人，短打扮，持木棒，攔路一站，把四人進路擋住道：「你們是幹什麼的？」紫旋風閔成梁卻步一看，這三個人個個精神剽悍，不帶一點莊稼漢氣象。紫旋風微然一笑道：「借光，我們要進去找一個人。」

三人中一位四十來歲的漢子，把兩眼一張，將閔、周、喬、魏四個人看了又看，道：「哦，你們是找人，我曉得了。」

突然一板臉道：「你們找誰？」

紫旋風閔成梁道：「我們找一位老爺子，六十來歲，愛抽關東煙葉，手裡常拿一根旱煙袋，可是鐵桿的，勞您駕，有這麼一位沒有？」

那人一聽，唔的一聲，倏然變了臉色；身旁兩個同伴也不由提起木棒來。但是紫旋風昂然不顧，只看定那人的嘴，聽他回答。那人陡問道：「你找他幹什麼？」這一嗓子不像問話，簡直是嚷起來了。

　　紫旋風不動聲色，徐徐答道：「我們找他有點事情。我們是老主顧了，我們是承他老人家帶口信招來做活的。」那人道：「找你們做活？……真是人不可以貌相。看你不出，你們手底下還會做活？我們這裡也正找做活的哩，你們來了幾個？」

　　鐵矛周季龍忍不住邁了一步，插言道：「二哥，你別看我們這樣，手底下管保比別人強。拾掇個什麼，只要你點得出來，我們就做得出來。什麼十萬、二十萬的大活，擱在我們手裡，滿不算什麼。」說到這裡，周季龍滿臉上露出賈張的神氣。

　　紫旋風向周季龍瞟了一眼道：「別打岔，咱們打聽正格的要緊。我說二哥，費你心，這裡有這麼一位老者沒有？」

　　周季龍把眼一瞪道：「你忙什麼！人家不是問咱們來了幾個人麼？你瞧，人家向咱們打聽人數，不是沒有意思的，人家這是照顧你！你怎麼不懂？」轉臉向那人賠笑道：「二哥，我們來的人不多，就只七八十個，可是只要有活，一招呼三百、二百，要多少有多少。」

　　那人眨了眨眼，冷笑道：「才七八十人麼？越多越好，可是不要吃材貨。」

　　那人身邊的兩個同伴，一個是細高挑，三十多歲；一個是二十一二的少年，生得粗眉環眼，面圓身矮。這圓面少年突然出了聲道：「相好的，你們眼下就來了四個人不是，你們是不是昨天才到李家集的？」

　　那個細高挑推了少年一把，眼望閔、周，指著魏廉、喬茂問道：「我說這兩小矮個，也是跟你們一塊來的？那個小腦袋怎麼看著很面熟？他難

道手底下也有活麼？」

閔成梁冷笑道：「人不可貌相。」一拱手道：「我還是向你老打聽，到底你們貴處，有這麼一個使鐵煙桿的老者沒有？」

那中年男子很鎮定地說道：「你打聽你們的老主顧，你可知道他姓什麼，叫什麼？」

紫旋風閔成梁故意搔頭道：「這位老者我們只知他姓鮑，名字可說不上。」

中年男子道：「你們算打聽著了，這撈魚堡真有這麼一位姓鮑的老爺子，生平打魚為業；可是他不常住在這裡，這位老爺子本來四海為家……」說著不言語了，兩眼盯著閔成梁。

閔成梁道：「這是怎麼說的？我們來得不巧了，可是他的家住在哪裡？你費心，領我們認認門，下趟我們來了好找他。我想鮑老爺子也許不嫌我們來找吧？」

那圓面少年立刻接聲道：「怎麼會嫌惡？人家還竭誠款待哪，就怕你們不肯去！」

中年男子道：「對了，告訴你，你們來得很巧。別看他常出門，今天可是正在家裡。他說跟人有邀會，他正候著哩！這時候你們去找他，別提多好啦。這位老爺子別看家稱二十萬的大財主，他可非常好交，也真疼苦人，像我們全都受過人家的好處。你們四個真的攬了他的活，那可是你們的造化。」說罷，桀桀地笑起來，回顧同伴說：「我說，咱們就把他們四個人領了去吧！」兩個同伴道：「怎麼不領去呢？人家大遠的尋來了，咱們難道連領個路都不肯，豈不教人笑掉大牙？來吧！相好的，我領你去。」少年過來一拍閔成梁，就要拉著手往堡內拖。

卻被紫旋風用手一撥，使了個八分力；那少年一齜牙，把手鬆下來了。

紫旋風閔成梁哈哈一笑道：「二哥，你別忙。我們大遠的來了，一定要找上門的。不過有一節，我們承做他老人家這一票活計，我們也有頭兒。我們不過是小夥計，手底下稀鬆平常；我們就想跟鮑老爺子面前討臉，也怕他看不上眼，不肯搭理我們哩。你們三位費心，只要把門戶指給我們，我們回頭就請我們頭兒來。三天為限，我們頭兒一定親來。不過就怕人家不放心我們罷了。」說著也桀桀一陣狂笑。

　　九股煙喬茂顏色一變，站在紫旋風背後，始終一言未發，心頭卻撲通撲通地跳。到了這時，自想再不答話，未免太丟人了，忙接聲道：「對了，我們是小夥計，我們不過是打發來認門的。正經攬生意，還得我們頭兒來……」

　　那中年男子瞥了同伴少年一眼，臉上似很難堪；雙眼一瞪，突然大聲道：「豈有此理！你們大遠的找來，哪有不進門的道理？別看我跟鮑老者不過是鄰居，我也可以替他做東。相好的來吧，你們過門不入，那就不夠朋友了，那還配做有字號的生意麼？」兩個同伴一齊接聲道：「對呀！快進來吧。進堡東大門就是，你們辛辛苦苦摸來，哪能白來一趟？」三個人一齊發話，橋上那兩個人此刻也站起來，橫在橋頭上，臉衝著裡，看著九股煙喬茂等四人。土堡上戴大笠的鄉下人此時已然下去，看不見了。在堡東大道上，嘩啦啦奔來兩匹馬。馬上的人短衣襟、小打扮，空手拿馬鞭，策馬飛馳；展眼間徑奔圍牆，抄後門進去。

　　紫旋風閔成梁、鐵矛周季龍、沒影兒魏廉、九股煙喬茂四位鏢師立在堡門前，心下猶豫起來。像這麼信口編排暗藏機鋒的探詢，不過是借這言語的刺激，可以察言辨色，揣度賊情。

　　哪想到就在岩穴之前，他們膽敢公然直認不諱！就算他們大膽，也不至大膽到這個份上。他們不怕鏢師，難道不怕報官麼？

　　四位鏢師儘管勇怯不一，智愚不同；可是全對這賊人的意外舉動，起

了惶惑之心。越想越覺怪道：「莫非他們直認之後，就要動手，活捉訪鏢之人麼？」一念及此，九股煙喬茂頭一個害怕起來，惴惴的閃目四顧。此地縱然空曠，究竟天色未晚，來來往往，盡有耕田走道的人；賊人似不會在這光天化日之下，明目張膽來綁票吧？

九股煙瞻前顧後，心中打鼓。乍著膽子挨過來，立在紫旋風身旁；咳了一聲，反詰堡前三人道：「這位二哥說的很不錯，我們當然不能白來一趟。不過天晚了，我們先不進去了。我再跟你老打聽打聽，這位鮑老者手底下……做活的有多少人呢？他家裡養著那些獵狗，現在還養蓤著了吧？一共有多少隻啊？」

那少年脫口道：「他老人家手底的夥計可惹不起，說多就多，說少就少；你見過他的面，你就知道了。那狗不只還養著，並且越來越厲害，反正嘗過的都知道。那些狗也怪，不咬好人，專咬邪魔歪道兔子賊。等我領著你們進去一看，就全明白了。」少年說著話，瞟了喬茂一眼，故意撲哧一笑。喬茂一扭頭，忙把眼光轉到別處去。

這時堡裡不時有人走動往來，對這四個鏢師好像滿不理會似的。紫旋風閔成梁一看這情形，有些棘手；當時鬧穿了，未免打草驚蛇；可是急退下來，又未免示弱；一面口頭敷衍著，一面用眼光示意。看沒影兒魏廉、鐵矛周季龍的神色，大概不肯退縮，似有深入一步的意思；唯有九股煙喬茂是驚弓之鳥，恨不得拿腿就跑。

紫旋風眼珠一轉，淡然一笑，很不當回事地說道：「這位大哥好熱心腸！我總算沒白來，往後我們全靠爺們照顧哩。」

九股煙一聽這口氣，心知更糟，閔成梁分明要涉險，慌忙插言道：「天太晚了，咱們明早再來吧……」

那中年漢子竟湊近一步，把頭一晃道：「你們就不用嘀咕了，乾脆來吧！天晚點怕什麼？」立即一揚手，吆喝了一聲。堡前橋頭的人，頓時齊

往四鏢師身旁湊來，嚇得九股煙情不自禁往後一縮。

紫旋風眼看四面，微微一笑，突然大聲道：「走！你瞧我們是幹什麼來的？怎麼不走？勞你駕，前頭引引路！」說到這裡，閔成梁搶前一步，反倒分開面前三人，昂然先行，直入堡門。鐵矛周季龍從鼻孔中哼了一聲，也急跟上來。沒影兒魏廉一拍喬茂，也說得一個字：「走！」並肩跟進去。九股煙事到臨頭，無可奈何，也只得一挺腰板，跟著三個人往前撞大運。

紫旋風、沒影兒、鐵矛周季龍，帶著九股煙喬茂，旁若無人地進了撈魚堡堡門。中年男子哈哈一笑，臉衝著同伴說道：「相好的，真有兩下子麼！我說夥計，你先去告訴鮑老爺子一聲，就說他的老主顧來了，也好教他款待款待。」少年男子答應一聲，如飛前去。

當下兩個堡中人伴著四個鏢師，後面緊綴著橋頭那兩個人。這時堡中又出來一個人，眼角斜瞥，神情蹺蹊。閔成梁眼看前面，暗中留神身畔。走出不多遠，從一個大門口又出來一個人，與引路人一照面；引路人自言自語地說道：「鮑老爺子的主顧，真會尋來了？」迎面那人抬頭把四鏢師挨個盯了一眼，翻身便回。

九股煙喬茂暗吸涼氣，低叫道：「梁大哥！」閔成梁回頭一笑，並不搭理，腳下不停，眼光四射。只見這土堡正門坐北朝南，微偏西北，由堡門起，四面是一丈多高的土圍子，內有更道，可以上下。

圍子裡面，當中是極寬的一條泥鰍背的土沙子道路，墊得尚還平坦，但已微露失修之狀。夾道兩旁，植著兩行桑樹；年代深遠，桑樹很高，只是有截根鋸了的。東邊一大片麥場，足占二十多畝。西邊有兩處井臺，還有一座馬廄，都已破爛不堪了；棚頂頹漏見了天，棚面也生著荒草。由這馬廄走過去兩箭地，前面亮出一大片宅院來，遠望去像有十幾丈深似的。這片宅子是東西兩大所望衡對宇的列峙著，東邊這一所是處座子門樓，西

邊這一所卻是一座大車門。但是房舍盡多，全都殘破失修，瓦壟上生蕪草，滿眼顯出頹敗之象。兩片宅子散散落落，還有幾處房子，全是三五間、五七間的小房院。一望而知，這大宅是當年大地主的住所，小房子便是長工、佃戶的住處了。

卻是這麼大的一座土圍，不但房舍蕪廢不葺，而且出入的住民極少；除了剛才所見的那幾個男子以外，望去幾乎沒有人煙，更沒女人小孩。這些景象瞞不住久闖江湖的紫旋風等人，四個人不由互遞眼色。九股煙喬茂尤其忐忑，他想：「這個地方實在有點古怪。」想到這裡，腳下竟不願走了。沒影兒魏廉還拉著喬茂的手，不禁一扯，低聲道：「喂，夥計，走啊！」

展眼間，四鏢師到了兩所大宅的中間。忽隆一聲響，那東邊虎座子門樓的兩扇門突然打開了。紫旋風、鐵矛周、沒影兒、九股煙各自戒備著，閃眼旁睨。從這個大門口，又出現兩個壯年男子。一個蒼白臉，細眉毛；一個黑面孔，厚嘴唇，一臉野氣。兩人跨步出了門檻，回手關門，轉臉上下打量這喬裝訪人的四鏢師。

閔成梁和喬茂分明看見兩人臉上帶出驚訝的神氣。那黑面男子噫了一聲，匆匆推門，轉身進去。

九股煙猛吃一驚，不由縮步；再想多看這人一眼時，他已掩上門扇了。只剩下那個蒼白臉漢子，倒背手當門而立，向閔、周等死盯了兩眼。那引路的中年人大聲說：「到了，相好的。」轉臉對閔成梁道：「喂！告訴你，認準了這個門，這就是鮑老爺子的家。你要找他，可別認錯了門。」

紫旋風閔成梁立刻止步，向引路人拱手佯笑道：「好極了，認得門就好辦了。勞你駕，替問一聲吧。」遂即堵著門一站，暗與喬茂等打個招呼；四鏢師雁行站著，各照一面。那引路人也不搭理閔成梁，自向門前站著的蒼白臉人說：「找鮑老爺的人來了。」

蒼白臉人道：「來了很好，教他們一塊進去。」一側身，伸手推開門。那引路的兩個人，一先一後，將右手木棒換到左手一拄地，右手向門裡一指道：「哥四個請進來吧！」

紫旋風挺身當前，邁步來到門口。沒影兒魏廉在後連忙招呼道：「梁大哥，沒見真章兒，可別亂往人家宅裡闖呀！這裡的狗厲害，找不成人，把褲子咬破了，就穿不得了。」

但紫旋風閔成梁哪肯貿然上當？他來到門口，向內一張望，不待叮嚀，立即止步。面向那往裡請的少年引道人說道：「這位二哥，我們可不敢就進去，人家這是住家戶。二哥你多受累，給我們問一聲；請這位鮑老爺子出來，我們見見。只要對了碴，我們就可以死心塌地的搬鋪蓋上工了。」

那少年雙眉一挑，厲聲呼叱道：「相好的，別這麼又要吃，又怕燙。進來吧，少給人添麻煩。」竟伸手又來拖紫旋風。紫旋風一提勁，立即一翻手，把少年的手腕猛一格，這一下比前一次更重。頓時間四個鏢師各展開身法，似欲準備動武。

那個中年引道人，忽換做笑容道：「這是怎的？好容易摸到門口，又爬桅了，你就給他回一聲去。」遂向少年一使眼色，少年撤步轉身，悻悻地瞪了一眼，走進門去。也就是剛進去，從宅中走出幾個人來。

當先出來的，是一個五十來歲的老人。穿灰綢半短衫，高腰襪子，緊打護膝，腳蹬青布雙臉便鞋；手裡果然擎著一桿煙袋，繫著煙荷包、火鐮、火石。看相貌，頂已半禿，額起皺紋，高顴骨，疏眉深目，眼光燦燦，身量並不高；走路塌著腰，似很迂遲。沒影兒魏廉站在紫旋風背後，早看出這老人走路的神情，並不是真衰老。

這老人好像一臉不耐煩，到門口一站，咳了一聲，道：「誰找我？」眼光橫掃，把四個鏢師打量了一遍。紫旋風閔成梁忙道：「我們找你老，你

老可是貴姓鮑？」老人道：「唔，不錯！我就姓鮑。」

紫旋風微微一震，往後撤了半步，急回頭看九股煙喬茂。

喬茂把頭連搖道：「不是這位，錯了！」轉身就走。沒影兒魏廉和喬茂正並肩站著，忙攔道：「怎麼不對麼？」喬茂道：「不對，不對。」拔步又要走。

紫旋風和鐵矛周季龍也是一怔，把老人連看數眼。那劫鏢的豹頭老人，聽說是赤紅臉，身量魁梧。這個老人卻矮，並且也不是豹子頭；這根煙袋也分明不是鐵桿。紫旋風雙眼注定老人，雙手一拱道：「對不起，我們找錯人了。」

那中年男子冷笑道：「怎麼，找錯人了？撈魚堡沒有第二位姓鮑的，你們倒是找誰？」

九股煙回頭道：「我們找使鐵煙袋管的老爺子……這位老爺子不是。」對閔、周、魏三個同伴道：「咱們走吧！這不對，不是這裡。」

但九股煙才一挪身，要從人群中鑽出，立刻被三四個人擋住。那個當門而立的老人厲聲說道：「陸老三，他們是幹什麼的？你怎麼胡亂往堡裡領人？」中年男子道：「他們說他們手底下都有活，要攬鮑老爺子的活計。」

老人哈哈一笑，左腳一抬，把煙袋鍋往鞋底上一磕；翻著眼看定閔成梁、周季龍、喬茂、魏廉四個人，冷笑發話道：「你們到底是幹什麼的？誰打發你們來的？快說實話！」

從這大宅出來的人和這個老人、橋頭上站著的人，現在都湊在一起，已有七八個人了；摩拳擦掌把四鏢師看住。喬茂被擋回來，臉上改了顏色，緊立在魏廉身旁。紫旋風獨對宅門，站在四五個人中間；鐵矛周季龍走上一步，和紫旋風閔成梁錯身接背而立，暗中都留神身步。

紫旋風氣度最豪，閒閒地說道：「你問我是幹什麼的？告訴你老，是找人的。我們可是找錯了，對不住，這也沒什麼要緊，你老多包涵，驚動你了。再見，再見，我們還得往別處找去。」又提了提嗓子，大聲道：「夥計，咱們走吧！」

陡見那老者往門外一邁步，厲聲斷喝道：「站住！你們倒隨便，想來就來，想走就走。你們倒瞧著便宜，相好的！說老實話，你們是沖誰來的？來幹什麼的？」

沒影兒魏廉咦了一聲，道：「老大爺，這是哪裡的事！難道找錯了人，還有啥罪過？」

魏廉還想跟他們支吾，紫旋風龐大的身軀如旋風一轉，一雙巨目一張，聲吻陡變道：「哪裡這些廢話，咱們走。我不信找錯了人，還會砍頭！這堡裡我倒是看見了，沒什麼！」紫旋風就公然揭開了假面具。

瘦削的老人一聲冷笑，聲色俱厲，道：「你們是找人的，找錯了人的？我看不是吧！我看你們分明是踩道的土匪。嘿嘿，你們也不睜開眼打聽打聽，我們這裡不許蒙事！我看你們這些鬼頭鬼腦，一定不是好人。來呀！」老頭子把腰一伸，伸了個筆直，向眾人叱道：「陸老三、蔡老二，你們還不過來！這幾個東西全是土匪！綁上他，交鄉公所。」

老人的話才出口，沒影兒魏廉瞥見身旁少年壯漢，已伸手向鐵矛周季龍抓來。那兩個拿木棒的人竟同時舉棒來打紫旋風。沒影兒魏廉喝一聲：「幹什麼！」右臂一抓貼身少年的右臂，左腿往下撥，右掌突往外一送，嘭的一下，把少年打倒在階旁。

這時候，門前街上幾個壯漢譁然大叫：「好奸細，敢來撒野！」餓虎撲食，一擁而上，把四個鏢師圍在當中。紫旋風口中說：「怎麼真打人？」卻是手腳早已先發，一個「靠山背」碰倒一人。鐵矛周季龍卻被堡中人踢了一腳，晃一晃，幸沒栽倒。

九股煙喬茂乘機往外一闖，被人扯住了小辮。喬茂怪叫了一聲，沒影兒魏廉忙趕來應援。兩下夾攻，喬茂奪出小辮來；卻又劈面被人打了一拳，將鼻子打破，弄了半臉血。九股煙捂著鼻子，沒命的逃脫出來。只有紫旋風如生龍活虎似的，一舉手，一投足，身邊三四個人立刻被他打散。他沖出圈來，急引鐵矛周、沒影兒往堡外退。

那老頭發怒，大罵道：「你們這些屎蛋！快去叫牛兒來！」

一言沒了，突地從宅內躥出一個黑面孔、長臉盤的大高個兒來，如捲起一陣黑風，跟著引起一陣猖猖的狗吠之聲，五六條肥大的狗猛撲出來。

九股煙頭像撥浪鼓似的，且跑且四顧，小辮子早盤在頂上，一溜煙地奔向堡門。驀然間，靠堡門小屋又竄出兩個人。

這時四個鏢師，紫旋風、沒影兒、鐵矛周且戰且走，稍稍落後；唯有九股煙跑得最快，已撲到前頭，四個人相隔五六丈遠。這一來，他第一個被堵住了；小屋中的兩個人當堡門一站，橫短棒，截住了去路。卻又出來一個人，要關堡門，堡門木柵早已朽敗，支支吾吾的合不攏。

九股煙一彎腰，把手叉子拔出來，瞪著眼向這兩個人奪路。兩個人大喊道：「好土匪，敢動凶器！」齊將木棒沒頭沒腦，照九股煙打來。九股煙雖有利刃，竟非敵手；一霎時，身上挨了三四棒。卻幸他會挨揍，保護了要害，只屁股上、後背上，挨了幾下。可是就這樣，已急得他怪叫，因為他空挨了打，還沒有闖出去。

但轉眼間，紫旋風、沒影兒、鐵矛周，一窩蜂趕到。緊跟在三人身後的，是那一個黑大漢和五條大狗。這小小土堡竟像有守望相助的鄉團似的，忽然敲起鑼來。堡上堡下，一迭聲的聽人喊嚷：「拿臭賊，拿奸細！」空曠曠一個荒堡，一個婦孺沒有；從兩面敗落的破屋中，前前後後鑽出來十多個壯漢。聽呼喊的動靜，竟像有百八十人一般。

九股煙鼻孔中滴著血，一肚子的怨恨，怨恨紫旋風之流膽大妄為，平白牽扯著自己，落在人家陷阱之內。雖然怨恨，還得拚命，九股煙揮動了那把短短的匕首，怪叫著與堡中人苦鬥。堡中人兩根木棒，只在他頭頂上盤旋。顧得了上盤顧不了下盤；嘭的一聲，就挨上一下；啪的一聲，又挨上一下。九股煙被打得叫苦連天，一迭聲催喊紫旋風、沒影兒、鐵矛周，一齊快來奪門。百忙中也忘了顧忌，三個人的名字，一個不落全被他喊叫出來。

紫旋風腿長步快，首先趕到，只一展手，便打倒一個，將木棒奪過來。就拿敵人的棒，來暴打敵人。一連三四棒，那另一個人的棒也被他奪過來。兩個把門的人呼叫一聲，退入空舍。堡門半開，紫旋風、九股煙恰可逃出來。但是一回頭，又看見沒影兒和鐵矛周已被五條大狗包圍。那黑大漢也已加入，和鐵矛周打在一起。鐵矛周和沒影兒上顧敵手的巨棒，下顧五條大狗的利齒，不覺手忙腳亂，危急萬狀。

紫旋風咬牙切齒，招呼九股煙奔回去救援，九股煙卻摀著鼻子，一溜煙往堡外逃；跨過淺壕，直投大路。紫旋風冷笑，急揮雙棒，上前迎敵助友。百忙中，將短棒遞給沒影兒一根，又遞給周季龍一根；他自己竟捻雙拳和人、狗打架。形勢稍緩得一緩，紫旋風喝一聲：「快走！」接引同伴，再搶奔堡門。

堡中人由那老頭兒督率著，一擁而上。那個中年男子尤其迅猛，一縱步，首先趕到。紫旋風閔成梁原本奔到前面，一看敵人追來，霍地翻身止步；雄偉的身軀一橫，把敵人擋住。中年男子已如飛撲到眼前，左掌往外一遞，喝一聲：「打！」

紫旋風更不上當，一偏頭，一掌護身，一掌迎敵。果然這中年漢子倏將手一撤，換掌為「黑虎掏心」，照紫旋風前胸擊來。紫旋風不用他那純熟的「八卦游身掌」接招，反用「岳家散手」，右掌由右肋下向上提，左掌

「迴光返照」，翻背轉身嘭的一掌，打中敵人的左肩。

這一掌用了個十成力，中年漢哎喲喊了一聲，斜身往外一栽。紫旋風這才趁勢轉身，一個箭步，竄出一丈多遠，急閃目尋敵，見沒影兒魏廉又被三四個堡中人圍住；那黑大漢連聲唆狗，掠過了鐵矛周的身旁，一直追趕那逃出堡門的九股煙喬茂。閔成梁也顧不得隱匿拳招，偽裝工匠了，頓時暗運用他那八卦游身掌，「雲龍探爪」，一沖而上；先把人打傷了兩個，救出了魏廉。一迭聲催同伴快走，然後一頓足，連竄出六七丈，從後倒追到黑大漢。

這黑大漢就是那遼東有名的大牡牛田春江。兩個人立刻堵著堡門，搏鬥起來。五條大狗嗚嗚地一齊嚎叫著，追咬九股煙。九股煙跟狗群打著架，不管同伴，飛似的逃出堡門；跳壕溝，越過大道，一頭鑽入青紗帳逃走了。

但是堡中人打著鄉團的幌子，連喊拿賊。那個蒼白面孔的小夥子，搶到堡門邊，從側面來襲擊紫旋風。鐵矛周季龍、沒影兒魏廉一面往外退，一面雙雙揮棒來攔擊這個少年。少年施展「雙撞掌」，已照紫旋風後肩肋擊來。周季龍厲聲喝道：「呔！看後頭！」急忙奔來截救，早被那圓臉漢子擋住，兩人對打起來。蒼白臉少年的掌風已然擊到紫旋風肋旁，不妨紫旋風霍地一翻身，「霸王卸甲」，早已拆開少年的毒手。少年雙掌撲空，紫旋風一個「秋風掃落葉」，勾腿盤旋把少年掃個正著；那少年連搶出三四步外。

在這要倒未倒之際，被沒影兒抽空趕上來，狠狠的一棒，將敵人打倒在堡門邊上。堡中人譁然大叫：「好土匪，敢傷人！」立刻橫過來兩個人；兩個人都掄木棒照魏廉便打。沒影兒慌忙一閃，卻只閃開一處，被左邊棒梢掃著一下。沒影兒負痛猛竄，施展輕功，嗖的一聲，直從周季龍頂上躍過去。持棒的人趁勢照周季龍便打；鐵矛周正與圓臉敵人揮棒對打，猛覺

得背後一股寒風撲到，也不暇回頭，只左腳往外一滑，微轉半身；敵人木棒已突然劈到，再閃萬萬來不及。

鐵矛周季龍忙一擰身，右手棒照面前敵人一搗，倏地飛起一腿。背後敵人霍地將棒掣回，卻才掄起再打，魏廉急翻身接敵。那另一個持棒的，又照周季龍腰眼搗來；周季龍一頓足，從斜刺裡躥過去了。沒影兒魏廉也跟蹤躥過去了。

一霎時，四鏢師陸續退出了三個；只有紫旋風閔成梁，擋住那黑大漢，還在堡門邊輾轉大鬥。那大漢將一根木棒使得颼颼風動，別個堡中人也圍上來。紫旋風迫不得已，這才將腰間暗帶的七節鞭抖開來，與他們相抗。

此時夕陽已墜，天色將黑未黑；曠野田邊只有三五個晚歸的農夫，擔筐荷鋤，穿小徑走來。遙望見荒堡之前有人群毆，這農夫們只遠遠立定了，指點觀望；沒有一個走過來看熱鬧勸架的。更奇怪的是，堡中擁出來十多個人，以鄉團自居，把四人當賊；卻掄棒的掄棒，徒手的徒手，竟沒有一個操利刃動刀槍的。紫旋風又詫異，又僥倖。雖然如此，仍不敢戀戰；只容得三個同伴先後逃脫出來，立刻對黑大漢大叫道：「相好的，別裝蒜欺生！我領教過了，看透你們了；咱們後會有期！」七節鞭一抖，猛往前一攻，倏往後一退，抽身扭頭就走。

黑大漢怪叫道：「媽巴子，你看透什麼？好漢子有種，別走！」拔步就追。

卻又奇怪，堡中這些人一開初氣勢洶洶，窮追不捨，似乎定要把四個人扣在堡內不可。卻只一出堡門，他們便已徬徨縮步；一越過壕溝，奔到大道邊，索性都不往下趕了。不但人不再趕，就是那五條大狗，本已追出很遠，亂撲亂竄，狂嗥橫咬，非常兇猛；此時卻也被堡中人連聲喚回。

那個自稱姓鮑的瘦老者，更始終沒有動手，也始終沒有跨過木橋。起

初，他催促手下拿人；這工夫反而站在堡門上，大聲地呼喚，催手下眾人回來。但又對紫旋風等叫罵道：「你們這群毛賊子，哪裡來的？好大膽！也不打聽打聽，敢上我們撈魚堡來偷東西！再來伸頭探腦，教你嘗嘗鮑老太爺的厲害！」

叫罵了一陣，堡中人竟全收回去，連一個綴下來的也沒有，竟不曉得他們這等虎頭蛇尾，究竟是怎麼一個用意。

閔成梁撤退在最後，看了個明明白白，聽了個清清楚楚。

他急展目四顧，四面僅有那幾個鄉下人，交頭接耳的往古堡看，此外並無他人。閔成梁滿腹疑團，暗想：「自己這邊人單勢孤，敵人為什麼乾鬧喚，不肯下毒手？」

閔成梁此時也無心還罵，立即抽身急走；繞過青紗帳，順大路趕上沒影兒魏廉、鐵矛周季龍。這才曉得，周、魏二人身上全都受了傷，傷卻不重。三個人忙又尋找九股煙喬茂。喬茂早已跑得沒影了，直尋出一里多地，三個人齊聲招呼：「當家子，趙大哥！」叫了好半晌，方才把九股煙喬茂從莊稼地裡尋喚出來。

九股煙喬茂神色很難看，也倒不以先遁為恥，他反而抱怨同伴不該冒險。他的鼻子被人打破，連嘴唇齒齦也都被打破了。九股煙喬茂憤憤道：「你們三位也回來了！……教人家打了一個夠，趕了一個跑，我不知道這有什麼用！要是咱不進門……」

鐵矛周季龍道：「得啦，喬爺，咱們不是為尋鏢麼？這一來，不是古堡，到底訪實了。」沒影兒魏廉嘻嘻地笑道：「當家子，咱們沒有白挨打，這一下可就摸準了。回去報信，喬師傅定可以請頭功了。」

喬茂卻搖頭撇嘴說道：「這個古堡，我早已認出來了，不進去也斷定了。」

幾個人在大路上，一面走，一面嘵嘵的拌嘴。紫旋風按捺不住，唾了一聲道：「這是什麼事，不說商量正格的，總好賣後悔藥！就是抱怨一會兒子，挨了打，也揭不下來了。周三哥，我跟你商量商量，像咱們這麼走一步吵一聲，什麼事也辦不好。現在總算尋著門了；依我看，趁早回去交差，請俞老鏢頭自己來答話。我敢說，像我們這樣嘀嘀咕咕，你啃我，我咬你，不管幹什麼，一準砸鍋。」紫旋風實在氣極了。

　　沒影兒魏廉、鐵矛周季龍勸他回轉苦水鋪店房，算計算計，再定行止。紫旋風只是搖頭，說道：「我受不了這罪！像喬師傅幹什麼都怕燒怕燙，小弟我實在搪不了，我只好敬謝不敏。」

　　九股煙也變了臉，說道：「回去就回去，回去倒是正辦！」

　　紫旋風的一張紫臉頓時變得雪白，連聲說：「好好好，好極了！」大撒步就走；到了店房，把自己的八卦刀一提，就要回去。魏、周二人再三苦勸，喬茂也覺得這麼對待請來幫忙的人，未免差點。好在他能軟能硬，立刻又賠不是告饒。閔成梁氣憤憤地坐在一邊，也不言語。

　　四個人在店房中吃了晚飯，掌上了燈，閔成梁沉吟了半晌道：「跑了一天，累了，我要早點睡；明天一早咱們返回去。」

　　周季龍道：「可是咱們不能全回去，總得留一兩個人在這裡看著。」紫旋風說道：「這得問喬師傅，我是幫忙的，尋著準地方，沒我的戲唱了。」周季龍說道：「得了，閔大哥，你不要介意。咱們都是給俞、胡二位幫忙的，咱們得任勞任怨。」

　　閔成梁說道：「任勞也行，挨打也行，我可就是不能任怨。」又道：「明天再講吧，我要睡了。」沒影兒魏廉笑道：「著哇！受點累沒什麼，受埋怨可犯不著。誰也不是誰邀來的，誰也沒欠誰的情，聽閒話憑什麼呢？」說得九股煙翻白眼，不敢再還言了。

天氣正熱，閔成梁並不在店院納涼，卻獨自出去了一趟。

回來後，喝了幾口茶，進了房間，把小包裹拉過來，當作枕頭，竟倒在床上睡去。沒影兒說道：「我也睏了。」走出去解溲，也將小包裹一枕，扇著扇子，倒在床上打呼。

四個鏢師睡了兩個；只剩下周季龍滿臉的不高興，坐在店院長凳上，默默喝茶。九股煙喬茂鼻破唇裂，加倍地倒楣；招得紫旋風、沒影兒，湊對兒衝他說閒話，他也快快不樂，只得拿著周季龍當親人，一口一聲周三哥，商量誰先回去，誰留在這裡。

喬茂的意思，要同魏廉回去送信，請周季龍跟紫旋風留在這裡看守。周季龍待答不理地說：「他倆全睡了，有話明天早晨再講吧。」

九股煙無奈，忽然跑到店外果攤上，買了一包瓜子、二斤梨；笑嘻嘻拿來請周三哥吃，搭訕著跟周三哥談話。周季龍只打呵欠，還是不言語。耗到二更，周季龍又打了個呵欠，竟進房睡覺。

院中只剩下九股煙一人，守著一壺茶，坐著思量日間的事情。一時想這三個同伴，怎麼個個這樣可惡，全都看不起他；一時又想到查訪的情形，這荒堡一定是劫鏢的賊窩。但一時他又心中覺著奇怪，這荒堡裡的人，除了開門的那個小子看著似乎面熟，其餘十幾來人，竟沒有一個認識的，豈非怪道？那個五十多歲，自稱姓鮑的老頭兒，固然不是那豹頭虎目的劫鏢大盜；那幾個年輕些的人也全不是當日劫鏢在場動手的那幾個。可是他們竟自稱姓鮑，又自稱是撈魚堡的住戶。

喬茂想到這裡，忽然靈機一動，暗道：「怪！這個地方後面離著河，還有半里多地，撈不著魚呀，怎麼會叫撈魚堡呢？別是不叫這個名字吧？」一想到「魚」「俞」同音，喬茂就以為所見甚卓，慌忙找到本店櫃房，向店家打聽了一回。

那帳房先生說：「撈魚堡在哪裡？這裡沒有這麼個古怪地名。」

喬茂唔了一聲，將撈魚堡的形勢學說了一遍，又說堡中有一個姓鮑的老頭，養著許多狗等話。……那帳房先生翻了翻眼睛，思索了一陣兒，道：「你老說的這個荒堡，是離鬼門關不遠吧？」喬茂說道：「不錯呀！」帳房叫了一個夥計來，問道：「鬼門關西北，有一個土堡，那裡的地名叫什麼？」

夥計道：「那堡沒有名，俗話就管它叫邱家圍子。」喬茂說道：「唔，怎麼叫邱家圍子？」急忙向夥計仔細打聽。

夥計所說的邱家圍子，的確就是喬茂所說的撈魚堡。夥計也道：「這裡沒有這麼一個撈魚堡。這邱家圍子先年本是此地富戶邱家的別墅，早就荒廢了。前幾年還有邱家的一兩戶窮本家在那裡住；現在房子多半倒塌了，一到冬天就沒人了。只有夏季才有一兩家佃戶住著看青。」

九股煙一聽，這倒是聞所未聞，他靈機又一動，道：「哦，我明白了！這一定……」忙又嚥回去，改口打聽枯樹坡。卻也怪，店家也還說近處沒有這麼一個枯樹坡。九股煙越發恍然，向店家搭訕了兩句話，忙回轉房間。

喬茂一向肚裡存不住事，更存不住得意的事，急要告訴同伴。但紫旋風太驕，犯不上對他說；沒影兒也跟紫旋風順了腿了，喬茂只好找周季龍。哪裡知道，才一轉眼，周季龍也扯起呼來了。

九股煙心道：「好！你們這些能人，敢情全是睡虎子！倒是我老喬……」忽然又靈機一動道：「不對！他們三個人哪會這麼睏呢？哦，我明白。他們三個東西，不用說又要甩我！他們一定商量好了，今晚上要避著我，偷去探荒堡！」

喬茂心裡想著，忙向床頭瞥了一眼；三個同伴緊閉著眼，動也不動。

喬茂暗暗冷笑道：「你們搞鬼吧！要甩我就甩我，這不是美差，去了就有凶險！」索性不點破他們，先將門窗掩上，又把燈挑小，橫身往床上一躺，心想：「我倒要看看你們怎麼走法！」

第十五章
三鏢客結伴探賊巢　九股煙懷妒甘落後

　　店房中暑夜燈昏，三鏢客扯起濃鼾來。九股煙喬茂瞥一眼，恨恨不已，暗罵道：「你們這群東西，哼哼，你們不用裝著玩！你們背著我去？你們去就去吧，你們甩我就甩吧！……」

　　憤然站起來，將門窗閂上，燈光撥小，心說：「我看著你們走！」

　　紫旋風閔成梁和沒影兒魏廉在一個床上，喬茂最後睡，自然就睡在床外。臨就枕時，故意長吁了一聲，自言自語道：「你們哥三個睡了，就剩我了……咳，這一趟差點沒把我嚇煞！弄得我渾身骨頭疼，娘拉個蛋！把我的鼻子也搗破了……睡一覺吧，明天還得回去，怎的這麼乏！」唸唸叨叨，同伴一個搭腔的也沒有，只有鐵矛周翻了個身，頭向裡睡去了。

　　這時候也就在二更剛過，店裡的客人多一半剛才就寢；院中還有幾個人乘涼，嘈雜的聲音漸漸寂靜下來。九股煙覷著眼，靜看三人的動靜。約莫有一頓飯的光景，這個裝睡的人竟漸漸瞌睡起來，心裡一陣陣迷糊；再耗下去，要真個睡著了。

　　朦朧中忽聽對面的板鋪上呼嚕的一響，似打了一個沉重的鼾聲。喬茂急將倦眼一睜，疲怠的精神一振，把頭略微抬了抬，雙眼微眇，往對面鋪上看時，昏暗的燈影中，果然見沒影兒魏廉伸出一隻手來，往紫旋風閔成梁一推。紫旋風閔成梁霍地坐起來，低聲道：「還早點！」

　　九股煙暗罵道：「好東西們！」暗憋著氣，紋絲也不動，雙眸微啟，只盯住閔、魏二人的舉動。

　　閔、魏兩人坐在床上，竟不下地，只聽叮叮噹噹地響，似正穿衣裳，

又似鼓搗什麼。獨有鐵矛周季龍，在喬茂背後床上睡著，一點動靜沒有。喬茂想道：「是的，周老三這一回大概跟我一樣，也挨甩了⋯⋯咳，我不如把周老三招呼起來，我們兩個人合在一處，也下去。是這麼著，鐵拐把眼擠，你糊弄我，我糊弄你！」想得很高興，趕緊閉上眼，打算等閔、魏走後，立刻喚醒鐵矛周，跟蹤綴下：「你們夜探荒堡，我們也不含糊啊⋯⋯」

不意閔、魏二人坐起多時，還沒下地，突有一物從他身後直伸過來，竟輕輕向他臉上一拂；九股煙吃了一驚，立刻省悟過來，忙作迷離之態，喃喃地哼了一聲，伸手亂拂落了一把，身子也蠕動了動。那拂面之物立刻撤回去，緊跟著身後瑟瑟響了一陣兒；出乎意外，鐵矛周也悄沒聲坐起來了。

九股煙這一氣非同小可，暗罵道：「哼，好小子們！你們三個人全拿我當漢奸哪！⋯⋯你們誠心跟我姓喬的過不去。你們合了夥，各顯其能，單拋我一個人；教我栽跟頭，沒臉回去見人。好！就讓你們拋吧。咱們走著瞧，還不定誰行誰不行哩！」

九股煙惱恨極了。就在這時，聽紫旋風撲哧一笑，霍地躥下地來。跟著沒影兒魏廉也躥腳下了地，悄悄過去拔閂。那鐵矛周看似忠厚，尤其可恨，他竟俯在喬茂臉上端詳，試驗喬茂睡熟沒有。九股煙沉住了氣，一任他查考。

過了片刻，鐵矛周一長身，竟從喬茂身上，躥下地去。三個人湊在一起，低聲忍笑，附耳悄言。只聽沒影兒說道：「他怎麼樣？」紫旋風笑道：「別叫他了，當心嚇著他！」

三個人輕輕地、急急地收拾俐落。鐵矛周將長衫包在小包袱包內，打成了卷，往背後斜著一背；把那柄短兵器竹節鋼鞭抽出來，也往背後一插。紫旋風和沒影兒都空著手，一點東西沒拿；毫不遲疑，竟這麼結伴出

房而去。倒是鐵矛周季龍，雖然惡作劇，臨行時仍到喬茂臥處看了看，又替他閂了門，熄了燈，然後開窗躥出去。

三個鏢師結伴走下去了，把個九股煙氣得肚皮發脹。傾耳靜聽，知三人去遠，這才坐起來，點上了燈，在床鋪上發怔。

一霎時思潮湧起，怨憤異常；搔搔頭，忙站起來，到閔、魏二人的鋪上一摸，哪知他兩人的兵刃早拿走了。

喬茂這才明白，閔、魏二人是主動，早有準備，把兵刃先運出去，安心要甩自己的。九股煙賭氣往鋪上一倒，罵道：「你們甩我麼，我偏不在乎；你們露臉，我才犯不上掛火。你們不用臭美，今晚管保教你們撞上那豹頭環眼的老賊，請你們嘗嘗他那鐵煙袋鍋。小子！到那時候才後悔呀，咳咳，晚啦！我老喬就給你們看窩，舒舒服服地睡大覺，看看誰上算！」

九股煙躺在板鋪上，於昏暗的燈光下，眼望窗前，沉思良久。忽然一轉念道：「這不對！萬一他們摸著邊，真露了臉，我老喬可就折一回整個的。明明四人一同訪鏢，偏他們上陣，偏我一人落後。教他們回去，把我形容起來，一定說我姓喬的嚇破了膽；見了賊，嚇得搭拉尿！讓他們隨便挖苦，這不行，我不能吃這個，我得趕他們去……」這樣想，霍地又坐起來。

但是，他又一轉念道：「不對，不對！綴下去太險。這一出去探堡，賊人是早驚了。事情挑明了，人家還不防備麼？哼！這一去準沒好，明知是陷阱，我何必還往裡頭跳呀？還是不去的好。」

但是，他再一轉念：「不對！不去也不行，太丟人！」左思右想，猛然想起了最穩當的一招。還是立刻綴下他們去，卻不要隨他們上前，只遠遠地看著。「是的，訪出真章來，見一面，分一半；我在後頭跟著，自然也有我的份，我不是親身到場了麼？」但是，如果竟遇上風險呢？「那就任聽三個冤家蛋上前挨刀，我卻往後一縮脖，就脫過去了。對對，是這麼

著！我不進堡門，只在外面著。」

越想越妙，這法子實在好。九股煙立刻站起來，把渾身衣服綁紮俐落；立刻探頭向窗外一望，又抽身向房內一巡。停步搔頭再想：「這法子的確妙，不可猶豫了。而且，這得趕緊辦，別等著湯涼飯冷再上場！」

於是他霍地一躥，重到窗前。伸手開窗，穿窗外竄；嗖的一溜煙，人已聳到店院中。閃目四顧無人，一抬頭，望到店牆，又一伏身，早已躥上牆頭。然後裡外巡視一下，唰的又竄回來。這時候天昏夜暗，正交三更。

九股煙第二次穿窗入內，抄兵刃，插匕首，挎百寶囊，打小包袱，把一切斬關脫鎖的傢伙，都帶在身上。這才翻身，穿窗出屋，將門留了暗記，墊步擰身，躍上店牆。

外面雖是鱗次櫛比的民房，此時早已家家熄燈入睡，悄然無聲。九股煙低頭看了看近處，然後一抬頭，手攏雙眸，往遠處一望；有一片片叢林田禾遮住視線，看不見古堡。他那三個同伴，紫旋風、沒影兒、鐵矛周季龍，早已走得沒影。苦水鋪全鎮的街道，內外空蕩蕩，渺無人蹤。

九股煙立刻伏身往上一躥，跳落平地。又一擰身，施展輕功小巧之技，登房越脊，捷如狸貓，展眼間，飛躥到鎮口邊上。又立刻從民房上飄身，往鎮口外一落。腳才沾地，驀地從鎮口外牆根黑影下，跳出來一人，只差著兩三步，險些跟九股煙撞個滿懷。那人哎呀一聲道：「嗬，嚇死我了！你是幹什麼的？」九股煙也嚇了一跳，料到這人許是蹲牆根解溲的，猝不及防，脫口答道：「我……是走道的。」拔步就要走。不想那人猛截過來，喝道：「不對！你是走道的，怎麼從牆上掉下來？你……你不是好人！」

九股煙往旁一閃道：「你才不是好人呢！」扭頭仍要擇路道：「你是幹什麼的？」

那人道：「我是打更的，你這小子一定不是好人，你給我站住！」

喬茂一看不對，心說：「真糟，太不湊巧了！」徬徨四顧，陡起惡意；竄過去，冷不防，照那人「黑虎掏心」，就是一拳。

那人只一閃，把喬茂的腕子叼住，順手一掄；咕咚一聲，摔了個狗吃屎。

出乎意外，這更夫竟有兩手！喬茂立刻「懶驢打滾」躍起來，撥頭就跑。這更夫頓時大喊：「有賊，有賊！」驀然間，從牆隅街尾，應聲又躍出來一個人；短打扮，持利刃，一聲不響，飛似的奔過來截拿喬茂，掄刀就剁。

九股煙吃驚道：「又糟了！」也虧他有急智，百忙中往四面一尋，外面是荒郊，這容易逃，不容易藏。又往鎮內一望，這層層的房舍，段段的街道，處處有黑影，自然不易跑，但比較易藏。立刻打定了主意，罵了一聲，抽刀一晃，轉身一躍，立刻上了道旁的民房，心想：「這兩個東西萬一真是打更的，便不會上房，就逃開了。」

但這才是妄想呢！一個更夫斷不會一伸手就把他摔倒一溜滾，這分明是勁敵、行家。這兩個行家齊喊：「拿賊！」倏分兩面，一齊躍上了民房；而且一齊亮出兵刃，苦苦的來追趕。

這一來喬茂大駭，更不遑思忖，霍地騰身一掠，從一所民房躍上另一所民房；那兩人也一躍，越過一處民房。九股煙越加驚疑，慌忙地一躍一跳；連連逃出六七丈以外。略略停身，倏然伏腰，一頭縱下去，身落在平地小巷內。

那個人吱的吹起一聲呼哨，霍然分做兩路。前一個跟蹤跳落平地，在背後急追；後一個身據高處，連連迸跳，仍從房頂上飛逐。一高一低，一跟蹤，一掠空，如鷹犬逐兔，星馳電掣；把個九股煙趕得望影而逃，寸步也不放鬆。

九股煙一面逃跑，照顧四面；怕暗影中再有埋伏，受了暗算。心中說不出的驚惶、懊惱，尤其怨恨同伴無良。他本可與這兩人拚鬥，卻成了驚弓之鳥；莫說動手，連動手的念頭也沒有。而且江湖道的規矩，無論遇何凶險，也須避開追兵的眼目，方敢入窰。

九股煙一開頭若奔荒郊，倒可以倖免；他卻驚惶失智，竟一溜煙地搶奔店房，才覺出不妥，這豈不是引狼入室？急回頭一看，還想把兩人調開。不料那房上的追者，用一種奇怪的調子，連吹了幾聲胡哨；聲過處，突然從集賢客棧房頂上，應聲也發出來低而啞的回嘯。

這時候九股煙登高躍低，一路狂奔，已經斜穿小巷，躍上店舍東鄰的隔院。心想：再一跳，便入民房；斜穿民宅院落，可以障影攀牆，潛登店中的茅廁。再溜下去，便可以假裝起夜的人，潛入己室，就脫過追捕人之手了。

再想不到呼哨聲中，猛一抬頭，瞥見集賢客棧，南排房脊後，驀然長出兩條人影來。緊跟著，東房脊後，也閃出兩條黑影。這四條黑影公然也口打微嘯，與追捕的兩人相為呼應。九股煙大駭，他的心思如旋風一轉，立刻省悟過來，這兩夥人分明是一夥；並且立刻省悟過來，鎮口所遇的人，哪裡有什麼娘的更夫，分明是荒堡潛派來窺探鏢客的賊黨。

九股煙嚇了一身冷汗，卻幸見機尚快，一見不是路，猛然抽身，撥頭再跑。登房越脊，飛似的改往鎮外狂逃去；一面逃，一面回頭瞧。果見那兩個巡更的，衝著店房上四條人影，也不知通了一個什麼暗號；四條人影忽地全躍過來，一聲不響，結伴窮追下來。

九股煙把剛才與同伴慪氣的打算，早拋到九霄雲外，也不跟蹤了，也不探堡了，也不尋鏢了。兩眼如燈，急尋逃路；腳下一攢勁，直躍出數丈以外。頭像撥浪鼓般往回一瞥，便一頭鑽入一條小巷內，伏隅一蹲；但追趕他的人已電掣般趕到。

九股煙心上一猶疑，暗道：「不好，這裡藏不住！」聽上面颼的一聲，似從高處又追來一人。九股煙竟沉不住氣，忙鑽出來，撥頭又跑，跑出數步，倏又變計，不再順路竄了；順路跑，未免看不見房上敵人的動靜。他就奔到一家民房牆根下，嗖地往上一拔，由牆根跳上人家屋頂。第二次把身形縱起，連連迸躍，從人家的一排排的房頂上，一路飛躥。

　　但趕他的人立刻瞥見，立刻呼哨聲起，幾個人都上了房，依然前前後後合攏來包抄他。九股煙越慌，竟顧不得有聲音沒聲音，有動靜沒動靜的，踏得人家屋瓦嘎吱吱的山響。連踏過四五家宅院，到檐牆交錯、黑影遮掩處，九股煙就忙忙一伏身，還想藏躲。

　　他既疑心生暗鬼，這院中不得人心的狗又猛然驚吠起來。

　　跟著又聽得唰唰躥過來兩人，似已尋見他。九股煙害了怕，爬起來，躥上房又要逃。這可更糟！恰有一敵人，剛從房上趕到，兩個人幾乎碰了個對頭。九股煙慌不迭的一抽身，竄到鄰舍，敵人也立刻跟竄到鄰舍。

　　隔院的狗大吠，九股煙急一頓足用力，敵人倏地打過一件暗器來，這卻是一座灰房，大概很失修了。九股煙閃身躲避暗器，往旁一竄，腳下一滑；呼啦的一聲，帶下一大片灰泥。一個「吊毛」，撲通一聲，整個翻下房來，掉在地上。

　　這裡正是人家的跨院。那賊人不知怎的，也似一滑，也撲通地掉下來。動靜很大，敵人更毫無顧忌，吱的吹起一聲呼哨。

　　兩個人相隔一丈多遠，九股煙霍地躥起來；賊人也霍地躥起來，冷笑一聲道：「哪裡跑？」摟頭蓋頂，趕過來一刀。九股煙哪敢還手？唰的往旁一閃。嗚的一聲，後面撲過一條狗，汪汪的對二人亂叫。那本家的人立刻在屋裡大聲咳嗽，拍山鎮虎，做出響動來。賊人毫無忌憚，吱吱連打呼哨。從東面、北面，首先躥過三個敵人，都掠空一躥，落到院中。這就要甕中捉鱉，擒拿喬茂。內中一個高身量的賊尤其兇猛，握著刀，兩臂大

張，做出攫人的姿勢，道：「小子，來吧！」餓虎撲食衝上來，右手刀一晃，左手來抓喬茂。

喬茂不敢還招，一晃小腦瓜，一個翻身走勢，竟沒躲閃開；被敵人一把，將包頭抓住，兩下較勁，各往懷裡帶，嗤的一聲，把包頭扯下一半來。九股煙恍被焦雷轟了一下似的，失聲銳叫，耳畔嗡嗡冒火。但是腳底下還明白，就勁往前一縱身，躥上西面民房，腳才著檐口，倏地又有一條黑影撲到。刀光一閃，斜肩帶臂，往外一揮。雖砍不著，九股煙卻已立不住腳，身軀又不敢往後閃；也虧他身法輕靈，倏地往左塌身，用力往旁一展，手中刀就勢照敵人掃了一下。

敵人微微一閃，九股煙乘機躥出五六尺，已到了北山牆頭。回頭一瞥，就在院中本家房主人狂呼有賊的聲中，敵人已一個跟一個，跳上了房，齊往自己這邊擠來，單給他留出東北角一隅之地的退路。

喬茂覷定了這東北面，似是一排小草棚；立刻腳下攢力，飛身縱起來，往草棚上一落，隨即騰身而起。卻真倒楣，這草棚也禁不住人踩，嘩啦塌下去。喬茂忙一挪步，幸已拔出腳來，略一停頓，敵人颼地從三面撲到。

九股煙喬茂百忙中一望前面，是一道矮牆，相隔一丈多遠。心似旋風一轉，料想還躥得過去。腳尖一點，登草棚邊牆，立刻「旱地拔蔥」，騰身而起，往前面牆頭一落。腦後突有一股子寒風襲到；九股煙一低頭，一縮脖，嗤的打過一支袖箭來。九股煙嚇得一身冷汗，連回頭都不敢，頓時往下一飄身。但才一落腳，便覺得地勢不對；再想換力，如何來得及？

撲哧的一下子，腳踏入泥坑裡，大概是尿窩。身子便不由得往前一栽；趕緊的雙手抱刀，急一拄地，一拔身，又就勢往旁一躥。腳踏實地，這才用力一蹬，又一迸，跳出泥坑來了。

緊接著兩個敵人跟躥趕到，也這麼一飄身，也這麼一落地，也這麼撲

咮一聲，照方抓藥，頭一個人掉在臭坑裡了。未容得叫喊，第二個賊也接著掉在臭坑裡了。九股煙絕大歡喜，賊人卻大罵倒楣。兩個賊人拔出腿來，憤怒之下，又吱吱的連吹呼哨。聲過處，外面也吱吱吹起嗩哨，響應起來。

九股煙曉得賊人是聚眾。賊人不知有多少，就這麼幾個，便搪不起，何況再勾兵？九股煙喘吁吁脫出臭坑，跳上又一道短牆，努目急往外一望，心中大喜。這前面只隔著一條狹巷，便展開了一片曠地。這分明是一路狂逃，已經臨近鎮外了。敵人明目張膽，追擒自己，一點顧忌也沒有；像這樣總在鎮裡繞，決計脫不開他們的毒手，自然還是往鎮外荒郊逃跑得對。

況且，賊人墜坑深陷，自己得以乘機先登，這真是運氣：「這可逃出活命來了！」

九股煙既驚且喜，思潮萬變。殊不意樂極生悲，只顧前面，冷不防在這一霎時，聽背後唰的一聲，再躲已來不及，嗤的一下，硬硬的、尖尖的一件東西，直穿入九股煙的後臀。

「嗬，好疼！」喬茂連摸屁股拔刺的工夫也沒有，帶著這暗器，捨命地往外竄去。竟沒夠著對面牆，半空掉下來，落到平地。

踉踉蹌蹌，急鑽入面前黑乎乎一道小巷內。然後藏身拔創。一支瓦棱鏢正打在右臀上，入肉四分，熱血隨鏢濺出來，弄了一手。

「真他娘的倒楣！」九股煙喬茂恨罵了一聲，把這支鏢信手一丟，拔步往前奔去。出了小巷，有一道斜土坡當前；越過斜坡，便是曠野地。喬茂如同死囚遇赦一樣，心想：「這可逃出活命了。」精神一振，縱躍如飛。剛剛的往土坡上一躥；坡前大樹後，嗖的躥出一條黑影，疾如飛鳥，掠到喬茂身旁，「飢鷹搏兔」，探掌便抓。

九股煙嚇得一哆嗦，抽身便跑，但已稍遲；刮的一把，被敵人捋住左肩頭。喬茂一著急，「金蟬脫殼」，一俯身，一躬腰，按住敵手，拚命地一拱；立刻把這個敵人，從自己身後拱起來，猛然用力往外一拋，嘭的一聲，立刻把這敵人從自己頭上拋出去；咕嚕嚕，正從坡上滾到坡下。

喬茂頓覺得肩頭上被抓處，熱辣辣的生疼。也就顧不得，急聳身形，往坡下一縱，從敵人身旁竄過去。不管敵人如何狂嘯，立刻飛奔青紗帳。心中說不出的又驚又喜，居然被他打倒了一個敵人！

但是坡上挨摔的敵人爬起來，吱吱的連打呼哨，衝著苦水鋪高聲喊：「托漂子萬的點兒，往旋兀裡扯活了。併肩子，馬前團上他！」喬茂立刻聰明，這切語是說姓喬的往地裡逃跑了，催黨羽火速前往圍攻。

九股煙心中害怕，一頭鑽入青紗帳裡面，將身順著田壟躺倒。心想：「我不動，你就搜不著。」側著耳朵，聽四面的動靜。果然工夫不大，外面竄過來奔過去，似至少也有四五個人，圍著這青紗帳，來回搜尋。九股煙心說：「天氣熱，我老人家索性也不探古堡了，也不回店了，我就在這莊稼地睡一夜覺，有事咱爺們明天再說；好賊，看你有多大本領，能把我怎樣？」只是睡在這裡，地潮溼，氣悶點，屁股也疼點。「理他呢！我老人家是不到天亮，絕不出去了，哼哼！」九股煙在田中鬼念，直耗過半個更次，一點也沒動。夜靜聲沉，分明聽見那幾個敵人搜來搜去，搜了一陣，腳步聲越走越遠，大概又奔苦水鋪去了。九股煙一骨碌爬起來，往外看，竟然連半個人也沒有。「哈哈，兔蛋們，到底教我給耗走了！」仍不放心，又蹲下來，攏眼光，再往外偷看。

看了東邊，又溜到西邊；看了北邊，又溜到南邊。饒他十分小心，可是黑夜中碰著禾稈，難免作響。費了很大的事，把外面都窺探清楚了。九股煙暗道：「好兔蛋們！你們全走了，我老人家可要回店了。」伸頭探腦往外走，鑽出青紗帳，四面都沒有動靜；又越過斜坡，四面仍然沒有埋伏。

九股煙心中明白了，這群東西們一定搜尋紫旋風、沒影兒去了。把顆心頓時放下，一直的往苦水鋪鎮甸走去。

不料剛剛望見小巷，忽從巷邊房脊後，冒出一條人影來；立刻吱的一下，吹起低低的一聲呼哨。九股煙大駭道：「不好，還有埋伏！」抽身就往回跑。也就是剛剛轉過身來，突從斜坡那棵大樹上，撲登的跳下一人。刀光一閃，哈哈一笑，把退路給截住。

九股煙失聲叫了一聲，抹頭急往旁邊跑。只跑出三四步，立刻又從小巷房頭，躍下來兩個人影，箭似的奔喬茂背後撲過來。九股煙越慌，拚命往青紗帳鑽；更沒想到，這青紗帳剛才沒有動靜的地方，忽然有了動靜；竟也毫不客氣地躍出一個人來，縱聲狂笑道：「相好的，爺爺早等著你啦！」

呼哨連吹，頓時前前後後，聚攏來五六個敵人，倏然抄到身邊。九股煙悔之不迭，急張眼四顧，尋覓逃路。苦水鋪鎮外，一片片不少田地；但只麥田豆畦為多，高粱、玉蜀黍地，近處只有兩三處，都被賊人扼住，闖不過去。

九股煙二目如燈，伸手重拔下短刀，又一探囊，摸出石子，立刻拚命往前衝突。先奔到東面田邊，東面近頭站著一個賊人，抖手中兵刃，嘩啷啷一響，喝道：「姓喬的，咱們爺倆有緣！」九股煙不禁一哆嗦。黑影中注目急看，這賊人手中拿的正是一對雙懷杖；這賊人正是劫鏢也在場、探廟也在場的那個粗豪少年賊。這少年賊杖沉力猛，九股煙曾被他一杖，險將短刀磕飛。

九股煙這時候哪敢迎敵，急急一抽身，又往回跑，改奔南面竹林。南面也站著一個少年賊，手提一把劍，把竹林阻住。

九股煙側目一瞥，這個少年使劍的賊似曾相識，大概就是探廟時生擒他的那個人。九股煙倒吸一口涼氣，撥頭又奔西面，西面就是苦水鋪鎮甸了。

他這一打旋，可就給敵人留下了合圍的機會，五六個敵人倏然往當中擠來。內中一人喝道：「相好的，趁早躺下吧！你小子的夥伴，都教太爺們收拾了。只剩下你，還有什麼活勁？」

九股煙急怒交加，便要與賊拚命。一雙醉眼一轉，忽望見北面那敵人，似乎手法軟點，也許就是剛才被自己摔倒的那一個廢貨。九股煙嗷唠的一聲怪號，唰的往北一竄，掄手中刀，照那人便砍。那人霍地一閃，挺刀猛進；九股煙驀地又往旁一閃，揚手喝道：「看鏢！」把手中那塊飛蝗石子，照敵人劈面發去。這北面敵人慌忙往左一閃，九股煙一溜煙挺刀撲過來。

那敵人卻也了得，雖往左閃，卻往右一擋，橫刀逼住喬茂。喬茂再往回退，已經來不及，刀鋒碰刀鋒，叮噹一聲響，激起一溜火星，那敵人依然把樹林擋住。九股煙手腕被震得發麻，竟倒退下來。猛回頭，四五個敵人，甕中捉鱉，悄沒聲的都掩到背後了，九股煙眼看就要倒楣。

但九股煙沒有別的本領，還仗他身法輕快，手底下賊滑。

一轉眼間，未容敵人近身，他怪叫一聲，就唰的一個「夜戰八方」式，用力打個盤旋，刀花往下急掃。看樣子好像要拚命，賊人為護下盤，齊往上一躍；九股煙趁這夾當，一伏身，嗖的往東猛躥。

使雙懷杖的敵人喝一聲：「打！」嘩啷啷一響，雙懷杖挾風當頭砸來。喬茂再不肯上當，這傢伙掃上一點，都受不得，絕不能硬碰。喬茂就忽地一矮身，左肩頭找地，就地一滾；「懶驢打滾」、「黑狗鑽襠」，直翻出四五步去。

這招數好漢子不使，喬茂倒不在乎，只求逃得了性命。

這一下，果然出乎賊人意料之外，然而喬茂已翻滾到使劍賊的腳下。賊人喝道：「哪裡走？」挺劍便往下扎。九股煙「鯉魚打挺」，霍地翻起來，

一揚手道：「著！」好像打出暗器來，但只是一句謊話。立刻往下一殺腰，刀尖反向敵人胸膛扎來。

敵人往左一上步，九股煙刀走空著。背後的敵人又到；嘩啷一響，雙杖下照九股煙雙腿掃來。

九股煙往上一撐身，把懷杖讓過，左手早摸出一塊飛蝗石子。身軀往下落，敵人前後夾攻已到；九股煙忙一抖手，怪喝一聲，照敵人打去。持杖賊人一閃，不妨喬茂這又是一手空招；抹轉身，往斜刺裡急竄。敵人揮劍追蹤砍下來；被喬茂一旋身，一揚手，唰的一下，這一石子卻真打去了。相隔太近，持劍的賊人慌忙往下一撲身，幾乎頭點地，才把這一石子讓過。

好喬茂，就這麼一疊腰，往上一拔，唰的從敵人頭上飛掠過去。果然身法輕捷非常，腳一落地，又一點，唰唰唰，連躥出四五丈遠。百忙中，又摸出三塊石子，回頭點手，厲聲大喝道：「俞鏢頭，我在這裡啦，教賊人圍上啦！」使劍的、使雙懷杖的二賊，不禁微一錯愕；順喬茂的手，回頭往身後一瞥。

喬茂認定了使雙懷杖的賊，抖手又打出一塊飛蝗石子。啪的一下，似打中敵人後頸。敵人哼了一聲，身軀一轉，好像受傷不輕。九股煙更不緩手，運足了勁，再聳身，再抖手，另一塊石子又照那使劍的敵人打去。

賊人一閃，厲聲大叫道：「好小子，敢使詐語傷人！活剝不了你！」立刻五個人各擺兵刃，齊追過來。

九股煙早趁著機會，一溜煙地奔竹林搶去。那使雙懷杖的敵人痛恨著喬茂，箭似的追來。大叫道：「併肩子，秧子奔你那邊去了，快出來圍上他！」

九股煙已奔到竹林邊，相差還有六七步。猛聽竹林內，嘩啦的一聲

響，不由吃驚止步。沒想到他會使詐語，人家也會使詐語。這竹林中的暴響，只是外面持刀敵人投進來的一塊石子。九股煙微微一怔神，後面使雙懷杖的、使劍的和另一個敵人已經趕到。

使雙懷杖的賊趕上一步，悄沒聲的掄雙杖，照喬茂後背，狠狠一下，連肩帶背打來。只聽嘩啷的一響，喬茂猛回頭，雙懷杖竟到身後，嚇了一個亡魂喪膽，拚命往竹林一躥，到這時，也不顧林中的吉凶了。但是賊人雙懷杖啪嗒的砸空，一趕步，旋身又一掄，照九股煙攔腰打來。嘭的一聲響，雙懷杖竟打到九股煙的臀部，足足實實，正落在剛才鏢創傷上。

這一下真疼，九股煙禁不住狂號了一聲：「哎呀！」直栽出兩三步，就勢往林中一撲。忍疼提氣，「懶驢打滾」，連滾帶爬，一頭鑽入竹林。可惜晚了一點，使雙懷杖的敵人惡狠狠地跳過來，痛恨一石之仇，喝道：「小子往哪裡鑽，二太爺定要把你掏出來。」竟搶上一步，跟蹤追入竹林。

第十六章
埋首青紗帳喬茂被圍　悵望紫騮駒盜焰孔熾

喬茂大駭，狠命的向竹林急鑽。回頭一瞥，卻幸追進來的，只這使雙懷杖的少年莽漢一人。竹林茂密，夜影沉沉，其餘敵人心懷顧忌，不特沒有跟過來，反招呼少年莽漢作速退出，免得深入涉險。這少年莽漢竟不肯聽，將雙懷杖分竹枝開路，奮身一直追進來。

竹林不比樹林，幾乎沒有立足的隙地。九股煙占了身矮人瘦的便宜，只伏身低鑽數步，忽聽後面枝葉亂搖；九股煙身形陡轉，一抖手，用陰把反打，將一塊飛蝗石子，照賊人下三路打去。少年莽漢急忙一側身，一提足，停了一停。九股煙伏著腰，啪啪啪，不住手的照後面連打出三四個石子。

到底林深影濃，處處阻障，那少年莽漢分拂打枝，往前趕了幾步，腦袋上挨了一下。他怒罵了一聲，依然不肯饒，拂枝猛進；忽然迎面又飛來一塊石子。少年賊急急的一閃身，竹枝反打回來，把眼角掃了一下；吃了一驚，撫著眼往旁一跳。九股煙趁勢，唰唰唰，伏著腰，用「蛇行式」，像狗似的又爬出數丈。冒險開路，竟繞出竹林頭處，趴在地上，往外探頭。

「天不絕人！」外面竟接著一大片玉蜀黍地。

九股煙大喜，一長身縱過去。「老子坐洞」，伏挺身軀，背倚玉蜀黍地，急遊目往四面一看：敵人漫散開，把住了竹林。

九股煙暗道：「你喬太爺不玩啦！」一縮身，輕輕地鑽入玉蜀黍地內，擇深僻低窪處，趴伏下不敢再動。

　　這使雙懷杖的敵人怒罵著，鑽出竹林，對同伴罵道：「喂，併肩子，這小子可會裝狗，別是被他爬走了吧？」使劍的敵人奔到竹林後、玉蜀黍地中間，道：「併肩子，這小子爬進這裡了，看住了他，別教他再溜了。」其餘兩個敵人奔前繞後，竄了一陣，也都湊到青紗帳邊。

　　一個使刀的敵人呼喝道：「這小子真個又鑽進玉蜀黍地了。我說喂！咱們這就算了麼？我們快從四下裡，往當中擠。這小子眼睜睜沒離這塊地，我們一齊吧。可得留神這小子的暗器，剛才把我打了一下。」說話聲中，玉蜀黍地四面，腳步聲往返奔馳起來。

　　玉蜀黍地中的九股煙卻也不住冷笑，抹了抹頭上汗，暗罵道：「兔蛋們想使詐語，把我嚇出來，又想騙我發暗器，你們好讓我獻出藏身的地點來！嘿嘿，喬二爺惹不起你們，卻跟你們泡得起。我老人家不等天亮，再也不肯冒失了。」想著，這一回就死心塌地的，往土地上一躺，再也不打算回店了。

　　外面的四五個敵人，嘖嘖呶呶的密語。忽又分布四面，呼喝道：「搜！趕快往那裡排搜！」跟著又一陣響動。九股煙心中一驚，但是轉念一想：「見怪不怪，其怪自敗；你小子們不真搜到我跟前，我還是不動。」

　　敵人又叫道：「拿磚頭砍個鬼種的！」立刻劈劈啪啪，從空地投進來一陣碎磚石塊；有的打空，有的落到跟前，有的險些打著喬茂。

　　喬茂這回沉住了氣，心說：「瞎打吧！就是打破了老子的頭，老子還是給你一個不動彈。」遂將身子一蹲，縮小了面積，準備挨打；可是只打過一陣兒，石子又不投了。只聽另一個敵人道：「我去把咱們的獵狗叫來，將幾條狗放進去，看不把這個王八蛋叼出來。」

　　立刻聽見奔跑之聲，由近及遠。這一著卻陰損，九股煙不由伸出頭，往外看看，當然黑乎乎任什麼也看不見。但是他想了想，又放倒頭，半坐半臥倒在地上。他想：「叫狗哇！嚇誰？轉眼天亮了，你們反正不敢明綁

票。放狗來咬我，這回可不比那回了，老子還有手叉子哩，還有鏢哩，打死你們的狗！」

外面敵人用種種話，誘嚇九股煙。九股煙裝作不聞不見，只不上套。竟耗了半個更次，突然聽遠處有一陣怒馬奔馳之聲，遠遠的似從西南，向這邊衝來，一霎時撲到苦水鋪鎮甸前。那扼守青紗帳、圍困九股煙的幾個強人，立刻吹起呼哨來。

九股煙大大地吃了一驚，心說：「糟！狗賊又添人了，不好！」竟穩躺不住，情不自禁地爬起來，跪在地上，順玉蜀黍竹根往外偷看，又側耳偷聽聲息。似有兩匹快馬，應聲奔逐過來，近處胡哨吹得越響。馬到田畔，騎馬的人把馬放緩，立刻也打起胡哨。跟著聽見下馬之聲，雙方的人湊合之聲，互相問答之聲。

騎馬的一個人招呼道：「併肩子，是哪一個在這裡把合？」

問話的聲口很生疏，答話的似乎就是剛才那個持劍的少年賊人，答道：「併肩子，念短吧！削碼兒托線被圍在大糧子裡了。」（意思說：「夥伴噤聲，有一個保鏢的被我們困在高粱地裡了。」）騎馬的人很高興地說：「併肩子，可轉細這托線的萬兒麼？」（是問他知道這保鏢的名字麼？）答道：「還是那個托漂萬（姓喬）的屎蛋，就只是他一個；其餘別個，我們沒見。」

騎馬的人說道：「別看屎蛋，當家的就要的是他。別個點兒，現在有交代了，落在我們手裡了……」接著大聲傳令道：「併肩子聽真，瓢把子有令，不到五更以後，不准撤卡子。田裡的屎蛋，務必拿活的；就耗到白天，也得拾了他。」答話的道：「那一定該這麼辦，饒不了他。不過這屎蛋鑽進田裡，只不出來，怎麼好？併肩子，你把狗弄來吧。」

騎馬地笑道：「我忙得很，集賢棧還伏著咱們六個人呢，我還得給他們送信。你們要幾條狗？五條狗麼？好了，回頭我立刻叫大熊帶來。」隨

即飛身上馬，蹄聲嘚嘚，又奔馳走了。

聽聲音，似奔入苦水鋪。

飽聞賊語之後，把個九股煙嚇了個骨軟筋酥，「這些東西分明要跟我耗到天明，還不肯饒。他們真要弄出狗來，這些狗可惹不起，專咬他娘的腳脖子！更可怕的是紫旋風三個人，大概他們也跟賊人朝了相，栽給人家了。他們真個失了腳，他們是找死。無奈只剩下我一個人，更糟糕，只怕我就回不去了。店裡頭竟又伏著六個賊黨，怨不得我剛往店裡跑，就從店房上躥出好幾個人影來。這可真要命，店房也回不去，田地也逃不出來，我這可毀了！」

九股煙喬茂從田窪裡爬起來，坐在那裡，搔頭，咧嘴，發慌，著急，要死，一點活路也沒有。他又害怕，又怨恨紫旋風、沒影兒、鐵矛周三個人：「這該死的三個倒楣鬼，他們作死！若依我的意思，一塊兒奔回寶應縣送信去，多麼好！偏要貪功，偏要探堡。狗蛋們，你媽媽養活你太容易了。你們的狗命不值錢，卻把我也饒上，填了餡，圖什麼！」

喬茂一時又想起十二金錢俞劍平、鐵牌手胡孟剛；不禁發狠道：「這兩個老奸巨猾，我說大家一塊來訪，偏教我獨自冒這個險！這兩個老東西一死兒的拿話擠我，又拿面子拘我。現在眼看落到賊人的手心裡了，他們可不管了。怨不得人說，薑是老的辣，人是老的詐。俞劍平，俞劍平，你這個老奸賊，你害得我好苦……」

喬茂正自埋怨天埋怨地，冷不防聽田禾外，有人哈哈大聲狂笑起來，道：「姓喬的屎蛋在這邊啦！你們沒聽他自己個搗鬼，罵姓俞的麼？」

這可真是倒楣加一翻，心中怨恨也罷，是怎的竟罵出了聲？一時鬼念，說走了嘴，竟被賊人尋聲猜出他的藏身之處。立刻劈劈啪啪，打進來一陣石頭子。九股煙棗似的小腦瓜，啪地被打著了一下。「哎呀，好疼！」又不止疼，玉黍稈猛然間紛紛搖動，四五個賊人忽從四面冒險進來。九股

煙不由得倏然一躥，跳起身來。

這一躥更壞，賊人已順著禾稈搖動之勢，拿著長竿，照他藏身處撲打過來。方向雖不對，可是相隔很近。九股煙越發心慌，竟藏不住了。其實他如果大膽，依然伏著不動，賊人還不至貿然追進來。賊人從兩側撲打，來勢盡猛，卻只探進來不多遠，便即止步；只將臨時拔來的長竹竿，照九股煙出聲的地點，東一下西一下瞎打。

喬茂害怕，慌忙又伏下腰來，擇那玉蜀黍稈深密之處，鑽逃過去；恨不得把身形縮成薄片，免得碰著了枝葉發響。賊人就好像料定喬茂的暗器已經打完，起初還試試探探，一步一停的往田地裡趕；隨後竟挺著長竿，一步也不放鬆，直追進來。

順著玉蜀黍枝葉喇喇啦啦響動之聲，用長竿亂劃亂扎；竟有一根竹竿梢，紮著喬茂的後腰；幾根竹竿排山倒海似的冲入禾田。

可憐九股煙，也是保鏢的達官，挨了窩心打，只得咬著牙爬起來；側身亂竄，連哼都不敢哼。幸而賊人只追動靜，沒見蹤影。九股煙橫鑽斜繞，奔逃出數十丈，長竹竿居然不再在屁股後頭耍弄了。可是敵人的動靜依然很大，忽然在背後，忽然在身旁，劈劈啪啪，亂扎亂劃，像趕羊似的，撲著黑影追打。

這一來，倒給九股煙造成躲閃的機會。避著這龐雜的聲音，九股煙跟跟蹌蹌，越逃越遠，居然把賊人追趕的聲音甩出十幾丈以外。

九股煙這回已把主意拿定，再不敢伸頭探腦，自找倒運了。任聽賊人往來排搜，狂呼亂罵；任聽敵人使詐語，拋磚石瞎砸；九股煙彎著腰躲避著，一味往青紗帳黑暗無聲的地方鑽。一霎時急鑽到田邊，側耳聽了聽，往外探頭；趁賊人不見，猛然躥出來，越過田邊一條小道，鑽到偏西另一片竹林內。四顧穩當，一頭放倒；躺在地上，再不敢妄動。連自己吁吁喘息都嫌聲大，極力地閉著氣，為的是怕賊人聽見，再尋聲找來。

竹林內時有爆裂的聲音，喬茂聽人說，人在竹林中，千萬不可蹲著出恭。因為竹筍是暴長，往往從地裡面向上一鑽，就滋長出半尺來；也許蹲的地方太巧，紮著屁股。喬茂曉得這個，躺在地上，用手摸了摸地皮，心想：「萬一身子底下，就是竹筍，竹尖兒萬一往上一鑽，扎我一下，可不是玩的。」

他也不曉得竹筍是在什麼時候才暴長，他也不曉得長成竹竿便不暴長了，他只想：「我現在倒運，可留神教竹筍紮了屁股。」摸了又摸，挑了塊自以為穩當的地方，這才重複躺下，只慢慢地喘息側耳聽。

外面賊人奔來跑去打著呼哨，往返搜尋；夜靜了，喬茂聽得真真的。可是他拿準了主意，再不要挪窩了。挨過半個更次，外面動靜漸寂。忽然又聽見快馬奔馳之聲，自遠而來，經過這竹林，似又奔苦水鋪去了；隨又聽見呼哨聲。九股煙像狗似的趴在地上，心想：「躲避賊人最好是睡一覺，哪怕外面天塌了，我喬二太爺給他一個不聞不見。」

可是想得盡好，他如何睡得著？苦挨了很久很久的時候，只盼望天亮。不知怎的，這一晚分外夜長；自覺耗過三四個時辰，依然聽不見收更，聽不見雞叫；只遠遠聽見群狗狂吠，似在西北。

九股煙暗說：「得！紫旋風這三個狗蛋一定吃虧了，準教插翅豹子活捉著；教他們也嘗嘗被俘的滋味，那才解恨哩！挨到天明，我老爺子不管別的，回店扛起行李捲，就回寶應縣交差。胡孟剛、俞劍平兩個老奸賊，再教我一個人出來呀，哼哼！給我磕頭，我也不幹了。真要再擠兌我，我不保鏢了，告退行不行？」

九股煙閉著眼鬼念，聽竹林這裡一響，那裡一響，很是吃驚。蚊子又多，把個小腦袋瓜和兩隻手，都咬起大包來了。而這蚊子也真歹毒，隔著衣衫竟咬肉，很癢癢，喬茂兩隻手不住的搔。外面的動靜，這時居然一點也沒有了。

九股煙站起來，往四面看，可喜可賀，東邊天空已露魚肚白色。他忙往東試探著走了幾步，隔竹林又張望了一回。東邊天空下方，分明透映紅霞，似朝日將升了；竹林內依然朦朧，有些黑暗。九股煙吁了一口氣，索性溜到竹林邊，向外探頭。

還沒有走出林外，便嚇得一縮脖，急忙抽身回來。他隱隱約約看見外面樹後，似正蹲著一個人。

九股煙溜回竹林深處，暗罵：「賊羔子們，還在外頭憋著我哩！咱爺們倒要耗耗看。」卻不知自己乃是疑心生暗鬼，那樹後不過是塊土堆。又耗過一會兒，朝暾已上，天色大明，遠聞田野已有推車走路的人、荷鋤上地的人。九股煙心頭猶有餘悸，只是不敢出來。「賊人趕盡殺絕，就在白天，賊羔子們也許隱在偏僻角落裡，等著我哩。我老人家還是吃穩的好。」

但他用什麼方法吃穩呢？第一，他要躲著苦水鋪和古堡兩面的道路不走，要從別處繞著過去。第二，他就站起來，先換衣裳。喬茂自問夜行的伎倆，比紫旋風、沒影兒、鐵矛周都在行。他們夜行，未必把白天穿的衣服帶出來。喬茂臨出店時，卻防到夜出晝歸，應該脫換夜行衣靠。遂一回手，把腰間繫著的小包袱解開，照例先向四面瞥了一眼。近處的確沒人偷瞧，便忙忙的打開包袱，把那件長衫提出來。臉上塵汗，就用包袱角拭了拭。

一夜露宿，身上夜行衣被露水打潮。喬茂就脫下來，包在包裹內；還有兵刃和百寶囊、夜行用具，也都打在包裹內。脫下軟底靴，換上便鞋，然後把長衫披在身上。這樣打扮，已然不是夜行人，可也不是小工打扮了；這樣子，他扮成一個出外跑腿的人。手提這小包袱，裝作良民，一步步往竹林外面。敵人居然一個也沒有了，果然把他們都耗走了。

九股煙依然不放心，將出竹林，卻還是急急探出頭來，往竹林外一

瞥。林邊一條土路，土路南頭正有兩個農夫扛著耕具走來。九股煙心一動，急忙縮進來。直等到農夫走過竹林，看清了農夫的面貌舉動，這才兩手提著長衫襟，裝作入林出恭才罷的神氣，悄悄地溜出來。

九股煙心虛膽怯，總疑心過路農夫是賊人的探子，惴惴的不敢傍著人走；單擇僻徑，往苦水鋪走來，那意思是要回店。

他才走了幾步，忽想：集賢棧內顯見窩藏著賊人的底線，紫旋風三個人結伴探堡，僥倖若已平安回店；那麼自己回去，自然不要緊。倘若三個倒楣鬼竟被一鍋煮，落在賊人圈套裡了；自己貿然回店，一個仗膽的人也沒有。萬一賊人使壞，甚至於硬綁票，豈不是又糟了？「回店不對！」

九股煙眼望苦水鋪，悵然搔頭。一狠心，就要翻回寶應縣交差，不管紫旋風三個倒楣鬼了。但是四個人一同出來，只自己一個人回轉，被俞、胡問起來，又真沒話答對。九股煙想到這裡，探頭又往四面看了看。

原來昨夜一陣亂鑽，距離鬼門關很近了；隔著一片片的青紗帳，那座荒堡距此也不很遠了。九股煙心道：「我要是往荒堡附近看一看呢？」低頭看了看自己的長衫，既已改了裝，賊人也許認不出自己來，也許認得出來。但是，只不靠近古堡，只在外面巡繞，也許能掃聽出一點動靜來。譬如遇見了鄉下人，探問探問……

九股煙盤算了一陣，拿不定準主意。旋即打了個折中的主見，趁著早晨農人下地的多，不妨遠遠的到古堡附近望望；挨到辰牌，便進苦水鋪街裡，看看風色，這樣辦倒很穩當。於是乍著膽子，往荒堡那邊。只要路上負載的行人，不像鄉下土著，喬茂就遠遠地躲開。大路不走，專擇僻徑；貼著竹林青紗帳，一步一步往下，自以為這決出不了錯。

但是，凡事不由人料。九股煙走出不遠，突然間，聽見十數丈外，另有一片青紗帳的後面，吱地響了一聲呼哨。九股煙吃了一驚，慌忙張眼四顧，竟是什麼礙眼的事物也沒有。他卻從骨子裡覺得不妙，更不猶豫，急

急的一個箭步，又躥入近處青紗帳內，蹲下來，側耳聽動靜。

過了一盞茶時，果然，西邊青紗帳也聽見吱吱的響起一陣呼哨，聲音斷續，有低有昂。九股煙吐舌道：「嗬！這裡多少埋伏，幸虧我小心！」隔過工夫不大，驀然聽見蹄聲，竟從西北飛奔來兩匹馬。

九股煙喬茂頭上出汗，容得馬跑過去，急探頭往外偷看了一眼，又是兩匹紫騮馬。馬上的人，短衣裝，背長條小包裹，面目沒看著，只這包袱顯見裹的是一把刀。更可怪的是這兩匹馬不是過路的，盡只圍著附近鬼門關一帶，打圈奔繞。緊跟著又從東邊青紗帳後，一片樹林內，嗖嗖地凌空發出一片響亮的銳音。九股煙不禁抬頭一看，任什麼也沒看見。但已猜出：這是兩支響箭。好大膽的賊，公然在這村落夾雜的曠野地，任意玩這綠林的把戲，他們竟一點顧忌都沒有麼？土路上三三兩兩的農夫，果然聞聲仰面，疑訝著看天。

九股煙心驚膽顫，賊人竟白晝出沒了。這不用說，是沖自己幾個人來的；賊竟在這里布卡子，放哨巡風。「哎呀！他們三個人一定逃不開，看來性命難保了！可是我怎麼辦呢？我還是趕緊扯活為妙，能逃出苦水鋪，便是我的造化！」九股煙越想越怕，在莊稼地繞來繞去，簡直白天也不敢走了。

挨過很久，青紗帳中的呼哨聲漸寂。九股煙心中依然懸虛，直到辰巳之交，這才試探著往外。他料到由苦水鋪到古堡一帶，那疏林田禾裡，都有賊黨所下的暗樁；便大寬轉，緊往遠處繞。由一片荒草地繞過去，慢慢的曲折趨奔苦水鋪。又特意找到一處高崗，登高向荒堡那邊眺望；相隔太遠，林木掩映，當然什麼也看不著。

九股煙此時的心情，恨不得拔起腿來，立刻返回寶應縣。

但他想紫旋風等既然吉凶不明，回去之後，自己可對俞、胡撒什麼謊呢？要說紫旋風栽在荒堡了，萬一他們三人平安回去，豈不又受他們誹

笑？抓耳搔腮想了一陣，還是進苦水鋪，到店房內，先看一看好。

卻喜此時野外一點風吹草動也沒有，田地上，大路邊，往來的農夫行人越來越多，九股煙加倍小心，把百寶囊中帶著的薑黃拿出來，往臉上一塗，化妝好了，這才又往前走。只走出不多遠，忽聞迎面快馬奔馳。抬頭一望，又是兩匹紫驪馬，抹著苦水鋪鎮外，如飛的由南往前兜過來。

九股煙一哆嗦，回頭四顧，旁邊有一葦坑，急忙鑽了進去。這兩匹馬好像不為找九股煙，剛繞到北面，霍地又兜轉馬頭，直穿入苦水鋪去了。過了半晌，九股煙從葦地鑽出來，只是吐舌。剛走了半段路，兩匹馬忽又從苦水鋪奔出來，緊緊加鞭，直向古堡那邊奔去。九股煙出了一身熱汗，心說：「我的娘，一步比一步緊了！」

九股煙只是皺眉，搔著頭；提著那小包裹，左思右想，一步一看的，由巳牌直走到近午時，才離開青紗帳。乍著膽子，摸到苦水鋪鎮口。賊人如此張狂，九股煙很怕他們青天白日硬來綁票。卻不想他一直走入苦水鋪鎮甸內，從小巷又鑽入大街，只遇見幾個打魚的人。

這苦水鋪依然熙熙攘攘，不帶一點異樣，倒又是九股煙多疑了。可是九股煙仍然不敢冒失，進了苦水鋪，竟不敢入店，盡在大街上徘徊了一遭。忽然找到一家山貨店，買了一頂大草帽，頂在頭上，腦袋小，草帽大，幾乎罩到眼睛上。

喬茂自己想著：這也很好，本來為的是遮人眼目，低著頭走，在帽子底下找人，人家認不出自己來了；但是他走在路上，人們直拿眼看他，倒看得他發毛。不由得自己打量自己，是不是身上有可疑的地方？他卻不知道自己臉上抹的薑黃，並不很勻，成了鬼臉了，人們自然要看他一眼。

喬茂心中嘀咕，把大草帽扣了一扣，把大衫又扯了一扯，這才來到集賢棧前，不由腳步趑趄起來：「進去好呢？不進去好呢？」這店一定有臥底的賊人，雖已改了裝，他還怕賊人認出來。在店門口一打晃，他主意還沒

打定，店夥卻從門道走了出來，道：「客人是住店哪，是找人呀？」

喬茂乍吃一驚，卻又暗暗歡喜；這個店夥居然沒認出自己來。喬茂把眼看著地，變著嗓音說道：「我找人。」店夥道：「你找哪位？」

喬茂道：「七號屋裡住著四個做活的，有一個姓梁的，還有一個姓龍的，姓趙的……」那店夥哦了一聲，頓時把喬茂打量起來，道：「你找他們什麼事？」

喬茂忙道：「我找他們沒什麼事。我跟你打聽打聽，你費心，進去看看，他們在屋沒有？我找他們只打聽一點閒事。」

店夥帶著驚詫的神色道：「你老貴姓？跟那四位客人是怎麼個交情？」

九股煙忙道：「我不認識他們，我是他們找來做活的。費您心，把那位姓龍的叫出來。」

店夥依然上眼下眼打量喬茂，還是不答話，反而盤問喬茂。喬茂這時明白了一半，竟突然直問道：「到底他們四個人在屋沒有？你領我進去找找。」

店夥道：「您先等等，我向櫃房問問去。」店夥便留住喬茂，往櫃房裡讓。

喬茂只往後退，道：「這裡沒有，我往別處找去了。」店夥越發猜疑，忙說：「你老別走，這幾位客人倒有，從昨天就出去了。您進來，等他們一會兒。」

九股煙心下恍然，立刻變了一種腔口道：「掌櫃的，你別拿我當扛活的。我告訴你，我找的就是他們四個人。這裡頭很有沉重，你大概也不知道我是幹什麼的，自然也不知道他們四個人是幹什麼的。相好的，放亮了眼珠子，這四個人既然落在你們店裡，你們多留點神。你等著，我找我們頭兒去。」說罷，翻身就走。把店小二倒唬得丈六羅漢，摸不著頭腦，急忙溜到內院去了。

九股煙撤出身來，急急走出兩三步，回頭一看，店小二竟沒有暗盯他。他就急急地往鎮外走；一面走，一面心中猜想道：「是了，三個冤家蛋一鍋煮，都掉在人家手心裡了。我是趁早回寶應縣。我的姥姥，好險呀！多虧了我隨機應變，弄不好，這個集賢棧就得找我要人，我喬老二沒白吃三十八年人飯！」自己慶幸著，低頭急走。

忽然看見一雙雙臉皂鞋，從對面走來。九股煙往左一閃，雙臉皂鞋也往左一閃；九股煙急往右一閃，這雙臉皂鞋也往右一閃，直往九股煙身上撞來。九股煙急忙退步道：「咳咳咳，怎麼往人身上走？」不想那雙臉皂鞋的主人吆喝道：「咳咳咳，怎麼淨低頭走路，也不抬頭看一看？」

說話時，九股煙早一仰臉，看見對面那個人滿面含著古怪的笑容，把右手比著嘴唇，九股煙不禁失聲道：「是你！」

那人道：「當家子，可不是我，又是誰？一天沒見面，想不到你的黃病犯了，還是真不輕！來吧，欠我的帳，還我的錢吧！」一伸手，持住九股煙的手腕子，便往小巷裡揪，九股煙一點也不掙扎，跟了就走。

這個穿雙臉皂鞋的主人，正是那沒影兒魏廉。魏廉提拉著九股煙，曲折行來，到一小巷；內有一家小店，把九股煙引領進去。紫旋風閔成梁、鐵矛周季龍兩人，全都在那裡了。三個人一個也不短，並沒有死在荒堡。

九股煙見三人無恙，心裡先一寬鬆；跟著一股怨氣又撞上來，向閔、周兩人一齜牙，便要發話。還沒說出來，他那副薑黃臉色，倒把閔、周二人弄得莫名其妙，齊聲問道：「喬師傅，你怎麼了？」

九股煙氣哼哼，往凳子上一坐，半晌才說：「怎麼也不怎的，我倒楣就完了。你們三位溜了，就剩下我一個人。可見我老喬無能，哪想到賊大爺偏偏來照顧我……」

閔、周互相顧盼道：「怎麼！喬師傅昨晚又遇上點兒了？」喬茂只是搖

頭，說道：「那是閒白，不在話下。我先請問請問三位，昨天探堡到底怎麼樣吧！一定是很得意的嘍？」一夜掙命，枯渴異常，九股煙伸手端起茶壺來，嘴對嘴灌了一陣。

三個鏢師打聽九股煙昨夜所遇的情形，九股煙箝口不說，反而盤問三個人昨夜探堡的情形。不想三個人昨夜出去這一趟，也並不比九股煙露臉。九股煙一直問，沒有問出來。又繞脖子問他們，為什麼搬在這個小店內。紫旋風依然調頭不答。

周季龍托著下巴說道：「現在我們的人都湊齊了，趕快商量正事吧。劫鏢賊人的下落已經摸準，我們四人到底誰留在這裡盯著，誰先翻回去報信呢？」

九股煙道：「哦，劫鏢的賊準在古堡麼？」

沒影兒道：「那也難說。喬師傅，你就不用問了，我們昨晚上反正沒白忙。」遂衝著閔、周二人道：「現在有眉目了，就請周三哥辛苦一趟，回寶應縣送信，我和閔大哥留在這裡。喬師傅隨便，願回去就回去，願留在這裡就留在這裡。」紫旋風答道：「就是這樣。」

三人居然擅作主張，竟把喬茂丟在一邊了。九股煙氣得肚皮發炸，卻又不敢惹他們三人；實在忍耐不住，纏住了周季龍，直叫周三哥，道：「到底你們三位踩探的結果怎麼樣？費您心，先告訴我一聲成不成？若不然，我回去怎麼交代？」

鐵矛周嗤地笑了，說道：「可是喬師傅你昨晚上的事，也可以對我們說一說麼？你這一副尊容，又是使什麼東西，弄成這樣？」

九股煙沒法子，只得把昨夜跟蹤遇賊之事，挑好聽的說了一遍，仍求周季龍把探堡之事告訴他。周季龍看了魏、閔兩人一眼，這才說出昨晚間犯險探堡，被賊環攻，一路上輾轉苦鬥之事。

第十六章

埋首青紗帳喬茂被圍　悵望紫驪駒盜焰孔熾

第十七章
走荒郊伏賊試輪戰　入古堡壯士拒環攻

昨天夜間，紫旋風閔成梁、沒影兒魏廉、鐵矛周季龍，背著九股煙，各打各人的主意。紫旋風和沒影兒先行溜到外面，把撈魚堡的情形，暗暗打聽了一遍。只有周季龍沉住了氣，任什麼也沒打聽。

耗到入夜，紫旋風和沒影兒暗使眼色，預有約會；周季龍看在眼裡，只裝不懂。候到二更以後，閔、魏二人才一欠身起來，周季龍也悄沒聲地坐起身來，用一條手巾一拂喬茂的臉。

喬茂裝睡不動，周季龍一躍下地。閔、魏二人低聲笑道：「三哥，一塊兒走麼？」

周季龍道：「你們二位還想瞞我不成？」三人暗笑著，收拾俐落，結伴出了店房。

三個人認定喬茂是個砸鍋匠，討厭他，不肯約會他；又怕他暗中跟下來，三人遂不直奔古堡，反往斜刺裡去。三人展開夜行術，一霎間，斜穿田間小道，奔到一座樹林前。忽見樹林中掛著一隻紅燈；沒影兒心中一動，忙告訴閔、周二人，二人攏眼光細看，低聲說：「林中好像有人。」三人正自納悶張望；忽然從林中，飛出數道旗火，霎時間數條火光亂竄。過了好半晌，又飛起三道旗火。沒影兒便要過去查看，周季龍道：「這大概是賊人擺下的圈套，咱們不要管他，還是到古堡附近踩探一下。」

三個人的腳程，以紫旋風為最快，沒影兒也可以，周季龍稍差著點。但紫旋風留著餘地，並沒有疾奔。三人結伴而行，一口氣又走出三四里地。

面前黑影甚濃，一片片青紗帳相連，右邊還有一帶竹林。

夜風吹過處，突聞林後梆梆梆，竟似有打更的擊柝之聲。這荒郊曠野會有更夫，卻是一件奇事。三鏢師不由又站住腳，東張西望，心想：「青紗帳後面，莫非有村落麼？」互相知會了一聲，斜穿竹林，仍往前走。突然間，梆聲頓住，從林後奔出兩條人影，把大路一遮，屬聲喝道：「什麼人？」

紫旋風止步側目，觀看來人。黑暗中看不甚清，只辨出這兩人全是短打扮，一個提花槍，一個持短刀，很像更夫。鐵矛周季龍搶先答道：「走道的。」昂然不顧，舉步硬往前闖。對面兩人猛然大喝道：「站住！知道你們是走道的。你們往哪裡去？」

沒影兒沒有尋思，率爾答道：「上鮑家大院去。」一言未了，驀地從竹林後，陸續躥出三四個人影，齊展兵刃，把路擋住。為首的一個人忽將手中物一撥弄，卻是一盞孔明燈；把燈門拉開了，射出黃光，直往紫旋風、沒影兒、周季龍身上照來。內中一個人屬聲喝道：「站住了，別動，你們是幹什麼的？」又一個人喝道：「哈，這小子還帶著凶器哪。呔！抬起手來，不准亂動！」又一人道：「這得搜搜他們，一準是土匪！」

紫旋風閔成梁、沒影兒魏廉、鐵矛周季龍，方才詫異，旋即恍然。這攔路盤詰的幾個人，個個持刀綽槍，說話的口音並非江北土著，內有兩個人分明是關東方言。紫旋風從鼻孔中哼了一聲，一面答對，一面回手拔刀，道：「相好的，先別來這一套。我倒要先問問你們，你們是幹什麼的？憑什麼要搜檢我們？」

對方那人狂笑道：「好大膽，這小子倒盤問起咱們來了？告訴你，爺們自有搜檢你們的道理。你姓什麼？」一言未了，猛然聽唰的一聲，那個持花槍的人一聲不響，從側面照閔成梁刺來一槍。

閔成梁手快，沒影兒手更快，嗖地躥過來，唰的一刀，將花槍格開。

持槍的人一斜身，慌忙一退步，又突然把槍一挑。

紫旋風閔成梁掄八卦刀，往外一磕；刀背又一轉，照敵人拍去。

這一刀背，正拍在敵人肩膀上，那人負疼一哼，嗖地蹭退下去。頓時之間，迎面五個人譁然大噪：「土匪，土匪！拒捕傷人了！哥們上，捉住他！」吱吱地吹起呼哨來。青紗帳後又跑出兩個人，一共七個人，掄刀槍齊上，忽拉的把三鏢師圍住。鐵矛周季龍掄竹節鞭，沒影兒掄翹尖刀，紫旋風掄厚背八卦刀，齊往前猛闖，立刻跟敵人動起手來。

三鏢師雖然動手，還有點疑惑；但只一照面，便知這幾人必非鄉團。這幾個人縱躍如飛，居然會很好的夜行術，當然是土堡的賊黨。紫旋風猜想那個持單刀、拿孔明燈的人，許是賊黨頭目；「擒賊先擒王」，八卦刀一遞，立刻展開「八手開山刀」，進步欺身，專向此人攻來。

這個敵人閃展騰挪，一把折鐵刀連拆了五手。到第六手「大鵬展翅」，紫旋風喝了一聲：「著！」刀法一緊，敵人一個封招略遲，閃轉稍鈍，八卦刀嗤的一下，削在對手右肩上。這敵人失聲一叫，踉踉蹌蹌栽出三四步，撲通跌倒在青紗帳旁邊。

紫旋風八卦刀一展，便要追捉逃寇；黑影裡，早又撲出三個敵人來，邀劫閔成梁。閔成梁急橫八卦刀，又與三寇拚在一起。沒影兒持一口翹尖刀，攻入寇群，與鐵矛周貼背相護，抵住三四個人。

周季龍馬上的功夫強，此時持一柄竹節鞭，跟敵人一把刀一桿槍，招架在一處。鐵矛周一聲大喊，鞭猛力沉，把敵人的刀磕飛。黑影中，卻險被敵人的花槍紮著胸口，幸而往旁一躥，剛剛躲開。

沒影兒才交手，力敵三個人，這時候只剩了一敵，那兩個撲奔紫旋風去了。沒影兒這邊頓見鬆動，他施展開十二路「滾手刀法」，和面前敵人的一把單刀，對敵起來。忽又聽一聲叫喊，紫旋風竟又刺倒一個敵人。跟

著鐵矛周也奪住了敵人的槍，一鋼鞭打去；敵人鬆手，棄兵刃而逃。也就是不到十數合，三鏢師已占優勢。只有沒影兒遇見勁敵。夜戰不比晝戰，不敢久戀。沒影兒把掌中刀一緊，用滾手刀連環四式，「葉底偷桃」、「金針度線」，往外一撤招，居然把對頭敵人的刀崩撒了手；噹的一聲，掉在地上。敵人「鷂子翻身」，急往外躥；被魏廉一個駕鴦跺子腳，踢個正著，直栽出很遠去。

三個鏢師立刻分從三面，向敵人猛衝來。那幾個自稱鄉團的人吶喊一聲，倏然往荒林敗下去。鐵矛周拔步急追，一個敵人猛轉身，一揚手；周季龍急閃不及，一支暗器貼周季龍左肋，透過衣服穿了過去。

周季龍失聲叫了一聲，退了下來。沒影兒罵了聲：「鬼羔子！」拔步便追；紫旋風急忙叫住他；兩人退回來齊看周季龍。

周季龍道：「不要緊，沒打著。」

這幾個敵人敗入樹林，臨退時，竟沒有放下半句話，卻從林中射出幾支響箭來，往西北天空射出去。沒影兒、鐵矛周和紫旋風搭伴出離樹林，查看了半圈，賊人已逃得沒影了。三個鏢師又會在一處，互相猜疑起來。沒影兒道：「這八九個人，大概是賊人巡風放哨的，半道上撞見咱們了。」

周季龍道：「恐怕不對吧？他們足有八九個人；巡風放哨的，哪裡用這些人？恐怕他們是故意邀劫咱們來的。……閔賢弟，你看！今晚上又比在李家集加緊了，咱們還往前麼？」又道：「不過，咱們既出來，似乎總得看看古堡的邊，才算沒白出來一趟。魏賢弟，你說呢？」

沒影兒魏廉道：「我也這麼想，要是半途而廢，又給喬師傅墊牙了。」

三個人略微歇腿，聽了聽附近青紗帳的動靜。空寂寂的，只一陣陣微風起處，木葉沙沙發響，近處遠處聽不見人聲。三個人一齊說道：「走，還是往前！」

周季龍道：「咱們三個人不要並肩走了。」沒影兒道：「我們半道上還得加倍留神。這樣子賊人明截還好抵擋，咱們可小心暗箭呀！」紫旋風道：「那可難說！小弟在頭裡走吧。」沒影兒道：「還是小弟開道；到了古堡，閔大哥打前陣。」

三個鏢師重又施展開夜行功夫，「鶴行鹿伏」，順小路走出二三里，地勢更見險惡。一叢叢荒林葦塘，夾雜著禾田。三個鏢師各持著兵刃，提著氣，輕躡腳步，一條斜線錯落著往前攢行。

沒影兒魏廉挺刀當先，走近一段葦塘。沒影兒回頭低囑道：「這裡可要留點神，我瞧前面，周三哥看左面，閔大哥看右邊……」口裡說著，腳下並沒停。剛剛走到蘆葦邊，只聽得唰唰的一陣響，嗖地射出三支響箭來，射向西北而去。

三鏢師吃了一驚，急仰面往上看，葦塘後又發出數道旗火來。沒影兒低叫道：「這裡藏著大撥子人哩。」唰的一聲，從後面衝出一條黑影來。這條黑影疾如飛隼，落到三鏢師面前。

沒影兒魏廉縮步挺刀，側目細看。還未得看清，猛聽黑影喝道：「哪裡走？打！」也不知是什麼暗器，分向三個人打來；三鏢師霍地一閃。這黑影又一竄，連人帶兵刃齊下，挾著一股子寒風，照沒影兒撲來。

沒影兒一撤步，挺刀封住門戶。這才看出，來人是一個穿一身黑色短裝夜行人，手擺著一對乾坤日月輪，當頭照魏廉砸下。沒影兒把精神一提，喝道：「來得好！」往左一上步，避開賊人的正鋒，手中翹尖刀往外一展，「順水推舟」，反向敵人左肋斬來。這敵人霍地往右一倒退，又一伏身。原來從沒影兒身後，突然打過來一件暗器，是紫旋風發出來的。這敵人身手好不矯捷，竟與先前遇見的那幾個人大不相同。

沒影兒乘機伏身而進，利刃照敵人上盤扎去。只見這敵人唰的一個旋身，左手乾坤日月輪往外一掛，右手的日月輪反向魏廉華蓋穴點來。魏廉

一閃，敵人右手的日月輪攔腰斬到。

鐵矛周季龍、紫旋風閔成梁一齊大怒。兩個人一縱身，雙雙跟蹤而上；一聲不響，竹節鞭和八卦刀齊照敵人攻來。敵人霍地一跳，喝了一聲：「呔，上啊！」雙輪一擺，復又攻上來。

葦塘後，唰唰唰一陣亂響，應聲連竄出三個夜行人；個個輕裝短打，各持利刃，分三面抄過來。鐵矛周季龍喝道：「你們是幹什麼的？攔路劫人，什麼道理？」三個夜行人齊聲答道：「朋友，你長著眼珠子沒有？你瞧太爺像幹什麼的？」鐵矛周怒罵道：「我瞧你們像土匪！」那使日月雙輪的還罵道：「瞎眼的奴才！你們三個東西分明是強盜，你還敢裝好人？……夥計們上啊，把這三個秧子捉住了，活埋！」一縱身，日月雙輪照魏廉當頭砸來。

沒影兒魏廉霍地一閃身，冷笑道：「你這不要臉的臭賊！你簡直是豹子手下的賊羔子，你還靦著臉裝鄉團？別給你娘的現眼了，爺們不吃你這個！」翹尖刀一領，往心窩就刺，雙輪、一刀打在一處。閔成梁、周季龍挺刀鞭趕到，就與那後出來的三個人交手。

這三個敵人，一高、一胖、一矮，手中兵刃是單刀、雙鉤和一條七節鞭。長長短短，軟軟硬硬，很不好對付。紫旋風閔成梁把牙一咬，狠了心，將掌中厚背刀一緊，施展開六十四路八卦刀；迅猛異常，極力地擋住刀、鞭二寇。鐵矛周季龍手持竹節鞭，與虎頭雙鉤相打。他的竹節鞭不如他的鐵矛純熟，夜戰尤其不濟。卻是他手勁強，膂力大，足與敵人支持得過。三個敵人只有那使七節鞭的手法狠辣，其餘二人只是副手；所以雖是三比四，倒也一時分不出優劣來。

沒影兒魏廉偏偏又遇見勁手。敵人這一對日月雙輪是外門兵器，專奪對手的兵刃；只要被輪子內的月牙咬住，只一絞，一甩，對方的兵刃就要出手。沒影兒早識得這兵器的厲害，為應付強敵計，急忙地展開了小巧的

功夫；躥高縱低，乘虛抵隙，將這翹尖刀上下飛舞，隨著輕巧的身法，只想把賊人纏住。刀法一味地封閉遮攔，身法一味挨幫擠靠。來往走了十幾個回合，天氣燥熱，已累得出了汗。

賊人這對日月雙輪，得自名家傳授，共有七七四十九手；運用起來，有崩、攔、剪、捋、掛、封、閉、鎖、耘、拿十字要訣。敵人雖夠不上爐火純青，可是招數輕靈，已得竅要。只見他把招數一撒開，攻守進退，揮霍自如，十分的猛辣。

沒影兒又對付了十幾招。猛聽得鐵矛周大呼一聲，錚的一聲響，敵人那對虎頭雙鉤沒捋住鐵矛周的鋼鞭，鐵矛周的鋼鞭竟砸著敵人的月牙鉤。若不是鉤有護手，賊人的左手鉤竟得脫手。可是這一來，賊人更吃苦頭，叫了一聲，嗖地竄下來，左手背和虎口竟震得十分疼痛。鐵矛周大呼，掄鞭便追。那使七節鞭的賊人忙拋了紫旋風，把鐵矛周截住。當下，七節鞭和竹節鞭打在一處。

紫旋風的八卦刀，翻翻滾滾，力敵二寇，有攻無守；鐵矛周戰勝，敵人忽然減少了一個；紫旋風越發得手，唰的一刀，用了招「飛星趕月」，道聲：「著！」那使單刀的敵人，竟隨著紫旋風的刀風退了下來。黑影中雖看不清，聽動靜，想必也負傷了。

紫旋風哈哈大笑道：「這樣屎蛋，還想在這裡打劫？」收刀急看，鐵矛周的竹節鞭與敵人的七節鞭，一個鞭梢帶得悠悠的生風，一個鞭節帶得鋼環嘩啷啷響成一片，鬥得十分激烈。看鐵矛周的武功，綽綽有餘。再看沒影兒魏廉，他那把單刀，竟不是日月雙輪的對手；只有閃展騰挪，不敢刪砍劈剁。單從兵刃這一點上，便占了下風。

紫旋風把八卦刀一擺，便要過去幫助魏廉；突然見沒影兒故意賣了個破綻，「舉火燒天」，把刀鋒往上一揚，照賊人面門就刺。賊人的日月輪一晃，便來找魏廉的刀口。魏廉急急地往回一撤招；賊人的左手日月輪「春

雲乍展」，急又一進步，斷然喝道：「砍！」右手掄「金龍歸海」，斜肩帶背砸來。

魏廉斜身往旁一躥，旋身猛進，翹尖刀剛剛地避開輪鋒，急攻敵人左側。這一招疾如掣電，幾乎與賊人相碰。滿想冒險成功，這一刀定可刺通賊人的左軟肋。哪知敵人這種兵刃實在厲害！日月雙輪往外一推，這是一個虛招；卻是身軀半轉，倏然一個敗勢，左手輪竟照翹尖刀套來。

魏廉暗道不好，急忙收刀。哪想敵人這一招也是虛的，右手輪此時也掄起來，用盡渾身力，猛往下一砸，噹的一聲，如火花亂迸。魏廉右手發麻，翹尖刀竟被砸落在地上。敵人日月輪趁勢一推，直奔面門而來。

好魏廉！勢已落敗，心神未亂；猛然雙腳一蹬，面向後仰，嗖地倒竄出一丈多遠。百忙中，左手早摸出一塊飛蝗石子。這賊人好狠，日月雙輪一擺，道：「哪裡跑？」唰的一個「龍形一字式」，快似脫弦之箭，追了過來。

這時節紫旋風閔成梁剛剛抄趕至前，厲聲叱道：「呔，看招！」右手厚背八卦刀一掄，「橫掃千軍」，從敵人側面邀擊過來。刀花一晃，左手掄起雞爪飛抓，悠地照那使日月雙輪的賊人抓去。賊人急閃，魏廉一揚手，飛蝗石脫掌而出；啪的一聲，恰好打在賊人左腮上。

這一下是股急勁，使雙輪的賊人腮腫牙破，哎呀一聲，扭頭一竄，竄進了葦塘，紫旋風提刀便追，卻又懸崖勒馬，連跺了幾腳，便即止步。

沒影兒魏廉趁敵人退走的當兒，飛縱到落刀之處，先把刀拾起，轉身來接應鐵矛周。那使七節鞭的敵人很是乖覺，見同黨接連敗逃下去，猛奮全力，抖七節鞭，喝道：「躺下！」一個盤旋趕打把七節鞭掄圓。

這一招不論你有多大本領，使什麼兵刃，也得用「旱地拔蔥」才能躲開。鐵矛周急忙往起一縱身。敵人一個「怪蟒翻身」，颼颼地腳不沾塵，

一連幾縱，已到了葦塘邊，回頭冷笑道：「二大爺不陪了！小子們把脖子伸長了，早晚挨著二大爺的刀。」鐵矛周季龍怒叫：「賊小子別走！」往前一縱身，追了過去。身軀方在一起落之際，敵人猛然一抬手，咯噔一聲，一股寒風奔鐵矛周面門打來。鐵矛周趕緊低頭，颼的一下，一支袖箭擦頭皮打過去。驚得鐵矛周一身冷汗，再看敵人，已沒入葦塘之中。

那沒影兒魏廉、紫旋風閔成梁也全趕過來。三人分散開，沿著葦塘，躡足潛蹤地搜查過去。聽聲覘跡，蘆葦禾稈亂擺，敵人似奔西北一帶退走。三鏢師會在一起，沒影兒很覺慚愧，向紫旋風說道：「閔大哥，我真謝謝你。」

閔成梁道：「自己兄弟，何必客氣？」

彼此一計議，不再追敵，仍然探堡。繞過了葦塘，三人慢慢走著，權代歇息。走出兩箭地，互相招呼了一聲，一伏腰，又飛奔起來。剛剛又走出二里多地，猛聽背後快馬奔馳之聲，夾雜著呼嘯。三個人不禁回顧，口雖不言，都覺得前途越來越緊。

一霎時蹄聲漸近，沒影兒魏廉在暗中一扯閔、周二人，立刻齊往青紗帳鑽進去，屏息靜窺後面來人。也只一轉眼，兩匹快馬一前一後，順大道從後面馳來，竟撲向古堡而去。三個人暫不稍動，容得蹄聲去遠，再聽胡哨聲，仍在後面，卻似繞奔正東去了。

又過了一會兒，沒影兒鑽出來，低低對鐵矛周、紫旋風說道：「二位看怎麼樣？賊人步步安設埋伏，我們還走不？」紫旋風默然籌思，反問鐵矛周季龍道：「三哥你說呢？」

鐵矛周把下唇一咬道：「衝啊！沖到哪裡算哪裡，實在闖不過去再說。」紫旋風身量高，蹺足北望道：「可是，你二位瞧，古堡那邊閃著燈光哩。」沒影兒道：「是嗎？……但是咱們倒要過去看看，只要小心點，別掉在裡頭。」

　　三人立刻把精神一振，二次趲行，不走正路，曲折前進，不一刻發現了那片大泥塘。又往前走，在西北面遠遠展開了黑壓壓、霧沉沉的一片濃影，這很像是古堡了；卻有一點黃光，在濃影上面閃耀。三鏢師隱身在荒林中幾棵老樹後，往前端詳。要從立身處直走過去，似嫌不便，當中正隔著一大片空地。南面也不行，那是一條土路。這須要繞奔北面和西北面才好。

　　沒影兒睜開一對圓眼，相了相；向夥伴一打手勢，竟抄荒林奔田徑小道向北面溜過去。卻才舉步不遠，「梆梆梆，皇皇皇！」竟又有一起梆鑼巡更下夜，恰從正北面走來。聽更點，敲的正是四更。三鏢師都覺得奇怪，怎麼這轉眼工夫，竟耗了一個多更次？

　　三鏢師不願露相，急忙縮步，想退回荒林，已是來不及。

　　恰有田徑小道當前，三個人蹲下身來，藏在禾田內，相隔半箭地。突聞巡更的發話：「喂！深更半夜，伸頭探腦，幹什麼的？」

　　紫旋風只道是行蹤已露，挺身而起，回手拔刀，正要向外竄。沒影兒魏廉急忙一把拉住，附耳低語道：「大哥別忙，再聽一聽。」鐵矛周也道：「也許是詐語。」紫旋風依言而止，雄偉的身軀，急忙蹲伏下來。

　　不想三個人才這麼一咕噥，那敲打的梆鑼陡然住聲，跟著嗖嗖地聽見縱跳之聲，望見黑影閃動。接著從田徑那一端，射出兩道黃光，又是孔明燈。燈光似車輪一轉，倏又隱去；立刻颼颼地射出幾支響箭，跟著躥過三個人來。全是青衣裝，短打扮，各持利刃往這邊撲來。

　　沒影兒暗道一聲不好，對閔、周二人道：「這是他們的卡子。」

　　紫旋風又看了一眼，悄聲招呼同伴：「不錯，一定是卡子……」

　　距古堡已近，若露出形跡來，容他們堡內的人跟卡子上的人一通氣，就糟了；再想探堡，更不易了。紫旋風道：「退！」沒影兒頭一個蛇行鹿

伏，往後撤退下去；閔、周二人也忙退下去。

　　這一來，卻上了人家的一個當。敵人一梆、一鑼、幾支響箭，便把西北一路堵住了。

　　紫旋風等聽得這三四個打更的往來搜尋、咒罵，並不當回事。依然拿定主意，大家改奔西面；西面並沒有人。鐵矛周道：「這時候有四更天了麼？」

　　紫旋風搖頭道：「決計沒有。」鐵矛周季龍道：「我想著也沒有。」沒影兒道：「大概三更來天，我們只有一更多天的活好做。」紫旋風道：「趕緊入窯吧！」說罷向古堡仔細一望，堡內堡外悄無人聲，卻從裡面挑出一盞紅燈來，好像過年紅燈似的。三個鏢師昂然不顧，先後湧現身形，直撲古堡西面。眨眼間到了古堡牆外，躡手躡足，走了半匝，看穩，擇定，三個人便分兩處躍過乾壕溝。

　　這古堡的破柵門依然洞開，三鏢師伏身偷窺，外面沒有埋伏，裡面也沒有動靜。紫旋風向沒影兒一點手，不入堡門，躍上了土圍子牆；沒影兒跟蹤躍上去。鐵矛周季龍飛縱的功夫稍差，身軀重，腳下也沉，倒退數步，往前一頓足，也努力躍上去。

　　這土圍子上有堆口，內有更道，在初建時，原有很好的防盜設備。三鏢師躍登更道，急忙伏身，且不下躍，忙張眼四顧。堡內層層片片的房舍，約有一二百間。黑影中看不甚清，似大大小小，分成一二十個院落，多半坍壞了。那一竿紅燈是立在東大院內。各院落通通靜悄漆黑，堡內的更樓望臺也不見燈火。紫旋風拔八卦刀，伏腰當先，履著更道，窺探了半匝，一點聲息也沒有，連狗吠也聽不見。三個鏢師倒疑慮起來，這簡直是空城計。

　　時逾三更，星河燦爛。堡當中一條南北砂石走道，東西兩排房，歷歷可數。沒影兒魏廉隨著紫旋風深入堡內，留鐵矛周季龍藏伏在土圍子西更

道上、堆口後面，教他巡風。然後紫旋風、沒影兒試探著，奔那東大院走去。兩人記得這挑燈之處，正是白天所訪的那座大門。雖猜疑這只紅燈設得古怪，兩人仍奔紅燈而來。

轉眼間，繞近東大院，相距還有五六丈，若是細察院內的虛實，必須走下更道，躍上鄰近的房頂。紫旋風一指燈，又一比量遠近，又一指房下面，向沒影兒低聲道：「下！」

沒影兒掏出問路石子，往下面一投，啪嗒一聲，知是實地。沒影兒霍地先躍下來，紫旋風也輕輕跳落地上，腳尖一點，龐大的身軀如箭脫弦，嗖地一躍，竟搶在沒影兒前面。

更道的下面，隔著一丈多寬的一塊空地，好似一條夾道。兩個人忙掠空地而過，躍上近處一道土牆。土牆年久失修，幾乎著不得腳，稍一用力，便簌簌落土。兩個人提著氣，輕輕由牆頭躍上房頂。伏在房脊後，先向院裡看了看；又向院外正中那條走道上看了看。尤其牆隅巷角，加倍留神，深恐敵人藏有埋伏。

這是幾所小院，灰土四合房；可是各院山牆都相連。有的失修坍塌過甚，不是有房無頂，就是有院無房。兩鏢師不走平地，單擇高處。紫旋風在前，沒影兒在後，施展提縱術，連竄過數層小院。

紫旋風由一道短牆往一排灰瓦房上跳，又由房頂往別院牆上跳。腳尖一踩房頂，才一用力，不想他身高體重，竟把這灰瓦房踩塌下來。幸仗他身法俐落，急忙一滑步，霍地一閃，人沒有掉落下去，房上的灰土頓時噗嚕地坍下一堆來。

紫旋風好生慚愧，急閃眼觀看動靜，這動靜不算小，可是堡內依然沉寂沒有反應。沒影兒趕過來，忙道：「閔大哥，我身子輕，我在前面道吧。」於是沒影兒在前，紫旋風在後，兩人先把西面這一排房踏勘過一半，走到馬廄附近為止。抽身回來，又轉而躍下平地，橫穿南北走道，又

跳上東面那排房上。

　　黑影中一陣風過處，隱隱聽見一點聲音；沒影兒急側耳細聽，又不見了。忙即伏身止步，隱在房背後；等紫旋風過來，往西北一指，低聲道：「大哥，聽見了沒有？」

　　紫旋風道：「好像是馬嘶？」沒影兒便要翻回去重勘；紫旋風止住他，用手一指那座東大院有紅燈處，輕輕說道：「還是先看看那邊吧。」沒影兒依言，在一排房舍的後山坡後面，伏身急行。又連連越過幾道院牆，距白天所見的東大院虎座大門已近。

　　兩鏢師到此早已深入重地，急忙止步，背對背，伏在東面一座小房的背後，只探出頭來，向那東大院的紅燈端詳。這紅燈是一根長竿挑出來的。兩人已將土堡探看了一半，竟似入無人之境一般。紫旋風越發地疑惑起來，莫非白天那次窺探，便把賊人弄驚了不成？他們也許由打前半夜就逃走了？可是他們又在外面層層設卡，不像逃走的樣子。

　　紫旋風把這個意思問沒影兒，沒影兒也猜不透。忽地立起，摸出一塊石子，要照紅燈打去；只是相隔過遠，比了比，怕打不著。

　　兩個人要再翻過一層院子；不想距這東大院只隔一層房，在對面房頂上，忽然透露出一線光亮。紫旋風心中一動，忙指給沒影兒看。兩人輕輕地從房上溜過去，才看清這光線是從一排南房的一角破房脊透出來的。

　　依著沒影兒，便要過去一窺。紫旋風看了看這房子的格局，覺得跳下房，再翻上房，又須穿過一道院子。既有燈火，必有敵人；驚動了敵人反倒不妙，勸沒影兒還是先奔東大院。

　　魏廉稱是，仍順著這東面一排排的北房，往大院那邊溜。將到近處，二人又伏身藏起，側耳傾聽，偷眼細看，仍然一無所得。

　　忽然一陣風吹來，又聽見西南一陣馬嘶，比前次更清楚了。沒影兒輕

輕一推紫旋風閔成梁。閔成梁道：「又是馬嘶，可是這裡狗很多，怎麼聽不見狗叫呢？」沒影兒道：「這可古怪。」又道：「大哥你看，這大院真像沒有什麼人似的。」

兩個人爬起來，剛要賈勇再往前探。這時候，隔著那座門樓，只有一層院子。忽一回頭，堡外面突然射出一溜火光，又是旗火，一連飛起三道旗火。沒影兒首先瞥見，忙叫紫旋風快看，果然這旗火正是從鬼門關那邊射過來的。緊跟著嗖嗖一聲響亮，分明又射出一支響箭來。兩個人怔住了；忙將兵刃抽出來，目注堡外，沉機觀變。卻是旗火響箭之後，隔過半晌，堡裡堡外還是沒有意外的動靜。潛藏的敵人竟沒有出現，這古堡真像空了似的。

兩個人納悶，互相知會了一聲，握刀站起來；圍著東大院的鄰房，閃來竄去，連了兩遍。到底忍不住，試用問路石，往東大院啪嗒投下去，竟半晌不聞反應。兩人沉吟，這一趟可以說任什麼也沒看見，太訪得無味了。遂低聲附耳商量，堡內斷不能說一個人也沒有。兩人決計要冒險，把賊人詐出來，倒要看看他們有多少人。也可以過一過話，看看那個插翅豹子究竟在這裡沒有？

商量已定，不過若要鬧動起來，三個人應該聚在一處才好，不應該分在兩處。沒影兒、紫旋風忙飛奔回去，要找鐵矛周。他們跳下東排房來，橫穿走道，躍上西排房。忽又見西排房北面光亮一閃，二人索性尋光逐亮，直向這發亮光的地方去。

這透亮的所在，竟也是一所破房屋頂。兩人輕輕躍上去，這是五間破瓦房，靠房脊角，漏出碗大一塊破洞。兩鏢師急忙繞爬起來，輕輕地伏身，從破洞口往裡張望。兩人自覺身法極輕，不想剛剛一探頭，屋內的光亮忽然沒有了。裡面黑洞洞的，任什麼也看不見了。

紫旋風和沒影兒悄聲打喳喳：「這裡頭一定有人。」正自猜疑，突然聽

屋內一聲怪笑道：「媽拉巴子，你打算看什麼！這裡沒有人，就只爺爺自己一個。要偷，偷你媽的巴子去吧，爺爺就只一兩蛋！」

聽來似在屋洞那一邊說話。紫旋風、沒影兒相顧失笑：「他倒靈了！」

屋內又罵道：「媽拉巴子，破屋子！媽的一走就掉土，你當爺爺不知道嗎？滾吧，你姥姥在外頭等著你呢。要偷，偷有錢的去，上這裡來幹啥？我還不知道搶誰去好呢！」突然一道強光，對著屋頂破洞照射出來；是一團圓光，分明又是孔明燈。紫旋風急一拉沒影兒道：「留神暗器！」一言未了，咯噔一聲，打出一物，竟穿破洞而出，一定是袖箭弩弓之類。紫旋風忽然一笑，忍住了，手扯沒影兒，用較小的聲音說道：「別理他，走咱們的。」暗暗一拍沒影兒的豹皮囊，兩人各將暗器裝好；只等屋中人往外一闖，就冷不防給他一下子。

哪知行家遇行家，誰也不上誰的當。猛聽颼颼的連聲響亮，黑屋子射出三支響箭來。這與堡外的響箭的響聲不同，這三支響箭才出，頓然聽更樓望臺上，也颼颼響起三支響箭。跟著東排房、西排房、東大院、西大廳，一齊響起了響箭；同時噹噹當，更樓上又敲起一片鑼聲。跟著嗚嗚的一陣狂吠，從一處破院內的破房中躥出來一二十條大狗，頓時逐人跡而狂叫。

同時從好幾處破院內，突然射出數十道孔明燈的圓光來；盡只往房頂牆隅，不住地照來照去。卻有一節，只見這燈光照，不見人影出現。那虎座門樓內，連一點動靜也沒有。

紫旋風閔成梁、沒影兒魏廉都覺得不妙，立刻打定撤退的主意；互相關照了一聲，急急地伏身一溜，退下房脊。堡中走路上群犬狂吠，兩個人不便下房，就伏腰蛇行；用盡辦法，不教孔明燈照著自己。

兩人身法快，腳步輕，唰唰的退出數丈以外。回望堡內，竟還沒有一人躥上房來追趕。沒影兒魏廉低聲嘯喚閔成梁，剛要問一句話；紫旋風身

高目遠，猛然叫道：「不好，快躺下！」

更樓上忽然火光一閃，窗扇一開合，唰的射出一支響箭和數支弩箭來。更樓上果然有人。果然就看準了兩個人的來蹤和去路；那支響箭直照著二人的出沒方向射來。

沒影兒低罵了一聲，與紫旋風伏著腰，順著一排排的房屋，仍往南面退。退後不到十數丈，走盡房頂，須跳過一道牆，下穿一道小院。倏然北面不知從哪裡又射過一支響箭來，啪的一聲，落在兩丈以外的屋瓦上。

紫旋風、沒影兒脊背相倚，急張眼往四面尋著。箭的來路尚未尋明，忽看見西面堡牆根下不知從什麼時候，也不知從什麼地方，利俐落落冒出七八個人影；一條線似的，橫抄山牆，一聲不響，捧刀而伺，竟把閔、魏二人的退路斬斷。閔、魏二人要想跳下房，踏過平地，躍上土圍子更道，逃出堡外。照這樣，須從七八個人眼前繞過去。再不然，便須直下平地，徑搶堡門；再不然，就得從斜刺裡，翻堡牆跳出去。但不管怎樣，閔、魏二人一出一入的行蹤，確被堡中人盯住了；否則就是那更樓上的響箭跟著作怪。

夜行人的規矩，從哪道而來，還要從哪道而去，走熟路方免涉險。當下紫旋風很著惱，把八卦刀一順，從房脊後直立起來，就要湧身上跳，硬往敵人面前闖。才一打晃，沒影兒魏廉輕輕一噓氣吹唇，把閔成梁猛然揪住，道：「快蹲下，看對面！」

噓的一聲，一道輕風，掠身飛來，跟著啪嗒的一聲響，敵人又打過來一件暗器。紫旋風急忙尋聲看去，對面小院房頂上，一個人影一晃，竟學自己也伏在房脊後藏起來；只探頭，不現全身，也不過來掩擊。

地上一二十條惡狗，竟像嗅出氣味似的，也衝著魏、閔二人潛身的房屋發威，一聲聲號叫，像要撲上來。紫旋風、沒影兒怕受了堡中人的暗算，又恐中了埋伏。兩個人忙又背對背，側身蛇行，躲避敵人，往旁邊另

一處房頂退過去。

　　就在這時候，鐵矛周季龍忍耐不住，突從堡牆更道上抽鞭現身，要趕來接應自己人。聽鑼聲一起，鐵矛周季龍料到紫旋風等必然有失，或竟被圍；急忙走到更道堆口邊上，往下探看，身子才離開堡牆堆口，全形畢露。西牆根七八個堡中人立刻看清，隨即掄刀上前。吱的一聲，連吹起胡哨，分一半人來阻路，分一半人從別的磴道上，搶奔堡牆更道。一賊喝罵道：「好賊！真敢捋虎鬚，把腦袋留下來！」

　　頓時四對一，和鐵矛周季龍交手狠打起來。鐵矛周力戰四敵，這堡中的四個人竟很不濟。頭一個剛奔過來，被鐵矛周一鞭，便將兵刃打飛。第二個、第三個奔過來接戰，擋不住周季龍鞭沉力猛，也被打退。只剩了一個人，大呼進攻，武功特強。

　　鐵矛周手腳鬆動，急拋敵奪路，尋找同伴。百忙中瞥見西排房上一高一瘦兩人，水蛇似的由房頂彎腰奔來，猜是閔、魏二同伴，越發地且戰且進，迎了過去。

　　更樓上的鑼聲，這時由連聲敲動，忽改了五下一敲，六下一敲。這自然是發號令。紫旋風、沒影兒思量著若要退得俐落，必先誆敵一下。兩個人遂不走原路，竟假裝竄奔堡門。登房越脊，曲折飛行，佯投正南。忽然一支響箭過處，對面東排房兩所破落的小院內，又竄跳出兩個人。一在南，一在西南，也登牆上房，一揚手打出兩件暗器來。

　　紫旋風、沒影兒閃身躲開，順手還打出兩石子。兩敵人一閃身，伏下去，竟隱在東排房脊後。閔、魏二人連忙又奔南跑，這兩敵人忽又現身出來，如飛地也往南跑；隔著當中一條走道，追得很緊。內中一人出聲叫罵道：「賊種，也不打聽打聽我們鄉團的厲害！趁早滾下來受死吧，哪裡跑？」

　　沒影兒答了腔：「呔！爺們是借道的，跟你們貴地無干。咱們各走各

路，少打攪，多睡覺，有你的好處。」

敵人狂笑道：「娘拉個蛋！你借道往人家房上跑？爺爺誰信你！這裡是龍潭虎穴，進倒是好進，小子，我看你怎麼出去！」紫旋風怒吼了一聲，明白叫陣道：「太爺是打豹尋鏢來的。打開窗子說亮話吧！快把豹子叫出來，太爺紫旋風要見識見識他！」

沒影兒也應聲叫道：「太爺上山打虎，下山打豹。狗種們有本領快施展，別弄出一群惡狗來，那不是英雄，那是狗熊！」

紫旋風、沒影兒止步障身，要聽堡中人怎樣答話。誰想那綴來的兩個人也一伏腰，把身形藏起來，沒一個肯搭腔的。紫旋風和沒影兒冷笑了一聲，仍奔堡門跑去。回頭瞧這兩個人，竟不現身再趕；這二賊都霍地跳下房來，奔那虎座子門樓路去；口吹鬍哨，喊出許多黑話來。閔、魏二人全聽不懂。

紫旋風一拉沒影兒，道：「狗賊奔回去，給豹子送信去了。」沒影兒道：「也許……」兩鏢師特為留步，要看看劫鏢的正主那隻插翅豹子。但是這地方不穩，兩人便猛翻身往回撤，不奔堡門了。

這一來，響箭隨起，由四個地方發出四種信號來，都是響箭，響聲各有不同。立刻由各院各處，散散落落冒出十幾個人影來，只一露便即隱去，好像故意示給兩鏢師看：「這邊有人不許進，那邊有埋伏不許闖。」那群狗才可惡，一味地竄前繞後，逐影狂吠。

紫旋風如一陣風地撲回來，八卦刀一指原路，喊道：「往這邊啊！」

紫旋風當前開路，霍地連竄過數層小院，循原路折回來。

沒影兒挺刀急隨，轉眼快到短牆邊。黑影中，敵人紛紛驚動，許多暗器嗖嗖地橫掠過來，斜打過去。

兩個人的提縱術都夠快的，冒著暗器，由房頂躥下短牆；由短牆躥下

平地，一直撲奔更道磴口。堡中人逐響箭，追後影。一聲呼哨，從東排房當先跳下來三個人；西排房一所小院內，也從後牆頭跳出五六個人來。

一人仗利刃，如飛追過來，大喝：「豹子來也！」這是個身材矮小的人，手握一把刀，斜剪二鏢師的退路。更樓內也出來兩人，繞更道，居高臨下，把磴口把住，不教兩鏢師上來。那群狗一窩蜂似的，也由一賊唆喚著，由南北走道繞堵過來。

沒影兒大喝一聲，掄起翹尖刀；紫旋風的八卦刀橫掃直劈，公然向堡中人叢猛衝，頓時由暗器遙擊，轉為雙方肉搏。

閔、魏二人互相掩護著，且戰且走，輾轉撲到西南角，搶到更道底下。更道上、更道下，孔明燈亂照；堡中人堵的堵，追的追。響箭掠空，追蹤直射向西南角。這情形比方才緊張起來。

紫旋風、沒影兒在牆根下咬牙狠鬥。鐵矛周在更道上一面打，一面連聲呼喚；百忙中閔、魏二人應了一聲。鐵矛周道：「併肩子快快上，快快上，狗來了！」紫旋風奮勇一沖，竟搶上更道。八卦刀往上仰攻，本很吃虧；但是出乎意外的是這幾個堡中人的武功竟這麼乏，人數又這麼少，竟不知是什麼意思。

紫旋風挺刀一搠，更道上那敵人一槍刺來，被紫旋風一把奪住。較手勁，只一送，又一帶，八卦刀復一送，敵人未及撒手，跟跟蹌蹌地撲下來。紫旋風刀背一轉，喝一聲：「去吧！」

照敵人猛拍，敵人直栽下去。紫旋風奪槍在手，竟搶上更道四五級。忽地背後打來一鏢，紫旋風回手一刀，把鏢磕飛。

沒影兒剛剛躥過來，正循臺階欲上；敵人憑空驟至，慌忙又退下來。那個自稱豹子的矮小人物，把一口刀施展開，阻住沒影兒，手法極快，倒是勁敵。沒影兒奮力抵擋，勉強打個平手。鐵矛周卻又打倒一個敵人，飛

奔過來，與紫旋風上下夾攻。更道上的敵人手忙腳亂，有好幾個往平地跳下去。

紫旋風、鐵矛周一齊大喊：「魏賢弟快上！」沒影兒且戰且呼：「併肩子快來，這是豹子！」那自稱豹子的矮小漢子揮刀高叫：「太爺不含糊，我把你這一群臭賊……呔！你們快報個萬兒來！」

三鏢師到此不約而同，都不肯匿名姓，失身分。紫旋風第一個報導：「爺們有名有姓，紫旋風八卦掌閔成梁。相好的，你有膽，也報出來！」鐵矛周、沒影兒也說出姓名綽號，又齊聲反詰對方。這個短小的豹子只連聲冷笑，不肯直答，道：「太爺就是帶翅膀的豹子，你們一群鼠輩，太爺不值得把萬兒賣給你們，教你們家大人來！」

三鏢師氣得怒焰三丈，猜疑這豹子嗓音體格，似是少年，必非劫鏢的真豹；只是他這氣派也夠狂傲的。閔、周二人已退到堡牆更道上，憤然要撲下來，攻散敵人，接應沒影兒，好歹把這冒牌豹子毀倒，這一夜也不算白來。但兩個人才要下來，更道上邀截的敵人忽然齊退，表面好像怯戰；卻驀然從西排房上湧現數人，閃出三四張弩弓和兩三盞孔明燈。

燈光一來一往，齊向閔、周二人照射來。那弩手就開弓扣箭，借燈光唰的照閔、周二人射來。紫旋風揮刀格打飛箭，急呼鐵矛周留神，不料敵人三四張弩弓，竟集中放射，對準一個人的上中下三路，連發數箭，射完紫旋風，才又射周季龍。

周季龍揮鞭打箭，一下沒磕好，竟失聲一叫。紫旋風吃了一驚，忙奔過去，掩護著受傷的周季龍，一面急催沒影兒速退。一霎時箭飛如雨，更道上立身不住；忽又聽堡外快馬奔馳之聲，閔、周兩人一翻身跳下土堡——堡中平地上只剩下沒影兒一人。

第十八章
武林三豪奪路鬥群寇　飛天一豹策馬逐鏢師

沒影兒一步落後，獨留堡中；揮翹尖刀，與敵人假豹子，往來惡鬥。假豹子橫身擋住退路，不教沒影兒逃走。兩三個堡中人圍上來，一群狗也撲上來。沒影兒躥前躥後，看著要被圍；急攻一招，閃身驟往旁退。看這更道出口，已經搶不上去了；沒影兒急忙抽身，順牆根飛跑。一條兇猛的狗追到，照腳脛便咬；沒影兒回手一刀，正砍在狗頭上。一聲慘嗥，群狗驚退；卻一個巧勁，刀砍在狗腦骨上，倉促間抽不出刀來。

急遽中，忽聞快馬奔騰，由堡外馳入堡內。沒影兒急提刀一甩，將死狗甩出多遠去，才一撐身，手攀土牆，躍上更道；急急地往堡內一望，似四五匹馬馳入堡門。魏廉又急急地往堡外一望，十數丈外黑影俐落，似有六七個人，分兩撥前奔後逐。猜想著，也許有閔、周。忽然一盞孔明燈直向魏廉這邊照射，堡內一片喧譁，隱隱聽見一個尖嗓子怪喊道：「進來多少人？捉住他！」堡中走道上，又挑出一盞大氣死風燈來，上有「守望相助」四個大紅字，雖看不很真，卻猜得出來。沒影兒不曉得哪一撥黑影是自己的同伴，只得捏嘴唇，打了一個呼哨。這一聲沒找來同伴，卻找來一支響箭；嗖的一聲，仍是從更樓上射出來的。

沒影兒閃身避箭，再往堡外看了看。堡外壕邊，鬼似的有兩團黑影；忽然一長身，是兩個蹲著的人，驀然站起來，卻一捏口唇，打了一個胡哨。沒影兒一翻身，跳下堡牆，越過壕溝，如飛奔過去。他存著一分戒心，未敢貿然湊近，探囊取飛蝗石，握在掌內，遠遠地打了一聲招呼。饒這麼小心，竟伏兵陡起；兩條人影一聲不哼，迎上來抖手一鏢。果然不是同伴，竟是敵人伏兵。沒影兒唰的一閃身讓開，罵道：「鬼羔子，太爺防

備著哩！」揚手發出飛蝗石；對面敵人哎喲的一聲蹲下來。

沒影兒長笑抽身，提刀連竄，一直落荒走下去。卻從木板橋下，又跳出兩個人，健步跟追過來。

沒影兒腳下用力，唰唰唰，如飛的直奔出兩三箭地。止步凝眸，向外一看；同伴一個沒見。那兩個敵人竟跟蹤追來，相距在七八丈外。沒影兒大怒，發狠道：「好東西，真綴下來了；我教你們追，我教你兔蛋們跑一夜，解解我心頭之恨！」

沒影兒詭計多端，立刻放緩腳步，向追兵大喊數聲，慢慢溜入青紗帳。把一支鋼鏢托在掌心，他還想冷不防暗算敵人。

那一邊，紫旋風一隻手不能顧兩面；掩護著鐵矛周，匆匆越牆，投入青紗帳內，先給周季龍拔箭治創。又恐把沒影兒失陷在堡內，竟欲教鐵矛周在此歇歇，他要二番入堡，好把沒影兒尋回。周季龍的箭創不重，未肯落後，定要與紫旋風一同找回去。紫旋風哪裡肯依！再三勸阻，周季龍只不肯聽；竟忍著箭創的疼痛，出離青紗帳，直往外走。

紫旋風無奈，只好由他，低聲道：「周三哥，你也太那個了。我自己尋一趟怕什麼？」鐵矛周微微一笑道：「閔賢弟，別瞧不起我呀！」兩人且行低論，紫旋風道：「我們這一趟探堡，劫鏢的賊人，和賊黨的底數，到底也沒探明。我看莫如先把九股煙打發回去，到明天晚上，我們再來一次。」

鐵矛周季龍想了想道：「天實在不早了，明天再探很對的；但是我們總得先把魏老弟尋回來。」紫旋風道：「那是自然。」

周季龍道：「閔賢弟，這古堡太古怪，你覺察出來了沒有？他們怎麼一個能手也沒有？跟我交手的是幾個年輕人，功夫都平常，倒是遼東口音。閔賢弟，你看怎麼樣？跟你動手的，可有豹頭虎目的老人沒有？」

紫旋風道：「沒有。」只得在前頭走，讓鐵矛周在後跟隨；才走得幾步，忽然錯愕地叫了一聲。紫旋風身量高，竟望見古堡上燈火齊明。只是青紗帳障著視線，看不真堡門堡牆；四面低窪，又無高處可以登上一望。隱隱地卻聽見堡前的奔馬之聲。

周季龍道：「閔賢弟，對不住！你幫幫忙，我也看看。」紫旋風挺然一站；周季龍從紫旋風背後，雙手輕輕一按兩肩，雙足一抬，雙鞋脫落；整個身子竟躍上紫旋風的肩頭。架天梯式兩人相接，高達一丈一尺多。這才看清楚古堡堆口上，挑出來十好幾隻燈籠，似繞更道梭巡。

此時卻從堡門又馳出來六七匹馬；馬上的乘客昏夜看不清，只看出這幾匹馬順大道飛奔過來；竟不知他們做什麼來的，又疑心他們是找後帳來的。但在探堡之時，敵人本領既然稀鬆，等到鏢師退回，他們又輕離巢穴，追出來找場，也似乎無味，未免不像江湖上好漢幹的。

周季龍和紫旋風互相替換登肩膀，都看了一回。紫旋風對周季龍道：「天太晚了，我們不能再去探堡了。只是把魏廉失落了，我們怎好這樣回去？」

周季龍毅然說道：「你不用顧忌我，我說行，一定行！咱哥倆還是找找他。」

兩人昂然出來，仍借叢林田禾掩蔽，繞著古堡，搜尋沒影兒。把古堡繞了小半圈，一直沒遇見堡中人，也沒遇見沒影兒。兩人不由很著急道：「這位魏仁兄可是跑到哪兒去了呢？難道憑他那份身手，會落在陷阱不成，真教人難信！」

這時候那幾匹馬竟奔苦水鋪走下去了。紫旋風到底忍不住，越探越近，距古堡已不甚遠了。他一路上撮唇輕嘯，眼光東張西望，越遇黑影，越加留神。直奔古堡東面，已經四面繞了三面，還是沒尋見沒影兒的影子。

周、閔二人嘀咕起來，以為沒影兒凶多吉少。紫旋風發狠道：「這麼隔著古堡老遠地繞不行。三哥，你得依著我，咱們別耽誤事！」立促周季龍退後，紫旋風閔成梁亮八卦刀，竟奔古堡西面，一直搶上去。古堡裡面，燈光閃爍，仍然照耀著。

紫旋風二番探堡，定要涉險救友。

周季龍以為沒影兒大抵失陷了，自己也不好堅持著，反而累贅紫旋風，倒對不起沒影兒；搖著頭，撫傷微喟，道：「閔賢弟，你偏勞，我還是給你巡風。」

紫旋風閔成梁不顧一切，急急地闖過去，一轉眼之間，挨到古堡西面。一彎腰，摸著一塊殘磚；比了比，要抖手上土圍子牆；只是相差尚遠，又往前溜了幾步。

但是閔、周二人繞古堡徘徊，裡裡外外的堡中人早已覺察。頓時之間，伏兵四起。從閔成梁身後一片黑影中，嗖的先躥出一條黑影；兔起鶻落，捷如輕煙；陡然喝道：「什麼人？站住！」斷喝聲中，紫旋風早將手中殘磚照堡上打去。聽見啪嗒一聲，立刻起了反響；堡中更樓忽然射出數道孔明燈來，一來一往地亂照。

周季龍叫道：「併肩子！……」紫旋風早霍地轉身。那條黑影直奔過來，卻又回頭，吱地吹起一聲呼哨。立刻從他現身處，又躥出一條黑影。頭一人一個箭步，往下一落，已撲到紫旋風面前，摟頭蓋頂劈下一刀。紫旋風見敵人來勢迅猛，不肯硬接，「斜身望月」，八卦刀往外一展，「鳳凰單展翅」，刀找敵人下盤。

敵人一刀劈空，右手猛往回一收刀，「反背刀」借勢一轉，陡照紫旋風右臂斬來。紫旋風一領八卦刀，往左一個盤旋，要遞刀再追取敵人。眼角一瞥，見那另一條人影竟奮身而進，「蛇形式」向自己背後暗襲過來。

鐵矛周季龍忍不住，急負傷揮鞭迎敵。敵人拋開他，箭似的早掩到閔成梁身旁；冷森森一把尖刀奔向閔成梁右肋扎來。

紫旋風凹胸吸腹，往左一提氣，尖刀貼右肋扎空。

敵人罵道：「好東西！」一聲未了，紫旋風展重手法，照敵人一擊。這兩個敵人大非堡內那幾人可比，手法竟很硬，身法竟很快。這個敵人一閃，那個敵人的刀又到，竟把紫旋風夾擊在當中。兩個人齊聲喝道：「相好的，報萬兒來。」

紫旋風喝道：「太爺紫旋風，上山來打豹。」

兩敵人嘻嘻冷笑道：「你也配！無名之輩，也叫字號？」紫旋風的英名，敵人竟不理會。

紫旋風怒氣勃勃，厲聲喝罵道：「教你嘗嘗無名之輩的刀法！」八卦刀重新展開，「野牛耕地」；從右往左一領，盤膝繞步，避開一敵，搶攻一敵。勁風一掠，喝道：「看刀！」敵人急閃，揮刀反攻。紫旋風霍地一領刀，龍形飛步，身隨刀轉，避開這一敵。那一敵單刀一順，向紫旋風後背狠狠搠來。不妨紫旋風猛一攻面前之敵，倏然還刀一掃後方；叮噹一聲響，險些磕飛背後敵人的兵刃。敵人猛一驚，撤身急退。

閔成梁哪裡放鬆？唰的又一刀，招數迅快。敵人慌忙再閃。紫旋風閔成梁猛然一旋身，突然飛起一腿，斜踹在敵人大胯上。敵人受不住，跟跟蹌蹌斜栽出去。鐵矛周季龍搶趕過來，一聲不哼，唰的一鞭，攔腰打來；手下留情，未肯摟頭蓋頂。這敵人身手不含糊，閃不及，躲不開，竟一擰腰，「旱地拔蔥」，往上一躥。

紫旋風如一陣風又撲過來，喝道：「倒下吧！」咕咚，嗆啷！敵人被撞倒，刀也出手。周季龍過來就要按捆，這賊人「懶驢打滾」，負疼連翻。那另一賊人吃了一驚，一聲不響，嗖的斜截過來；一股急勁，掄鋼刀照周

季龍後頸就剁。銳風直襲，鐵矛周季龍並不躲閃，「怪蟒翻身」揮鞭一掠。

力大不吃虧，手快最上算。周季龍的鞭硬砸敵人的刀口，敵人的刀，唰的掣回去。周季龍也趁勢竄開一邊，黑影中急端詳來人，看出敵人是個高大個，兵刃是一對鋸齒鉤刀。右手刀一收，左手刀早又一揚，「舉火燒天」，向周季龍面前划來。周季龍掄鞭接戰。

這兩個賊人竟硬朗得很，別看紫旋風把賊人戰敗了一個，卻已嘗試出兩個賊人的功夫真不弱，不過稍遜自己一籌罷了。

周季龍在平地上力戰，雖已受傷，鋼鞭上下揮霍，力大招熟。

紫旋風提刀一看，很是放心；又急縱目望四周，那個被踢倒的敵人把兵刃失手，也不管同伴，竟跳起來，如飛地逃去。

紫旋風道：「不好！」賊巢鄰近，放虎歸山，如何了得？立刻展開旋風似的身法，嗖嗖嗖，也如飛地追下去。剛追出不多遠，逃跑的敵人猛一轉身。紫旋風急一低頭，一支暗器打過來。

紫旋風道：「哪裡跑？」也一揚手，打出一件暗器。敵人往旁一閃，翻身就走，直奔青紗帳跑去。紫旋風不肯捨，正要往下追，後面周季龍連聲呼喊。前面濃影又發出警報，響箭旗火連連射出。

紫旋風止步回頭。鐵矛周季龍面前那個敵人，也猛然收刀，閃身便跑；看方向，似要逃奔古堡。周季龍忙喊：「截住他！」紫旋風蜻蜓點水，橫刀遮住。這使鋸齒刀的敵人身法很快，不下紫旋風，竟被他奪路竄入青紗帳內；只聽禾稈簌簌的一陣響，已深入濃影之中。

兩鏢師迫近來看，竟是青紗帳與一帶疏林相接。那兩聲響箭、五道旗火，就是從這裡發出來的，這樹上必有人望著。鐵矛周季龍、紫旋風閌成梁面面相覷，欲罷不能，欲追不得。猛然間，聽林後兵刃亂響，火箭又起；喊罵聲中，似隔林正有人開打。紫旋風急撤身外繞，要撲到林後一看；

鐵矛周揮鞭跟過來。兩鏢師冒著險繞過疏林，一抬頭，只見疏林禾田的夾當，小小展開一片空隙，正有四個人影奔躥。細辨時，卻是三個人攢攻一個矮小的人。

這人躥前躍後，遮前擋後，一口刀上下翻飛，力戰住三人。三人竟弄不倒他，他可也逃不出來。只聽他連連呼叫道：「夥計快上啊！別教他們跑了，我一人拾不過來呀！」一面拚鬥，一面呼援。那三人緊纏住他不放，讖罵道：「小子，少使詐語！你就喊出大天來也不行，爺們也要活剝了你！」

三對一打著，一面鬥刀，一面鬥口。閔、周二人都聽見了，急急趕過去，撮唇一呼。卻才往前一躥，黑影中唰的一下，射出一件暗器來。紫旋風忙一伏腰，回刀一掃，這支箭竟從頭頂射過去。跟著又唰的一箭，奔周季龍射來，周季龍慌忙閃過。

閔、周二人齊喊：「併肩子，魏師傅！」那被圍的黑影應聲叫道：「龍三哥快來！梁大哥快來！」

這果然是沒影兒魏廉。閔、周二人竟不避暗器，沒命地奔過來接應。人未到，聲先揚；刀未到，暗器先發，齊聲大喝：「賊子看鏢！」將飛蝗石子，飛掠著敵人頭頂打過去。唯恐混戰亂竄，誤傷了魏廉；這一石子，不過是藉以驚敵。但這石子雖不取準，居然生效，圍攻的三敵人立刻往外一散。紫旋風、周季龍刀鞭齊上，衝了過去；只幾個照面，把沒影兒救出來。

沒影兒跳出圈外，略籲一口氣，又揮刀加入，大罵道：「好一群兔羔子。三打一，什麼玩意兒！太爺宰了你們，太爺的埋伏多著呢，你們都出來呀！」不住向背後黑影處打手勢、呼喊。但敵人不上當，三個敵人齊說：「夥計們，別聽這一套！媽巴子使詐語，就只他這三塊料，一個也別放跑他，夥計們上！」三個敵人已散復集，猛又攻上來，胡哨連連吹著，

在曠郊中聲勢驚人。紫旋風、鐵矛周一點也不怯，仗著處處的青紗帳，足可退避。他們幫助沒影兒一面狠鬥，一面細辨敵人的面貌，旁察敵窟的動靜。這三個敵人，一高一矮，功夫都很了得，與堡內的人不同。這卻是怪事，敵人的老巢很空虛，外面卡子倒硬，正不知他們是怎麼一個布置。

紫旋風等連戰數合，看這三個敵人並沒有那個插翅豹子。四面黑影憧憧，料到敵人也許還有埋伏，這是不應戀戰的。三鏢師不約而同，齊有退志。

這三個敵人，一個鬼頭刀，一個單拐鋼刀，一對鏈子錘，與三鏢師捉對兒廝殺，手法很強；紫旋風等竟不能取勝，也難立即撤退。紫旋風不由勃然大怒，八卦刀一收，驟將身邊暗帶著的七節鞭掣出來，嘩啷啷地一抖，厲聲向魏、周二人招呼道：「哥們多加勁，不放倒他們幾個，也不知道咱們是老幾！上啊！放倒幾個，回家睡個舒服覺！」

沒影兒魏廉匆遽間答了個「對」字，身形一矮，猛然一聳，捷如飛鳥落去；翹尖刀照那使鬼頭刀的敵人，唰的急下毒手。周季龍一擺手中鞭，撲奔那使鏈子錘的敵人。沒影兒這番舉動很夠朋友；明看出三個敵人，就數這把鬼頭刀力大刀沉，他卻搶先抵住了。仗著自己一身輕巧絕技，往返突擊飛躥，一心要纏住敵人。

紫旋風閔成梁一看，魏、周二人各認對手，他就一縱身，奔了那使單刀鐵拐的小矮個子；這個小矮個子手底下很黑。當下，三對敵人各各地搭上手。戰況驟然兇猛，招招險毒，誰也沒想教對手活著回去。紫旋風的七節鞭乃是防身輕便的利器，施展開來，摟頭蓋臉，「泰山壓頂」，照敵人頭上猛砸。

那單刀鐵拐的敵人忽見閔成梁插刀掄鞭，便不敢硬接；急斜身錯步，用左手鐵拐往外一掛，「盤肘刺扎」，刀奔紫旋風便扎。紫旋風並不退躲，凹腹吸胸，微微一側，敵刃扎空；紫旋風一挫腕子，竟把七節鞭帶回。一

個「怪蟒翻身」，唰的一個「盤打」，從左往後一翻；七節鞭似烏龍飛舞，竟照敵人右肩掃來。

敵人也自不弱，殺腰下式，往下塌身；紫旋風「犀牛望月」，七節鞭竟從敵人臉上一掃過去。敵人怒吼一聲，往前一探身，「撥草尋蛇」，刀往下盤扎來。紫旋風「倒踩七星」，身似飄風，「巧步旋身」，倏然錯過去；下盤輕快，敵人的刀又走了空招。立刻嘩楞楞一響，七節鞭鋼環一震；紫旋風竟施展開「彩鳳漩渦」「捕水尋魚」「連環盤打」。三個旋身一連三招，纏頭，鞭腰，繞兩足；一招緊跟一招攻來，絕不容敵人緩勢。

這使刀拐的敵人驟感威壓，身形一聳，縱起五六尺高；讓開了第一招，但是紫旋風第二招已到。這敵人匆遽中，急用「臥地龍」，往下一殺腰，胸口塌地皮，借勢一晃身，單拐點地，「蜉蝣戲水」，居然貼地擰身，閃開了七節鞭的第二招。

但是紫旋風第三招早已展開，腕力上抖足了力，不容敵人長身，又復趕到；嘩楞楞，鞭環響處，七節鞭竟纏著敵人的雙腿。紫旋風喝道：「教你跳！」一挫腕子，努力一帶，把這單刀鐵拐敵人直拋出六七尺以外，咕咚栽在地上。

鐵矛周季龍掄鞭力戰那一對鏈子錘，卻不甚得力；被人家這一對錘唰唰的打得倏上倏下，應接不暇。他臂上帶傷，究竟影響了鬥志；但他多年苦練的功夫，雖不能戰退敵人，也還不至為敵人所敗。

沒影兒魏廉的翹尖刀苦鬥敵人那把鬼頭刀，實在是功夫不敵；仗著身法輕，縱躍快，敵人竟撈不著他。他百忙中還能照顧到四面，一見敵人栽倒了一個，恰離自己身畔不遠；忙虛晃一招，驟然撤身，翹尖刀急往地上一紮。那敵人一滾身閃開，魏廉跟著又一刀，敵人又一閃。

那使鬼頭刀的急忙挺刀過來，掩擊沒影兒。紫旋風三鞭取勝，收鞭換刀；一見敵人來救，大喝一聲，橫刀擋住了那把鬼頭刀。於是紫旋風的八

卦刀與鬼頭刀打在一處，鐵矛周的單鞭仍然苦鬥鏈子錘，沒影兒挺刀追趕那使刀拐的敵人。

那使刀拐的敵人雖然落敗，兵器未失；但他並不再戰，將刀拐並在一手內，抬右手，打出一支暗器。沒影兒閃身掄刀一磕，是一支鋼鏢，被刀磕飛。那敵人鋼鏢出手，一翻身，嗖嗖嗖，連躥十數丈。不戰而退，竟也奔青紗帳逃去，口中吱吱地連發呼哨。

魏廉罵道：「鬼羔子，你勾救兵，太爺也要剁倒你！」展開身法，星馳電掣地追下去。

陡聽鐵矛周季龍喊了聲：「魏師傅留步！」一聲吶喊，精神旁騖，唰的一聲響，鐵矛周手中的鋼鞭竟被敵人的鏈子錘纏住。一聲大喊，雙方一較勁。鐵矛周力大，敵人手快；嗤一聲，鐵矛周把敵人右手的鏈子錘纏奪過來。

但是敵人左手的鏈子錘一掄，猛喝一聲：「打！」鐵矛周只顧兵刃，用力過猛；敵人的右手鏈子錘一松，鐵矛周身軀往後一晃。只顧一斜身，穩下盤；敵人左手鏈子錘，快若流星，倏地已到。他閃避不及，被鏈子錘兜上；重重地挨了一下，鐵矛周跟跟蹌蹌往旁栽去。

那敵人趕盡殺絕，單鏈錘換到右手，往前一個箭步。鏈子又一抖，悠地奔鐵矛周腦海打去。黑影中，沒影兒竟沒看清鐵矛周失利；但已聽見鐵矛周的呼喊。沒影兒霍地轉身，反撲回來；恰瞥見鐵矛周身搖步亂。沒影兒吃了一驚，墊步擰身，往前猛躥，施展輕功絕技「燕子穿雲」，往敵前一落，翹尖刀直遞過去。

這時鐵矛周危殆之勢，間不容髮；突被紫旋風閔成梁就近瞥見。未等得沒影兒回救，紫旋風猛攻那使鬼頭刀的敵人；卻虛晃一招，用刀一閃，急撲到鏈子錘與鐵矛周之間。鏈子錘掠空往下砸，紫旋風的八卦刀「葉底偷桃」，斜身軀，挺刀鋒，竟直刺敵人胸口。

這使鏈子錘的敵人竟不顧戕敵，自救危急，慌忙往左一閃身，往回一帶鏈子錘。不管是人到、刀到，掄起錘來，就往下砸。紫旋風本不承望一刀取勝，只是要援救鐵矛周的失招；八卦刀驟然收回來，旋身一轉，改攻為守。果然那使鬼頭刀的已奔自己右肋砍來。紫旋風急用八卦刀一封，又與鬼頭刀戰在一處。

這時候，沒影兒已落到使鏈子錘的身後，挺刀猛進，猛喝道：「躺下！」敵人的鏈子錘已竟翻起來，要往下砸；驟覺背後勁風撲到，竟將鏈子錘一收，又一發，四尺五的鏈子錘橫向沒影兒的刀上砸來。錘頭卻沒有砸著，鏈子正搭在翹尖刀刀背上。

沒影兒並不撤刀，藉著鏈子錘將要纏上刀鋒的當兒，急將刀往下一沉；身形下塌，手腕用力一偏刀鋒，「老樹盤根」，照敵人雙足斬來。敵人往起一擰身，颼地斜躥出六七尺，沒影兒魏廉一個箭步，追了過來。

鐵矛周季龍把鞭上的鏈子錘扯下來，用手一按摩左胯，左胯挨了一錘；咬咬牙，挺鞭提錘，奔過來要與敵人拚命。一條單鞭施展開，颼颼生風，倏上倏下；與沒影兒，把這個使鏈子錘的敵人裹在當心。周季龍鞭沉力猛，有攻無守，有進無退，雙目怒睜，鋼牙緊咬，這與剛才更有不同。

使鏈子錘的敵人本來一對錘，此攻彼守，一進一送。如今只剩下一支單鏈錘了，運用起來，簡直不能應敵護身，何況又被周、魏二人夾攻，勉強對付了幾招，驀然喊道：「媽巴子，兩個打一個，太爺一隻錘也跟著你招呼，不打到天亮不算完！夥計，上勁呀！」用了手「風剪梨花」，單錘往上一悠，椎心貫肋，照魏廉急攻。魏廉往後一撤身，這敵人單錘又一掄，照鐵矛周打來。

鐵矛周橫鞭一接，安心教他纏上。不想敵人忽然一收，乘勢一個「鷂子翻身」，直竄出一丈以外，大喊道：「夥計，我的青子出手了，我走了！」翻身便跑，剛才的話原來是詐語。

周季龍怒罵道：「狗賊別走，還你這一錘！」奮身追下去。

這敵人繞著圈跑，向那使鬼頭刀的敵人連聲招呼，竟然投入青紗帳去。鐵矛周跟蹤急追，沒影兒也擺刀急追，卻只追出不遠。沒影兒便將周季龍喚住。

周季龍十分慚恚，正是三個夥伴一同探堡，獨有自己兩次失著，臉上太覺下不來。沒影兒一指那使鬼頭刀的賊人道：「三哥何必真動氣，咱們別追了，咱們合起來，三個人撈著這一個吧。」

兩人立刻奔回來，要協助紫旋風，捉拿這落後的敵人。這使鬼頭刀的敵人，與紫旋風展開苦鬥，棋逢對手。紫旋風暗暗驚奇，喝道：「朋友留名！」

使鬼頭刀的敵人一面拒敵，一面留神細端詳紫旋風，也大聲喝道：「小夥子真有兩下子，怪不得敢來撈魚堡撒野。十二金錢俞劍平是你什麼人？」

紫旋風冷笑道：「豹子是你什麼人？」又道：「我紫旋風行不更名，坐不改姓，姓閔名成梁，乃沭陽八卦掌賈冠南老師傅的掌門大徒弟，是十二金錢的朋友。朋友，你也說說你和豹子怎麼講究？是什麼萬兒？」

那人先不置答，突然攻進一刀。紫旋風揮刀架開，喝道：「下冷手，我就不防備麼？」

那人一笑說道：「紫旋風，好！我領教過了。」見同伴均退，沒影兒和周季龍又掩擊過來，他就驟然收刀道：「你們來了三位，我失陪了，明天再會。」

紫旋風道：「別走！到底你是什麼萬兒？」

那人回頭道：「改日我專誠投帖訪你。」一翻身，如飛的退走。

三鏢師分三面兜截急追，這使鬼頭刀的身法很靈活，如凌波水蛇一

樣，竟沒將他擋住。沒影兒、鐵矛周揮刀鞭聯翩而上，擋住青紗帳，那人不能鑽過去，便霍地轉身，繞田而轉。

他的兩個同伴又從青紗帳後面掩出來，上前來接應他。兩方面頓時又是一場混戰。

青紗帳和古堡的內外，一陣陣呼哨連響，聲勢洶洶，敵人似要大舉來攻。三鏢師陡覺情形不利，天色又已不早；暗打一聲招呼，三個人倏然收刃退下來。三個敵人齊聲呼喊：「追呀，一個也別放跑了他！」反倒把三個鏢師追趕下來，兩方面眼看要成拉鋸戰。

紫旋風仰臉看天，沒影兒暗問鐵矛周的傷勢，周季龍毅然道：「不要退啊！該怎麼著，就怎麼著，我沒事。」沒影兒道：「還是退！」三鏢師施展輕功，嗖嗖地連退出數箭地，投入青紗帳內。再窺看敵人，人影憧憧；說追又不追，說回又不回，只繞著青紗帳亂轉。

三鏢師憤然。紫旋風道：「敵人已竟散布開了。」鐵矛周道：「天不早了吧？」沒影兒道：「咱們明天再來。」三鏢師頓時潛穿禾田，繞道往苦水鋪退去。

三人直鑽一二里地，出了青紗帳。這一路急走，竟把追兵拋在後面，看不見影兒，前面也沒有攔截的人；三人倒疑訝起來。看前面，是一片矮莊稼，不好藏身，無法隱形。沒影兒對紫旋風、鐵矛周說：「我們必須緊走，必得闖過這片空場子、麥田地才好。三哥覺得怎麼樣？」鐵矛周道：「行。」將鋼鞭插在背後，頭一個舉步。沒影兒、紫旋風兩人就一前一後，急忙趕上去。

紫旋風開路，沒影兒斷後，讓周季龍居中行走。這本是一番關切，周季龍反覺臉上無光；雖受傷不願累贅人，腳下跑得更快。不想由麥田出來，奔至鬼門關，竟沒發現人影。卻在三人剛剛越過鬼門關大泥潭時，陡然聽見迎面來路上，又響起一陣快馬奔騰之聲，被一片青紗帳遮住，看不見

形，只聽出聲；揣度動靜，由遠而近，似從苦水鋪來的。估摸此時已近五更；三鏢師未肯魯莽，急急地竄入近處青紗帳內，將身隱住，向外察看。

也就是片刻之間，馬蹄聲驟停，先撲過來一匹深色的馬；緊跟著飛馳來兩匹，末後又是兩匹；一共五匹駿馬，腳程都很快。紫旋風閔成梁等從高粱稭隙內，亟加審視。征塵大起，蹄聲俐落。在這倏忽一瞥中，五匹馬已如飛掠青紗帳馳去。

黑影朦朧，只看出馬上五個人，大約四個人穿短打，一個穿淺色長衫。人的面貌都看不真，這馬只辨出內中有一匹是白馬，其餘四匹不是黑馬，便是棗紅馬。但沒影兒魏廉眼光素尖，已經看出五個騎馬的似乎有四個人拿著短兵刃。

容得五騎駛過，沒影兒頭一個竄出來，急急地障身形，打涼篷，逐後塵。鐵矛周季龍、紫旋風閔成梁也忍不住跳出來，目送奔馬，極力窺看來人。三鏢師都疑心這五匹馬什九是賊黨放哨的。三鏢師湊在一起，互相耳語，互相詢問：「這裡面有豹頭虎目的老人沒有？」又一齊繞出來，看看這五匹馬是不是投奔古堡。

出乎意外，這五匹馬並不是撲古堡，齊到鬼門關附近，忽然改投西面，忽然散漫開，忽然又聽見一聲慘厲高銳的呼哨。

疏林中火光一閃，那五個騎客驀然有兩個人下了馬，又忽然聚攏在一處。眼看紛紛擾擾，又似從林影中閃出來一兩個人似的。幾個騎馬的繞了一圈，先後奔回來，紛紛下馬，聚在一處。但聞蹄聲，不聞人語。

三鏢師看到這裡，已料定這五人必是堡中豹黨派出來放哨的了。但是三鏢師的推斷，並沒有斷準；這五個騎馬的簡直不是放哨的手下人，實是賊黨聞警趕來的主力。依著沒影兒，仗恃自己的腳程快，竟要追過去，盯他們一下。敵人不過是五個騎馬的，再加上三兩個埋伏，人數也有限。自料行藏敗露，就便打不過，也可以跑得開。

鐵矛周素日持重，但因自己負傷，也不好說出退縮的話來；便問紫旋風該著怎麼樣。紫旋風一向做事拿得穩斷得定的，到了這時，既不明敵情虛實，又顧忌著自己這邊人力不齊，一時竟沉吟起來。追過去，什九可以摸著底；無奈鐵矛周已經受了傷，顯見他很疲勞了。

三個鏢師欲追不進，欲避不退，只在青紗帳前打晃。不想陡然間，從那邊射來四支響箭，有兩箭直射到青紗帳這邊，有兩箭反射到古堡那面去了。沒影兒急叫道：「留神，快進去！」

紫旋風、鐵矛周急忙二番鑽入青紗帳。卻又不甘心，借黑影障身，仍向外邊看。哪知響箭才過，疏林前五個夜行人，忽然紛紛上馬，竟以青紗帳為目標，倏地分兩面抄回來。疾似流星一般，飛塵起處，眨眼間馬到青紗帳前。

三鏢師相顧愕然，竟不明白敵人是怎麼會看破自己行藏的。五匹馬奔近青紗帳，相距半箭地，忽有一人發話。五匹馬頓時打住，立刻有兩個人跳下馬。紫旋風、沒影兒這才看出來，雖然跳下兩個人，馬上還是五個人。內中竟有兩匹馬，是各馱著兩個人的。這番奔回，五匹馬竟是馱著七個人了。跳下馬來的兩個人，短打扮，持短兵刃，先將大路口扼住，跟著有兩匹馬，圍著青紗帳前後，梭巡了兩圈。其餘三匹馬，抄到苦水鋪的去路上，昂然立在大道中，內中一人穿著長衫。

穿長衫的騎客揚鞭高叫道：「朋友，我聽說尊駕光臨到我撈魚堡了，是我一步來遲，未得親自接待。我手下的幾個孩子們，不懂得款待貴客之禮，未免在朋友面前丟醜。是我急忙追來，特意到好朋友住的火窯內迎請，不意諸位還沒有回去。現在好極了，我們總算有緣，我們到底得在此相會。朋友，不用藏頭露尾了，請出來見見吧。在下要會一會高人；是哪一位高人，肯替十二金錢俞劍平出場？一定是成名的英雄了，我們要開開眼界！」

　　這人嗓音洪亮，口吻鋒利。雖然夜色朦朧，看不清面貌，可是紫旋風、沒影兒、鐵矛周，無形中覺得此人氣魄矯矯，與眾不同。而且無論聽音辨形，分明覺出這是一個強健矍鑠的老人，而且又是說的遼東方言。

第十九章
紫旋風狹路逢敵手　苦水鋪霜刀輸空拳

　　三鏢師悄悄在高粱地裡，一聲不響，互握著手，傾聽暗窺。沒影兒低聲對周季龍說：「你聽他這頤指氣使的氣派！」紫旋風把沒影兒的手搖了搖，不教他說話。幾個人一齊伏下身來，努目往外端詳。

　　那圈過去的兩匹馬，和那兩個步下人，已然越出視線之外；在這對面道口，只能望見這三匹馬。馬上人各穿夜行衣，亮青子；獨有發話的長衫客空著手。沒影兒忽地站立起，把暗器掏出來，心想：「這多半是豹子！」擒賊先擒王，他要把這長衫客打下馬來再講。

　　鐵矛周、紫旋風都以為不可，把魏廉重扯著蹲下。

　　長衫客臉向青紗帳，好像不准知道三鏢師潛身之所似的，突又發話道：「喂！朋友！說話呀！」

　　鐵矛周一推閔、魏二人，暗問是不是現時就該答話？紫旋風搖搖手，還要看看來人的舉動。沒影兒卻不由暗恨九股煙喬茂膽小誤事。他若在場，定能辨出賊人究竟是誰來。

　　長衫騎客駐馬等了片刻，不見回答，忽然冷笑道：「我的話交代過了，朋友聽明白了吧？像九股煙姓喬的貪生怕死一流人物，我不犯跟他過話。只是我已聽我們撈魚堡的小夥計們對我說，來了三位朋友；內中還有沭陽八卦掌名家，叫什麼紫旋風的。這位很是朋友。既是朋友，就該按朋友道交往。我說紫旋風，請你出來吧！還要我下馬進去請麼？別看你暗我明，要誠心請，我自信還不至挨上你的暗器，但是我不能那麼無禮。好朋友，出來吧，鼎鼎大名的十二金錢客，威名震動江南，他的朋友絕不是雞毛蒜

皮、見不得大陣仗、只會偷偷摸摸、踩人家房檐的傢伙。」

　　這人將馬鞭一揚，往青紗帳一指，哈哈大笑道：「你們三位，都蹲著了。」

　　紫旋風一聽這話，挺身而起，嗖地亮出八卦刀來。沒影兒慌忙攔住，欠腳尖，伸脖頸，對紫旋風耳畔說道：「別搭碴，別認帳！」

　　紫旋風道：「我們總得出去，但是……」一拍鐵矛周的肩膀道：「三哥，你別動。千萬在這裡等我一會兒。」紫旋風把精神一振，朗聲發話：「朋友，請了！我……」略一遲疑，猛然叫道：「我紫旋風閔成梁，行不更名，坐不改姓，今天要會會好朋友！」並下死力地把鐵矛周的手握了握，囑他不要動；自己將刀拔出來……

　　青紗帳立刻簌簌的一陣響，沒影兒魏廉挺翹尖刀，向鐵矛周暗打招呼。魏、周兩個人各用刀鞭開路，排山倒海般推動高粱稈，從東南兩面衝去；給紫旋風暗做替身，權做疑兵。

　　敵人五個騎馬的、兩個步行的，順著青紗帳波動之勢，一齊注意。紫旋風卻順著田壟，繞西北面，輕輕地亮出身形來；只一躍，龐大的身材昂然地跳到兩敵之前。步下兩敵霍地往旁一閃，驟又往上一圍。

　　突有一人照紫旋風一揚手，唰的打出一支暗器。紫旋風一矮身，八卦刀往上一削，噌的一聲把一支鏢削到天空數丈以外；往下一落，啪嗒一聲，掉在田間。

　　紫旋風哈哈一陣怪笑道：「這是什麼朋友！」

　　話才出口，敵人屬聲叫道：「當家的，這裡出來一個！」一擺兵刃，兩敵撲上前來。

　　紫旋風道：「呔！」八卦刀「夜戰八方」式一沖。就在這同時一剎那，沒影兒奮身一聲喊，掄刀搶出青紗帳，照這夜行人背後就是一刀，屬聲罵

道：「你這幫狐群狗黨，以多為勝，要臉不要臉？」

那一邊鐵矛周季龍掄鋼鞭，立在田邊，閔、魏二人都不教他出頭；他一看賊人竟施暗算，怒吼一聲，忍不住也亮兵刃撲過來。當下，兩邊立刻要陷入混戰之局。鐵矛周季龍喊道：「馬上朋友聽著！你指名要會人家紫旋風，你們就這麼對付人家麼？你們還有多少人？」

紫旋風喝道：「周三哥、魏賢弟，你們快閃開了！他指名要見我一個人，教他們七個人都上來，我也是一個人。」這是一計，敵眾我寡，自己匹馬單刀地出戰，這是很合算的打法。

沒影兒魏廉、鐵矛周季龍頓時會意，霍地一閃身，重退到青紗帳邊。兩人齊聲吆喝道：「閔大哥，你一個人跟他們打，我們兩個人旁觀。」

果然四個敵人才往這一面沖過來，那馬上長衫客立刻大喝道：「你們快退下去，不許動手！」急急地吩咐他身旁未下馬的那兩個騎客：「你們給我把住了，不要動，不許放走一個人。」

這長衫騎馬客說罷，立刻策馬來到紫旋風面前，相隔兩三丈，把馬勒住。他兩眼先把紫旋風打量一下，然後命手下人撤退到數丈以外。

紫旋風也向魏、周二人一揮手，教他二人再往後退下去；然後昂然立定，注視敵人，回手插刀，騰出手來，雙拳一抱道：「朋友，我就是沭陽八卦掌賈冠南的大弟子，紫旋風閔成梁。你指名要會我，頭一件，我先請教你的萬兒；第二件，你在馬上，我在步下，這樣過話，夠朋友交情麼？」

那長衫客聞聲大笑道：「你會挑眼！」

紫旋風道：「朋友，這都是閒話。你願意在馬上賜教，那也行。別看我在步下吃虧，我也不在意。但有一節，我只有兩個夥伴，你們這裡沒有露面的暫且不算；單是亮出來，一共已經七位。三對七，你們的人比我多

一半。可是我姓閔的雖然沒膽，也不能退縮。你的人數就是再比我們多十倍，我也只是這一把刀、一雙肉掌。」說時做了一個手勢，道：「我絕不倚靠人多。我這邊只用我一個人來領教，你們那邊隨便。你們車輪戰也可以，一夥齊上也可以。我的朋友，我決計教他們袖手旁觀。你把我打下來，我們再走馬換將，另上別人。」

長衫客仰天一笑道：「閔朋友，你很機靈！你人少，我人多，你怕我以多為勝麼？朋友，你年輕輕的，不要瞧不起人，你也不要瞎嘀咕。你是不知道我，你那令友十二金錢俞劍平大概總知道。我也是只靠這一雙肉掌。不管你拿刀，拿槍，使金錢鏢，使袖箭，使別的暗器，我只空手肉搏，要來向你討教。」

閔成梁雙目一瞪，把來人盯了半晌道：「你好狂！你看，我早把刀插了，我就陪你走一趟拳。不過咱們未動手之前，要交代清楚了。朋友，你別忘了我們的來意。真人面前不說假話，我們是來找鏢的。一個月頭裡，朋友你率眾奪鏢，把人家鐵牌手胡老鏢頭押的一筆鹽鏢拾了去。這本與十二金錢俞某人無干，你卻錯算在姓俞的帳上。姓俞的哩，為了朋友分上的交情、鏢行的義氣，只可將錯就錯，把閒帳硬往自己頭上攬。我呢，更和十二金錢俞某人交情很淺，也不過受了別位朋友的轉託，替他摸一摸，找一找。我十分有幸，今日得遇高賢。別看你我還沒有動手，你老先生的手法、氣派，我已經默領了；實在高明，值得佩服。我明知草茅後進，不堪承敬，我也只好試著獻拙。你我可以講一講，你勝了我，我滾蛋，從此不再麻煩你們了。若是動手之後，你還認我閔某有三招兩式可取；那時候，朋友，你怎麼跟我交代？你可不可以賞臉，把鏢銀給我帶回去！可不可以化干戈為玉帛，把這道梁子揭過去？咱們要動手，先把話交代明白。」

此時天色已近五更了，夜幕漸開，朦朦朧朧。雙方敵人一在馬上，一

在步下，各睜著銳利的目光，力辨對方的神態。紫旋風身高眉敞，氣象壯偉。看這馬上長衫客，已經隱隱辨出形貌來，似乎此人目巨口侈，唇掩短鬚，像個中年以上的人物。

他身高肩闊，吐屬洪亮；有魯音，有冀音，也有遼東土音。這個人莫非就是范公堤上攔路劫鏢的正主麼？

但這馬上長衫客一面聽閔成梁交代話，一面眼光四射，仍窺看青紗帳邊上沒影兒魏廉和鐵矛周季龍的面貌。他暫不回答紫旋風的話，回頭來對兩個騎馬的同伴說了兩句啞謎；用手指著周、魏二人，似是有所詢問。騎馬的同伴答了兩句話，遠遠地騎在馬上，並未過來。

紫旋風又催迫了一陣道：「朋友，天色不早了，在下靜候閣下一言為定。轉眼就天亮了，這與我們不相干，恐怕對尊駕不便吧？」

馬上長衫客一拱手，笑道：「客氣！英雄出少年，你是哪裡人？」

紫旋風不悅，頗疑此人意存輕視，或者別藏詭計。他提高了聲音，又催道：「朋友，請馬前點，我是哪裡人，這一點也不相干。」

馬上長衫客仍徐徐笑道：「閔朋友，你不要誤會了我一片真心。既然如此，我告訴你一句話，你是為朋友，在下也是為朋友。那劫鏢的正主兒，也不是外人，他和十二金錢俞劍平倒是舊識，也無恩無怨。只是他衷心佩服俞大劍客的拳、劍、鏢三絕技，這才邀集了我們幾個人，在范公堤露了這麼一手，無非是獻醜求教罷了。你足下既是俞大劍客的好朋友，就請你帶過一句話去。劫鏢的人不想會他的朋友，是一心專會姓俞的本人。現在劫鏢的人正在大縱湖等候著他哩。你回去給他帶個信，請俞大劍客隨便哪一天，到大縱湖沙溝地方找他去。只要見了他，請教三拳兩劍，再請教他一通金錢鏢，那劫鏢的人一定把二十萬鹽課原封奉還，絕不耽擱。至於在下，正和閣下一樣，都是給朋友幫忙。你願意跟我比劃比劃也行；不願意比劃呢，我也不攔你，你盡請回店。不過……」

沒影兒魏廉在旁傲然搭腔道：「不過怎樣？」

這馬上長衫客突然桀桀地笑道：「不過麼，我要請三位把兵刃留下，我要借觀借觀！」

沒影兒魏廉、鐵矛周季龍譁然大怒，罵道：「放你娘的臭狗屁，你們不過是人多麼？你還狂到哪裡去？」兩人一齊掣兵刃，要撲過去。

紫旋風慌忙吆喝道：「併肩子留步！」紫旋風陡然探進半步，回手拔刀，左手進刀，右手一彈刀片，嘻嘻地一陣狂笑道：「馬上的朋友，你失言了！你們七個人，我們三個人，你們居然出口，要截留我們的兵刃，你不怕閃了舌頭？我也曉得，你們沿路都有埋伏。可是有一節，咳咳……」

他用手一指周、魏二人道：「我們哥三個由打苦水鋪直撲到你們……你們自己捏稱的那個撈魚堡。你們一撥一撥的人打劫我們，攔阻我們。我們不敢說如入無人之境；我們卻是進，進去了；出，出來了。朋友，你就憑這個，留我們的兵刃麼？朋友，你別忘了，天亮了，你就有本領，又該如何呢？」

馬上長衫客似乎自覺失言，順勢變了話題，道：「閔朋友，你別做夢了！你們來了四個人，你們隨後還有人來。你別覺著你能夠闖入我們的重地了，就自以為了不得。告訴你，……告訴你，你倒喪氣了；你自己盡往痛快裡想吧。你自覺著摸著我們底細了？你們別太高興；我只告訴你一點吧，你們往撈魚堡去，正趕上我往別處去。你不過是乘虛而入罷了。其實連乘虛而入都夠不上，你們那就叫撲空了。你們還得意？這都是閒話。朋友，你要想回店，說真格的，我盼望你亮一手再走；可是我們絕不以多為勝。」

這人側臉向周季龍、沒影兒叫道：「周朋友、魏朋友，你們放心吧，我既然出場，當然是一個蘿蔔一個蒜，我絕不教他們一擁而上。」

長衫騎客分明說出來一對一的戰法了。可是三鏢師反倒暗吃一驚，怎麼他們的姓氏，竟為賊人訪出來了？莫說沒影兒、鐵矛周心驚，就連紫旋風驍勇異常，也不由十分惶惑起來。他們可是怎麼訪出來的呢？

　　三鏢師相顧納悶，只見馬上長衫客，閒閒地把馬往旁一帶，就要下馬索戰。那另外兩匹馬上的壯士，始終未曾發言。

　　此時陡然高叫：一個稱當家的，一個稱師父，齊告奮勇說：「你老人家且住，這麼一個晚生下輩，也勞動你老人家不成？待我們來！」說著雙雙下馬，亮出兵刃來。一個是使一對鉤鐮槍，一個是使單刀，下馬的姿勢非常靈快。

　　紫旋風急退一步，將八卦刀交往右手，封閉住門戶，靜候敵人來前。那一邊，沒影兒魏廉、鐵矛周也忙挪了幾步，看住未下場的敵人。

　　只見這使雙槍、一刀的兩個敵人剛剛奔過來，那長衫客立刻用沉著的聲音斷喝道：「咄，你們不許無禮！人家八卦掌名家的門徒，你們休要班門弄斧，倚多為勝，退下去！」又向閔成梁抱拳道：「閔朋友，還是我來領教。我久聞你們的八卦掌、八卦刀，馳名江北江南，現在……」把雙手一伸道：「我要憑這一雙肉掌，陪你走兩趟！」

　　說時遲，那時快！他輕輕地一按馬上的鐵過梁，身形騰起，如野鶴凌空，從馬頭上飛躍下來。長衫不卸，兵刃不拿，兩手空空，輕輕飄飄落在閔成梁的面前。

　　紫旋風閔成梁急急地左手提刀，右手往刀攢上一搭，凝雙眸再看來人。抵面相對，越發地看得清楚；果然豹頭虎目，果然年約六旬，可是他自己還不承認！紫旋風暗暗地吃驚，潛加提防，忙叫道：「朋友，你我先過拳，還是先過兵刃？」

　　長衫客傲然地仍把雙掌一伸道：「我先請教你的刀法。你這六十四手

八卦刀，到我們撈魚堡，七出八進，我一定先請教請教；至於你的掌法，那容後再說。」說話時，紫旋風閔成梁早立住了門戶，雙眸炯炯，要看看對方立的門戶，猜猜他是哪一派的家數。

哪知這老人長衫飄飄，雙拳空握，竟不立門戶，只雙拳一抱道：「請吧！」人家竟要空手來敵他這把厚背薄刃八卦刀。

紫旋風暗蘊恚怒，敵人舉動竟如此疏狂，厲聲呼道：「你真要空手麼？」一轉身，向沒影兒叫道：「併肩子，給你這把刀。人家不用兵刃，我姓閔的雖然草包，也不能做這無理的事。」

長衫客叫道：「閔朋友，你就不用客氣，你的刀宰了我，我死而無怨。」雙臂右一伸，左一拳，嘻嘻冷笑道：「只怕我這一對爪子，也不容易教你剁著。相好的，你就砍吧！」

紫旋風兩朵紅雲，夾耳根泛起。沒影兒、鐵矛周齊聲叫道：「閔大哥，這位合字要空手伸量伸量咱們，咱們別不識抬舉！閔大哥，恭敬不如從命，單刀直上啊！」

紫旋風石破天驚的一聲道：「好！朋友，這不怨我無禮，這是你看不起我！」一咬牙，一雙巨眼一瞪，立刻往前上步，「穿掌進刀」，八卦刀唰的向長衫騎客的華蓋穴扎來。紫旋風這一發招，毫不容情了。

長衫客肥大的衣袖一拂，口喝一聲：「好！」左臂往外一分，掌撥刀片。「翻雲覆雨」，右手掌反來截擊紫旋風的右掌。

紫旋風收招，往左一領刀鋒，身移步換；腳尖依著八卦掌的步驟，走坎宮，奔離位，刀光閃處，變式為「神龍抖甲」，八卦刀鋒反砍敵人的左肩背。

長衫客雙臂往右一拂，身隨掌手，迅若狂飆，嗖地掠過去。紫旋風一刀劈空，敵人抹到自己身後，頓覺腦後生風，已猜出敵人來意。紫旋風急

用磨身掌，「老樹盤根」，從離宮轉到乾位。果然一如紫旋風所猜，長衫客正用著「仙人指路」的一招，招到立刻擊空。紫旋風倏然變招為「猛虎伏樁」，八卦刀直取長衫客的下盤，青鋒閃閃，猛砍雙足。

這長衫老人雙臂一振，一聲長笑，「一鶴沖天」，嗖地直躥起一丈多高，如燕翅斜展，側身往下一落。紫旋風微哼一聲，「龍門三激浪」，往前趕步，揉身進刀；「登空探爪」，橫削上盤。

這一招迅猛無匹，可是長衫老人毫不為意；身形一晃，反用進手的招數，硬來空手奪刀。倏然間，施展開「截手法」，挑、砍、攔、切、封、閉、擒、拿、抓、拉、撕、扯、括、撥、打、盤、撥、壓，十八字訣。矯若神龍掠空，猛若猛虎出柙。身形飄忽，一招一式，攻多守少。看他是個老人，手法竟比少壯人還英勇。

紫旋風早料到敵人非易與者，還沒想到人家竟會有空手奪刀之技。紫旋風驟逢勁敵，忙將全身本領施展出來，八卦刀，崩、扎、窩、挑、刪、砍、劈、剁，一招一式，不肯放鬆。輾轉苦鬥，天色將明。紫旋風將八八六十四路八卦刀，眼看要砍完；莫說砍傷敵人，連敵人那肥大的衣袖、衣襟，也沒有掃著一點。

敵人的肥袖寬襟，飄飄搖搖，隨著身法晃來晃去。張著一雙空拳，一伸一探，暗影中竟專找紫旋風的穴道。紫旋風這二十年的苦功、二尺八寸的利刃，竟挨不著敵人一點皮毛；反而有兩次碰上險招，幾乎把刀出了手。若不是收招快，自己的雲臺穴也險遭人家打上。

這個老頭子雖只空拳，卻似手裡捏著點穴鐝！紫旋風閔成梁頭上出了汗，暗地膽寒。反觀敵人，精神煥發，氣魄猶與初交手時相同。當真自己敗在一個徒手不知名的老人手下！可憐八卦掌名家掌門弟子，有何顏面復見威名遠震的師長！紫旋風氣惱心慌，陡然改了主意。現在他無心求勝，求勝已經不可得了。紫旋風要略搶一著，急求下臺。八卦刀不能取勝，他

要改用暗器找場。

　　紫旋風將手中刀緊了緊，招數一轉，倏地用了一手「倒灑金錢」、「鐵牛耕地」；寒光一閃，上斬中盤，下削雙足。這一招很快，那長衫老者不慌不忙，抽身撤步，讓過了刀鋒。紫旋風又復一刀，「烏龍出洞」，嗖地躥出一丈以外。又一墊步，嗖嗖嗖，「蜉蝣點水」；未容得敵人跟蹤到，八卦刀往口中一銜，雙手探囊取鏢，左右手發出兩支純鋼暗器。

　　他霍地一轉身，「打！」雙手一抖，兩點寒星，倏奔老人面門打去，直取雙瞳。卻又電光石火般，不待鏢到，又一探囊，發出第三支鏢，「葉底偷桃」，右手從肋下翻上來；倏地一點寒星，奔敵人的咽喉。

　　長衫老人未容得紫旋風往外奔竄，便急縱步，一躍兩丈，撲將過來。忽然間，紫旋風銜刀發鏢；這老人哈哈一笑，道聲：「好！」好字才吐出唇邊，微微一側身，右腕輕揮，右手輕拳，駢三指迎上去。讓過鏢尖，只一捉，把第一支鏢擒住。第二支鏢已如飛的打過來，這老人就用右手一追，同時捉到手中。一剎那，第三支鏢又到。這老人左手箕張，只一抄，公然冒險迎撲，讓過鏢鋒，捋住鏢身，把第三支鏢接在手中，信手交到右掌心。

　　三鏢歸於一握，這老人道：「閔朋友，還給你！」紫旋風急閃，也不知這老人怎麼發出來的。但見他只似一抖手，三支鏢奔上中下三盤，同時分打出來。

　　紫旋風閔成梁三鏢落空，本在意中，卻想不到敵人膽大，竟敢於相距不到兩丈，晨曦尚在朦朧中，公然伸手接鏢。敵人反鏢還擊，紫旋風早已提防著，凝神而待，急急地閃避接取。

　　卻僅僅抄到兩支，奔下盤的一支，一探手未抓著。老人長笑一聲道：「大名鼎鼎的八卦掌原來這樣，看我的吧！」頓足一躍，如猛虎撲食地追了過來。

沒影兒魏廉、鐵矛周季龍旁觀敵勢，駭然驚心。這長衫老人氣度沉雄，武功出眾，尤其是空手奪刀，出言冷峭；紫旋風那等功夫，竟難取勝。兩個人正在作難，助拳不好，坐觀成敗也不好，不由得扼腕搔頭。

　　驀然見紫旋風一退，敵人一撲；周、魏二人再沉不住氣，立刻拉刀的拉刀，掣鞭的掣鞭，要過去應援。但他二人才一移動，敵方四面駐守的人也立刻移動。沒影兒、鐵矛周顧不得許多，大喝一聲，雙管齊下，就要齊往前衝。

　　忽然聽紫旋風陡然叫道：「併肩子，慢來！」龐大的身軀一晃，往斜刺裡急急退下來；向周、魏二人連連揮手，道：「併肩子，我栽給人家了。咱們跟他後會有期，走！」

第十九章　紫旋風狹路逢敵手　苦水鋪霜刀輪空拳

第二十章
彈窗拋火花群賊肆擾　隔垣出冷語壯士炫才

朦朧影中，紫旋風閔成梁踉踉蹌蹌退了下來。沒影兒操刀徬徨，鐵矛周揮鞭錯愕，都不曉得紫旋風業已負傷。霎時，那長衫客桀桀地大笑起來，道：「閔朋友，真是久仰久仰！好刀法，好鏢法。錯過是我這一雙肉掌，換一個旁人，還不教你大卸八塊，打三個血窟窿！」

紫旋風左肋發麻，提刀道：「朋友，少要得理不讓人！賭本領，有輸就有贏。爺們打了一夜，累了，教你生力軍得了便宜。我甘心認栽，你何必賣狂！總還有再見面的機會，今天少陪！」折轉身，嗖地一躥退回來。勢雖敗，氣不餒。

沒影兒魏廉、鐵矛周季龍也不甘示怯，同聲放下話道：「相好的，改日一定抵面領教！」三個鏢師一齊撤退。封閉退路的二敵哪肯輕易放過？厲聲喝道：「要走！把青子給爺們留下！」倏地一掠身，先截住周、魏二人。

周季龍挺鞭一格，抽身旁退。沒影兒的翹尖刀，「夜戰八方」式一揮，奪路搶奔青紗帳。這兩個敵人也不過略作阻撓，向伏路的同伴一打招呼道：「截住這個！」這二敵卻把全副精神一提，轉身一齊盯住了紫旋風，譏笑道：「朋友，你可不能這麼走！」鉤鐮槍截前，單刀攔後，把紫旋風緊緊卡住。兩邊一擠，刀槍並舉；上挑咽喉橫砍腰，惡狠狠各下毒手。騎馬的二敵也應聲下馬，如飛地馳截周、魏二鏢師。鐵矛周季龍、沒影兒魏廉早已一沖而過，撲到青紗帳前邊。

紫旋風閔成梁一腔怒火，敗退下來。一見敵人還想邀劫，怒哼一聲，

八卦刀往左手一換；猛塌腰，急聳身，嗖地一跳，直奔持槍敵人的面前。沒影兒適才出圍，急翻身挺刀，回救紫旋風，口中叫道：「周三哥快開路！」

鐵矛周凶如煞神，掄鞭亂打，往前奪路。紫旋風施展開八卦掌的「行功飛身一字訣」，疾如箭矢，超越到敵人身邊。持槍的敵人將鉤鐮槍一抖，往紫旋風上盤便捯。紫旋風心知這一槍是問路槍；未容他撤招，龐大的身形往左一撤步，早將刀交還右手。「怪蟒翻身」、「金鵬展翅」，突然貼槍鋒，反身進步欺敵。八卦刀挾寒風，唰的往敵人右肋攔腰劈下。

紫旋風這一刀極快，極沉重，極厲害！敵人想躲，想撤招，哪裡容得？還仗這持槍之敵也是久經大敵的老手，一個乘危邀劫不住，紫旋風猛撲過來，他就火速地抬槍把，往回急帶，前把一提，後把一沉，豎槍桿，努力往外一封，咔嚓一聲，白蠟桿的鉤鐮槍桿，竟被砍斷。

那持刀之敵大吼一聲道：「呔，看刀！」如飛地前來相救，但已來不及。八卦刀餘鋒猶銳，嗖地一轉，擦右肋，抹前胸，照持槍敵人划去。嗤的一下，衫破見肉，持槍敵人驚汗直流，拚命往左一拔身。

紫旋風八卦刀寒光閃閃，急如電掣，唰的又劈過來，斜切藕，追削敵人後肩。敵人已經防到，剛剛竄出去，將半截槍往回一掃，喝道：「著！」咔嚓的響了一聲，腳尖一點，唰唰唰，連竄出三四丈，方敢回頭。紫旋風一著取勝，早已收刀；把牙一咬，又奔那持刀之敵。那持刀的敵人恰巧刀到，刀與刀相碰，叮噹嘯響，火花亂迸，兩個人霍地交相竄開。

在這間不容髮的時候，那長衫老人叫道：「夥計們，撤青子，讓好朋友過去。喂，你們那兩位不想賜教了麼？我煩你們三張嘴，帶過去一句話，教姓俞的快來！」

這老人的呼聲略顯遲了一步。既經對刀，便分勝負。那使刀的敵人剛閃過紫旋風的一刀，又被鐵矛周趕過來，揮動豹尾鞭，沒頭沒腦地一陣亂

打。雖然抵擋得住，卻又被紫旋風翻身再趕上來；兩下夾攻，失聲一吼，也吃了虧，閃身退下。

三鏢師乘隙奪路，齊向青紗帳奔去。其餘賊黨頓時大嘩，馬上的、步下的紛紛奔來，要上前擒拿三鏢客。

那老人一聲喝止，虎似的撲來，揮手道：「住手！放他們過去，有帳找姓俞的算。」轉對紫旋風叫道：「閔朋友別怕，慢慢地走吧。看在你師父賈冠南面上，咱們就此算完。十二金錢那裡，務必給我帶個信去，我定要會會他，催他快來！」說完托地躍出一丈五六，又一墊步，撲到馬前；騰身又一躥，凌空丈餘，往下一落，身軀半轉，輕輕落在馬鞍上；復又一舉手道：「閔朋友，再見！」

三鏢客敗退下來，忽見敵人竟不來追，反而先撤。那種欲擒故縱，旁若無人之概，把紫旋風氣得目瞪口呆。沒影兒、鐵矛周也噴然叫道：「朋友，你們的臉露足了，還不留名麼！……你教我給十二金錢傳話。你到底是李四，還是張三？」

長衫客策馬欲行，一聽此言，回頭揚鞭道：「你們不必問，我不過是撈魚堡的一個小卒，你的朋友十二金錢一到，我們當家的自然出頭來，竭誠款待他。」

沒影兒發恨叫道：「別裝樣了，誰不知道就是你！」長衫客笑道：「我就是我，你就是你，你能明白就更好了。」其餘黨羽也紛紛上馬，跟蹤而回，齊奔疏林而去。

通夜奔波，一場失意，三鏢師恨望敵人的去路，意欲跟蹤。明明看出疏林一帶，敵人的卡子多沒撤；就是硬闖，仍然力不能敵。過了半晌，沒影兒道：「閔大哥，怎麼樣？」

紫旋風閔成梁喟然一嘆，搖頭道：「小弟我慚愧，空學技藝二十年，

用上來不是人家的對手！」滿面慚憤之極。

　　鐵矛周卻擔得住勝，禁得住敗，接聲勸慰道：「天就亮了，我們還是回去，今天夜間再來。」紫旋風看了看四面道：「還不知道好回去，不好回去呢！」

　　魏、周矍然道：「這得留神，路上也許還有卡子。」當下，三人側耳聽了聽四面的動靜，又仰頭看了看天色。時當破曉，晨光未透，夜色已稀。跳牆入店，既已不便，三個人遂在青紗帳候了一會兒。趁田徑無人，將背後小包袱打開；彈塵拭汗，取出長衫，換下夜行衣靠。又挨過一刻，天色大亮了，這才起身回店。一路上幸無事故，只遇見幾個農夫。進了苦水鋪，往來已有行人。走到集賢客棧門口，店夥一見客從外來，「呀」了一聲，驚奇道：「你三位多咱出去的，怎麼……」

　　沒影兒搶到面前，屬色低聲道：「不要多嘴，到裡邊告訴你。」

　　店夥不敢多言，跟著三人往裡走。鐵矛周落後一點，走進門洞。忽然一陣腳步聲，從店外走來一人，腳下很快，緊緊地跟過來。閔、周一回頭，這人扭身擦肩，走入店院，反趕到沒影兒前面。眼看著進了二層院，到第十三號房去了；推門便入，房門也沒上鎖。

　　紫旋風狠狠盯了一眼，一聲沒言語；鐵矛周向沒影兒低聲叫道：「喂，你瞧！」沒影兒回頭看了看，把頭微微一側，徑投十五號房間。三鏢師來到自己房前，未等推門，便直了眼。三人臨行時，本已留了暗記，現在暗記已改。急進屋一看，先敷衍店夥。沒影兒道：「店家，我告訴你，你休得胡猜，誤了我們的大事。我們是海州的快班，綴下來一樁案子，落在你們這裡了，沒攢在一塊，不好立刻動手，怕把差事拾炸了。我們幾個整整綴了一道，現在我們就去知會寶應縣，下手辦案。你們小心了，你可以給櫃上透個信。有打聽我們的，你們給遮掩一點；三個字的答話，問什麼，什麼不知道，就好。你明白了？這可有好大的干係。」說著話，把小包袱

一放，故意將刀鞭兵器弄得鏘然一響。鐵矛周接聲道：「你可別走漏一個字，這跟你們店家很有沉重；回頭我們還要找你們掌櫃哩。」又問道：「剛才進來的那人，住在十三號的，看著很眼生，他姓什麼？哪天住的店？有同伴沒有？」

店夥也是老生意人了，口頭上諾諾地答應著，道：「原來諸位老爺們是辦案的。你老要打聽什麼，請往櫃上打聽去好了，櫃上張先生知道。」他先把自己摘清了，又搭訕了幾句話，退出來急忙地找櫃房先生，把十五號客人行止詭祕，自稱是官人，到底不知幹什麼的，都帶著兵刃的話，一五一十說了一遍。櫃房忙又找掌櫃的嘀咕去了。

三鏢師容店夥出去，立刻忙起來。先把全房間門窗床鋪，角角落落，三人齊下手，草草檢驗了一遍。跟著鐵矛周忙著治箭傷；沒影兒忙著細驗遺蹟；紫旋風神情很頹唐，沉吟不語。

沒影兒問他：「可受了傷？」

紫旋風搖頭道：「沒有。」沒影兒又問：「那長衫客是插翅豹子吧？」紫旋風只點點頭。

三個人旋商查找九股煙喬茂的事，沒影兒道：「也許這位爺嚇酥，自己個溜回寶應縣去了。待我問問店家吧。」

周季龍道：「那豈不露了破綻？咱們一夥四個人，丟了一個人，自己還不知道，豈不教店家起疑？」沒影兒道：「我有法子，我可以繞著彎子問。」說罷，站起來便奔櫃房。

周季龍見紫旋風抑鬱無聊，就指著自己的傷對紫旋風說道：「閔賢弟，你看我，在江湖也闖了這些年；這一回不過是探鏢才上場，就吃了這個大虧。閔賢弟比我強多了。別看我輸了著，實在我一點也不在意，勝敗本是常事，你看九股煙，更洩氣了；若教我猜，他不是教匪人架走了，他十成

十是私自奔回去了。你想他臉皮多厚？」

鐵矛周設著詞把紫旋風勸慰了一番。紫旋風仍然耿耿於懷，翻著眼想心思。兩人悶悶地正談著話，忽然聽店院大噪起來。兩人側耳急聽，似有一個生疏的口音，和沒影兒魏廉對吵。紫旋風忙站起來，往門外一看道：「哦，打架了，快出去！」

二人急忙奔出來，只見沒影兒鼻孔滴血，正屬聲大罵：「你這個畜生！你為什麼無緣無故打我一拳？」怒氣沖沖，似要撲上去，跟對面一人拚命；卻被兩個閒人架住了，弄得展不開手腳。對面那人反而冷笑譏罵道：「你幹什麼瞪眼？你小子沖誰使屬害？」

那兩個勸架的，一左一右，口中說道：「得了，得了！別打架。」齊要抓沒影兒的手腕子。沒影兒何等精明，把眼一瞪，罵道：「好你們一幫狐群狗黨，你把魏大爺當作什麼人了？」把勸架拉偏手的詭謀喝破，立刻話到手到，照那勸架人劈面一拳，下面一腳，頓時打倒一人。

這人一倒，店院譁然。打架的，勸架的，一聲喊叫道：「這小子是哪裡來的，敢打勸架的？」一齊湧上，都來抓打沒影兒。先是那個被打倒的，一個「鯉魚打挺」，騰身跳起，於惱羞中迎面撲來，沒影兒側身一閃。左邊那個勸架的施一手擒拿法，「腕底翻雲」，左手噗地把沒影兒魏廉的手腕叼住，右手「劈面掌」，突照魏廉臉上打來。

沒影兒喝道：「你們有幾個？」右掌急往這人的左手背上一搭，用力扣住，猛往上繃；立刻把敵人右手的劈面掌破開。沒影兒左臂又一繃勁，手臂猛往外翻。這手解數屬害無匹，敵人手腕吃不住勁，似硬被扳折的疼痛，不由己的身形往下一矮。

沒影兒魏廉一招得勢，急進第二招，倏地一個「蹬腳擺蓮」，敵人哎呀一聲，被踢出好幾步去。

就在這同時，那個挑釁的人，「餓虎撲食」，從後面急襲過來；雙掌往外一撒，照沒影兒後背便搗。沒影兒頭如撥浪鼓，防備著四面，如迸豆般亂跳；敵招才到，立刻覺察。他「鳳凰漩渦」，身回拳轉，倏的一個盤旋，塌身一腿，把來人掃了一個大筋鬥，嗆了一臉土，也弄得鼻子破，嘴唇血流。那人惱羞成怒，竟一塌腰，拔出匕首來。

全店客人大噪。「打架了，動刀子了！掌櫃的還不快出來，要出人命了！」亂喊成一片。紫旋風、鐵矛周恰已趕到；只一瞥，頓時看出這幾人來路不善。紫旋風搶步急上，怒焰上沖，一縱身已到敵前，厲聲罵道：「狗種們，敢跟我們來這一套！三哥抄傢伙，把這小子廢了！」雙掌一展，阻住抄匕首的敵人，硬來空手奪刀。

鐵矛周霍然往前一撲，忽又一撤，頓足翻身，竄回自己的房間；把三人的刀鞭兵刃，做一把抓起來，往外就闖。眼看要激起一場血鬥。全店驚喊，客人亂竄，司帳夥計都趕出來，亂喊怪叫：「爺們別打架，看我們的面子！」癆病鬼的掌櫃也探出頭來，拚命地大叫：「快把官面叫來吧，動刀子了！」亂騰騰的雞喊貓叫，倉促間沒有一個人聽見。

那挑隙的三個人中有一個很有精神的少年，連呼同伴：「快拾起青子來！」卻已無及，又有一個人拔出匕首來。沒影兒鼻孔中的血滴到唇下襟前，怒火噴爆，尋敵拚命；敵人的匕首沒上沒下，照他直戳。沒影兒全仗著身法輕捷，纏住敵人。紫旋風龐大的身軀，與一個矮胖的敵人相打。敵人的匕首照他下盤亂刺。紫旋風大怒，展開身手，再不容情；只數合，沒奪得敵人的兵刃，卻將敵人踢了一溜滾。敵人摔得像土猴似的，爬起來又想跑，又嫌寒磣。

那房間內，鐵矛周抄刀鞭闖然奔出。腳到門檻，忽一轉念，把沒影兒的翹尖刀、紫旋風的八卦刀全部放下；另抄起一雙木棒，這才奔到戰場。沒影兒與那持匕首的敵人相鬥；那個空著手的少年敵人，奔來夾擊沒影

兒。沒影兒極力對付，稍能抵擋得住。

那少年敵人忽對十三號房連喊數聲，倏然從房內應聲出來一個中年人；一探頭又轉身，竟拿出一把短刀來刺紫旋風。紫旋風轉身應敵，獨戰二人。鐵矛周張眼一看，沒影兒那邊最緊；趕過去，怒喝一聲道：「狗賊看鞭！」唰的一鋼鞭，從後面掩擊那夾擊魏廉的空手敵人，敵人閃退下。鐵矛周又復一鞭，照那持匕首的敵人敲擊。敵人將匕首一收，沒影兒乘機竄過來；鐵矛周就勢遞過木棒去。

沒影兒叫道：「三哥，宰呀！沒錯，這東西是豹子的黨羽！」把木棒嗖嗖地舞動，沒頭沒臉，狠打賊人，大叫：「併肩子接傢伙！捉活的，這是劫鏢的賊黨！」

紫旋風道：「跑不了他！……瞎了眼的王八蛋，我教你們都栽在這裡！」敵人一面打，一面也惡聲還罵，完全是打群架，不帶江湖味。

雙方都有了兵刃，都增了援兵。店東狂喊不休，仍止不住這場群毆；急叫一個小夥計，出去報告地面。那小夥計急快往外走，不想奔到店門邊，被一個短衫大漢瞪眼攔住，這大漢忽隆地關上了店門。

但就在這一剎那間，兩方面勝敗已分，挑釁的一黨中，那個少年被沒影兒打著一棒。那從屋裡奔出來的持刀之人，也被紫旋風打飛了刀。這兩人忽然哈哈狂笑，互說出幾句很特別的黑話。老江湖鐵矛周、紫旋風、沒影兒全都不解。敵人的同伴卻都明白，立刻呼哨一聲撤退下去；一個個拋了對手，一溜煙逃奔後院，翻牆頭跳出去。那個把守店門的短衫大漢，也霍地拔開門閂，飄然走出店外去了。臨走時，忽又催那小夥計，快叫地面去。

敵人才退，三鏢師蘊怒急追。那少年立在牆頭上，叫道：「相好的，你別當太爺是真敗。太爺奉命差遣，就只露這一手，露完了。咱們晚上再見！」低頭一尋牆下，就要跳出去。沒影兒罵道：「該死的賊，你不過是攪

惑我們。哪裡走！」飛身急追，敵人一揚手，打出一石子。沒影兒急閃，敵人飄然跳出牆外，又在外面大叫道：「小子們，你敢追麼？」格格地一陣狂笑，遠遠走下去了。

紫旋風此時也已趕到牆下，聽得真真的，頓時醒悟過來。沒影兒奮身欲追，紫旋風急忙攔住。沒影兒回頭叫道：「周三哥，快把青子行李帶著，趕個兔羔子的！」又對閔成梁道：「大哥不明白，快趕，快趕！出去我告訴你！」紫旋風看著沒影兒著急的樣子，只得依言急追下去。鐵矛周就急忙回到房間內，把包袱兵刃都拿著，就要付帳出店，也跟蹤趕下去。店家急攔，鐵矛周瞪眼道：「掌櫃的，你睜開眼！我們不是打架的，我們是辦案的，你問問那夥計去。看看我們像尋常的百姓麼？你耽誤了我們的公事，你可估量著！」店家搓手搖頭道：「爺臺，我們明白；若是地方來了怎麼辦！」鐵矛周道：「你隨便答對著他，有話回來講。」推開店家，如飛的走出去，與沒影兒、紫旋風會著。

紫旋風、沒影兒急追敵人，眼看敵人落荒而去。沒影兒止步不追，很著急地對紫旋風說：「閔大哥，這幾個東西是豹子的餘黨，他們是故意攪惑咱們。簡直地說，他安心尋釁，不教咱們在店裡住。他們故意在大白天動刀子，好叫官面上來干涉。」說話間，鐵矛周提著包袱追到。沒影兒一看，鐵矛周把四個人的包袱都提弄出來了，沒影兒甚喜。鐵矛周忙問道：「這幾個點子是怎麼回事？是怎的跟你打起來的？」

沒影兒道：「他娘拉個蛋的！我到櫃房打聽喬茂的下落，算是設法套弄出來了。他不是今早失蹤的，昨夜也沒人來攪；八成是在昨夜咱們結伴出去之後，他一個人離了店，也許回寶應了。」紫旋風道：「先不管他，魏仁兄，到底你……」

沒影兒道：「你聽啊！我才出屋奔櫃房時，就有兩個人在院中走來走去；我當時疏忽，沒有留神。等到我從櫃房出來，那個小子就躲在過道門

旁邊。我一邁步，這小子迎面走來，貼身過去。店中客人是多的，你想我怎麼能防備？這小子冷不防，劈面就搗了我一拳，把我的鼻子打破。」

紫旋風道：「可是你碰著他了？」

沒影兒搖頭道：「也沒有碰著他，也沒有踩著他。」紫旋風點頭道：「他這是成心找碴！」沒影兒道：「可不是。」

鐵矛周道：「我明白了，他們故意引著咱們打架、拔刀子，好招得地方官面來查問咱們，就是地方官面不管，店家也要驅逐咱們。」

紫旋風道：「他們一定是這個打算。」鐵矛周道：「現在咱們怎麼辦呢？」紫旋風不語，沒影兒道：「現在咱們徑直回去報信為妙。」鐵矛周道：「可是還有九股煙呢？咱們四個人同來，怎好三個人回去？」

三個人小作商量，只好先換店，再找人。不意先找了一家客店，竟有人認出他們來，不肯收留。三鏢師越發恚怒，末後在僻巷內尋著一個小店。住了店，才由沒影兒、鐵矛周替換著，到苦水鋪街裡街外，尋找九股煙喬茂，鐵矛周沒尋見喬茂，沒影兒恰巧碰著。

這時候已將近午，四個鏢師在小店會面。商量結果，仍教九股煙回去送信，催十二金錢俞劍平率眾速來。九股煙怕敵人在路上算計他，堅求三人送他一程。紫旋風把九股煙送走之後，回轉小店。因想賊人故意誘敵，自己這邊大舉邀人，人都撲來了，萬一賊人悄悄溜走，這個跟頭卻吃不起。

三鏢師慮到這一層，即刻要分三面出去，繞著古堡要道口，查斟一遍，一來看看賊人的動靜，二來看看有載重的大車，從古堡出入沒有。商定，便忙忙吃飯；吃了飯，就要更衣出去。

這時剛到申牌的時候，暑日天長，太陽還老高的。紫旋風、沒影兒站起來說：「是時候了。」一語未了，突然從外面投進一塊大石子來，破窗而

入，啪的一聲，砸得杯盤橫飛，險些傷了人。

紫旋風大怒，急飛身追出。沒影兒更急，躥出屋嗖地躥上小店短牆。哪曉得外面只有一個小頑童，遠處有一個年老的女人。他把小巷前後搜了一遍，投石子的人蹤影不見。石子大，拋得遠砸得重，這婦人、小孩一定辦不出來的。三鏢師面面相覷，道：「人家倒把咱們盯上了！」

紫旋風十分恚怒，恨不得立刻找賊拚命。鐵矛周季龍是個拿穩的人，視不勝如勝，探堡也可，不去也可；只求於事有效，不怕表面的挫折。沒影兒是個機警的人，以為賊人既然迎頭盯上了，我們再去探堡，未免徒勞。但是紫旋風太動氣了，狠狠地說：「賊人來攪和咱們，咱們也去攪和他。」

鐵矛周婉勸道：「閔賢弟，你我還是辦正事要緊，慪氣是小事，咱們別上賊人的當。說句不怕你恥笑的話吧，我的傷大概有些發了，有點支持不住了。依我看，咱們先歇一會兒。白天去探，怕狗賊們故意地找咱們打撢。強龍壓不住地頭蛇！敵又眾，我又寡，我們就許吃了虧，又無濟於事。要去還是夜間吧；白天再教他們反咬一口，更不上算了。」再三勸說，才把紫旋風攔住。

三個鏢師不出門了，就在小店養精蓄銳地一蹲。哪知他們不出門，敵人反倒找上門來！不到一頓飯時，竟接連來了兩撥人。口稱找人，神頭鬼腦的進來，把三鏢師看了又看；故意露出一點形跡來，冷笑著走了。滿臉上帶著瞧不起人的神氣，明明是窺伺他們來的。三鏢師越發惱怒，互相警戒著，一聲也不響。容得這麼一撥人出離店房，三個人按捺不住，竟抓起長衫，暗帶兵刃綴下去。

這麼一撥探子共才兩人，昂頭前行，出離小巷，直奔苦水鋪鎮外。三鏢師一發狠，緊綴到鎮外。這兩人回頭看了一眼，傲然大撒步走。繞著青紗帳，東一頭，西一頭，繞了好幾圈；迤邐而行，竟背著古堡走去。

沒影兒猛然醒悟，這兩個東西簡直惡作劇，要遛自己玩。

他立即止步，低告鐵矛周和紫旋風道：「這兩個兔羔子太混帳。這裡僻靜，怎麼樣，咱們就動這兩個狗東西？」四顧無人，三鏢師把長衫一卸，厲聲喝道：「合字，站住！」口喊出這一聲，那兩個人回頭一望，似窺出三人來意不善，猛喊道：「我的爺，有劫道的了！」真如遇見賊似的，拔腿就跑。

三鏢師奮力急追。這兩個人跑出不多遠，竟鑽入青紗帳內。三鏢師一賭氣，就追入青紗帳內。三轉兩繞，追了一陣，兩個人不知藏到哪裡去了。三鏢師罵道：「咱們又上了狗賊的當了，回去吧。」哪曉得三鏢師才回到苦水鋪鎮口，那兩人又從青紗帳內探出頭來，大喊道：「合字，站住！」把三鏢師的話原封不動，又端回來。

紫旋風耳根冒火，轉身縱步，急追過去。沒影兒、鐵矛周立刻也跟蹤追趕。眼見這兩人把頭一晃，又鑽入青紗帳去了。

紫旋風不管不顧，不怕暗算。如飛追入青紗帳，青紗帳翻江倒海，被他推倒一大片，那兩人的身法，比兔子還靈便，俯腰鑽禾，三轉兩繞，又看不見了。

三鏢師瘋似的狂搜，不過沖過青紗帳，面前展開一片田園。有一個老頭子，帶著一個小孩子，大罵著出來：「哪裡來的野雜種，把爺爺的田都踏壞了？」園那邊還有兩個壯漢，舉著鋤頭，瞪眼奔來，照紫旋風就打。

紫旋風一閃身，喝道：「住手！」這兩個農夫忽一眼看見紫旋風手中拿著明晃晃的刀，大吃一驚，竟跑回來，大嚷道：「有賊了，有賊了！」三鏢師又好氣，又好笑。敵人沒了影，不願和鄉下人惹氣，他們只得溜出來，垂頭喪氣往回走。

回轉店房，又出了枝節。這店家好像聽了誰的閒言，堅請三位鏢師挪店。說是：「上面查得很緊，三位爺臺都是外面人，還願意找麻煩嗎？……

我們不敢拿財神爺往外推，只是沒法子。你老瞧，嘖嘖！三位還是遷動遷動吧。」好說歹說，只是不肯收留三人。任憑三人怎麼講也枉然，三人就自說是官面也不行。這店東一味央求。鐵矛周對紫旋風、沒影兒說道：「他是怕事，咱們也不是非住在這裡不可，咱們就換個店。」

沒影兒罵道：「此處不留爺，還有留爺處。」把紫旋風拉了一把道：「大哥，別生氣。咱們先把地方找來，回頭再找他們算帳。鬼東西也不睜眼看看，爺們是什麼人！你這個小子還拿爺們當冒充官面呢。昏了心的狗奴才！走吧，回頭有你的！」推著紫旋風，一同出了這家小店。

三鏢師憤氣不出，徒呼負負。劫鏢的賊真夠屬害，居然作弄得三個鏢師連存身之處也沒有了。鐵矛周道：「天色還早，咱們挪挪地方也很好。咱們的落腳處已經教賊知道了，實在也很不便。你說對不對，閔賢弟？」

紫旋風沒精打采應了一聲。可是再找店房，談何容易，苦水鋪僅僅四五家客店，已有三家不能住了。找來找去，才找著一家小飯鋪，帶留客宿的張家火店。又費了些唇舌，花了筆冤錢，才賃得一間小單房，木床草鋪，潮氣逼人。

三鏢師倒不介意，卻是越思索越惱怒。保鏢的教賊擠得沒住處安身了，真是生平沒經過的奇聞。沒影兒想著倒笑起來，把大指一挑道：「這個豹子真夠交情，咱們不能不佩服人家。」

說得鐵矛周也笑了。

耗到下晚，略進一餐，然後泡了一壺濃茶，慢慢地喝著。

轉瞬入夜。一盞油燈昏昏暗暗，三杯熱茶又澀又苦；三鏢師且飲且談，說得幾句話，便出去巡視一遍。剛到二更，鐵矛周和紫旋風留在屋裡，沒影兒到處巡看。鐵矛周道：「閔賢弟，提起精神來，你何必這麼懊喪呢？真格的咱們還禁不得一點閃失麼？」

　　紫旋風浩然長嘆道：「不怕三哥見笑，小弟習藝二十年，自出師門，憑這一手八卦掌、一把八卦刀，不敢說百戰百勝，卻還沒栽過這麼大的跟頭。那個騎馬的豹子頭，一定是劫鏢的大盜。人家空著兩隻手，我耍著一把刀，不信竟不能取勝，還教人家險些打中我的雲臺穴。若不是閃得快，我準得躺下。我若是空著手，敗在人家掌下，還有的說。人家空著手，倒把我打敗，我這一臉灰，怎麼揭得下來？我的連環鏢自信有幾分把握，哪知人家不但全給接了去，隨手還打出來，反差點打著我的腿。可惜我閉成梁二十年的功夫，可惜我賈老師那麼教我，我卻給他老人家沒爭臉，倒現了眼。我此時恨不得俞老鏢頭立刻追來，我就告退回去了，把這個羞臉趁早藏起來，再練能耐，再找豹子頭算後帳去……」

　　周季龍看紫旋風支頤倚案，兩眼通紅，想不到他這麼精幹的人物，竟搪不住小小一點挫敗。一時無言可答，正要設詞再加勸慰，猛聽窗外沒影兒一聲低聲道：「呔，好賊！屋裡留神，快蹲下。」周季龍一看紙窗，紫旋風挫身把周季龍一拖，兩人倏地往下塌身。嗤的一聲，破窗打進來一物。那盞油燈應聲打翻，頓時滿屋漆黑，是何物未看清；卻料知這暗器必非石子，定是袖箭鋼鏢。外面又喊道：「併肩子別出來！賊在窗根呢。好賊子看鏢！」啪的一聲，先有一物穿窗打出，又有一物穿窗打入屋來。

　　紫旋風、鐵矛周蹲著身子，急急閉目攏光，然後一伸手，各抄自己的兵刃；未肯躲過，紫旋風頭一個奪門外闖。迎面又打入一物，兩人提防著，全避開了。他們一左一右立在門後，把門扇猛地一開，夜戰八方式，先後躥到店院。振目一看，恍見對面房上，有一條黑影剛剛沒入房脊後。

　　店院中還有三條黑影，正如走馬燈一般，奔躥交手；內中一個是沒影兒魏廉。紫旋風叫道：「三哥，快過來幫著，我上房追那一個！」雙目四顧，嗖地躥上房。房上人影忽又換地方出現，叫道：「併肩子撤亮子，扯活！」當先翻身，往店外一跳，陡然振開喉嚨，怪叫：「店裡有賊了，南屋

有賊了！」聲隨形隱，一展眼沒了。

紫旋風大恨道：「狗強盜，你給太爺丟蒼蠅，哪裡走！」飛身急追下去。鐵矛周揮鞭奔到院心助戰，和沒影兒魏廉雙鬥那兩個夜行人。兩敵一聲不響和魏、周走了幾個照面；內中一人猛然旁退，將一把松香火突一抬手，照店院紙窗打去，轟的一聲火起。兩個夜行人桀桀地同聲狂笑，厲聲大喊道：「鄉親們，快出來，有賊放火了！」喊罷，飛身越牆，奔出店外。

栽贓嫁禍，賊人打攪的詭計已經顯然。沒影兒飛身要追，鐵矛周急喊道：「且慢！」催沒影兒快回房間，假裝沒事人。鐵矛周百忙中跳上牆頭，用唇典招呼紫旋風棄敵速回；然後一個箭步躥回房內。周、魏各把手中的翹尖刀和豹尾鞭藏起來，兩人都有匕首隨身，只在屋中一轉。沒影兒立刻往地上一倒，怪號道：「哎呀，有賊，打死人了！」鐵矛周便急急地蹲在沒影兒身邊，也跟著大喊，做張做致，假裝出扶救沒影兒的樣子。

那店院中，紫旋風如飛地奔逐賊人，本想砍倒一賊，稍泄己憤。猛見街上房頭，有兩個人影一閃，賊人竟來了不少。又一回頭，同伴並未跟來，倒聽見鐵矛周大聲喊叫：「削點碼，併肩子撤陣啊！老合扎手，火窯的空子靈了；馬前點；窯口西，脫條。」這是催他速退，店中人都已驚動，快回店裝睡。

紫旋風立刻明白過來；龐大的身軀一轉，丟下奔逃的賊人，重返店房，但已一步歸遲了。他翻牆頭從後窗鑽進房去，竟被店中人看見。

賊人放的火，被店中人七手八腳撲滅。儘管沒影兒呻吟哀叫，店中人仍然把猜疑的眼光，注視這小單間的三個客人。開店的居然是一個師傅傳授下來的，店主店夥不約而同把三鏢師認作惡客。這店主是江北人，非常強橫。他先到房內外查看了一遍，再到小單間，向三鏢師反覆詢問；話不甚難聽，神氣卻很難看。屋門外聚了好幾個，不住向內探頭。店東站起來，要邀三人到櫃房去談。紫旋風不耐煩道：「你有話只管說吧，不必到

櫃房。」這店東便毫不遲疑，請他們三位貴客搬走，而且立刻搬走。

鐵矛周等教賊人追落得本甚惱怒，恨不得找誰出氣才好。

他們雖說閱歷深，沉得住氣，究竟武夫氣猛。偏偏這店東的氣粗不下他們，說來說去鬧翻了。雙方瞪眼對吵，沒影兒瘦小的身軀一躥，伸手一個嘴巴，把個店東盆大的臉打得牙破血出。

店東大怒，虎似的伸出兩手來，要抓打沒影兒。被鐵矛周一撥，劈胸抓住往後一推，整個身子按倒在床上，道：「掌櫃的，有話好好說。這麼深更半夜，你要趕我們走到哪裡住去呢？你還怪我們著急？」

店東瞪眼道：「我管不著，你們憑什麼打人！小子，敢再打我一下麼？」沒影兒跳起來，啪的又一掌，跟手又一拳，罵道：「打死你這瞎眼的兔羔子！」

店東吃了虧，瘋似的奔沒影兒拚命。司帳先生大聲喊叫：「把這三個東西打折腿，跟他打官司。」又喊夥計，「快叫地方去。」夥計們各尋棍棒，來打三鏢師。三鏢師信手把店東丟在椅子上，拔步往外走。全店譁然，亂成一片。

在這嘩噪聲中，緊貼窗根忽有一人冷冷道：「打人家沒本領的廢物作什麼？有能耐，鬥鬥行家去！」笑聲中充滿了瞧不起和故意挑釁的意味。沒影兒、鐵矛周閃眼急看，紙窗破洞露出一對眼睛。眼神一對，立即隱去，嘻嘻地冷笑猶曳餘音。猜想這保管又是豹子的餘黨，臥底來的。紫旋風急喝道：「朋友，你看著不憤？你一定是行家了，別走！」不等說完，將店家一分，嗖地奪路躥出去。

院中燈光明亮，站著幾個人，齊用奇怪的眼神，望著紫旋風和對面的甬道；看神氣都不像剛才發話的人。紫旋風目閃威棱，斥道：「剛才誰隔窗根，說閒話了？」幾個人互相觀望不答，只微微一指甬道，紫旋風虎似

的撲過去。卻才移步，店夥等都湧過來，高舉棍棒，罵道：「就是他，跟那小矮個打人了。揍他！」橫截著一棒打上，被紫旋風側身奪住，順手一推，持棒的人失聲一號，倒在地上。店夥們怪叫起來。

紫旋風從人叢中撲到路甬口，張眼一看，茅廁前牆角上，掛著一盞瓦燈，燈光下站定一人。此人身量比自己略矮略瘦，青絹包頭，穿一身二藍川綢短褲褂，白色高腰襪子，緊紮護膝，山東造搬尖踢死牛大掖根灑鞋，背後斜插一把寶劍，雙垂杏黃燈籠穗。紫旋風追過來，此人一斜身，巋然不動，反將整個面容顯露在燈光之下。

但見他面皮微黑，修眉朗目，一派英挺狂傲之氣，呈露鼻窪口角之間。跟紫旋風一對盤，這人眼珠一翻，冷笑一聲，照當地唾道：「好朋友會打人！」用手一指牆外說：「外頭買賣去！」沒容答話，一弓腰，嗖地如鳥掠空，上了茅廁短牆，低頭下看道：「好臊氣，外頭來！」身形一晃，跳過短牆，又一閃，已失行蹤。紫旋風恨罵道：「豹子的狗黨，你想誘太爺！」將八卦刀一按，氣沖沖跟蹤上牆，飄身下落，不顧一切追趕下去。

那店東撫著臉，逃出單間來；瞪著眼怪叫，招呼閤店夥計打架。沒影兒和鐵矛周情知此店已難存身，連忙抄起兵刃行囊，從小單間搶出來。這小店連店夥和更夫、廚子，不過七個人，紛紛抄傢伙尋毆。各屋住宿客人，足有二三十個，也亂成一團。幾個少壯的店夥拿著扁擔、鐵通條、木門閂、槓子、丫丫杈杈，擋住沒影兒。

沒影兒調轉刀背，連連拍倒兩個人，便沖出來，鐵矛周揚鞭後隨；嚇得店夥亂喊亂跑。兩鏢師奔到二門口，急急地尋叫紫旋風；紫旋風已被那來歷不明、舉動莫測的夜行人誘出街外了。

兩鏢師無可奈何，決計一走。店門已經緊閉，西邊有一道短牆。鐵矛周用手一指，首先拔身躍上去。沒影兒徬徨四顧，又喊了一聲：「併肩子，扯活！」然後一提氣一頓足，嗖的一聲也躥上了牆頭。

第二十章　彈窗拋火花群賊肆擾　隔垣出冷語壯士炫才

第二十一章
得警報俞劍平登場　鬧店房喬九煙示威

　　三個鏢師探賊失算，大遭賊人擾害；九股煙喬茂竟順順利利地到了寶應縣，把十二金錢俞劍平邀來。俞劍平和鐵牌手胡孟剛、智囊姜羽沖湊齊人數，立即策馬如飛，刻不容緩，撲奔苦水鋪而來。

　　這一回俞劍平接到喬茂的馳報，一切籌劃布置，都由姜羽沖主謀。臨走時，先託付了義成鏢店總鏢頭寶煥如，就煩他在寶應縣城留守。各路卡子如有消息，務必請他派急足，速來報知。又煩郝穎先等，先奔火雲莊。然後檢點現時在場的鏢師，人數實在太少；只可火速由四面卡子，臨時抽調來幾位。俞、胡、姜以下共湊足二十八人，外帶趟子手和鏢局夥計六名。那海州州官派來的兩個捕快，始終緊跟著鐵牌手胡孟剛；名為緝盜，實是暗中監視著失鏢的鏢客。俞、胡二人只得好好款待他們；本想留他們在寶應縣等候，他們卻不肯，只得一同登程。

　　算來上上下下，這一夥尋鏢的足有四十多人了，當然仍然由九股煙喬茂做了嚮導。

　　臨行前，胡孟剛問姜羽沖：「我們是改裝散走呢，還是大傢伙就這樣原打扮，一同騎馬前往呢？」這實是一個問題，姜羽沖早已想過了，聽喬茂所說，賊人聲勢很大，分開了去，恐有不便；同去又覺著人多，形跡太露。商量著，還是改裝前往，也不必全都騎馬，可以雇幾輛車。倒是動身的時候，不打算在一清早上路，卻定於夜晚三更登程，可以趕晌午，到達苦水鋪。但是縣城照例不到五更，不能開城門的；眾鏢師用過晚飯，忙著一齊出城，先一步住在關廂店內。所有馬匹車輛路費等，也都預備妥當了。

在店內，眾鏢師都不睡。天氣很熱，端著茶盞，搖著扇子，坐在店院內，紛紛地講論這個劫鏢的豹子。七言八語，向九股煙打聽。尤其是幾個年輕人，一個個躍躍欲試，預料到了地方，可跟劫鏢的線上朋友鬥鬥了。

姜羽沖獨和俞、胡二人，邀著武進老拳師夜遊神蘇建明、奎金牛金文穆和馬氏雙雄、松江三傑，在店房內密議。聽眾人的話聲太高，忙出去囑咐了一番，事要啞密一些，不可大意。

二更交過，便催一班坐車的先行起程。

轉瞬到了三更，十二金錢俞劍平、鐵牌手胡孟剛、智囊姜羽沖、奎金牛金文穆、馬氏雙雄馬贊源、馬贊潮、信陽蛇焰箭岳俊超，和前天才到的九江拳師阮佩韋、膠州李尚桐，昨天才轉回來的武師歐聯奎，以及俞門弟子左夢雲等，一齊上馬，出店登程。

九股煙喬茂此時也更換了衣服，小矮個騎著一匹高頭大馬，當先引路，雄糾糾的十分威武，再不似店中被人圍辱時的情形了。此外尚有三個人，兩個是海州的捕快，一個是趟子手侯順。另有五個得力的鏢局夥計，專為跑腿用的，已跟同太平車，先走下去了。

坐車的和騎馬的，登程時候略有先後；依著姜羽沖的打算，是車慢馬快，隔開一兩個時辰，預計可以同時到達。姜羽沖料知賊人鴞強，處處不敢小看了他們，所有人力總以集中為妙。鏢客們踏著月影，登上征途，極力往小心上去做。可是這一夥差不多二十來匹駿馬、二十來位壯士，就是藏著兵刃，空著手，風馳電掣地奔騰起來，蹄聲嘚嘚，塵飛土揚，這聲勢也很驚人了。

到五更天亮，朝日初升，便望見李家集鎮口。九股煙和趟子手侯順把馬圈回來，到俞、胡二鏢頭的馬旁，用馬鞭指點說道：「老鏢頭，這前面就是李家集了，咱們打尖不打尖呢？」

胡孟剛心中最急，就說道：「走！別打尖了。」智囊姜羽沖催馬過來，問道：「這裡就是李家集麼？」喬茂道：「就是這裡。咱們要是不願意白天進鎮，可以一口氣趕到苦水鋪。不過路太長了，人不嫌餓，馬也得上料啊！」

　　蹄聲凌亂，問答聲沉。俞、胡、姜忙把馬引到路旁，一齊離鞍，九股煙也下了馬。張眼四顧，曠野無人，姜羽沖道：「還是進鎮吧，恐怕坐車的那二十幾位也許進鎮打尖，等著咱們呢。」俞劍平道：「可是的，咱們忘記跟他們定規打尖了。」

　　於是眾鏢師又紛紛上馬，投入李家集，進店打尖。不意那先行的五輛太平車走得很快，問及店家時，這幾輛車早走過去了。大家連忙進膳，喝了茶，重又登程。出了鎮甸，猛抬頭只見前邊有一匹快馬，如飛地馳去。九股煙在前邊引路，急急地勒馬，高聲向俞、胡叫道：「老鏢頭，這匹馬多半又是點子放哨的！」

　　俞劍平遠遠地望去，果然這匹馬趲走如飛，跑得極快。馬上的人騎術很精，眨眼間，便走出半里多地。眾鏢客叫道：「追上去看看！」俞劍平道：「姜五哥，你看是追好嗎？」姜羽沖道：「這個，也可以摽摽看……」

　　一言未了，九江拳師阮佩韋和信陽岳俊超，年輕氣猛，早將坐騎一催，豁喇喇地趕下去。跟著奎金牛金文穆也道：「倒要看看這小子是什麼長相。」也把馬鞭一揚，跟追下去。於是俞劍平、胡孟剛、姜羽沖一齊策馬，跟蹤追趕。

　　這十幾匹馬一跑，頓時浮塵大起，蹄聲俐落，冒起丈許高的一縷煙塵；引得路旁才上地的農夫個個挂鋤而觀。其中頂算俞、胡二人的馬好，因為是他們本人的坐騎，所以跑得很快。

　　岳俊超也騎的是自己的馬，立時如箭馳一般，越過群馬，當先奔過。阮佩韋、奎金牛放馬最先，可是馬力不濟，走出不多遠，便已落後。智囊

姜羽沖，借的是寶煥如鏢頭的馬，腳程稍遜，落在俞劍平的馬後了。

但見前面那個騎馬的人，回頭瞥了一眼，把馬鞭啪啪地一陣亂打；那馬竟好神駿，大概又是生力馬，豁喇喇地跑下去。

俞、胡的馬一時竟趕不上。這樣追趕，格不住時候長，一口氣直趕上二三里地，胡孟剛的馬竟跟那人的馬相隔漸近，展眼只隔一二箭地了。騎馬的人回頭狂笑了一聲，猛然加鞭，不循正路，落荒而走；繞過一帶竹林，反而折向斜路。這樣再追下去，便距苦水鋪越走越遠了。

鐵牌手胡孟剛跑得馬噴白沫人揮汗，回頭一看，俞劍平的馬在他身後三五丈以外，姜羽沖的馬又在俞劍平的身後三五丈以外。胡孟剛大叫道：「前邊朋友留步！」那騎馬的回頭喝彩道：「好馬，好騎術！賽賽啊！」越發地落荒跑下去，胡孟剛越發地拍馬追下去。姜羽沖在後連連揮手道：「俞大哥，俞大哥，快叫胡二哥回來吧，別追了！」鐵牌手勒馬回顧，姜羽沖狠狠加鞭，與俞劍平雙雙趕來。

鐵牌手把馬緩緩圈回，拭汗回顧，餘怒未息。等到姜羽沖到來，便迎頭叫道：「姜五哥，咱們怎麼不把這小子留下？擠他狗養的一下，教他也嘗嘗咱們弟兄的手段！」

姜羽沖笑道：「胡二哥，你這大年紀，還這麼沖的火氣。這只不過是一個放哨的小賊罷了，值不得跟他伸量，倒耽誤了咱們的路程。我們現在還是趕到苦水鋪，跟劫鏢的賊頭正正經經地一較高低。」俞劍平道：「這個東西多半是故意誘咱們走瞎道，追他無用。」

幾個人調轉馬頭，仍回原路，加緊趲行；又走了一程，苦水鋪遠遠在望，只是那前行的五輛車，由這一耽誤，不但沒有追及，一路上連影子也沒有看見。九股煙勒馬回頭，對俞、胡說道：「二位鏢頭，前面就到了。我們是把閔、魏、周三位招呼出來，還是一直進店？」

姜羽沖略一尋思道：「我們的動靜太大，我猜想賊人已經得信。我們還是一直進店，就給他們明來明往，用不著過分掩飾了。」十二金錢俞劍平點頭道：「賊人一定曉得我們來了。」

扭頭問道：「喬師傅，這苦水鋪有大店沒有？我們人多，還是分開了住。只是我們那五輛車哪裡去了？莫非……」說到這裡嘁住。九股煙答道：「有大店，我們先住的集賢店就不小。」奎金牛金文穆接答道：「五輛車許是走在我們頭裡，先進鎮甸了。」姜羽沖低頭驗看轍跡。信陽武師蛇焰箭岳俊超插言道：「進苦水鋪就知道了。別看咱們騎馬，在路上耽誤的工夫太大了。」

這一群鏢客由九股煙引領，進了苦水鋪，一徑投到集賢客棧大門之前。九股煙翻身下馬，趟子手給他牽住牲口。九股煙雄糾糾氣昂昂地提馬鞭，走到門市內，尖著嗓子叫道：「夥計，夥計，有乾淨房間沒有？把上房騰出來！」立刻從櫃房中，應聲出來兩個店夥，一個像管帳先生模樣的人，把九股煙打量了一下，又看了看高高矮矮二十幾個人。三個店家竟不接牲口，也不讓客人，反而橫著身子，把門道擋住道：「客官，這裡沒有空房間了，你們幾位老爺往隔壁遷動遷動吧。」

九股煙把一雙醉眼瞪道：「放屁！什麼沒有房間？」說話時，眾鏢客已紛紛下馬，那海州捕快也跟了上來。智囊姜羽沖和十二金錢俞劍平緊行一步，道：「店家，我們用不了許多房間，有個十間八間的自然很好；如果沒有，三間也行，我們可以遷就著住。」店家翻眼睛，露出很古怪的神色道：「你們諸位是從哪裡來的？可是海州來的麼？」九股煙挺著腰板道：「哼，你這傢伙倒有眼力！」

姜羽沖吃了一驚，「店家，你說什麼？」店家賠笑道：「爺臺，我沒說什麼。我說我們這裡實在沒有空房子了，我們可不敢把財神爺往外推；無奈，這裡連半間房子也沒有了，都被人家包去了。」

店家儘管這麼說。姜羽沖和俞劍平互使眼色，心知有事，正要開言；幾個青年鏢客都耐不住了。這時正在午後，驕陽酷熱，人們個個渴得咽喉冒煙，恨不得進店歇息；早有七八個人亂哄哄的，牽馬硬往裡鑽去。店家急攔不迭，仍在支吾道：「爺臺，沒房子，真是沒房子。」

不想幾個青年鏢客直入店院，立刻尋著正房五間，西房三間，都空閒著沒人住；隔窗孔往內看，也沒見放著鋪蓋行李。

幾個青年頓時大嘩。九股煙尤其英勇，揚著長鞭，呼喝道：「開店的，快給爺們騰房！你說沒房，這是他媽的龜窩不成！瞎了眼的王八蛋，你拿爺爺當冤種麼？」店家忙道：「乜乜乜，你老別罵人，那是人家早花錢包下的。都有個先來後到，我們可哪敢往外騰啊！」

喬茂道：「奶奶個皮，你說什麼！有房憑什麼不讓爺們住？爺們欠下了你媽的宿錢了麼？」把店家罵得翻白眼，齊聲說道：「我說，你老有話好說，別罵人。都是出門在外，誰家都有爺爺奶奶……」

一言未了，啪的一聲，九股煙的一馬鞭，抽在一個店夥的臉上。店家鬼嚎一聲，抱著臉大叫道：「你怎麼打人？我們沒有房，我還能給你們硬往外趕別人不成？你幹什麼罵人，打人？」這店家也是個強漢，只是被十幾個鏢客圍住，也不敢還罵了。那另一個店家卻還認得喬茂，不由說道：「你老是熟客！」九股煙罵道：「熟客，還是你媽的熟客呢！爺們又不短你的飯錢，也不欠你宿錢，少套交情，趁早給爺們騰房。奴才，瞎了眼的奴才，你誠心欺負客人？你知道爺們兒是幹什麼的，你還跟爺們找彆扭，足見你是有仗腰眼子的了……」

那海州捕快吳連元也是個又渾又橫的傢伙，搶上來一拉喬茂道：「哪有那麼多廢話對他講，打他個小舅子的！」掄起馬鞭，照店夥就打；店夥再不吃這眼前虧了，扭頭就跑，大喊道：「掌櫃的，我們搪不住這些爺們！」

店中大亂，店東忙跑出來應付。十二金錢俞劍平、智囊姜羽沖見九股煙鬧得太不像樣，忙叫了一聲：「喬師傅！」又推胡孟剛過去攔勸，把捕快也勸過來。俞、姜二人和金文穆、馬氏雙雄，徑到櫃房與店東講客氣話，讓他給遷出幾間房。

俞劍平做事小心，又向店家打聽這包房子的是什麼人。店家說：「是開鏢局子的。」

俞、姜愕然道：「要是同行，咱們占了人家預定的房間，那可太難堪了。」金文穆和馬氏雙雄道：「要是同行，更好勻了。店家，這定房是哪家鏢店？」

店家道：「人家是江寧府安平鏢店，鏢頭姓俞。」眾鏢客一齊驚奇道：「什麼？」店家重複道：「安平鏢局姓俞的達官包下的。」

姜羽沖望著十二金錢俞劍平，不由哈哈大笑道：「俞大哥，真有趣！這就叫做棋逢對手，將遇良才。店家，你來！我跟你打聽打聽……」把包房的是幾個人，和年貌、口音、來蹤去跡，多早晚才包下的，留下什麼話沒有，細細地向店家盤問了一番。店家說：「昨天晚半天才包下的。只來了兩個人，都是年輕的壯漢，全是遼東口音。氣派很沖的，交下二十兩銀子做定錢。在五天以內，不管他們用不用，絕不准轉賃給別人。他們說：『就是官面上要，也只管拒絕他……』」

十二金錢俞劍平捋著鬍鬚聽了，冷笑幾聲。忽然換了一種面色，對店家說：「既然也是鏢行，那更好了。我告訴你，你不用為難，我們是一家人。就是包房子的人來了，我們自己就跟他通融了。」對姜羽沖道：「我們也不必只勻西房了。索性連上房也暫借一兩天吧。」又盤問了一些話，起身出離櫃房。不想他們幾個老成的鏢頭還在這裡對付，幾個年輕的鏢客，九江阮佩韋、膠州李尚桐、泗水葉良棟、滁州時光庭等，已一擁而進，硬將上房門弄開，罵罵咧咧，招呼夥計牽牲口、打臉水、泡茶。人多勢眾，

店家捏著鼻子照應，惴惴地好像大禍將臨似的。

這幾位老成的鏢客進入上房，馬氏雙雄道：「俞大哥，怎麼咱們一動一靜，都教賊人探聽出來了呢？莫非咱們身邊，竟有臥底的賊人不成？」金文穆道：「那可難說。」

姜羽沖道：「金三爺可別這麼想。這絕不是從咱們自己人裡面走漏的消息，乃是賊人從外面揣測出來的。咱們明目張膽地來找他們，他們就知道咱們的動靜，又算什麼？咱們還是先辦要緊的。」眼看著九股煙喬茂洗完了臉，喝完了茶，姜羽沖這才催促道：「我們頭一撥人和五輛車，怎麼現在還沒有露面？還有閔、魏、周三位，喬師傅你費心把他們找來吧。」

九股煙道：「他們三位就在西頭小巷一家小店裡，哪位陪我去一趟？」胡孟剛道：「你自己去，還不行麼？」九股煙道：「我自己去好嗎？」

姜羽沖道：「多同兩個人去更好。好，我說歐師傅、阮師傅，你們二位陪喬爺去一趟。」

歐聯奎、阮佩韋立刻應諾，站起來要走。姜羽沖又向岳俊超、馬氏雙雄、李尚桐舉手道：「岳四爺、馬二哥、馬三哥、李師傅，你們四位多費心，出去尋一尋咱們那五輛車去。」奎金牛道：「這五輛車簡直太古怪了，十成八成要出錯。」馬氏雙雄道：「出不了錯，他們也許走錯了道，我哥倆去找找看。也許他們投在別家客棧了，正等咱們呢！這裡的地理，我們可不大熟。」

俞劍平道：「姜五哥，還是由喬師傅領頭，先找閔成梁三位，再找那五輛車。」胡孟剛道：「對，就做一次去很好，去兩三位也就夠了。」姜羽沖堅持多去些，並且教每人都別忘了帶兵刃；胡孟剛認為姜羽沖小心過分了。俞劍平道：「劫鏢的匪徒膽大妄為，什麼出圈的舉動都許施展出來，倒是小心點的好。」歐聯奎等依言帶上短兵刃。九股煙早不待叮嚀，把那把手叉子插在緶腿上；又催青年鏢客李尚桐、阮佩韋，也將兵刃帶上。然

後兩撥人合為一撥，一同出離房店。

九股煙喬茂把馬連坡大草帽往下按了又按，連眉毛全都罩上了。出離店門，東張西望瞥了一眼，便低著頭急走。歐聯奎等緊緊跟著，從後說道：「喂，喬爺，慢點！天太熱，忙什麼？」九股煙回頭一扭嘴道：「快點吧！」像跑似的一直走到橫街，入了狹巷，方才放緩腳步。路北第七個門口，白灰短牆挑出一隻破笊籬，便是那座小店。九股煙回頭來，用手一指道：「到了。」五個人一齊跟來。馬氏雙雄皺眉道：「怎麼住這小店？也難為他們哥幾個了。」歐聯奎低言道：「強敵窺伺，少說話吧。」

九股煙湊到小店門前，往店粉牆上看了半晌，才對歐、馬等人說道：「還好，他們三位全沒有離店。」

李尚桐道：「喬師傅怎麼知道他們沒有出店？」九股煙笑了笑道：「法不傳六耳。」幾個鏢師一擁入店，櫃房內轉出一個夥計，忙迎過來道：「列位，是住店的，是找人？」

九股煙往旁一推道：「是找人，好大眼眶子，只三天就不認得人了。南房小單間那三位客人在不在？」口說著，早舉步進院，面向同伴一指道：「就在這房裡。」

六個鏢客塞滿了店院，店東、店夥全出來盤問，眾鏢客不理。九股煙當門連叫數聲，沒人答應，立刻闖進小單間一看；只有一個老頭兒，很詫異地正向外瞧。一見進來這些人，嚇得站起來道：「眾位老爺要找誰？」

九股煙喝道：「少說話！」一翻身出來，忙到各房間裡搜尋。店夥一齊攔阻，眾鏢客喝道：「躲開點！」把全店搜完，竟不見紫旋風三人蹤影，也不見他們的行囊、兵刃。店東和司帳摸不清路數，滿面猜疑，賠笑問道：「爺臺，有什麼事？可是……可是找三天頭裡那三位客人麼？」

九股煙瞪眼道：「哦！正是找他們。你小子翻什麼眼珠子，連我都不

認得了？到底你們把他們三個人弄到哪裡了？」店主吸了一口涼氣，真不認得喬茂了。那天喬茂是化裝，此時卻是本來面目。

那天紫旋風、沒影兒和鐵矛周鬧店房，打傷店主，並已驚動了官面。但是紫旋風等突然越牆而走，店主不得已，只得打點了地方，把他們遣去；滿以為白吃一頓虧，不想現在又有人找來。看這洶洶的氣勢，店主猜想紫旋風必是匪人，九股煙等必是辦案的人。遂滿臉賠笑，將九股煙等請入櫃房；不敢實說，只得說這三個客人舉動可疑，惹得本地官面注意，把他們掠走了。

店主自想這樣答覆，已經很好。不意九股煙啪地把桌子一拍道：「官面嚇走了他們，簡直胡說放屁！你知道他們三位是幹什麼的？你可知道，我們是幹什麼的？」

馬氏雙雄插言道：「店家，你不用害怕，我們是綴下案子來的。他們為什麼會怕官面？到底他們三位上哪裡去了？你們快實說，不要隱瞞，恐怕於你不便，這裡頭有很大干係。」

店主向司帳看了一眼，兩個人面面相覷，越發估摸不透了。被六個鏢客一再擠兌，只得吐露真言。把當日夜間之事，鬧店之情，如實托出，連聲認錯。九股煙向店家發作，李尚桐、阮佩韋也都要盤問詳情。馬氏雙雄和歐聯奎卻已聽出店家之語無甚虛假；催九股煙離開此處，向別處找去，又對店家說：「咱們回頭再算帳。」

六人出店，站在小巷牆隅。歐聯奎問道：「喬師傅，你不是說他們三位沒離開麼？怎的他們三位又失蹤了？莫非他們墜入賊人陷阱不成？」

九股煙道：「我也不明白，他們三個人明明給我留下暗號。不瞞各位，賊人可扎手得很。紫旋風這位爺太已狂傲，大大意意，總不聽我勸，倒笑我太小心了。保不定我走後，他們三人上了賊人的當。剛才店家不是說，有夜行人影在房上鬥麼？他們三位十成有八成教賊誘走了。」

馬氏雙雄駭然道：「既然如此，這可不是小事。他們三人當真被賊誘擒，我們必得趕快設法，把他們救出來，我們不可耽誤了！」眼望李尚桐、阮佩韋道：「二位老弟，你們哪一位回店，快給俞老鏢頭送個信去。」

阮佩韋、李尚桐道：「走！我倆這就去。」

九股煙忙道：「二位別忙，這是我的事。咱們的軍師爺是教你們四位迎車，教我和歐聯奎師傅找紫旋風的；找不著，這該由我和歐師傅回去交差。」

歐聯奎道：「也許他們三人被賊人跟得太緊了，臨時挪了地方。我們先別驚動俞老鏢頭，可以先到別處店家，找找他們去。」馬氏雙雄道：「對！咱們分頭幹事；還是喬師傅領路，歐師傅跟著，到各店房查找一下。我們哥倆和阮賢弟，出鎮迎車去。李賢弟可以先回店，給俞鏢頭送一個信。他們也可以早得一步信，同大家思索思索辦法。」又囑咐歐聯奎、九股煙道：「歐爺、喬爺，你們二位查店時，不但找紫旋風等；還可以順腳看看咱們那五輛車。也許早來了，落在別的店了，也未可知。」

六個鏢客立刻分頭忙起來。九股煙和歐聯奎把苦水舖大小店房一一查到，結果一無所得。馬氏雙雄和阮佩韋出鎮迎車，轉了一圈，登高一望，看見那五輛車，自遠而近，迤邐走來。

馬氏雙雄大喜，忙和阮佩韋迎了上去。

這頭一輛車，便是單臂朱大椿、黃元禮。問及他們因何落後，朱大椿道：「咳，別提了，上了人家的當了。在李家集打尖的時候，咱們的人說話太放肆了，大概教人家聽了去。臨上車才發覺五輛車牲口的肚帶，全被人家割斷。鼓搗了一個多時辰，才弄好了，到底也不知是誰給弄的。半路上又有一個騎馬的傢伙，奔來送信，說是俞鏢頭現在上高良澗去了，教我們改道。這小子分明是冒牌，他把我們太看成傻子了。我們就裝傻，想誘擒他。我和聶師傅誘他上車，不意聶師傅魯莽了些；被這小子警覺，躥上

馬，跑掉了。我們要不瞎追他，也可以早到一會兒。你們現時住在哪個店裡了？」

馬贊源道：「小有挫折，沒出大閃錯，就算很好。現在咱們人都在集賢棧落腳了。」黃元禮道：「怎麼全聚在一塊，不是原定規的分散開了住，省得太招風麼？」馬贊源笑道：「人家都知道了，咱們還掩蓋個什麼勁呢！」遂把來到苦水鋪，投店發生波折的情形，約略說了一遍。

單臂朱大椿稀疏的眉毛一擰，向馬氏雙雄道：「劫鏢的匪徒竟敢這等藐視鏢行，這倒很好，咱們就跟他往下比劃著瞧吧。馬二哥、馬三哥，我們這撥是住集賢棧，還是另住別處？」

馬贊源道：「據姜羽沖說，只要住得下，就不用再分開了。賊黨已經遍布各處，難免要乘機攪惑我們；人少了，倒容易吃虧。索性往一塊聚，實力厚些，也好應付。」

這五輛車子有單臂朱大椿、黃元禮叔侄，武進老武師夜遊神蘇建明師徒三人和趙忠敏、于錦、孟廣洪等。還有幾位鏢客，是鎮江永順鏢店的梁孚生，太倉萬福鏢店的石如璋，雙友鏢店的金弓聶秉常等。此外便是松江三傑夏建侯、夏靖侯、谷紹光。其餘還有三個鏢行夥計，專管跑腿的。松江三傑和夜遊神，是新請來的武林朋友，相助奪鏢的。至於這幾位鏢客，內如金弓聶秉常等，也是失鏢的主兒；此次到場，一來助友，二來也是自助。當下眾人也就不再上車，跟著馬氏雙雄一齊步行。進了集賢棧，與俞、胡二鏢頭、智囊姜羽沖等相會。

那一邊九股煙喬茂和歐聯奎，踏遍了苦水鋪，竟沒把紫旋風、鐵矛周、沒影兒找著。雖沒有找著人，卻探出一個消息。

這苦水鋪共有三家大店、兩家小店；歐、喬二人本想挨家尋找，不想才到頭一處，腳登門口，便出來一個店夥，迎頭說道：「你老住店，請往別家去吧，這裡沒有空房間了。」

九股煙愕然站住道：「你怎麼知道我要住店？」那店夥忙賠笑道：「你老不是住店，是找人麼？你老找哪位？」九股煙忙把紫旋風三個人的假名姓和衣履、年貌、年齡、口音說了。店家道：「這裡沒有。」盯著三位鏢師，眼珠子骨骨碌碌的，當門一立，不知揣著什麼心意。

九股煙這回的態度，比方才和氣多了，呆了一呆，對歐聯奎道：「咱們進去找找？」歐聯奎不答，索性不提找人的事，反倒故意非要住店不可，藉以試探店家的心意。

這店竟跟集賢棧一樣，說是倒有幾間房，全被兩個幹鏢局子的放下定錢，包賃去了。歐、喬立刻恍然，這又是賊人的故智。盤問了一回，忙又轉到別家。不想一家這樣，別家也這樣。連走三家大店，竟像商量好了似的，全是昨天有人把空房間悉數包去。一間兩間，三間五間，有房就要；全放下五天的房錢，全都自稱是幹鏢局的。

武師歐聯奎遂向九股煙道：「我們不必再耽誤時候了，這都是賊人故弄狡獪。若依我說，他們三位也不必尋找了，這準是被賊人跟綴得太緊，三位已經另見隱祕安身之所了。我們來了這些人，聲勢又這麼大，他們三位一定能尋聲找來。我們還是趕緊回去，報告俞、胡二鏢頭，速謀應付之策為是。」

九股煙灰心喪氣地說道：「還有兩家小店沒找，索性咱們都找到了，也好交代。」歐聯奎不以為然，順口答道：「也好，找找就找找，我看那是徒勞。」歐聯奎和九股煙挨次又把兩家小店走到。果不出所料，到一處耽誤一會兒；直找到申牌時分，大小各店俱都沒有紫旋風三人的蹤跡。就連小店，但有空房的，也都被人家包下了。賊人的布置實在周密而且狂妄。

歐、喬二人無可奈何，這才死心塌地，回轉集賢客棧。九股煙一面往回走，一面唧唧噥噥，叨念道：「沒影兒這小子真沒影了，紫旋風也飛了，簡直是活倒楣蛋，我說歐師傅，你看他們三個是躲避賊人的耳目，隱到別

的嚴密地方了；還是教賊人給架弄了呢？」歐聯奎唔了一聲道：「總是躲避賊人，挪開地方吧。」九股煙道：「我可不那麼猜。若教我看，這三塊料大大意意，自覺不錯似的，多半上了賊人的圈套，全教人家給架走了；這工夫還不知道他們三個誰死誰活呢？」歐聯奎唾了一口，道：「晦氣！你說的他們也太洩氣了，我不信。」

九股煙且說且走，一拍屁股道：「你不信，我敢跟你打賭，我們本來規定的，不見不散。他們好磨打眼的挪了窩，那是為什麼？」說著，兩人已走進集賢棧。還沒進屋，就聽得屋中似有沒影兒說話的聲音，九股煙不由咦的一聲；歐聯奎側目一笑，也不理他，搶步走進屋裡；九股煙也忙跟了進去。

屋中黑壓壓列坐許多人。主位是俞、胡、姜三人，對面坐著的，居然是活蹦蹦的沒影兒魏廉！

客位上在沒影兒的身邊，還有兩個生人。一個年約二十多歲，細條身材，面色微黑，細眉長目，英爽之氣逼人；身穿一件紫羅長衫，白襪青鞋，手裡拿著一把九根柴的扇子；乍看外表，文不文武不武，猜不透是幹什麼的。在他上首，是一個中年人：短身材，重眉毛，三十多歲，沒有鬍鬚，腰板挺得直直的；穿一件灰長衫，白襪灑鞋，高打裹腿，十足帶著江湖氣；不拿扇子，搏著一對核桃。兩人正和俞、胡二人談話，沒影兒在旁幫腔。

第二十二章
尋聲索隱飛狐窺豹斑　負氣埋蹤旋風恥鎩羽

　　歐聯奎看這兩人眼生得很，一個也不認識。那九股煙喬茂竟一伸脖頭，手指沒影兒魏廉道：「哈！我的魏爺，你們上哪裡去了，教我好找，那位閔爺呢？」還要往下說，沒影兒已站起來，向歐、喬二人招呼道：「喬師傅，多辛苦了。歐師傅，好久沒見。我先給你引見兩位朋友。」

　　主人俞、胡二鏢頭和這兩個生客全都站起來。魏廉指著那青年道：「這位姓孟，名震洋，江湖上稱他為飛狐孟的孟爺，羅漢拳是很有名的。」又指中年人道：「這位姓屠名炳烈，外號鐵布衫，一身橫練的功夫。二位全是武林中闖出萬兒來的朋友。」又替歐聯奎引見了，互道欽仰，然後轉指喬茂道：「這位是振通鏢店胡鏢頭手下，最有名的那位九股煙喬茂喬爺，你們幾位多多親近。」

　　九股煙不禁臉一紅，立刻反唇道：「這是沒影兒的事，我有什麼名？別損人哪！」

　　兩位生客互看了一眼，一齊抱拳笑道：「喬師傅名震江湖，我們久仰得很，往後還求喬師傅多多指教。」這一通客氣，引得振通夥計在旁竊笑。越發把喬茂弄得臉紅脖子粗。

　　眾人謙辭著歸座。三四十鏢客此時都已聚齊。俞、胡兩人向沒影兒略問了幾句話，便忙著款待友人。五間空房都占用了，依然不夠，天熱嫌擠。胡孟剛催手下人，再叫店家勻房；俞劍平向新來的朋友寒暄。智囊姜羽沖、奎金牛金文穆道：

　　「俞大哥、胡二哥，快商量正事吧！都是自己人，用不著招待誰。」朱

大椿道：「咱們自己照顧自己吧。俞大哥，你怎麼還給我倒茶！」

馬氏雙雄一看屋子滿滿的，一把一把的扇子亂搖；鏢店夥計一個一個地獻茶、打手巾，實在太忙亂，又很悶熱，便招呼岳俊超、阮佩韋、趙忠敏、于錦幾個年輕的鏢客道：「我說咱們外邊坐吧。你看這位十二金錢俞老鏢頭，只剩擦汗了。」松江三傑夏建侯、夏靖侯、谷紹光也要出來，道：「對，咱們不要在這裡擠了。」一擁出來，散往院中。兩位生客也不覺站了起來。姜羽沖忙道：「這可是對不住。咱們這麼辦，分兩邊坐吧。」你出我入，此走彼留，亂了一陣。那些青年鏢客就三五成群，往店院樹陰涼坐下。趟子手便給端茶壺，拿茶杯斟茶。

另有幾人，就讓到西廂房。

這正房三間便只剩下幾位主腦人和年長有聲望的前輩了。

主位是俞、胡、姜三位，上首是蘇建明老武師、松江三傑；客位是生客飛狐孟震洋、鐵布衫屠炳烈；沒影兒和九股煙自然也在場。馬氏雙雄和朱大椿、奎金牛金文穆，都做了客中的主人；在西房和店院，分陪著別位朋友，聊盡招待之責。

集賢客棧驀然來了這許多客人，滿院都是腆胸挺肚的鏢客了。姜羽沖暗囑馬氏雙雄，留神店中別個客人。馬氏雙雄點頭會意，告訴眾人，說話要留神。這些鏢客究竟是粗人，大說大笑，嘲罵劫鏢的豹子：「鬼鬼祟祟，不是大丈夫所為。」蹲著坐著啜茶，搖扇子高談，一點也不顧忌；姜羽沖忙又出來，逐個諄囑了一遍，方才好些。

那正房兩明一暗的房子，此時大見鬆動。俞劍平先向飛狐孟震洋、鐵布衫屠炳烈客氣了一陣，又謝他盛意來助。然後騰出工夫來，詢問魏廉道：「魏賢姪，你現在住在哪裡了？周季龍他們二位呢？你們踩跡賊人，又得著什麼新線索沒有？」

沒影兒還未開口，九股煙憋著一肚子的勁，急忙站在人前，伸出三隻指頭先說道：「你們三位在小店裡，被賊人趕碌地待不住了吧？閔、周二位怎麼沒露？別是我走之後，又教賊給擄了吧？」

沒影兒冷笑一聲道：「還好，我們還沒有教賊給架走，總比騾夫還強。他們兩位也沒有挨擄，托喬師傅的福，也沒有死，都活得好好的哩。」

姜羽沖等全都笑了，暗推沒影兒一把，道：「魏仁兄，咱們說正經的。」胡孟剛也把喬茂拉過來，請他坐下；附耳勸他幾句話，喬茂一對醉眼仍是骨骨碌碌地轉。

沒影兒笑了笑，向俞劍平道：「我們三個人住在屠師傅府上哩。喬爺說的倒真不假！賊人真想給我們過不去，要攪得我們在苦水鋪沒處落腳才罷。幸而我們遇上了孟師傅。屠、孟二位都是幫老叔尋鏢的。賊人的動靜，他們二位曉得不少。我和閔師傅、周師傅，這幾天教賊人鰾得寸步難行。一切踩跡賊蹤、防止越境，都承他二位幫忙。」

俞劍平、胡孟剛聞言甚喜，忙向孟震洋、屠炳烈舉手道謝。又問沒影兒：「你三位在何處和孟、屠二位相遇的呢？」沒影兒向九股煙瞥了一眼，這才把那天在小店的事說了出來。原來那個在窗外說冷話，把紫旋風誘走的夜行人，就是飛狐孟震洋，並不是豹黨。

這個飛狐孟震洋，原來是個初出茅廬的青年英雄。俞劍平交遊素廣，跟這位鐵布衫屠炳烈雖是初會，卻已深知他的來歷，敘起來也算是故人子弟。但只知道他橫練功夫，頗得乃師生鐵佛的嫡傳。屠炳烈的住家就在苦水鋪附近，俞鏢頭事先並不曉得。至於飛狐孟震洋的身世技業，不但俞劍平從來沒有聽說過，就是姜羽沖和胡孟剛，也跟他素不相識。這些鏢客，也只金文穆略知他與無明和尚有淵源。如今抵面共談，才知孟震洋的羅漢拳頗為精詣；也並不是無明和尚的弟子，乃是無明和尚的師兄黃葉山僧的愛徒。孟震洋最近才出師門，奉師命遊學南來。剛到江蘇省境，無心中聽

說名鏢師十二金錢俞劍平，正大舉邀人尋鏢。劫鏢的賊膽大妄為，竟敢把二十萬鹽帑一舉劫走；手法俐落，至今窮搜未得。

孟震洋在訪藝求名的途中，驟聞此訊，心頭怦然一動。但是事不干己，也就揭過去了。不想，他遠慕火雲莊子母神梭武勝文的盛名，經友介紹，登門求教；竟從武勝文口角中，得了一點消息。

孟震洋的為人最機警不過；自己的心思情感，輕易不教人猜出來。當時淡淡的聽著，並不帶形跡；反而叩問武勝文，跟俞劍平認識不？這個劫鏢的主兒究竟是誰？可知道他的來歷不？武勝文含糊答應，詞涉閃爍。孟震洋知道跟武勝文初次見面，沒把自己當朋友看待；又覺出武勝文看不起自己，把自己當了挾拳技闖江湖的人了。他在火雲莊流連數日，旋即託詞告別。

在火雲莊盤桓的時候，孟震洋遇見幾位武師；南來北往，投贄求幫的都有。子母神梭武勝文頗有孟嘗君的氣象，家中不斷有食客，並且不但鋪著把式場，竟也開著賭局。孟震洋於此特別注意到兩位武師，都是扁腦勺，遼東口音；口頭上談起話來，總瞧不起江南鏢客十二金錢俞劍平。又有人念叨過淮安府飛行大盜，雄娘子凌雲燕的為人。孟震洋初聽人說，凌雲燕子乃是個女盜俠，把這話來質詢武勝文。

武勝文哈哈大笑：「凌雲燕是個女子麼？你聽誰說的？」孟震洋又問及劫鏢的豹子，有人說是遼東人，這話可真？武勝文道：「這個我也不很曉得，大概不是南方人吧。」

孟震洋道：「鹽帑不比民財，劫了鏢，就該一走了事。我看這個插翅豹子，必已攜贓出境了吧？」武勝文道：「鹽帑盜案，也不好拿常情揣度，誰知道人家安的什麼心啊！」

孟震洋故作矍然之態道：「二十萬鹽課是不是現銀？」武勝文笑道：「這麼些銀子，可沒有那麼大的莊票，自然是現銀鞘銀。」孟震洋笑道：「我明

白了，劫鏢的主兒必不會把全贓運走。替他打算，倒可以埋贓一躲，過些日子，再起贓還鄉。」

武勝文道：「我們想得到，人家也許早想到了，不過各人有各人的打算，也許人家不為劫財，專為洩憤呢！」孟震洋道：「洩什麼憤？」武勝文道：「你不曉得麼，這飛豹子和十二金錢有梁子！」

一不留神，「飛豹子」三字脫口而出；孟震洋緊追詢下去。

武勝文面容一動，忽然警覺，正面反詰起孟震洋來：「老弟，你盡自打聽這個做什麼？」

孟震洋做出局外淡然的樣子，含笑道：「閒談罷了。莊主知道我是初出茅廬，江湖上的事任什麼不曉得，聽見什麼，都覺著新鮮。剛才說的這姓俞的鏢頭，他是哪一派呢？」改轉話鋒，信口應付過去。再想問飛豹子的名姓，又恐武勝文動疑，就這麼打住了。

但是他已經探知劫鏢的主犯名叫飛豹子了，又看出飛豹子的行藏，必為武勝文所熟悉，只是說不上武勝文和這飛豹子是否有甚淵源。同時又覺出這個子母神梭武勝文，把自己當作小孩子，心中也未免不悅，便將計就計，在火雲莊多日，極力刺探武勝文的為人。

不意他的機警，已經引動武勝文管事人賀元昆的猜疑。孟震洋暗中窺伺居停主人，賀元昆就告訴居停主人，暗中防備上這個慕名的來客。卻是居停主人防備來客，又已被客人覺出來。孟震洋頓時覺得在火雲莊，凜乎不可再留。

這日便向武勝文告辭，自稱打算月底走，仍要北遊燕冀。武勝文照例挽留一回，要在後天給他餞行。孟震洋連說不敢當，又說：「老前輩這樣錯愛，我也不敢推辭，我就後天走。不過老前輩設宴，不要強推我坐首席。」

這樣說好了，孟震洋靈機忽一轉，當夜趁四更天，突然出走，悄然離開火雲莊，只留下一張短柬辭行。這一來不辭而別，孟飛狐自恃其才，未免弄巧成拙，和子母神梭留下很深的芥蒂了。

不過飛狐孟震洋不辭而別，在他心中，也有一番打算。自想：「我初現茅廬，正在創業求名；現在無心中訪得一件機密，正可以露一手了。目下江南江北，道路哄傳，名鏢師十二金錢俞劍平邀請能人，大舉尋鏢緝盜，至今沒有訪得線索。踏破鐵鞋無覓處，得來全不費工夫，居然被我訪出線索來。劫鏢的名叫『飛豹子』，但不知道飛豹子是何許人！我該設法再探一探。」

孟震洋要借這機會，揚名闖萬兒。他也曉得這二十萬鹽課被劫，劫鏢的賊黨聲勢必大，斷非尋常草寇可比。若教自己隻身單劍來尋鏢，那是辦不到的事；二十萬鹽帑足裝半間屋，便搬也搬不出來。

小飛狐暗作計較，也不想先找俞劍平報功，只想找一兩個幫手，下點苦心，先訪明飛豹子的真姓名和真來歷，再根究這飛豹子的落腳處。得個八九不離十，等著俞劍平大會群雄時，自己前往登門投刺，報此密訊，可以落個人前顯耀。

孟震洋料定飛豹子的下落必在近處，想了想，忙將小包袱打開，從中取出一個小紙本來。上面開列著許多人名地址，乃是他師父黃葉山僧打發他出門時，命大師兄給他開列的。凡是江南河北武林中的名人，以及和本門有認識的豪士，這本冊子都記著姓名、綽號、年貌、淵源，本為飛狐訪藝用的。

小飛狐便以洪澤湖高良潤為據，單找尋附近居住的拳師、鏢客、草野豪傑；居然被他找出兩個人。一個是在寶應縣北境，小旺圩地方，便是鐵布衫屠炳烈。又一個遠在淮安府，此人名叫吳松濤，乃是小飛狐四師叔的表姪。小飛狐決計要找這兩個人，幫他做這一件揚名創萬的事。但是走出

火雲莊二三十里，卻又中途變計，先不找這兩人，他自己先圍著高良澗、火雲莊勘訪了一回。

　　不料這一訪，竟遇上險事。在荒村古廟略一勘尋，不到幾天，忽然遇上幾個可疑的人物，反把他綴上了。小飛狐設了計，半夜繞影壁，金蟬脫殼，方才閃開了監視。到第四天，在苦水鋪轉了一趟，背後突然奔來一匹棗騮馬，騎馬的加鞭飛馳，硬往人身上撞來。驚鈴響處，小飛狐回頭一看，急忙轉身，被他努力地往旁一竄，這馬也跟著向路旁撲來。小飛狐頓覺得形勢險殆，閃避略遲，就要被鐵蹄踐踏。百忙中不暇審視，霍的一個「鷂子翻身」，倏伸左手，要抓嚼環，把騎馬的拖下來。誰知那人把韁繩一抖，唰的照著小飛狐就是一馬棒；這匹馬也同時一躍。小飛狐「老子坐洞」，急往下塌身，才沒挨上馬棒。二次騰身起足，要追騎客，那馬已豁喇喇地奔出數丈。

　　馬上人哈哈大笑，鐵蹄翻飛，疾馳而去，竟連面影也沒看清。小飛狐目瞪口呆，怒不可遏；倉促中，不遑深思，大喝一聲：「好個撒野的東西，碰死人不償命麼？」拔腿急追下去。那騎馬的不策馬回頭，哈哈哈連聲狂笑道：「好漢子追來呀！」掄馬棒，啪啪幾下，那馬如飛地奔馳下去。小飛狐施展輕身術，就如飛地趕上去。只追出一兩箭地，猛然醒悟，當即止步；立在鎮口上，看那騎馬的人，是向青紗帳後馳去。變起倉促，他僅僅看出這人是個無鬚青年，戴草帽，穿短打罷了。卻是舉動不測，分明不是騎術疏失，也不是馬行驚逸。

　　小飛狐孟震洋感覺到危險當前；那青紗帳後還許隱藏著什麼人也未可知。小飛狐不願魯莽，更不願中了人家圈套；便抽身進鎮，一路上尋思這人的舉動。想了想，自己人單勢孤，還是找個朋友做幫手的好。更不徘徊，徑投小旺圩，尋訪鐵布衫屠炳烈。屠炳烈恰在家中，兩人談起來；小飛狐把自己訪出來的事，和今後的打算一一說出。鐵布衫屠炳烈喜悅道：

「這件事早已驚動江湖，只可惜劫鏢的主兒是誰，落在何地，沒人能夠曉得。孟賢弟雖然未訪得實底，只憑這個消息，說出來就可以驚動武林。孟賢弟肯邀我幫忙，那真是求之不得，我也跟著露臉了。」

鐵布衫在此地是土著，可說人傑地靈。孟震洋就向他打聽子母神梭武勝文究竟是幹什麼的，鐵布衫具說：「子母神梭早年浪跡江湖，現在洗手不幹了，家中常有形跡詭祕的人物出入。他也許和飛豹子有勾結，保不定就是窩主。我們怎麼著手呢？是先給十二金錢送個信呢，還是我們兩人去探火雲莊呢？」

孟震洋說：「這都使不得。小弟料這飛豹子什九落在高良澗附近；我想先由你我兩個，在近處勘訪一回。子母神梭那裡，已被小弟弄驚了。屠兄可不可以轉煩別位朋友，前去臥底？」屠炳烈道：「這個我想想看。」

兩個人商量好久，屠炳烈先去找朋友，孟震洋住在屠家等候。過了幾天，屠炳烈回來，已經輾轉煩出好友，到火雲莊臥底去了，然後孟、屠二人結伴出訪。也不用改裝，只穿尋常鄉農布衣，搖著蒲扇，往附近各處隨便逢人打聽起來。

屠炳烈既是本地人，與近村的人呼兄喚弟，都有認識，彼此知根知底；打聽起什麼來，多能傾囊相告，毫無隱諱。比起鏢客私訪，臉生的人貿然探問賊情，自然易得實底。人家若問起孟震洋來，屠炳烈就說：「這一位是遠門親戚，到咱們這裡來，收買點竹子和湖葦。跟我原是親戚，我哪能再教他住店？現在陪著他看貨。」每探得哪個地方可疑，哪個地方有眼生的人，兩人方才改換衣襟，裝作趕集辦貨的人，偕往刺探。明面打聽不清楚，便在夜間穿起夜行衣裳，帶了兵刃重去偷窺。

兩人有時結伴同行，有時分開來，各訪各的。數日之間，竟訪得李家集、苦水鋪、火雲莊、霍店集、盧家橋等處，都有面生可疑的人往來。這幾處有的有客店，有的沒有。凡有客房之處，探得都有騎馬的異鄉生客住

過。此地接近水鄉，罕見騎馬；屠、孟二人互相議論，以為這一帶確有什麼江湖人物潛藏著了。

兩個人很歡喜，連訪數日，已有眉目，便加緊地訪起來。不想這一來，事逢湊巧，沒和劫鏢的人碰上，倒和訪鏢的人遇上了。當紫旋風、鐵矛周、九股煙、沒影兒一行，由李家集來到苦水鋪時；孟震洋恰也是第二番來到苦水鋪，挨搜店房，打聽騎馬的人。

當紫旋風等住小店被賊窘擾時，孟震洋見三人情形可疑，忙去找屠炳烈。次日夜間，邀著屠炳烈正要根究紫旋風的底細。紫旋風等忽然探古堡，悄離店房，越發引得屠、孟二人動疑了。卻還不知他們夜出是做什麼，又疑心他們是作案的綠林。

紫旋風等探堡落敗，遣九股煙回去送信。孟、屠二人立刻分開，由孟震洋跟綴九股煙，由屠炳烈看住紫旋風三人。孟震洋把九股煙直綴到寶應縣城，方才曉是看錯了人；自己竟綴的是鏢客，想著好笑起來。忙忙地往回翻，再找屠炳烈，又已不見。紫旋風等又忽然挪了店，飛狐孟震洋越覺奇怪，眼看著三鏢客移入小店，小飛狐綴進去，看準紫旋風等人的落腳地點，旋即抽身回來，仍找鐵布衫屠炳烈。他人生地疏，沒找著屠炳烈；屠炳烈竟從一家柴棚鑽出來，迎頭反來招呼他，引到僻處，屠炳烈拍掌失笑道：「這一寶沒押著，咱們綴錯了，人家也是尋鏢的。怎麼樣？咱們索性挑明了，跟他們合夥呢，還是各尋各的？」孟震洋笑道：「屠大哥也看出來了。……只是這三位，咱們一個也不認識，別冒失了。咱們先在暗中幫著他們，看情形再出頭。」屠炳烈稱是。

這一天賊人白晝來擾，屠、孟方才看出：賊黨和鏢客旗鼓相當，挑簾明鬥起來。屠、孟急伏在暗處悄作壁上觀。旋見集賢棧鑽出幾個人，到小店附近窺伺動靜，拋磚弄瓦，著惡作劇。三鏢客同時也已覺察，正在出去進來加緊防備。

到了夜晚，群賊越發前來擾害；暗中數了數，竟不下六七個人。屠、孟此時躍登柴棚房頂，看了個清清楚楚，這一幕隔壁戲，越發引得二人躍躍欲試，要立刻橫身加入了。兩個人暗打招呼，立刻躍下來，分頭行事。屠炳烈繞道暗綴賊人，跟出苦水鋪。孟震洋乘亂混出小店，故意放冷話，把紫旋風逗引出來。紫旋風正在發怒，八卦刀一領，窮追下去。小飛狐孟震洋飛身越牆，回頭向紫旋風一點手，尚要小作戲耍。卻不曾看出，紫旋風並非尋常鏢客，身軀儘管雄偉，卻有絕高的輕功；倏地追近來，八卦刀挾寒風劈到。

飛狐孟震洋要抽背後劍，竟幾乎來不及。飛狐的武功也授自名師；見紫旋風的刀當頭劈到，往旁一滑步，躲閃過去。紫旋風早已一展八卦刀，裹手一刀，攔腰斬來。小飛狐急急地又一閃，閃開了，叫道：「呔，相好的且慢！」

紫旋風罵道：「相好的，你就看刀吧！」手臂一翻，「金雕展翅」又劈來一刀；小飛狐連躲三招，方得掣出劍來。刀劍一對，頓時一來一往，狠狠地打起來。各展開純熟的招數，颼颼撲鬥。紫旋風並不把飛狐放在心上，只恐勁敵另從暗中襲到；急采速戰速決的招數，要把飛狐擒住。

飛狐一面動手，一面想吐露真情。哪曉得紫旋風竟電掣似的撲攻，連一點空也不給他留；若不是功夫抵得過，簡直就要丟臉。飛狐孟震洋知道對方慍怒，再沒有說話的餘地了；忙展開生平絕藝，極力支持。又走了十幾招，突然收劍，轉身便跑；繞著苦水鋪，奔逃出去。

若論腳程，飛狐也未必跑得開。只是紫旋風顧忌那個豹頭虎目賊人，多了一份疑慮，腳下便慢了。此追彼趕，繞著苦水鋪，轉了一個半圈；飛狐這才站住，說出實話，紫旋風展八卦刀，封閉住門戶，並不輕信飛狐的片面之詞。

飛狐自稱是黃葉山僧的徒弟，此次是邀了一友，特來幫助十二金錢尋

鏢；閔成梁仍然不信。幸而屠炳烈和周、魏二鏢客，相偕招呼著走來。屠炳烈招呼孟賢弟，周、魏招呼閔大哥，兩邊五個人這才說開了，聚在一處。問起來，鐵矛周和屠炳烈認識。鐵布衫屠炳烈追趕賊人，只顧看前面，未留神青紗帳裡還有敵人的埋伏；一聲不響，打他一暗器。屠炳烈側身閃開，又挨了一下；仗他有橫練的功夫，不曾受傷。敵人突竄出三個人來，放過同伴，把他圍住。

恰好沒影兒和鐵矛周，追尋紫旋風，趕到此間；遙聞兵刃叮噹響，猜是紫旋風被圍，忙馳來應援。迫近一看，是三個人圍一人，被圍的人身量較矮，不像紫旋風。周、魏二鏢師不管三七二十一，潛掏暗器，助弱攻強，喊一聲，陡照人多的打來。三個打架的頓時被打倒一個。

沒影兒魏廉、鐵矛周大呼奔過去，三個打架的似很吃驚。

呼嘯一聲，逃入另一片青紗帳去了。周、魏無意中救了屠炳烈。屠炳烈和鐵矛周早年共過事，故人相逢，又略述別情；忙又給紫旋風、沒影兒、孟震洋引見，紫旋風即向孟震洋道歉。

鐵矛周因覺這裡立談不便，遂邀眾人，到前邊疏林內敘闊。他動問屠炳烈，因何事夜行？屠炳烈具說孟震洋無意中訪得劫鏢賊人的機密，要相助尋鏢。三鏢客大喜。沒影兒說道：「不怕二位見笑，我們哥三個奉命尋鏢緝賊，沒有尋著賊贓，反倒教賊盯上了。我們住在哪裡，賊人攪到哪裡。別話不說，屠大哥在此人傑地靈，若有熟識的店房，先給找一家吧。現在眼看天亮，我說周三哥，咱們總得找個地方蹲著去呀！」

屠炳烈道：「住處不難，柴廠子就可以住。賊人竟這麼屬害嗎？」

孟震洋道：「屠大哥，你不要大意。依我說趁這工夫，就請三位到你府上去吧，不必住柴廠子。恐怕那裡也要教賊人尋著，丟磚拋石的很不好。」

紫旋風恍然道：「但是我們要到屠大哥府上去借住，豈不也怕賊人前去打攪？」鐵矛周正要開口，屠炳烈忙答道：「咱們還怕那個，怕那個還有完？走！三位就跟我到舍下住好了。」

沒影兒道：「趁現在天沒亮，一溜而去頂好。」

五個人立刻奔小旺圩走去；已到屠家，掃榻相待。屠炳烈勸三鏢客，白晝暫勿露面；所有監視盜窟，訪探賊蹤，統由屠、孟代勞。

到了夜間，三鏢客仍伏在古堡附近，密加監防。獨有紫旋風閔成梁，神情悶悶不樂，私對周、魏二人說，要告辭回轉沭陽。周、魏忙道：「閔大哥，走不得，你走了，我們更不濟了。」紫旋風總以戰敗為恥，說道：「我本無能，空留無益。」並且和賊人交手時，曾經約言：如果戰敗，便撒手告退，永不再管尋鏢之事。一言出口，悔不及舌，紫旋風定要踐此諾言；就煩周、魏代向俞劍平道歉，周、魏哪肯放他走？苦苦地相勸道：「閔大哥一定要回去，我們不敢強留，但是你何不等著俞鏢頭來到再走？也顯得有始有終。」這樣說著，紫旋風也就不再言語了。只過了兩天，十二金錢俞劍平率四十餘眾，趕到苦水鋪。眾鏢客在集賢棧吵鬧，鐵布衫屠炳烈恰在街頭窺探；見狀折回，忙給三鏢客報信。沒影兒、鐵矛周正在發急：「這位九股煙怎麼送的信？怎麼俞老鏢頭還不來？」一聞此訊，方才釋然；急穿上長衫，邀著屠、孟二位同去見俞、胡二老鏢頭。

不意紫旋風忽然說道：「好了，我現在可以卸責了。」一轉眼間，飄然不見了，只在桌上留了一封道歉告退的信。

鐵矛周道：「唉！你看，這位閔賢弟也太臉熱了！」只得由沒影兒陪著孟、屠到集賢客棧；鐵矛周自己急去追趕紫旋風。無奈紫旋風的腳程很快，這裡歧路又多，哪裡趕得上，鐵矛周瞎追了一程，望不見蹤影；只得折回來，往集賢棧走去。

第二十三章
論賊情座客滋疑竇　討盜窟群俠爭先鞭

　　沒影兒魏廉到了集賢棧，具說前情。俞劍平、胡孟剛向孟、屠稱謝，復給周、魏道勞。俞劍平咳了一聲，對眾人道：「閔賢弟少年英銳，能折不能彎。劫鏢的豹子不過乘勞幸勝。我們莫說沒怎麼輸給他，就真輸了招，也不能算丟臉，他們無非倚仗人多罷了。閔賢弟那裡，我想還得圓回一場才好，咱們好歹給他順過這口氣來。」

　　雖然這麼說，卻已探知賊勢鳧強，不可輕侮。胡孟剛乃對姜羽沖道：「姜五哥，賊人的綽號，承孟、屠二兄探明，賊人的巢穴又承周、魏、閔三位訪實。我們來到此處，該怎麼動手呢？現在就去怎麼樣？」智囊姜羽沖環顧眾人，低頭沉吟了片刻，抬起頭來，對俞、胡二鏢頭說道：「孟、屠二位訪得賊人的綽號，這實是奇功一件。可是這飛豹子到底是誰，我們不可不先思索一下。還有魏師傅幾位犯難蹈險，進賊巢，已略知賊情虛實，到底賊人有多少黨羽？是怎麼來頭？這還得……」

　　十二金錢俞劍平插言道：「知己知彼，百戰百勝。在座諸位有誰知道飛豹子的為人和他的真名姓？他在哪條線上闖過？眾位有曉得的沒有？」松江三傑道：「怎麼俞大哥竟連仇人的底細還不知道嗎？」

　　俞劍平搖頭不語，眼望眾人問計求答。卻是飛豹子究竟是誰，在座眾人紛紛猜測，還是說不上來。姜羽沖捋鬚說道：「那人既然是遼東口音，也許是新從關外竄進來的。諸位也有在關外混過的，請細想想，有叫飛豹子的綠林沒有？」

　　武進老拳師蘇建明在三十幾歲時到過盛京，金弓聶秉常早年也在營口

一帶走過鏢，可是在關東胡匪幫中，從沒聽說過有這麼一個飛豹子。胡孟剛憤然扼腕道：「這可怪透了！這東西難道從石縫裡迸出來的不成？」奎金牛金文穆道：「胡二爺別忙。」站起來，把院中廂房的鏢客全叫了進來，挨個細問了一遍。但一提及「飛豹子」三字，還是沒人曉得。

胡孟剛急得搔頭道：「管他是誰，反正我們訪出他的堆子窯是在古堡，我們就齊下太行山，按江湖道，登門投帖，找他討鏢；討鏢不給，咱們就跟他一決雌雄。眾位哥們，現在一個半月了，我胡孟剛真受不住了。前天趙化龍趙大哥還寄來一封信，說是騾夫都回來了。州衙傳訊過他們，他們也說賊人大概是在江北。州衙和鹽公所一個勁地催，不肯再展限了，這這這怎麼好？」一面說著，頭上汗珠子滴滴答答往下流，實在急得夠勁了。

俞劍平雙目灼灼，捋鬚勸道：「二弟不要著急，咱們已經來到這裡，馬上就動手。你等一等，咱們先聽一聽姜五爺的主意。」一面向姜羽沖道：「我也想到古堡看一看去，實在沒有工夫了，我們以速為妙。諸位以為怎麼樣？」

眾人紛然道：「對！去啊！咱們這就走！」姜羽沖笑了笑，慢條斯理說出他的主意道：「咱們總得先安排一下。」派人到街上備一份禮物，買一幅紅帖；然後對俞、胡二人說：「我想著要派四位年輕機警的朋友，先奔古堡；帶禮物，備名帖，先禮後兵，求見這個飛豹子。」胡孟剛道：「對！我和俞大哥具名。拿帖來，咱們就寫。」

姜羽沖道：「依我看，你們二位這回可以不必具名。因為胡二哥是失鏢的事主，俞大哥是劫鏢的對頭。我打算由蘇建明蘇老前輩、金文穆金三哥和小弟，我們三個人出頭具名。」胡孟剛道：「那是怎麼講呢？」蘇建明拍掌道：「對！」又加了一句道：「松江三傑也得列名，只是幹鏢局的可以靠後。」

俞劍平捋鬚凝想，面向胡孟剛說道：「姜五哥的意思，我明白了。他是先禮後兵，先偏鋒，後正攻，先請說和人出頭，後出正對頭。由他們幾

位具名，只算作武林中尋常的慕名訪友。劫鏢的就是專跟咱們過意不去，他也不會遍得罪江南所有的武林高手，我猜他不至於翻臉動蠻。只要飛豹子肯接帖見面，那麼悶葫蘆先就揭破一半；可以跟他打開窗子說亮話了。這比你我具名好，而且也算給飛豹子留面子，法子實在很高。……不過，我只怕他帖不接，禮不收，衝著投帖人裝糊塗，不肯見面，那就白費事了。我們這一去，總要立見真章才好。姜五哥，你看是不是？他若不見，我們該怎麼辦？現在也該盤算好了，省得臨時再忙。」

姜羽沖把大拇指一挑，微微含笑，欲言不言。馬氏雙雄接聲道：「俞大哥、姜大哥，你聽我說。這飛豹子要是個知名的英雄，咱們依禮拜山，他自然要見咱們；藏頭匿尾，閉門不納，豈不栽跟頭？依我兄弟揣想，只怕這東西是個胡攪蠻纏的傢伙，你得提防他搗蛋。我敢打包票，這小子一準要擋駕。他說啦：『達官爺把禮拿回去，我們這裡沒有這個人。』到那時咱們翻不翻臉呢？」

胡孟剛把扇子往桌上一拍道：「著啊！他給你擺肉頭陣，咱們可得想法子跟他硬頂牛！」馬氏雙雄跟著提高了調門，向大眾道：「我怕的就是這話。不過他擺肉陣還罷了，還得防備這小子恃強耍橫，說話故意找碴，官打送禮的。比如說，他要是把咱們派去投帖的人硬扣下呢？再不然，戲弄一頓呢？這都是說不定的事。……姜五爺，我看就派四位空手去，未免懸點，總得暗帶兵刃；一個說翻了，就抄兵刃，打王八蛋！這四位送禮的，我看不用煩別位去，我哥倆替俞大哥、胡二哥先闖這頭一陣。」

馬贊源、馬贊潮義形於色地站起來；眼光一尋，走到聶秉常、歐聯奎兩位鏢師面前道：「聶二哥、歐賢弟，咱們四個去好不好？」又對眾人說：「我們聶二哥當年上過雁蕩山，跟山腳下的倪老開鑽刀槍架，討過鏢銀，有閱歷，有穩勁，絕不至露怯。我說對不對？聶二哥打頭，我哥倆跟歐賢弟幫腔。」聶秉常欣然得意，捋著小鬍子，笑道：「三位別給我貼金了，咱

們先問問軍師。」

二馬一告奮勇，一夥子少年拳師頓時你也搶前，我也爭先，都向智囊姜羽沖挑大指，討將令。三間正房擠住許多人亂哄哄，越發熱鬧起來。

忽然間，黃元禮鏢頭轉臉，對師叔朱大椿道：「老叔，這飛豹子好大膽！他居然敢動二十萬官帑！敢拔金錢鏢旗，這自然是見過陣仗，成名的綠林。怎麼他的來歷沒一人知道呢？『飛豹子』三字，也許不是真萬兒吧？」說時，一眼看到座隅趙忠敏、于錦兩位少年。當俞、胡、姜向大家追問飛豹子的來歷時，這兩人低頭喁喁私語，不知講些什麼。

眾人討令，這兩人獨默默落後，一聲不響，此刻依然並肩悄語。再看別人，都盯著姜羽沖的嘴；只有信陽蛇焰箭岳俊超正搖著扇子，一聲不響，用冷眼盯著于、趙二人。

黃元禮覺得古怪，一轉眼，再看軍師姜羽沖竟也留神了；正微微含笑，暫不答這些自告奮勇的人；也正睜著一雙細目，有意無意，瞟著于錦、趙忠敏。黃元禮心中一動，把師叔朱大椿推了一把，朱大椿也注意了。但是于錦和趙忠敏忽然抬頭，看見好幾雙眼睛在他兩人身旁轉；兩人立刻住聲，站起來，向姜羽沖自告奮勇，也要到古堡去一趟。

姜羽沖把別人攔住，立刻賠笑對于、趙說道：「你二位去，最合適不過，咱們回頭合計合計。只是二位去時，頂好不帶兵刃，空著手去投帖才好……」

于、趙二人道：「那個自然。」眾人眼光不覺全集在于、趙二人身上了。

老英雄多不以于、趙前去為然，馬氏雙雄更連連搖頭道：「我這話可不該說，于、趙二位賢弟的功夫是頂硬的，可是沒有拜過山，討過鏢。我說句賣老的話吧，這一去不亞如黃天霸上連環套。討鏢拜山，不只用膽，也要用智，而且還得留神賊人的暗算，又得防備他硬打胡來。我不該攔二

位的高興，軍師爺，你估量估量；若教二位去，還是教他們帶著兵刃，出了錯也好護身……」

松江三傑夏建侯、夏靖侯、谷紹光道：「暗帶兵刃，也不過兩個人；賊人若真翻臉，還是寡不敵眾。」站起來，向俞、胡、姜三人說道：「小弟初到，未得效勞。俞大哥、胡大哥、姜五哥，你們三位酌量著；他們二位可以明去，我們哥三個願意暗中奉陪一行。」

鐵牌手走來走去道：「是啊，是啊！這個飛豹子氣沖極了，太不通情理！把我們鏢行看成一文不值。武戲文唱，只怕不對工！古堡又是賊窩子，我看咱們要去，還是人越多越好。我管保他們不會以禮相待，我們莫如大家齊往前闖。反正我是認識他們的，我們喬師傅也認得他；我們全跟了去，只要對了盤，豹子準在那裡，咱們打東西。反正有我們俞大哥，十二金錢鏢百戰百勝，打遍天下，先教這豹崽子嚐嚐……」

十二金錢把頭一點，笑道：「胡二弟，坐下說話。姜五爺，你別不言語，我們都聽你的。」

智囊姜羽沖容得這幾位老英雄發過了威，方才說道：「我的話還沒講完呢……現在，我把想的法子說出來，我們大家斟酌，可行則行，別誤了大事。」馬氏雙雄、松江三傑一齊舉手道：「五爺說，五爺說。智囊的妙計，我們久仰，有好招快往外拿；你別聽我們瞎嚷，要說出個主意什麼的，總得看你的，我們到底怎樣去才對？五爺只管講吧！」

姜羽沖這才咳嗽一聲，徐徐說出六個步驟。

第一步，要派九股煙喬茂、沒影兒魏廉，在前頭引路；把投帖送禮的少年鏢客引至古堡面前，便閃過一邊。喬、魏二人只可改裝前導，指點路途，不可教賊人看出通同一氣。

第二步，請葉良棟、時光庭、阮佩韋、左夢雲四位少年，穿長衫，騎

駿馬，前往觀禮投帖。

　　派遣至此，于錦、趙忠敏忙道：「姜老前輩，不是教我倆去麼？」姜羽沖笑著看了兩人一眼道：「二位別忙，自然要奉煩二位的。」當下吩咐葉、時、阮、左四人，以禮前往賊巢；到了門前，指名求見飛豹子。

　　姜羽沖道：「我可要高攀了，四位就冒稱是我和金師傅的徒弟；此次是陪師父路過此地，現住在苦水鋪店中。『因是護送官眷，家師不能離身；久聞飛豹子的大名，特遣我等前來拜見。現在家師薄備水酒，擬請飛豹子老英雄到客店一敘。如果老英雄無暇，我們回去送信，便請家師移樽請教，也可以的。』這樣說了，你們再看豹子手下人的意思，借此可以猜知飛豹子本人是否現在古堡。」

　　時光庭道：「我們要是見飛豹子本人呢，該怎麼辦？」姜羽沖搖頭道：「他不會見你們吧？……」沉了一沉道：「話也不預先防備著；當真見著他，你們就客客氣氣，以武林前輩待他。要肅然起敬，投帖而止，閒話少說。也不可面含敵意，不可東張西望，他若盤問你們什麼，你們四位把話編好了，別弄得七言八語，說砸了詞。」

　　葉良棟道：「他肯見我們，是這樣了。萬一他拒而不見呢？」姜羽沖道：「哼！他不見的成數倒居多。他若只留帖，拒而不見，你們就立刻回來。萬一他連帖也不留，簡直不承認有這麼一個飛豹子；那時你們需要處處留神，怕暗中有人跟綴你們，也許暗算你們。你們可以在堡內門前；略略踩探一下，便可抽身回來報信，千萬不可亂來硬闖。倘若賊人監視嚴，踩探不便，你們索性攜帶禮物轉回，不可勉強伸頭探腦，招出是非來。你們四位要想明白了，這是初步一探，不可慪氣，誤了大事。」

　　姜羽沖說罷，很不放心地盯住了四個少年，四少年互相顧盼微笑。姜羽沖仍恐他四人恃勇冒昧，又再三諄囑了幾句，直到四個人答應了絕不多事方罷。

然後又向信陽蛇焰箭岳俊超舉手道：「岳四爺，你的火箭，身邊帶著沒有？」岳俊超道：「有。」姜羽沖問：「有幾支，可夠四支麼？」岳俊超道：「我一向帶著整匣，一共九支，五爺要用麼？」姜羽沖道：「我倒不用，我恐賊人一見投帖的到來，必定猜出來意，那時他也許翻臉動手。我們的人落了單，陷入重地，怕要吃虧。我想借四爺的火箭，給他們每位一支，作為呼援的信號。」姜羽沖又轉臉對時光庭、阮佩韋、葉良棟、左夢雲道：「你們四位如看出賊人情形不穩，或唆眾包圍你們，或往重地引誘你們，你們欲進不可，欲退不能；到那時千萬別怕丟臉，盡可抽身，往外闖的為是。因你四人既是投帖拜山，斷不能私攜兵刃；鬧翻了，你們定要吃大虧。就是你們不怕，豈不誤了俞大爺、胡二爺的事？你四位務必以事為重，不要爭閒氣；如果到了真不得已的時候，賊人變顏動手，你們就趕緊把岳四爺的火箭放出來；我們在外面的人便可馳往應援。可是你們別放空了，可也別放遲了，要緊，要緊！」

　　岳俊超將四支火箭掏出來，遞給姜羽沖；姜羽沖交給四人。可是岳俊超聽說要火箭，不是為射人傷敵，主要是做信號用的，這四支便不甚得用，忙又開箭匣，另取三支，換給三人。這三支是專做信號用的，發出來一溜火光，飛到天空，更發炸音。但只做了三支，還短一支，只可用那傷人的火箭代替了。……岳俊超年紀較輕，輩分卻高；他和俞、胡、姜等俱是平輩，弟兄相稱。他是赤火狐羅林最小的愛徒；師門相傳，有這種特製的火器，於是第二撥的人便如此派定。

　　第三步，姜羽沖請馬氏雙雄馬贊源、馬贊潮，以古堡為中心，斜奔左側。再請松江三傑夏建侯、夏靖侯、谷紹光，以古堡為中心，斜奔右側。俱各長衫騎馬，潛藏兵刃。沿堡梭巡，暗衛四個投帖的人。賊人當真蠻不講理，動手捉人，就請這五位英雄馳馬前往援救。馬氏雙雄和夏建侯等慨然答應了。

第四步，姜羽沖邀著奎金牛金文穆，長袍馬褂，作為拜客的人，緩緩行來，逗留在後面。如果投帖得入，送禮得收，敵人不肯來店，要邀姜、金入堡面談，姜、金便可應時前往會見。見了面，就以江湖道的義氣，掃聽鏢銀之事。姜羽沖先開談，金文穆在側幫腔；所有應付的說辭，等一會兒兩人再仔細思索。姜、金兩人不帶兵刃，只騎著馬，跟馬的馬伕當然不用趟子手，不用鏢局夥計；就從年輕鏢客中選拔二人，喬裝改扮，不妨背著刀。第四撥人也算派定了。

第五步，正要點配人選；蘇建明老拳師捫著白鬚笑道：「軍師爺下令不公！」姜羽沖道：「怎麼呢？……哦，是了。我剛才本想請老前輩具名拜山……不過我又想到這一次拜山，多半撲空；也是動唇舌的事，用不著空勞動老手。老前輩和三位令高足武功超絕，還有別的吃緊的事要借重哩。」蘇建明笑道：「軍師爺總是有理的。」說得姜羽沖也笑了。

當下忙請十二金錢俞劍平、鐵牌手胡孟剛、老武師蘇建明，率所有武師，三人為群，四人為夥，一齊地散漫開，各帶兵刃，暗暗跟綴，徑趨古堡。如果前鋒鏢客與賊交戰，俞、胡二鏢頭便可以公然上前搭話。

第六步，特請飛狐孟震洋、武勝鏢頭路明、石筱堂等幾位擅長輕功、身手矯健的少年壯士，綴在最後。一經賊人與鏢客動了手，「你們幾位便可繞走他道，由沒影兒魏廉、鐵矛周、九股煙三人做嚮導，乘虛入探賊巢，查看鏢銀所在之處。」然後又留下朱大椿、黃元禮等兩三位鏢師，仍在集賢棧住著，以守後路。

姜羽沖把全盤計畫井井有條地說出來，在場武師譁然讚道：「好極了！是這麼著，先禮後兵，有文有武。賊人們軟來硬來，咱們全有辦法。」哄然站起來，各整衣冠，齊抄兵刃，就要往外走。只是這一番派兵點將，也不知是有意無意，仍把于錦、趙忠敏兩人漏下了，一無職守。

單臂朱大椿和黃元禮叔侄，四隻眼睛注視于、趙二人，看看他倆怎麼

個態度。于、趙二人擠在屋隅，不由臉色改變，低低私語，分開眾人，復又上來討令；卻避開智囊姜羽沖，單衝著俞劍平發話道：「俞老鏢頭，在下奉我們大師兄之命，前來助訪鏢銀。若論技能，在下後學晚進，實不敢擔當一面；可是跟著大眾跑跑腿、充充數，也許不至落在人後。俞老鏢頭這一回是教我們留守店房呢，還是跟隨哪一路英雄濫竽充數？」

僅僅這三間上房，擠滿了三四十人，誰被派，誰沒被派，實際上也很混淆；除了本人，別人真分析不清。但于、趙二人不然，智囊姜羽沖首先就提二人。現在別人都有了責任，倒把這二人忘下了；少年氣盛，臉上頓時掛不住。

十二金錢俞劍平站起來，說道：「于賢弟，你二位的岳家散手和萬勝刀法，我們實在佩服。這回尋鏢自然要借重的，姜五爺是忘了。我說姜五哥，你看請他們二位加入哪一路呢？」

智囊姜羽沖微微一笑道：「我沒有忘。于賢弟、趙賢弟，咱們先把他們這些位打發走了，我和俞鏢頭、胡鏢頭，還有很要緊的事，要特意向二位討教呢！」于錦愕然，趙忠敏紅了臉，吃吃地說道：「在下少年無知，技不驚人，見識又淺……」

姜羽沖忙說：「不然，不然！有志不在年高。我久聞二位浪跡江湖，經多見廣，尤其熟悉北方武林道的情形，這一次找鏢，真得煩二位大賣力氣哩……」

這些武師正忙著要走，忽見智囊姜羽沖輕言悄語，單單盯上于、趙二人，不覺人人聳異。張著嘴，側著臉，要聽一個下回分解再走，個個臉上帶出奇異的神情。只有朱大椿叔侄和岳俊超點頭微笑，默有會心。

姜羽沖往四面一看，許多眼珠子都盯于、趙，于、趙越發局促不寧起來。要想設詞細問二人，若能究出飛豹子的真姓名來，此去投帖，便好指名呼姓，教敵人先吃一驚。無如此時二人顯存顧忌，越當著人，怕越問不

出來。姜羽沖眼珠一轉，頓時把話收回，先催大眾速走。次向守店房的朱大椿、黃元禮囑咐了幾句話。然後轉身邀著俞劍平、胡孟剛、金文穆、蘇建明，並拉著于、趙二人，一同出了店房。

第一撥嚮導，九股煙喬茂和沒影兒魏廉，喬裝改扮，當先出發。明知古堡賊窟大不好惹，這一回九股煙吃了鎮心丸。出離苦水鋪，回頭一望，武功矯健的武師三五成群，分路跟在後面。九股煙把腰板一直，洋洋得意；青紗帳外，竹林邊頭，前夕曾被群賊趕逐，埋首潛藏，今天可不怕了。雄糾糾，氣昂昂，拔步急走，比沒影兒走得更快。

第二撥投帖的，便是葉良棟、阮佩韋、時光庭、左夢雲，騎著四匹馬，跟著一個趟子手，帶著禮物。

那第三撥人，左右兩翼是用武的援兵，便是馬氏雙雄和松江三傑，也策馬豁喇喇地搶先而上。

中路第四撥，是智囊姜羽沖和金文穆。

第五撥準備攻敵的正兵，是俞、胡和一夥武師。

第六撥劫襲賊巢的別隊，是孟震洋等；姜羽沖催他們先行一步。姜羽沖自和奎金牛金文穆，偕著于錦、趙忠敏二人，邀著第五撥的領袖俞劍平、胡孟剛、老拳師蘇建明三人，稍稍落後。行經青紗帳，四顧無人；智囊姜羽沖徐徐開言，試探著用種種鉤距之法，向于、趙二人問話。于、趙二人只是箝口不吐一字。

俞劍平見姜羽沖套問不出來，又知于錦為人精細；忙挨近了趙忠敏，拍著肩膀，想用感情打動他，藹然說道：「二位賢弟，這個劫奪鹽鏢的主兒，專跟在下這桿金錢鏢旗過不去，猜想他定是北方僻處一個隱名的綠林。賢弟，我們必須訪出他的真姓名來，才好指名向他討鏢。不用說別的，目下投帖拜訪人家，就只能稱呼外號，不能叫出姓來，這就丟人。怎

麼丟鏢一個多月,連劫鏢的萬兒還不知道?我們江南鏢行,也太顯得無能了;大家都跟著丟臉,我更難看。其實這個飛豹子的來歷也並非難訪;若容騰出工夫來,往北方細摸,也一定摸得著,只是目下來不及罷了。我想趙賢弟久走北方,也許有個耳聞。如果知道這飛豹子的一點根底,就請說出來,咱們揣摩。就是二位認不準,說不定,也沒什麼要緊;只要提出一點影子來,咱們大家還可以抽線頭,往深處根究。這件事關切著胡鏢頭的身家性命,又關切著咱們江南武林的臉面,和在下半生的虛名;二位賢弟不管是幫我,還是幫胡鏢頭,務必費心指示一條明路。我也不說感情的話了,我們心照不宣。」

話風擠得夠緊,態度更是懇切。但是趙忠敏眼望于錦,仍說不曉得。姜羽沖衝著俞劍平笑了笑,向二人舉手道:「二位多幫忙吧!現在不曉得沒要緊,以後還請二位多留神。如果訪出飛豹子的窩底來,趕快告訴我們。」這一句話是個臺階,于、趙二人點了點頭。

智囊姜羽沖便對俞劍平、胡孟剛、蘇建明說道:「我要先行一步了。」三位老英雄齊道:「姜五爺、金三爺請吧!」

姜、金一招手,把馬叫來。金文穆飛身上馬,姜羽沖扶鞍回頭,含笑對于、趙道:「二位老弟手底下最硬朗,就請跟著俞、胡、蘇三位老英雄,合在一夥吧,等到攻賊奪鏢的時候,還請二位賣賣力氣。」無形中把于、趙二人交給三老武師看上了。臨上馬,他向俞、胡、蘇三老暗暗地遞過眼色;俞、蘇默然會意,胡孟剛沒有留神,正眼望前途想心思。

六撥人或步行,或騎馬,或先發,或後隨,陸續往古堡來。頭一撥九股煙、沒影兒,一路疾馳,將近古堡,立刻隱身在青紗帳內,對著投帖的四青年,潛向堡內一指。心想這麼一鬧騰,賊人必有防備;哪知竟與前日一樣,絲毫不帶戒備之形。

投帖的葉良棟、阮佩韋、時光庭、左夢雲四個青年,帶一個下手,策

馬前進。古堡的形勢，早經喬茂、魏廉說過；此時一看，朽木橋儼然在目，堡門木柵大開，裡裡外外不像森嚴的盜窟，只像荒涼的廢墅。四個人雖然少年膽大，身上寸鐵不帶，倒也不無戒心。看了又看，押了押身上所帶岳俊超贈的火箭，就喝了一聲：「走！」四個青年，五匹馬，一直撲奔堡門。

九股煙、沒影兒提心吊膽，伏在青紗帳中窺望；暗帶銅笛，以便聞驚吹起，招呼援兵。那第三撥人的馬氏雙雄、松江三傑，早拍馬豁喇喇地分從古堡兩旁衝上來，繞轉去，在相距不遠處，埋伏下來。

卻有一事古怪，九股煙、沒影兒都已覺出。以前勘察賊巢，每每遇見賊人的偵騎，今天偏偏沒有。堡上恍惚只望見兩三個人；堡門前木橋邊，也只一兩個人。九股煙對沒影兒說道：「魏爺，看明白沒有？點子別是溜了吧？」

沒影兒不答，只凝神往堡內細看，九股煙不覺得又動了他那股勁，冷笑道：「我說，我走後，你們都蹲在姓屠的家裡了；可是的，你們也到堡前來過一趟沒有？」沒影兒魏廉側著臉看了喬茂一眼，一聲不響，抬起腿來，就往旁邊走。喬茂得了理，又跟了過來，板著臉道：「魏爺，說真格的，堡裡到底還有賊人沒有？你們始終盯著他們，你一定知道的嘍！」他還是嘴裡不肯饒人。

那第四撥人姜羽沖、奎金牛金文穆，騎馬越過鬼門關，便即打住，擇一片荒林，翻身下馬，佇立聽音。那第五撥人，俞劍平、胡孟剛、蘇建明率領一大群武師，分別藏入青紗帳內、竹林邊頭。第六撥人飛狐孟震洋、鐵布衫屠炳烈和路明、石筱堂等，各把身上長衫甩掉，把兵刃合在手內；靜等賊人傾巢出戰，便讓過賊人大隊，乘虛進襲古堡。

於是，所有到場的群雄分散在堡前、堡後、堡左、堡右，側目注視古堡，仰望著天空；只等著火箭一現，呼哨一響，吶喊聲起，便群起進攻，與這飛豹子劫鏢賊黨決一死戰。

第二十四章
先禮後兵抗帖搗空堡　好整以暇挑戰遣行人

此時正當申牌時分，眾武師三五成群，潛伏在荒郊。陽光斜照，暑氣蒸騰，人人都熱得難過。投帖的四個青年驅馬徐行，馳到堡前橋邊，便即下馬；略一徘徊張望，便牽馬過橋。

到柵門口止步，葉良棟捧著名帖護書，往頭上高高舉起，連舉三次。四個人竟一湧進入柵門，看不見了。

約莫過了一頓飯，堡外眾人仰望天空；不見火箭飛起，又不見四個青年走出來。鐵牌手胡孟剛把那對鐵牌裹在小包內，手提著在樹蔭下發愣。看俞、姜二人，正和于錦、趙忠敏低談。胡孟剛走來走去，往四面探望。一片片青紗帳、竹林、叢木、禾田，鬱鬱蔥蔥，彌望皆綠；偶爾看見一兩個同伴散伏各處，伸頭探腦。胡孟剛張望了一會兒，轉身問道：「俞大哥、姜五哥，怎麼還不見這四位的動靜呢？我出去看看，怎麼樣？」

姜羽沖忙道：「胡二哥沉住氣。這不是拍門就見著的事，自然要費周折。你可以站到高處，留神火箭吧。」

足足耗過多半個時辰，胡孟剛心中焦灼，又嫌酷熱，竟走出林外。遙望曠野，只有不多幾個村農，在田間操作。光天化日，熙熙蕩蕩，這裡就不像有大盜出沒。他心中疑惑，順腳前行，忽見九股煙溜溜蹌蹌，順田壟走來。胡孟剛忙低聲招呼了一下，九股煙抬頭一看，急忙湊到這邊。胡孟剛問道：「你看見火箭沒有？」喬茂道：「沒有。」

胡孟剛道：「唔？你看見他們四位進堡沒有？」喬茂道：「看見了，連趟子手都牽著馬進去了；外面一個人不留，他們這就不對。人家要扣他們

倒好，省得跑出一個來！」胡孟剛又問：「全進去了，聽見堡裡有動靜沒有？」

喬茂道：「這個……」隔離得遠，如何聽得見？順口回答道：「沒有動靜，所以才怪呢！鏢頭，不是我說，這是他們辦事不牢，賊人一準邁場了。胡二哥你把鐵矛周、沒影兒找來；你別客氣，好好地盤問盤問他們，到底怎麼盯的？」

胡孟剛是粗心的人，竟信了喬茂的話，立刻撥頭往回走，要告訴俞劍平，盤問沒影兒。

那邊十二金錢俞劍平也耗急了。算計時候，人怎麼也該回來了；卻信號不起，人馬無蹤，堡裡堡外空蕩蕩沒有一點動靜。俞劍平站起來，一拂身上的土，對姜羽沖道：「這情形很不對，咱們往前看吧。」說時胡孟剛急匆匆走來，插言道：「對！我們大家全奔苦水鋪，硬給他們登門求見。」又一指喬茂道：「喬師傅說，賊人大半跑了。」

蘇建明、金文穆也紛紛議論，不是賊人已跑，便是四個青年碰上事了。幾個人圍住了姜羽沖，問他要主意。姜羽沖想一想，對岳俊超道：「岳賢弟，你先辛苦一趟，到古堡前面，找一找沒影兒魏廉。」岳俊超道：「我這就去，把我的刀給我。」

姜羽沖又煩鏢頭歐聯奎、梁孚生、石如璋、金弓聶秉常四位，分頭去找馬氏雙雄和松江三傑。各人依言，暗暗地穿過青紗帳，躲避著村農的視線，往古堡兩側抄過去。

岳俊超先找到沒影兒；沒影兒也已沉不住氣，正向鬼門關這邊溜來。兩人相遇，沒影兒沒等問便說：「岳師傅，這事可怪，我眼睜睜看他們進去了，可是竟一去沒再出來。」岳俊超道：「堡前有什麼可疑的情形沒有？」沒影兒道：「一點可疑也沒有，起初古堡更道上，還看見兩三個人，現在一個也沒有了。你說他們四位遇見凶險吧，偏又沒見你老的火箭。你

說賊人已經事前溜走，可是他們四位就該早早出來……」岳俊超道：「這可真稀奇了，待我看來。」

　　岳俊超催沒影兒回去，給眾人送信；自己裝作過路人，出離青紗帳，慢慢地往古堡柵門前過去。正著，忽見前面浮塵揚起，馬蹄嘚嘚；岳俊超急往青紗帳內一閃。卻不料馬臨切近，竟非外人，乃是松江三傑。岳俊超急急打了一個招呼，夏建侯把馬鞭微揚，往堡中一指，搖了搖頭；復又向鬼門關一指，拍馬急馳而去。

　　岳俊超心中猶豫，看了看堡門，繞道斜撲過去。那夏建侯、夏靖侯、谷紹光回頭看了看，仍然馬上加鞭，徑直尋到鬼門關。俞、胡、姜等現身出來，齊手迎問道：「三位遇見金弓聶秉常、石如璋二位鏢頭沒有？」

　　松江三傑道：「沒遇見。俞大哥、胡二哥、姜五哥，我告訴你們，這古堡可古怪，這是個空堡吧？怎麼裡頭沒有人？」

　　眾武師譁然叫道：「是真的麼？」恰巧沒影兒和鐵矛趕到，許多眼睛集在二人身上。魏、周同聲反問道：「怎麼沒有人？若真沒有人，葉良棟、時光庭、阮佩韋、左夢雲他們四位怎麼還不回來？」

　　松江三傑道：「他們四人還在堡裡轉彎子呢。他們四位拿著帖，竟沒人接，更沒地方投……」

　　鐵牌手胡孟剛把手一拍，腳一頓道：「我們喬師傅猜著了，賊子們溜了！」

　　九股煙把個鼻子一聳，一雙醉眼一張，很得意地哼了兩聲。鐵矛周季龍、沒影兒魏廉不由難堪，齊聲互訊道：「這可怪！」臉對胡孟剛，眼望九股煙，說道：「我們和紫旋風三個人奉命探賊，被賊攪得在店不能存身。我們不錯是挪到屠炳烈屠師傅家住了兩天；可是我們不敢大意，多承孟震洋、屠炳烈二位幫忙，我們並沒有坐等。我們分成兩班，日裡夜裡盯著，

天天都到古堡繞幾圈。我們就始終沒見大撥人從古堡出來，並且眼見從東南又來了十幾個點子，喬裝鄉下人，暗藏兵刃，在天剛亮的時候混入古堡。怎麼堡裡頭會一個人也沒有了？也罷，這是我三人的事，我們再去看看……到底是怎麼回事！」

兩人拔步就要走，松江三傑忙迎過來，滿臉賠笑，把二人攔住，拉著魏、周的手，說道：「我的話說得太含混了，堡裡實在有人。……是的，有好多個人呢！不過，剛才我哥三個只看見土頭土腦的幾個鄉下漢子，沒有看見眼生的會家子罷了。魏師傅、周師傅別過意。剛才我哥三個等得不耐煩，到堡前偷盯一眼，也沒細看；只看見葉良棟哥四個正在堡裡挨家叫門，竟一個出來答話的也沒有。也許賊人擺肉頭陣，藏著不出來。咱們等一等，葉良棟他們一出來，就明白了。」

俞、胡二人搔頭惶惑，當時不遑他計，先安慰魏、周道：「二位是老手，還能把點子放走不成？現在他們四位沒出來，一定又生別的事故來了。姜五哥，我看我們大家過去看一看吧。」姜羽沖手綽微鬚，默想賊情叵測，多半挪窩了；也許在近處另有巢穴，也許未離古堡，別生詭謀。對俞、胡說道：「俞大哥，胡二哥，先別忙……」便邀金文穆，仍舊長衫騎馬，依禮登門求見。打算著若堡內有人，故意潛伏不出，便憑三寸舌，把敵人邀出來。同時再請馬氏雙雄、松江三傑、孟震洋、沒影兒等，佯作行路，入探堡門。或者偷上堡牆，足登高處，窺一窺堡裡面的情形，到底虛實怎樣？不過這須小心，不要露出過分無禮才好。姜羽沖打算如此，卻是在場群雄既已來到這裡，幾乎個個都想進堡看看。又有人說：「簡直不費那麼大事，我們大家都去，硬敲門，訪同道。見也得見，不見也得見，闖進去搜他娘的。反正他們不是好人，賊窩子！」

姜羽沖微笑，徐徐說道：「那不大妥。咱們是老百姓，不是官面，又不是綠林；無故闖入民宅，要搜人家，只怕使不得。」胡孟剛道：「但是，

我們是奉官。我們又有海州緝賊搜贓的公文，並且又跟著捕快。」胡孟剛卻忘了，就是官廳辦案，也得知會本地面；既須知會地面，便必有點真憑實據才行。眾人七言八語，亂成一團。

俞劍平向大家舉手道：「咱們還是聽姜五爺一個人的；大家出主意，就亂了。」暗推胡孟剛一把，教他不要引頭打攪。

結果仍依了姜羽沖的主意，俞、胡二人仍率眾潛伏，等候消息。胡孟剛抹汗道：「等人候信的滋味真難受，俞大哥，還是咱倆暗跟過去吧。」

俞劍平附耳低言道：「等等他回來，你我再去。今晚上你我兩人挨到三更後，徑直到古堡走一遭。」胡孟剛道：「那麼，我們現在更得趁白天，先一道了？」俞劍平笑道：「不也成，臨時只煩沒影兒和九股煙引著咱倆，老實不客氣，帶兵刃硬闖一下。」

胡孟剛一聽大喜道：「我的老哥哥，還是你……那麼，姜五爺這一招不是白饒了麼？」俞劍平道：「不然，我們在江湖道上，訪盜尋鏢，總要先禮後兵，不能越過這場去，沒的教對手抓住理了。」胡孟剛這才大放懷抱，抹了抹頭上的汗，淨等姜羽沖、金文穆等人的回報。

卻又出了岔，當姜羽沖、金文穆踵入古堡，還沒見出來，忽然間從苦水鋪飛奔出一匹快馬。一人尋來，到鬼門關附近，駐馬徘徊。頓時被高的鏢行看出；來人竟是單臂朱大椿的師侄黃元禮。高的急忙引他到俞、胡面前。俞劍平、胡孟剛急問道：「黃老弟，什麼事？」

黃元禮翻身下馬，急遽說道：「俞老叔、胡師傅！你們拜山怎麼樣？」胡孟剛說道：「堡裡沒有人……」黃元禮說道：「哈，果然是這樣！」忙探衣掏出一帖，向俞劍平匆匆說道：「老叔，人家倒找上咱們門口來了！劫鏢的豹子方才派人到店中，投來這份帖，邀你老今夜三更，在鬼門關相會。」

眾武師一齊震動。胡孟剛一伸手，把帖抓來，大家湊上前看。只有兩行文字，是：「今夜三更，在鬼門關相會，請教拳、劍、鏢三絕技。過時不候，報官不陪。」沒上款，沒下款；上款只畫十二金錢，下款仍畫插翅豹子。

俞劍平大怒，急問道：「送帖的人現在哪裡？」黃元禮道：「還在店中。」又問：「飛豹子在哪裡？他可明說出來？」黃元禮道：「明說出來了。現在雙合店內，我朱師叔迎上去了。」

俞劍平道：「嗬，好膽量，他真敢直認？」黃元禮道：「是朱師叔盤問出來的。」俞劍平道：「哦！」

胡孟剛迫不及待，招呼九股煙道：「反正咱倆見過他！俞大哥趕快回去，跟他答話去！」

眾武師忽拉地亮兵刃，要往回翻；簡直忘了入堡投帖的人。俞劍平卻心情不紊，就請黃元禮和另一位武師，分頭給前邊人送信。把人分開，一半回店，一半留在此地，接應姜羽沖，並請姜羽沖趕快回來。然後率眾飛身上馬，急馳回店。

忽然，俞劍平心念一轉，想起一事，霍地圈轉馬，對胡孟剛道：「你我兩人不能全回去。二弟，你留在這裡……」胡孟剛道：「什麼？」俞劍平道：「胡二弟，你可以到古堡裡外，稍微看一看；這回店答話的事交給我。」

這話本有一番打算，胡孟剛誤會了意思，強笑道：「大哥，我怎能落後？這件事，這是我的事。」又改口道：「這是咱倆的事，我怎能讓你一個人上場？」堅持著定要回店：「我就是人家手下的敗將，我也不能縮頭。」

俞劍平無奈道：「也罷。……快走吧！」展眼間，跑到苦水鋪，直入店房。不防那單臂朱大椿正和一個夥計，把僅剩下的一匹馬備上，自己正要

出店。一見俞、胡趕到，叫了一聲：「嗬，二位才來，我正要趕你們去呢，見了黃元禮沒有？」

俞劍平心中一動，忙道：「見著了，所以我才翻回來。那投帖朋友呢？」

朱大椿把手一拍道：「走了！」俞、胡忙問：「那豹子呢？」朱大椿道：「也走了！他們來的人很多，又不能動粗的，這裡就只剩下我們四個半人，眼睜睜放他們走了！」

俞劍平頓足道：「就忘了這一手，店裡成了空城了！」朱大椿道：「誰說不是！他們來的人要少，我就強扣他們了；人家竟來了……」說著一停道：「抵面遞話的不多，只十來個人，可是出頭打晃的，沒露面暗打接應的，竟不曉得他們一共來了多少人。也不知道是才來的，還是早埋伏下的。」

胡孟剛忍不住急問：「到底點子往哪方面走下去了？咱們派人綴他了麼？」

朱大椿道：「派了兩個人，教人家明擋回來了，說是：『三更再見，不勞遠送了。』真丟人！」

俞、胡二人非常掃興，看朱大椿一臉懊惱，反倒勸道：「朱賢弟別介意，咱們進屋說話。」

進屋坐定，拭汗喝茶，一面細問究竟。才知大家剛剛走後，便來了兩個人；進店探頭探腦，說是找人。神情顯見不對。朱大椿立刻留意，但是來人又沒有意外舉動。耗過一會兒，才又進來一人，公然指名求見俞劍平。朱大椿沒安好心，把來人讓到屋內。不意人家預有防備，隔窗立刻有人答了聲。

先在院中出現三個人，跟著又出現四個人。

朱大椿教黃元禮和來人敷衍，自己來窺察，頓時又發現第四號房六七個客人，也和來人通氣。店院中出來進去有好些人，神情都覺可疑。敵眾己寡，不好用強了，朱大椿重複入內和投帖的搭訕。

來人是個少年，很精神，自稱受朋友所托，給俞鏢頭帶來一封信。手提一隻小包，在手裡捻來捻去，不肯就遞過來。閒閒地和朱大椿說寒暄話，詢問這人，打聽那人，似要探索鏢師這邊來的人數。朱大椿問他姓名，來人公然報萬兒，自稱姓邢名沛霖。朱大椿就挑明了問：「發信的這位朋友是誰？足下估量著可以說，只管說出來。在下和俞鏢頭是知己朋友，有話有信，足下盡可對我明說。」

那人笑了笑道：「信是在這裡，敝友叮嚀在下，要面會俞鏢頭本人；最好你把俞鏢頭請來。」

朱大椿道：「請來容易，我這就教人請去。」說到這裡，索性直揭出道：「敝友俞鏢頭一向在江湖上血心交友，不曉得令友到底為什麼事，擺這一場。其實江湖道上刀刀槍槍，免不了硬碰硬，拐彎抹角，會得罪了朋友。可是線上朋友從來做下事，定要挑開窗戶，釘釘鑿鑿，來去明白。令友這次把姓胡的鏢銀拾去，算在姓俞的帳上，又不留萬兒，似乎差池點。俞鏢頭硬把這事往自己頭上攬，就想賠禮，可惜沒地方磕頭去，誰知道誰是誰呀！俞鏢頭是我的朋友，我也不能偏著他說話；人家現在還是依禮拜山，已登門投帖去了。你老現在先施光臨，這好極了。你老兄只為朋友，我在下也是為朋友，咱們正好把話說明，把事揭開。按照江湖上的規矩，該怎麼辦，就怎麼辦。不過你給令友得留名啊！況且這又是鹽鏢官帑，像這樣耗下去，鬧大了，不但保鏢的吃不住，就與令友也怕很有妨礙吧！」

這少年邢沛霖笑道：「朱鏢頭會錯意了。敝友辦的事，在下絲毫不知；我只是為友所托，上這裡帶來一封信就完。別的話我一概不知，也不過問。你老兄既說到這裡，我也可以替敝友代傳一句話。老實說，敝友和俞

鏢頭一點過節都沒有；只是佩服俞鏢頭，想會會他的拳、劍、鏢三絕技，此外毫無惡意。若有惡意，完了事一走，不就結了，何必託付我來送信？決計沒有梁子的，也斷乎不是拾買賣；這一節，請你轉達令友，千萬不要多心。聽你老兄的口氣，似乎說敝友劃出道來，為什麼不留名姓？敝友絕不是怕事，怕事不獻拙，豈不更好？敝友不肯留萬兒，乃是猜想俞大劍客一定料得著。素仰俞大劍客智勇兼備，料事如神；敝友臨獻拙的時候，就說我們和俞大劍客開個小玩笑，他一準猜得出是誰來。對我們講，你們不信，往後看，不出十天，俞某人一定登門來找我。憑人家那份智慧，眼界又寬，耳路又明，眼珠一轉，計上心來，我們就像在門口挑上『此處有鹽』的牌子一樣；因此敝友才暫不留名。朱鏢頭也不要替令友客氣，敝友的萬兒，俞鏢頭曉得了。不但俞鏢頭，連你老也早曉得了。憑鏢行這些能人，真格的連這點事還猜不透，那不是笑話麼？真人面前不說假話，朱鏢頭你不要明知故問了。」哈哈一陣大笑。

朱大椿暗怒，佯笑道：「要說敝友俞鏢頭，人家的心路可是真快，眼界也是真寬，但凡江湖上知名的英雄，出頭露臉的好漢，人家沒有不曉得的；可有一節，像那種雞毛蒜皮、偷雞拔煙袋的朋友，藏頭露尾又想吃又怕燙的糠貨，人家俞鏢頭可不敢高攀，真不認得。莫說俞鏢頭，就是在下，上年走鏢，憑洪澤湖的紅鬍子薛兆那樣的英雄，他也得讓過一個面。可是我住在店內，一個不留神，栽在一個綹竊手裡，把我保的緞子給偷走兩三匹。好漢怎麼樣？好漢怕小賊，怕小偷。你老要問我，北京城有名的黑錢白錢是誰，不客氣說，在下一點也不知道。」說罷，也哈哈地笑起來。

那少年剛待還言，朱大椿站起來，伸單臂一拍少年道：「朋友！你真算成，令友的高姓大名，果然我們已經有點耳聞。不過你老是令友奉煩來的，我們依情依理，當然要請問萬兒。你老就不說，我們又不聾，又不

瞎，哪能會一點都不知道？」

　　轉臉一望，對趟子手道：「我說夥計，劫鏢的朋友叫什麼？你們可以告訴邢爺。」黃元禮和趟子手一齊厲聲答道：「飛豹子，他叫飛豹子，誰不知道！」今天剛得來的消息就被他們叔侄利用上了。

　　那少年臉色陡變，暗吃一驚。朱大椿大笑道：「朋友，令友的大名，連我們的趟子手都知道了。有名的便知，無名的不曉！別看令友極力地匿跡埋名；俞鏢頭和在下縱然廢物，也還能知道一點半點的影子。只是在你老面前，我們不能不這麼問一聲。現在閒話拋開，你是受友所托，前來遞信；我也是受友所托，在此替他接待朋友。你願意把信拿出來……」用手一指小包道：「就請費心拿出來，放下。如果必要專交本人，就請等一等。倘若連等也不肯等，那就隨你的便。夥計，快把俞鏢頭請來；就告訴他，豹子沒有親身來，派朋友來了，說是姓邢！」

　　少年也喈喈地一笑，道：「朱鏢頭別忙。豹子這人敢作敢當，他不但派朋友來，他自己也親自出場，朱鏢頭如果敢去，就請隨我到雙合店走一趟，我一定教你見一個真章。」這少年自知詞鋒不敵，雙眼灼灼，瞪著朱大椿，又一字一頓說道：「朱鏢頭，你可肯賞光，跟我到雙合店去麼？」

　　朱大椿笑道：「給朋友幫忙，刀山油鍋，哪裡不可以去？可是我這又不懂了，飛豹子既然光臨苦水鋪，盡可以親到集賢棧和俞鏢頭當面接頭；又何必繞彎子，煩你老送信？送信可又不拿出來，我真有點不明白。你老兄可以回去轉告飛豹子，人家鏢行在店裡乃是空城計，正歡迎著好朋友前來，用不著躲閃！」

　　少年哼了一聲道：「來，怎麼不來？要躲，人家還不打發我來呢？朱鏢頭辛苦一趟，咱們兩人一去，立刻就可以會著敝友。」隨將手提小包一掂，道：「朱鏢頭既一定要替俞鏢頭收信，好！你請拆看；信中的話，朱鏢頭可能接得住才行。」

朱大椿接過小包，捏了捏，不知內中何物，又不知要他擔當什麼事。但當時卻不能輸口，一面用力拆扯小包，一面說道：「那個自然，替朋友幫忙，當然擔得起接得住才算。」小包千層萬裹，很費事才拆開。看時包中只一塊白布，包著一幅畫，仍畫著十二金錢落地，插翅豹子側目旁睨之狀。上面寫著兩行字，是：「今夜三更，在鬼門關拳劍鏢相會，過時不候，報官不陪。」黃元禮等圍上來看；那少年容得朱大椿看完，冷然發話道：「朱鏢頭可能擔保令友，今夜三更準到麼？」

朱大椿道：「這有什麼？莫說鬼門關，就是閻王殿，姓俞的朋友都不能含糊了。只請你轉告令友，按時準到，不要再二再三地戲耍騙人。」那少年道：「朱鏢頭，放空話頂不了真；今夜三更，請你也準時到場。」一轉身舉步，又加一句道：「敝友還有話，俞鏢頭是有名的鏢師，請他按鏢行的行規、江湖道的義氣辦，不許他驚動官廳。如有官廳橫來干預，莫怨敝友對不起人。」朱大椿冷笑道：「要驚動官面，還等到今天？就是足下，也不能這麼來去自如吧？你請放心，轉告令友，也請他只管放心大膽來相會，不必害怕官兵剿匪。我們雖不是人物，也還不幹這事；沒的教江湖上笑掉大牙。只是我也奉煩老兄帶一句話回去，令友三四次來信，又是約會在洪澤湖相見了，又是約會在大縱湖相見了，又是約會在寶應湖相見了，到底在哪裡相見，也請他有一個準窩才好。」

說話時，少年告辭起身，便往外走。朱鏢頭披長衫跟蹤相送道：「朋友且慢！……」側睨黃元禮，暗對那封信一指，又一指西北，黃元禮點頭會意。朱鏢頭又道：「令友不是在雙合店麼？話歸前言，禮不可缺，在下煩你引路，我要替敝友俞鏢頭，見見令友飛豹子！」黃元禮等暗向朱鏢頭遞眼色，教他不要明去。朱鏢頭昂然不懼，定要跟這少年，單人匹馬會一會這位邀劫二十萬鹽鏢、匿跡月餘、遍尋不得的大盜飛豹子。

那少年一轉身，向店院尋看，院裡站著四五個人，復微微側臉，轉身

抱拳道：「諸位留步！朱鏢頭，我真佩服你。朱鏢頭為朋友，可算是捨身仗義。這麼辦，咱們照信行事，今夜上同在鬼門關見面，不勞下顧了。」

朱大椿哈哈笑道：「話不是這麼說，朋友總是朋友。敝友這邊理當去一個人回拜。邢爺，你就往前引路吧；我一定要答拜，瞻仰瞻仰這位飛豹子。」

單臂枯瘦的朱鏢頭眼露精光，氣雄萬丈；人雖老，勇邁少年。少年邢沛霖雖是年輕狂傲，到此時也不禁為之心折了。舉手說道：「好，朱鏢頭就請行！敝友見了你，一定加倍歡迎。」

朱大椿邁步回頭，黃元禮早不待催，拿了那張畫，跟蹤出來；搬鞍認鐙，飛身上馬。對朱大椿道：「師叔請行，我立刻就回！」馬上加鞭，豁喇喇地奔鎮外跑去了。朱大椿走到街上，少年在旁相陪；後面還暗綴著數個人，可是鏢行留守的人，也自動地跟綴出三個人來。朱大椿寸鐵不帶，跟少年直走到雙合店門前。

店門前站著兩個人，一見邢沛霖，迎頭問道：「遞到了麼？」少年搶行一步道：「送到了；人家很夠面子，還派這位朱朋友前來答拜了。」

朱大椿舉手道：「朋友請了，我叫朱大椿，小字號永利鏢店。」

那門前站著的人哦了一聲，側目把朱大椿看了一眼，一言不發，抽身往店裡就走。朱大椿微微一笑，把扇子輕搖道：「這位朋友好忙啊！」跟蹤前進，來到店房。從店房跨院出來三個客人，迎頭問道：「鏢行哪位來了？」

朱大椿抬眼一看，頭一個是瘦老人，灰白短髯，精神內斂。

隨行的是兩個中年人，一高一矮，氣度英挺。瘦老人搶行一步，舉手道：「足下是俞鏢頭請來的朋友嗎？貴姓？」朱大椿道：「好說，在下姓朱。足下貴姓？」

瘦老人不答，歡然一笑道：「幸會幸會，請到屋裡談。」一斜身，賓主偕行，往跨院走。瘦老人伸出一隻手，似要握手相讓，徑向朱大椿肘下一

托，卻又往下一沉，駢三指直奔肋下。

朱大椿急一攢力，也假做推讓道：「請！」側單臂一格。這瘦老人無所謂地把手垂下來，似並沒有較勁的意思；朱大椿也就把單臂一收，佯裝不理會。兩人遠遠地離開，走向跨院正房。

住房只有三間，屋中人寥寥無幾，露面的連出迎的不過六七位。瘦老人往上首椅子拱手道：「請坐。」朱大椿也不謙讓，向眾人一舉手，便坐下來。瘦老人陪在下座，命人獻茶。

朱大椿不等對方開言，一掃聞文，直報姓名道：「在下單臂朱大椿，替敝友俞鏢頭前來拜會飛豹子老英雄。飛豹子老英雄現在哪裡，請費心引見引見。」

「飛豹子」三字叫出來，在場對手諸人互相顧盼了一眼。

朱大椿又環顧眾人道：「諸位貴姓？如果不嫌在下造次，也請留名。在下回去，也好轉告敝友，教他知道知道。」說罷盯住眾人，暗加戒備。

只見那瘦老人不先置答，眼望邢沛霖道：「俞鏢頭沒在店中麼？」

朱大椿搶先接答：「俞鏢頭這就來。實不相瞞，俞鏢頭已經曉得鏢銀教哪位好朋友拾去了，按江湖道，他應該拜山；他現在同著朋友，已經去了。大概此時已到諸位駐腳的那座古堡。剛才聽這位邢老哥說，飛豹子老英雄已經光顧到苦水鋪了，這太好了！在下和俞某是朋友，諸位和飛豹子是朋友，彼此都是江湖道，朋友會朋友，沒有揭不開的過節兒。不過，既然勞動了飛豹子和諸位，想必俞某定有對不住朋友的地方。我就是專誠替俞某賠禮來的，諸位何不費費心，把飛豹子請出來，當面一談，我們以禮為先，總教好朋友順過這口氣去。彼此面子不傷，那才是咱們給朋友幫忙了事的道理，也就是在下這番的來意。」

瘦老人堆下笑臉道：「我和俞鏢頭一點梁子也沒有，朱鏢頭別誤會。

在下實在是羨慕他的拳、劍、鏢三絕技，這才邀了幾個朋友，在俞鏢頭面前獻醜。無非是拋磚引玉，求指教罷了。若聽朱鏢頭的口氣，豈不是把我罵苦了？憑俞鏢頭那樣人物，誰敢攪他的道？在下又不是吃橫梁子的朋友，我就是愚不自量，也不敢找死呀！況且又是官鏢。我們實在是以武會友，獻技訪學。朱鏢頭，你別把事情看錯了，可也別把人看錯了。」

朱大椿一聽，雙眸重打量這瘦老人；聽口氣他就是劫鏢的人，看相貌實在不像。他的措辭這麼圓滑，叫人難以捉摸；可惜沒影兒一行沒把探堡所見那瘦老人的相貌描說清楚，朱大椿費起思索來了。但是，自己當場固然不能輸口，也絕不能輸了眼。這瘦老人若是豹子，有剛才的話，也算點到了；萬一不是豹子，說話便須含蓄，省得認錯了人丟臉。

朱大椿眼光一掃，頓時想好了措辭，不即不離，含笑說道：「既然拾鏢的時候，也有老兄在場，那更好了。我鏢行一群無能之輩，今日得遇高賢，實在僥倖之至。你老兄有什麼意思，盡請說出來。我能辦則辦，不能辦給俞鏢頭帶回去，總能教好朋友面子上過得去。老兄既說和俞鏢頭沒有過節，這事越發好辦了。我回頭把俞鏢頭引來，教他當場先賠禮，再獻拙。」他這時的詞色，又與答對邢沛霖不同了。瘦老人道：「客氣，客氣！這可不敢當。我說沛霖，在鬼門關見面的話，你沒對這位朱鏢頭說麼？」那少年道：「說了，一見面就說了。」

瘦老人道：「說過了很好。」眼望朱大椿道：「足下替朋友幫忙，足見熱心。我也不強留你了；咱們今夜三更，一準都在鬼門關見面就結了。這麼辦最省事，也用不著勞動俞鏢頭親來答拜。」說時站起來，做出送客的樣子。

在場的幾個青年人、中年人，個個做出劍拔弩張、躍躍欲動的神色；拿眼盯著朱大椿，從身旁走來走去，一臉地看不起。朱大椿佯作不睬，堅坐不動道：「那不能！禮不可缺。今夜三更，我們一定踐約。不過現在應得把敝友陪來，先跟諸位見上一面！」

第二十五章
插草標假豹戲單臂　拋火箭鏢客驚伏椿

　　單臂朱大椿隻身詣店，與那瘦老人抗禮開談；幾個少年賊人在旁邊走來走去，睥睨欲動。瘦老人不住施眼色，不教他們無禮。朱大椿傲然不顧，仍理前言：「今夜三更，我們一定踐約；不過我總得把敝友陪來，也請你老兄把飛豹子陪來。咱們也不用像赴鴻門宴似的，就只你我兩人和飛豹子、十二金錢他兩位；在你這裡見面也可，在我們住的小店也可，另定地點也可。也請老兄把飛豹子陪來。咱們做朋友的一定要請他二位會會面，才是江湖道的規矩。真格的，你老兄不放心我們麼？」

　　瘦老人微微一笑道：「那倒無須乎！俞鏢頭既然到古堡去了，我們那裡也倒有人款待，只是怕他們年輕人禮貌不周。莫如還是我趕回去，親自和俞鏢頭攀談，倒是又省事，又盡禮……」

　　話沒說完，忽由內間闖出一個面色微黑的大漢，當屋一站，側目旁睨，冷然說道：「當家的，咱們只是欽慕俞鏢頭的拳、劍、鏢三絕技，倒不在乎誰先拜、誰答拜的那些虛禮。我看我們雙方索性邀齊了朋友，今晚上在鬼門關見面就完了。朱鏢頭，你看好不好？」

　　旁邊側立的幾個少年人說：「是這話。今晚大家見面，以武會友，各露一手，倒乾脆。」

　　朱大椿見那些人似乎不願在白晝和俞劍平見面，他們當然有許多顧忌，遂徐徐冷笑道：「諸位還是不放心？」

　　那大漢道：「有什麼不放心？朱爺，我們不放心，躲在家裡好不好？不過朱爺既說到這裡，我們也有點小意見，要先提明。你說得明白，咱們

純按江湖道，以武會友，卻不要驚動官面；如果驚動官面，我們哥幾個對不住，可是怯官。到那時弄出對不起朋友的事來，可別怨我們不光棍。」

那瘦老人未容朱大椿還言，嗤的一聲笑道：「夥計，你怎麼看不起人？俞鏢頭、朱鏢頭哪肯幹那種事？」大漢道：「不是瞧不起人，現在集賢店就有兩個海州捕快。只要他們敢齜牙，哼哼！別人不說，只說我吧；我可翻臉不認人，先給他攆個蒼蠅。」那幾個少年應聲：「著！那可莫怪我們無禮。」

朱大椿挺胸昂頭，臉含冷誚，把單臂一揮道：「朋友，你失言了。我們自信還不至於那麼沒膽色，你們放心赴約好了。不過你們要明白，這乃是官款；官家自己要辦案，我們也不能攔。我們難道說：『那是我的好朋友，你們別管麼？』這一點你要分清楚了；反正我們絕不做無理的事，諸位只管打聽看。」

這個大漢曉曉地恐嚇，反倒招出朱大椿拉抽屜的話來；可是說得盡情盡理，你不能說他不對。大漢插言，引得那幾個少年也聲勢咄咄，跟著幫腔。朱大椿夷然高坐，不亢不卑，話來話擋，滴水不漏。敵人那面已覺出這位單臂鏢客，至少話碴不大好鬥。瘦老人忽然站起來道：「就是這樣，今夜三更咱們再會。朱鏢頭，我也不留你了。」

朱大椿道：「那麼我就告辭了！」單臂作揖，向眾人一轉道：「諸位，今晚上也請到場。」在場諸人道：「那是自然。」

瘦老人親身送客，朱大椿昂然舉步，暗暗留神，防備著敵人有何意外舉動。但這瘦老人滿面笑容，陪著往外走，一點較量的表示也沒有。那幾個少年也是笑逐顏開，隨後相送，不再說譏刺的話了。雖然如此，朱大椿依然很小心；直到店門口外，與瘦老人相對舉手作別，叮嚀了再會，於是各回各的店房。

朱大椿走了幾步，手下伴行的趟子手湊過來，一聲不響，從朱大椿的

小辮根上，摘下短短一根稻草來，說道：「朱鏢頭，你瞧！」竟不知在何時，被何人給插上的。朱大椿不由氣得滿面通紅，回頭一望，罵道：「鬼見識！娘的，簡直是耍小綹的伎倆！」

單人獨騎，與敵相會，朱大椿一句話也沒有輸，回轉時，本甚高興；哪知臨到末了，腦勺後教人擱上東西，弄了個「插標賣首」，自己還不知道！當時如果覺察出來，竟可以反唇相譏道：「姓朱的六斤半不值錢，諸位何必費這大事！」也不摘下草來，只一搖，放下這一句話，便可以給敵人一個大難堪。現在事已過去，也無法找場了。

朱大椿恨恨地罵了幾句，把鏢行夥計留下兩個，暗中監視著敵人；自己急急地回店，吩咐夥計備馬。夥計才把牲口備好，那兩個盯梢的夥計奔回來一個，急急報導：「朱鏢頭，剛才，那個瘦老頭和他的同伴都騎上馬，奔西鎮口下去了。」

朱大椿道：「什麼？快追！」立刻把馬拉到院中。哪知還未等到轉身，那另一個夥計也如飛地奔回來，道：「你老別追了。他們在鎮外埋伏人哩！我剛趕出去，就教他們擋回來了。」

朱大椿惱怒起來，所有鏢行同伴來了不少，卻都奔古堡去了；這裡就只剩下自己，這可怎麼好？夥計說道：「朱鏢頭，你老別著急，我看還是再派一個人，趕緊把俞鏢頭請回來。」

朱大椿道：「這也好，誰去？」夥計道：「我去。」抖韁上馬，撲出店外，順大街一直奔東，急馳過去。不知怎的，走過橫街，一轉角，那馬猛然一驚，直立起來；鏢行夥計仰面朝天，摔倒地上。

朱大椿一眼望見，急急奔過去，把夥計救起來。問他，說是在拐角處，遇見一個漢子潛伏在牆隅；抽冷子一揚手，這馬便驚了，那漢子卻跑了。這自然又是賊人的詭計。倒不是怕給俞劍平送信，是不教鏢行跟綴他們。

朱大椿恚極，忙驗看那馬，馬身上似乎沒有什麼暗傷。他恨罵一聲，吩咐夥計另備一匹馬，把自己的兵刃也帶著；決計要親自去一趟，看看賊人對自己能使出這種鬼招不能。一面又吩咐兩個靈透的夥計，仍設法到雙合店，看看賊人走淨了沒有。那個夥計答道：「我親眼看見，他們一共是七匹馬，奔西鎮口走的，店中一定沒有留下人。」

朱大椿搖頭道：「不能！你們還是睜亮了眼，仔細看看。」

只這一耽擱，俞劍平、胡孟剛已得頭報，折回來了。朱大椿面含愧色，把賊人弄的狡獪，一一對俞、胡二人說出。

俞、胡又怒又笑。賊人這惡作劇，徒見狡獪，未免無聊。

胡孟剛道：「賊人專愛弄這些小見識。你可記得，他邀你到大縱湖、洪澤湖、寶應湖三個地方會面，這也都是瞎搗鬼，沒人肯上當的。」

俞劍平憤然不語，就請朱大椿引路，率領眾人撲到雙合店，搜查了一遍。賊人已去，店房中一點形跡沒有。眾人出離店房，來到街上，俞劍平問朱大椿道：「賊人可由這西鎮口走的麼？」朱大椿道：「正是。」俞劍平飛身上馬道：「趕！」朱大椿道：「賊人走遠了，那如何趕得上？」

俞劍平毅然道：「先搜一遍，搜不著就直奔古堡。我今天無論如何，也要跟這飛豹子找找真章。」仍請朱大椿留守，把帶來的十幾個鏢客，留一半在店內；自己單與胡孟剛馬上加鞭，豁喇喇地奔西鎮口去了。繞青紗帳一轉，果然不見賊蹤；下驗蹄跡，似奔古堡去了。便撥轉馬頭，重奔鬼門關；對胡孟剛說道：「咱們到鬼門關，看看地勢。今晚三更，不管敵人是不是仍弄狡獪，我們務必準時踐約，前往赴會。」

俞劍平決要與賊硬拚，不管江湖道上的規矩了。這正是胡孟剛求之不得的事，連聲說好，一齊催馬。他們才抹過一帶青紗帳，便見智囊姜羽沖、奎金牛金文穆一行，騎馬迎面而來。那投帖的四個少年葉良棟、時光

庭、阮佩韋、左夢雲也相隨在後；禮物卻沒有了。

俞、胡心中一動道：「難道說飛豹子把禮物都收下了不成？」忙迎上去，相隔稍近，姜羽沖滿面笑容道：「俞大哥，怎麼樣了？見著人沒有？」胡孟剛也接著叫道：「姜五哥，怎麼樣？見了豹子沒有？」

雙方相會，一齊下馬。俞劍平沒啟齒，只見姜羽沖、金文穆忍俊不禁的笑容，又看四個少年的神色，便已猜出結果來，向姜羽沖問道：「五哥，賊人準是避不見面吧？可是的，那禮物他們怎麼收的？」

姜羽沖哈哈大笑道：「俞大哥，你真行！這個飛豹子實在可惡，他們果然是避不見面。我剛才和金三哥進堡看了一看，正見他們小哥四個對門大叫呢，隨你怎麼叫，他們只裝沒事人。他們哥四個挨門拍喊，也喊不出人來。我進堡的時候，他們四人正打算跳牆，又要硬砸門；是我告訴他們，不可無禮……」胡孟剛一聽，越發生氣道：「難道堡裡沒人，他們全溜了不成？」

原來姜羽沖進堡之後，逐門尋看了一遍。破牆院，破門洞，有的門戶洞開，裡面闃然無人；有的關門上閂，任憑推門呼喊，裡面只不出來人。遂把沒影兒招呼過來，問明東大院是賊人盤踞之所，便命人對著門，大聲吆喝了幾句話，把禮物拜帖，繫繩投進院內。

姜羽沖然後親自對門叫道：「飛豹子老英雄，在下姜羽沖、金文穆，特來慕名投帖，登門求見。恨我弟兄無緣，見不著高賢。常言說，禮多人不怪，我們的寸心是盡到了。我們是為飛豹子和十二金錢二位成名的英雄，和解了事來的。院中的朋友聽著，請你務必把話帶過去。我們現時住集賢店，飛豹子老英雄如肯賞臉，請光臨小店，或者我們再來也好。」對著門放出這些話，同時暗囑松江三傑夏建侯、谷紹光潛登堡牆，向院內觀望。

院內空空洞洞，像沒有什麼人，也像沒有什麼防備，很不似盜窟。

二十多層院落，只在東大院院隅一棵老槐樹下，瞥見一個赤膊的男子躺在涼蓆上，好像納涼睡著了。任門外砸打喊叫，睡漢連身子也不欠，頭也不抬，睡得十分香甜。

松江三傑圍堡牆走了半圈，也沒人出頭干涉；更樓空洞，並無一人。智囊姜羽沖、奎金牛金文穆，也在堡內繞了一圈，俯驗走路的蹄跡，仰觀堡牆上的更樓，看罷轉身欲出。沒影兒悄悄一指東大院的燈竿，姜羽沖點了點頭道：「咱們走吧。咱們是禮到了，話到了，靜看人家的了。」率領葉良棟、時光庭、阮佩韋、左夢雲出離古堡，邁過朽橋，一直走近青紗帳，方才止步。趟子手牽著馬，隨後跟了過來。

不一刻，松江三傑從後堡繞轉回來，跟著也把馬氏雙雄和岳俊超、飛狐孟震洋、鐵布衫屠炳烈等，都邀到一處。群雄相聚，互問究竟。

姜羽沖道：「這古堡是空城計，賊人的布置真夠辣的！我當時只想到這古堡必非賊巢，還沒料到他們真格竟不出頭。但是這裡雖非賊巢，賊巢可也距此不遠，他們一定藏在近處。」

低頭沉吟半晌道：「馬二哥、夏大哥，你們五位還得辛苦半天，把這四面卡住了。千萬留神附近來往的人，如果形跡可疑，務必盯住他。」說罷，就要邀著眾人，一齊回店。

這幾個少年壯士身當古堡之前，哪肯空手而回？沒影兒頭一個氣不出；其實葉良棟、阮佩韋、岳俊超和飛狐孟震洋等，都紛紛主張，要亮兵刃，硬闖進院去，搜查一遍。沒影兒魏廉和飛狐孟震洋、屠炳烈等都說：「昨天還看見不少賊人，在古堡出沒，就算連夜撤走了，也不會走淨。這古堡內差不多二百多間空房。內中保不定有賊潛伏。把狗種的搜出來，猛打硬揍，看還追不出他們真正的巢穴來麼？」

馬氏雙雄和岳俊超也說：「賊人舉動可惡，安心騙人。姜五哥還怕得罪他不成？」谷紹光說：「我們就依禮拜山，他也不會還鏢銀的。」七言八

語，竟攔阻不住了，人人擺出躍躍欲試的神氣。姜羽沖看這光景，再不說明自己的本意，大家更不願意了。這回向大家舉手道：「諸位老哥，別這麼嚷嚷，且聽我說，我絕不是怕事；咱們究竟是良民，是鏢行，無故的強入民宅，到底不妥⋯⋯」

眾人譁然道：「這裡明明摸出是賊窩子！⋯⋯」姜羽沖笑道：「眾位沉住了氣。——告訴眾位，我不是說不能搜。諸位哥們，咱們今天晚上來搜！把四面卡上，要是真有人，還怕他跑得了麼？」馬氏雙雄、松江三傑都點頭稱是。幾個少年又說：「怕賊人等不到晚上，都溜淨了。」

姜羽沖道：「所以我說，要請馬氏昆仲和松江三友辛苦這半天，在四面梭巡著點，他們就不會溜了⋯⋯」底下的話嚥住沒說。依他推想，古堡內外恐怕必有道地。他現在急要和俞劍平、胡孟剛商量，打算先圍著古堡，搜一搜外面；外面搜不著，今夜再會齊大眾，用武力硬搜古堡。

還有一個計策，要調查古堡的原業主，以此根尋賊蹤。姜羽沖因恐賊人的耳目太靈，怕鏢行中有奸細，當時不欲明言；換轉話題，對大家說道：「來吧！咱們還是到前邊樹林去談吧。問問俞、胡二位，也好拿一個準主意。」這麼一說，才把幾位少年勸住，齊奔樹林走來。

此時，眾人銳氣正盛，也不顧掩飾形跡了；就成群結伴，吵吵嚷嚷，往鬼門關樹林走。走出幾箭地，遇見黃元禮策馬來傳言；說是飛豹子遣人來店中，投書挑戰了。邀定今夜三更，在鬼門關相見，俞鏢頭已經得訊馳回，面見飛豹子，抵掌答話了。

這一個驚人的警報，在場群雄頓時譁然，人人震動道：「好大膽，好狂妄的飛豹子！他真敢找上門來捋虎鬚，他就不怕王法，不怕官來抓他？走啊，快回去見識見識這位綠林道大人物！」紛紛擾擾，打聽飛豹子的年貌、氣度：「到底是怎樣一個人？多大歲數？是他一個人來的麼？使什麼兵刃？」把黃元禮包圍起來亂問。黃元禮應接不暇地答覆眾人：「我朱師叔

見他去了，我沒見著他。」又問：「你沒見著他，怎麼知道是他？」又答道：「送信的說，飛豹子現在雙合店。」又問：「送信的是誰？」答道：「是個少年，姓邢。」

眾人喧成一片，紛紛地搶著要奔回一看。只有智囊姜羽沖，綽鬚微笑，半晌才說：「只怕又是飛豹子故弄狡獪吧？」大家齊往回走，行至中途，果與俞、胡相遇。果然俞、胡二人空勞往返，也沒有見著真豹。店中投刺，依然是豹子弄詭。更想到第二層，這豹子邀定三更相會，在鬼門關鬥技賭鏢，也怕十成十靠不住，九成九愚弄人。

群雄七言八語，向俞劍平、姜羽沖進言，仍不信堡中一個人都沒有，定要給他個硬闖橫搜。有的又立刻要繞古堡，排搜四面；賊人不斷出沒，反正近處必有潛巢。東臺武師歐聯奎，扼腕說道：「這還猶豫什麼？趕快搜啊！若不然，賊人溜了，我們又撲一回空。」沒影兒、孟震洋更力證堡內定有密窟，賊人才得藏匿不出。俞劍平聽了，轉臉來問馬氏雙雄，復又問武進老拳師蘇建明和奎金牛金文穆，然後又和姜羽沖商計。俞、胡的意思，是既已至此，也想親到古堡一看。

姜羽沖已經打好主意，對俞、胡道：「堡裡實在是空城計，俞大哥不信，請問松江三傑。依我之見，咱們一面設卡子，一面晚上來。」終於商得俞、胡諸老的同意，就請松江三傑、馬氏雙雄和鏢師梁孚生、石如璋、金弓聶秉常分三路設卡，截斷賊人的出入，以防奔逸。唯有東面，正對著苦水鋪，可不設防。又請幾位少年壯士，結伴騎馬，往較遠的地方試；可是務必早些回來，不要去得太遠，不要耽誤過晚。如遇可疑的情形，更要速回來送信，千萬別生事，別動手。

姜羽沖笑著說道：「今夜也許跟賊人抓鬧起來，諸位來遲了，可趕不上看熱鬧了。」最後邀同餘眾，齊回苦水鋪店房。

奎金牛不悅道：「姜五哥，我們幾個人怎麼樣呢？難道就回店睡覺，

靜等夜間上當麼？」姜羽沖撲哧笑了。

俞劍平忙笑道：「金三爺別著急，你就靜看軍師爺的神機妙算吧！他一定有點道理，我說對不對，軍師？」姜羽沖道：「你們哥幾位老了，回店睡覺，是便宜你。告訴你吧！三哥，進了苦水鋪，還有你的差事哩。」岳俊超插言道：「是不是進鎮搜店？」姜羽沖笑而不答，只吩咐帶馬。

步行的為一撥，騎馬的為一撥，分散開往回走。俞、胡、姜和青年武師岳俊超、阮佩韋、李尚桐、左夢雲，三老四少稍稍落後；騎著馬就歸途之便，繞道把苦水鋪周圍重巡了一圈，一無所得，便即回店。姜羽沖在路上把自己的主意，仔細對俞、胡說了。二人點頭稱善。一入店房，便把鐵布衫屠炳烈找到面前，讓座密談，囑託了幾句話。屠炳烈點頭會意道：「還是姜老前輩想得周到，我這就去辦。」

姜羽沖道：「不用忙，吃完晚飯再去不遲。」又把李尚桐、阮佩韋調到一邊，悄聲說道：「二位賢弟，我知道你們和于錦于賢弟，趙忠敏趙賢弟認識。咱們議事時，一遇到飛豹子三個字，大家都紛紛猜議，人人驚奇，天曉得他的出身來歷。你可見于、趙二位麼？驟一聽飛豹子，他二位全一愣神；分明目動色變，很是吃驚似的。跟著大家互相打聽，獨他二人屏坐屋隅，一聲不響，跟著就附耳低言。看那個神色，他二位多半曉得飛豹子的底細。無奈我明著問，私地問，他二位總不肯說，臉上又很帶相；這一定有礙口的地方了。或者他竟跟飛豹子認識，有交情；怕說出來，得罪了朋友，也是有的。在下的意思，要煩二位，繞著彎子探一探于、趙的口氣。咱們也不求別的，只要他二位肯說出飛豹子的真名實姓和出身來歷，就很夠了。咱們再想法子，煩人討鏢，豈不兩全其美？你哥倆可以對他二位講明，咱們絕不教他二位作難……」

胡孟剛跳起來，說道：「嗬！還有這事？我說呢，怎麼姜五爺單找于、趙打聽豹子，我就沒有看出來！」一對大眼瞪得圓彪彪的，轉向俞劍平說

道：「莫怪咱們這裡一動一向，賊人都先曉得了；莫怪馬氏雙雄總疑惑有洩底的，敢情真有這事！這不行，我得找錢正凱去。他打發他三師弟、五師弟來，是幫著我們尋鏢，還是幫著賊當奸細？」他氣吁吁邁步要往外走，恨不得馬上詰責錢正凱；又立刻把于錦、趙忠敏請來，當面問一個青紅皂白。這倒把李尚桐、阮佩韋這兩個少年鬧得茫然無措了……

俞、姜一齊攔阻道：「別嚷！別嚷！」俞劍平先過來按住他，與他挨肩坐了，低聲勸道：「胡二弟，你失言了！千萬別這麼想。他二位不是那樣人，他師兄錢正凱跟你我也不是一年半載的交情了。剛才這話不過是這麼猜想，究其實這裡還怕有別情。……姜五哥，你過來，這邊坐。剛才聚議的時候，我也有一點疑心。于、趙二位年紀輕，也許擔不住事，臉上掛神……」

俞劍平說到這裡，說不下去了，忙又道：「萬一錯疑了，教錢正凱賢弟曉得了，未免看咱們太對不住朋友，豈不是以小人度君子？……不至於，不至於，斷不會有這種事的。我看我們還是從別一方面想法子，不必擠落于、趙兩位了。看擠炸了，弄得不歡而散，反倒白得罪朋友，無濟於事。」

十二金錢俞劍平老於世故，練達人情。智囊姜羽沖雖然料事如神，說到對人，還得讓俞劍平。俞劍平越想越覺不對勁，忙又囑咐李尚桐、阮佩韋道：「二位老弟，千萬把話存在心裡，不要露形；不要貿然地硬碟問于、趙二位，那太傷面子了。他就是知情，不願意說，也是白問。姜五哥，你看怎麼樣，還是不問的好吧？」

姜羽沖還有許多話要解說，他低聲道：「胡二哥這麼性急，還沒等我說完，你就跳高！據我猜測，于、趙二位當然不會給賊人當奸細的；可是他二位一定曉得飛豹子的來歷。現在一碗水往穩處端；于、趙如果真認得飛豹子，恐怕他二位不久要告退置身事外，兩面都不得罪……」

俞劍平仰頭一想，回顧胡孟剛道：「這倒是人情。」姜羽沖道：「所以我方才打算，先煩李、阮二位私下探探于、趙的口氣。能問出來，頂好；明著問不出來……」一面對李、阮道：「你二位可以暗著設詞試探他倆。只要他們微萌退志，那就是知情不舉了，咱們就趕快給錢正凱去信。你瞧好不好呢，胡二哥？並且，照我的話來問，也決計得罪不了他。」遂把編好的話對李尚桐、阮佩韋說了。

俞、胡聽罷，欣然點頭道：「這麼拿好話哄，再得罪不了人。智囊真是智囊！」遂向李、阮舉手道：「就請二位老弟照這話，費心來一下吧。」李、阮道：「好吧，我們這就找于、趙去，姜老前輩的招實在高明。」

姜羽沖笑道：「得了，別罵我了，我哪裡行呢？」又道：「胡二哥，千萬別著急；現在一切亂線頭都已理清。我們既訪出飛豹子的綽號，又得知火雲莊子母神梭武勝文與豹子有關聯，這已經抓著切實把握了。就訪不出豹子的姓名來歷，我們也有下手的門徑了。咱們今晚三更，就到鬼門關，踐約會敵。會著了，立刻解決；會不著，一過三更，咱們就搜堡尋贓。在古堡搜得鏢銀，當然一舉成功。就是不見賊，又不見贓，那也沒什麼，咱們再打圈排搜。仍然搜不出什麼來，咱們可以立刻趕奔火雲莊找武勝文。武勝文有家有業，反正飛不了他，這麼辦，不出三天，準有結果。胡二哥，你還急什麼？總而言之，飛狐孟震洋這一回透來的消息太有用了，飛狐就是飛豹子的死對頭！」

孟剛高興起來，向姜羽沖深深一揖道：「軍師，你早說，也省得我著急了。咱們這些人都去踐約。」信陽岳俊超也抖擻精神道：「是這麼著，教我們俞大哥單人獨馬，上前搭話，咱們大家暗中保著，只要狗賊有非禮暗算……」一拍箭匣道：「教他先吃我一火箭。」

武進老拳師蘇建明道：「我們還是採取分兵包抄的法子好，也和剛才探堡一樣，分成四路五路都行。踐約的，放卡子的，打接應的，留守的，

應該把人分勻了。兵臨陣前，伺機而上，互相策應著。不管是鬥技得勝，還是踐約撲空，我們徑可轉搗賊巢。」朱大椿道：「對！不過，這總得請俞大哥和胡二哥打頭陣。剛才賊人是這麼點的，咱們準給他辦到。」

蘇建明綽著白鬚，躍然說道：「那個自然，我和三個小徒就打二陣。咱們這些人有明的，有暗的；有露面的，有不露面的；他們出來人少，咱們也少出來；他們出來人多，咱們就全出來。他們當真就由飛豹子一個人出頭，咱們就只請俞賢弟單劍上場，一人不帶。那時候，咱們這些助拳的就藏起來，只在暗中監視著。你得防備他打敗了，做出不要臉的事來，再給你一溜；鏢也不還，人也不見，那時咱們可就抓瞎了。我說對不對，姜爺，該這麼辦不？」

姜羽沖沉思未答，心中揣摩今夜三更，賊人會不會真來踐約。如果真來，他是明著上場，還是暗著上場；一個人來，還是率大眾齊上。反覆猜思，見問信口答道：「那自然，總該分兵分路。」

俞劍平被賊人撩撥得心中蘊怒，此時按捺不住，對眾人憤然說道：「這個飛豹子，到底也不知是從哪裡鑽出來的，也不曉得他為什麼跟我過不去。你看他再三再四地耍手段，戲弄人，都是衝我一個人。可是我怎麼得罪了他，他們又始終不說出來。你說他是替別人找場吧！那絕不會下這大苦心，耗這長的工夫，劫奪官帑，闖這大的禍。你說他跟我有私仇吧，我又不認得他。你說他是嫉妒，要跟我爭名吧，我又歇馬快一年了；他又東藏西躲，總不跟我出頭明鬥。簡直一句話，怪人怪事，教人測不透！」

俞劍平接著道：「蘇老哥說的法子，布置周密當然很好。不過，小弟的意思，先不勞師動眾。只要這個飛豹子今夜真出頭踐約，我俞劍平老實不客氣，就要單人匹馬，只拿這一雙拳、一把劍、十二隻錢鏢，和他面對面答話：『到底姓俞的跟你有什麼殺父冤仇、奪妻恥恨？你這麼捉弄我，又連累到我的朋友，到底怎麼講！』胡二弟教他害得吃官司，閔成梁

也教他氣走了。我們朱賢弟，他也給人家小辮子上插草標；喬師傅也教他毀得渾身是傷。還有振通鏢局的趟子手和海州的騾夫，他們都給擄走了！還有……咳，多極了！像這樣侮弄人，我到底問問他為了什麼。『你說你要會會我的拳、劍、鏢，你只賞臉，我奉陪呀，我絕不含糊！你要爭名，我自甘退讓。你要報仇，你把我的首級摘下去，你只要說得出理由；咱們一刀一槍，你死我活明來明往。你為什麼把二十萬鹽鏢劫去，一躲一個半月，永遠不跟我見面？你還派人下戰書，濫充江湖道？你到底跟我一個人過不去，還是跟我們江南整個鏢行過不去？』只要飛豹子見了我，我一定問他一個青紅皂白！我請問他，東藏西躲，做這些把戲，侮弄人，究竟怎麼說！」

俞劍平鬚眉直豎，氣憤填胸，斬釘截鐵，大發獅子吼！在座群雄一個個側耳傾聽，想不到素日謙和的俞鏢頭，今天赫然大怒，猶似壯年威猛。末後又恨恨說道：「是的，今天晚上，我一定一個人去，我一個朋友幫手也不要。我只帶一把劍、十二隻錢鏢；教小徒左夢雲給我帶馬。我就這麼去最好！」

鐵牌手胡孟剛本想跟俞劍平同去，見他如此盛怒，也不敢說話了。

智囊姜羽沖緩緩說道：「俞大哥！」俞劍平道：「怎麼樣？」

姜羽沖滿面堆歡，藹然說道：「大哥，消消氣。大哥最有涵養，怎麼今天真急了？現放著我們大家，焉有放你一個人獨去的道理？大哥，你今年五十四歲了；咱們如果是二三十歲的年輕小夥子，遇上了橫逆，抄傢伙就打；打敗了，就橫刀往脖頸上一抹，兩句話都沒有。無奈現在，你我下頦都長了毛毛了。」說得大眾哂然微笑。

姜羽沖接著笑道：「咱們早沒有火性了。老了。咱們是找鏢、尋賊，鬥力還要鬥智，用武還要用計謀。飛豹子慪咱們，咱們偏不上當。咱們不是一勇之夫，咱們犯不上蠻幹。咱們現在這些人，哪能白閒著，讓大哥一

個人犯險拚命去呢？咱們絕不能上了賊圈套。大哥是智勇雙全的人，你先消消氣，慢慢地想一想。」

果然，俞劍平一聞此言，把怒氣遏制著，漸漸平息下去。沉了沉，笑了笑，站起身來，他向眾人舉手道：「這飛豹子真實可惱。諸位仁兄不要誤會；我請大家來，自然是求大家幫拳助陣的。不過這飛豹子太過狡詐，我只怕咱們去的人數多了，倒把他驚走。他也許安心避而不見，反說咱們恃眾逞強，不是以武會友、獻技賭鏢的道理。所以我才想一個人去，教他沒的耍賴。」

單臂朱大椿道：「不然，不然！飛豹子派人下來的帖，上面明明寫著，可以邀朋友到場；他那投帖的夥伴和那個冒牌豹子都曾當面邀過我，同到鬼門關相見。由此可見，他那邊出頭的人數必不在少。人家已經大舉備戰，俞大哥，你只一個人上場，固然可以臊他一下，但是未免涉險失算。咱們還是照他的請帖行事。帖上說可以邀朋友，咱們就邀朋友，大夥齊上；只不驚動官面，就算對得起他。」

蘇建明也笑道：「況且這又不比鴻門宴、單刀會。這乃是金沙灘、雙龍會；耍的是邀眾比武，較雌雄，討鏢銀。咱們儘管多去人，到時看事做事；只要是單打獨鬥，不群毆混戰，便是英雄。」

眾人七言八語的勸說，俞劍平劍眉微皺，旋即賠笑道：「好好好！咱們就大家一塊去。」智囊姜羽沖把俞鏢頭的怒火化解下去之後，仍自凝眸深思。

轉瞬太陽西沉，外面道的青年鏢客陸續回來。據報只在西南角碰見四五個行人，情形有點可疑。綴了一程，眼見他們投入路旁小村。在路口盯了一回，沒見他們再出來。旋即打聽得村名，叫做趙家圩。已對放卡的人說了，請他們隨時注意西南那個小村，便折回來了，此外別無可疑。姜羽沖聽了，道了聲辛苦。

挨到起更，便請岳俊超、孟震洋藏伏在店房上面，望賊人。跟著又派出幾個人，把這苦水鋪前後內外，都放下卡子；跟著又煩幾位好手，把松江三傑、馬氏雙雄等，替換回來用飯。其餘武師也都分配好了，或巡哨或應敵，各守其責。一個個飽餐夜飯、整備兵刃，靜等二更一到，將近三更，便結伴隨十二金錢俞劍平，徑赴鬼門關踐約。

到暮色蒼茫，鐵布衫屠炳烈匆匆地從外面走來。在俞劍平、胡孟剛、姜羽沖面前，低聲報導：「古堡的原業主那裡，晚生剛才已經託人打聽去了。原業主邱敬符，現時不在這裡。這土堡荒廢已久，先前只有邱家的幾戶窮本家居住。問及邱家的二房三房，都說這堡現實還空閒著，沒有出租，也沒有借給人住。因即告訴他，現在的確有人住著；邱家這幾位少爺竟瞠目不知。叫來管事的問，管事的也矢口不認。晚生覺得這裡頭定有蹊蹺，我剛才又親自找那管家去，背著人把他威嚇了一陣，說是：『你別隱瞞了，你可知道，租住的人是在海州犯案的一夥強盜麼？』這才嚇出他的實話。果然不出姜五爺所料，借房子的是由姓武的出名，說是為了修理房，給他家雇的泥瓦匠、木匠做『鍋夥』用，只借一兩個月，是私下裡借的。猜想情理，姓武的一定給管事的賄賂了。」

姜羽沖目視俞、胡，微微一笑道：「如何？」原來他從這古堡的原業主上，想出了下手根究賊蹤的辦法，暗暗地囑咐屠炳烈辦出結果來了。鐵牌手胡孟剛聞言大喜，立刻說道：「這借房的既然姓武，一定是子母神梭武勝文了！」

十二金錢俞劍平點點頭。蘇建明不由笑道：「我們胡二哥真不愧料事如神，一猜就猜著了！」

胡孟剛臉一紅道：「蘇大哥不挖苦我，誰肯挖苦我？」轉臉對俞、姜道：「咱們是不是再托屠爺，向武勝文那裡問一聲去？」屠炳烈未及開言，俞劍平搖頭道：「這可使不得，武勝文那裡，已被孟震洋孟賢弟給弄驚了，

並且……」低聲道：「屠賢弟早已就近託人，暗中窺探下去了。」

姜、蘇二人齊道：「是的，真相已明，現在不必再探了，我們可以留著這一手，將來到火雲莊用，現在還是準時踐約！」轉瞬間已到二更，距動身之時已經不遠。姜羽沖坐在屋中不動。胡孟剛穿一身短打，摩拳擦掌，出來進去好幾趟。這些青年武師老早地結束停當，把兵刃合在手內。

俞劍平到了這時，方徐徐地站起來，脫長衫，換短裝，把一口利劍背在背後，將一串金錢鏢放入衣底。老拳師蘇建明吩咐三個愛徒：「你們到街上巡巡。」囑罷，也裝束起來，將一把短刀拿在手中，笑對姜羽沖說道：「五爺，我這把刀足有六七年沒真動了。」

此時松江三傑、馬氏雙雄和梁孚生、石如璋、聶秉常三位鏢客，已經換班用飯，飯後又撲出去了；仍然分三面把古堡看住。至於店房以內，也早經俞劍平、姜羽沖等人，帶同海州捕快，知會店家，先查店簿，次即挨號盤查客人。店內是一無可疑，上房門首掛著鏢局的字號燈，屋頂上埋伏著岳俊超、孟廣洪。院心也有好幾位鏢客，坐在石凳上納涼喫茶，同時暗防著賊人的窺探。

集賢棧由店內以及店外，戒備森嚴，唯有店門仍然大開。

那九股煙喬茂喝足了茶，在屋內坐不住，溜到店院石凳前，看見幾位鏢師在低頭閒談，便湊過來，對阮佩韋、歐聯奎說道：「我說，這會工夫可有什麼人來線沒有？」

歐聯奎不答，阮佩韋只得答道：「沒有。」九股煙一抬頭，又看見對面房上埋伏的岳俊超，就仰著臉問道：「岳師傅，外頭漩渦子裡，有動靜沒有？」

岳俊超不答，也不露頭。九股煙不肯歇心，復又抬頭叫問孟廣洪。孟廣洪藏在屋脊後，也不肯置答。阮佩韋忍不住站起來，把他扯了一把道：

「喬師傅坐下喝茶吧，別問他們二位了。」九股煙道：「這怕什麼！誰不知道他倆伏在房上？」口頭這麼說，可是他也不再問了。忽又轉過來詰問歐聯奎等人道：「你們幾位還喝茶麼？該預備預備了。」左夢雲道：「不是三更赴約麼？」九股煙喬師傅拿出老前輩的身分，說道：「剛才你師父跟軍師爺姜羽沖不是說過了，要早走半個更次呢！小夥子，你別不慌不忙的；你瞧瞧屋裡，他們都拾掇起來了，他們幾位老將馬上就要走……」

正在嘮叨瞎扯，猛聽店外昏黑的街道上，有一個粗野的嗓音，厲聲大喝道：「呔，咳！姓俞的，還不給我走出來嗎？姓俞的該露面了，還等著催請麼？」

九股煙吃了一驚，急急地一回頭；石凳上列坐的阮佩韋、歐聯奎、左夢雲、李尚桐等也霍地躥起來。外面又大喊道：「姓俞的，十二金錢，我說的是你！別裝聾呀，再不出來……咳，還用我進去掏麼？」

九股煙喲了一聲，撥頭就往房裡跑，連聲呼喊道：「俞鏢頭，俞鏢頭，點子來了！」

灵豹戏單臂　拋火箭鏢客驚伏椿

第二十六章
煙管輕揮迎頭驗敵力　錢鏢七擲尋聲鬥強賊

店外這幾聲吶喊，夜靜聲高，內外聽得真真切切；不僅院中人，屋中人也都聽見了。十二金錢俞劍平、鐵牌手胡孟剛、老拳師蘇建明、奎金牛金文穆、智囊姜羽沖，以及所有的武師，頓時悚然側耳，互問道：「你聽聽，是點子叫陣吧？」

外面喊聲又起。蘇建明道：「咦，真是點子！真找來了？」

金文穆道：「別亂，細聽一聽，是在地上喊，還是在房上喊？……唔，是在地上，店門口外……」

眾鏢師一齊大怒。鐵牌手距門最近，罵道：「欺負上脖頸子來了！」一挑簾，頭一個躥下臺階，和剛奔進來的九股煙幾乎碰了個頭對頭。

姜羽沖一把沒抓住，忙跟蹤追出，急急攔阻道：「別亂，別亂！」回顧眾人道：「不要都出去，先派一個人出去看看。」

十二金錢俞劍平目光威棱，鬚目皆張，將猿臂一伸，倏然分開眾人，叫道：「諸位別忙，等我去看！」大家早已紛紛往屋外搶。只有幾位老成持重的老鏢頭，猝逢意外，毫不擾動。蘇建明、金文穆、姜羽沖等各攔住幾個人。但已來不及了，早有三條人影從院中如飛地奔赴店門以外，九股煙喬茂踵隨著撲到店門過道前，急又翻回店院心，擠在人叢中，亂叫道：「晚了不是，教人家堵上門罵來了！」忙亂中也沒人理他。

姜羽沖急急發令，請俞劍平、胡孟剛暫勿露面，只派兩個青年壯士出去答話，把所有的人分開。在這一剎那間，猛聽外面一聲慘號，似有一人受傷倒地。

俞劍平吃了一驚，九股煙大嚷道：「姜五爺，咱們人教飛豹子毀了！」

一聲未了，半空中砰的一聲，倏然飛一溜火光，由店房屋頂，直射到店門街上。同時岳俊超大叫：「俞大哥快出來！」藍色的火焰像一條火蛇似的，一霎時衝破黑影。前面幾個人恍惚看見店門外三個人影，打倒了一個人影。

俞劍平、胡孟剛，一個仗利劍，一個掄鐵牌，大踏步從人叢中闖出來。且走且說道：「是哪位朋友找姓俞的？姓俞的在這裡呢……」那店外三條人影答了話，有的叫師父，有的叫俞鏢頭，他們道：「就是這小子一個人！」原來挨打的反是敵人，打人的乃是自己人。胡孟剛急嚷道：「不管幾個人別教他走了。」

三個人影答道：「跑不了，捉住了。」智囊姜羽沖和朱大椿、黃元禮叔侄，不慌不忙，每人帶著兵刃，提著燈籠，追了出來。

就燈光一照看，俞、胡二人不勝詫然。歐聯奎和阮佩韋、左夢雲，共捉著一個粗黑的麻面大漢。這漢子肩頭被阮佩韋打了一石子，打得他倒在地上，哎喲哎喲直叫。兩隻手臂被李、左二人提起來，往上一拖。姜羽沖拿燈往他臉上一照，這漢子已嚇得面無人色，叫起饒命來了。歐聯奎大怒，啪的一個耳光，扇在麻漢子臉面，喝道：「你這小子好大膽，快說實話，你們頭兒呢？」

歐、阮、左三人還以為這個漢子是豹子的黨羽，俞劍平、姜羽沖卻有點看著神情不對。這漢子外表粗魯，體格也強壯，可是身上穿的非常襤褸，赤著腳，穿一雙破鞋，分明像個負苦力的笨漢；一點不帶江湖氣，更沒有悍賊的鷙強態度。尤其洩氣的是，連挨了兩個耳光，竟失聲號叫起來，沒口叫：「大爺饒命！不是我敢叫，是胡二爺花錢雇我來要帳的。」

俞劍平攔住歐聯奎，此時眾武師齊集在店門。姜羽沖吩咐眾人留神四面，然後教把這個麻面漢子拖到院裡來，嚴詞訊問了幾句。

這漢子說道：今兒白天，被一名叫胡孟剛胡二爺的人，出了三吊錢雇的他。教他一套話，教他挨到二更以後，務必到集賢棧、安順店、福利店，挨家堵著門大嚷。他道：「胡二爺告訴我，姓俞的欠他的債，藏在店裡不肯出來；不知道準在哪家店裡，也不知道準住在哪一號房內。對我說，你只要把他誘出來，『我再給你五吊錢。』小的本不敢胡說，怕罵出禍來。那位胡二爺又說：『不要緊！三家店房，你只堵門口一罵，姓俞的準出來。我自然迎上去，找他要帳，他就沒工夫找你了。』小的一想有理；又問他，三家店房從哪一家喊起？他說從集賢棧叫起，姓俞的多半住在集賢棧呢。小的又盯問他，罵出人來，他可準接？他說那一定，我一定跟著你。小的一時貪圖他這幾吊錢，同他來到這裡。他教我胡罵，小的我可沒敢聽他的，我可不敢罵街。誰想我才喊了兩嗓子，就挨了這位一石頭；把肩膀打壞了，不能挑擔子了。小的太冤枉了！」

他又道：「小的本想小聲喊，糊弄他幾吊錢到手，就完了。敢情不行，他真在後面跟著我呢，逼著我大聲喊……」

俞劍平、胡孟剛、姜羽沖一聽到此，急忙問道：「那人現在哪裡？」忙引著那漢子，重奔到店外。有幾個青年壯士更心急，如飛地分兩面沿街搜下去。更有的躥上房，往各處窺看。

但是苦水鋪這條街上並沒有可疑的人。時逾二更，街上行人稀少，更可一目瞭然。

胡孟剛道：「別淨聽這小子一面之詞，他也許是飛豹子最下等的走狗，等我審審他。」

姜羽沖、金文穆道：「不用，我有法子。」先問這漢子：「你說你是本街的苦力，到底叫什麼名字，是幹什麼的？」

那漢子道：「小的叫陸六，是本街賣豆漿的。」

姜羽沖道：「好！」忙喊來店家。店夥們果然認得陸六。

胡孟剛憤然頓足道：「混帳，混帳！這個飛豹子是什麼人物，專好弄這乖巧！娘的，可恨極了！」

俞劍平道：「快再搜搜看吧。」急率眾分兩路搜下去。直搜到街口盡頭處，只遇見自己派出去的放卡巡風之人，不見賊蹤。正要會同撲出鎮外，猛然聽半空中砰的一聲，有一溜黃光，由鎮外射到街裡，就在同時，由打集賢棧店房上也躥起一溜藍焰，掠空直射到鎮外，藍光灼灼，恍似流星。在半空中砰砰連發出幾聲炸音。

房面上潛伏的信陽岳俊超，厲聲大喝道：「俞大哥快上，點子來了！」

眾鏢師一迭聲地傳呼，把十二金錢俞劍平喚住。俞劍平循聲仰面，眼光直追到鎮外。火光墜落處恰在西北邊隅；偏偏西北有一帶濃影遮住視線，不能完全辨清。於是一退步，眼注鄰街房舍，把背後劍一按，腳步墊步，嗖地一躥，登上房脊；到此時也就顧忌不了許多。岳俊超、孟廣洪已從房上雙雙奔尋過來。俞劍平低聲微噓，向岳、孟招手道：「點子在哪裡？」口說時閃目四尋；野外荒郊，西北邊隅倒不見動靜，正面即有七八盞紅燈，忽上忽下地游動。

岳俊超站在俞劍平身旁，胡孟剛也跟蹤跳上房來；幾個人凝眸望。俞劍平左手按著岳俊超的肩膀。右手一指紅燈閃映處，道：「是那邊麼？」

岳俊超道：「剛才從西北這邊，射出來一支平常的火箭，是我還他一支蛇焰箭。這七八盞紅燈是剛剛驀然出現的。俞大哥你看，燈不是直動盪？你看，這不是正往鎮這邊走動麼？你再聽聽，這不是馬蹄聲麼？」

果然這七八盞燈如火蛇似的，走得很快，正撲向這邊來；馬蹄奔馳之聲同時大作。鐵牌手胡孟剛手揮雙鐵牌道：「對！準沒錯，一定是點子來了。快，快迎上去！」頭一個聳身躥下平地。俞劍平道：「等一等！」手攏

目光，仔細端詳道：「我們看看這幾盞紅燈，是從哪邊來，往哪邊去？是不是從他們堆子窰出來，要奔鬼門關？要是奔鬼門關，我們不必迎上去；莫如徑奔約會的地方，和他們打對頭倒好。」又回頭道：「姜五爺哪裡去了？你們哪一位把他請來。」

姜羽沖正伴同金文穆撲奔另一鎮口去了。他望見火箭後，奔尋過來，正要在街上，用暗語呼叫俞劍平。俞門二弟子左夢雲迎上去，把姜羽沖邀到。於是俞、姜並肩登高，諦視這紅燈遊走的線路。看罷，猜知至少也有十幾個騎馬的人，打著紅紙燈籠，沿竹叢、青紗帳、荒林，抹著鬼門關左側，似奔苦水鋪而來。

俞劍平、姜羽沖、胡孟剛，把所有武師集合在一處；立刻分兵二路，由東西二鎮口，分迎上去。單臂朱大椿不肯留守，率師侄黃元禮，定要隨眾踐約赴會。姜羽沖只可轉煩老拳師蘇建明，率三個高足，留守苦水鋪店房。蘇建明也不肯留，大聲嚷道：「一個客房，要人留守做什麼？」

姜羽沖皺著眉，捉著老頭子的手說道：「蘇老前輩，沒法子。這兩個海州捕快，帶了去不便，沒的教點子挑眼；把他留在店裡，又真怕生出意外來，必得留人保著他！」

俞劍平道：「這不能不防。」深深一揖道：「蘇老哥，勉為其難吧！」單臂朱大椿道：「蘇老哥，總得替小弟保全這信約，不教我栽在賊人眼前才好。」

蘇老拳師搖頭不悅，把刀交給徒弟，道：「走吧，咱們爺四個看攤去吧！」很不痛快地走回店中去，此外還留下幾個別人。

當下俞、胡、姜等一行和朱大椿、金文穆等一行，分兩撥，走兩路，忽拉地撲出鎮外。人多勢眾，或騎或步，走起來，力求機密無聲；只是步行的展開夜行術，騎馬的終免不了蹄聲嘚嘚。俞劍平這路繞出鎮口，一直趨向鬼門關。忽聽正西面紅燈隱現處，胡哨吱吱地又響起，跟著火箭也掠

空飛起。胡孟剛急叫道：「不對不對！俞大哥你聽，正西面一定是點子和咱們放哨的招呼起來了！」

果然一片濃影，數聲胡哨聲中，突然夾雜著幾個人的高呼，恍惚又似聽見刀兵亂響。鐵布衫屠炳烈道：「俞老鏢頭，這麼走，也可以趕奔鬼門關，咱們繞過去看看吧。」屠炳烈這人最愣，不等回答，招呼了一聲：「孟賢弟！」

他從家裡牽出兩匹馬，他和孟震洋各騎一匹。掄鞭把他那匹馬一拍，和孟震洋豁喇喇地逐聲奔了過去。

俞劍平忙叫道：「屠賢弟、孟賢弟，我的馬快，我在前面走吧。」只得也馬上加鞭，跟蹤而上。這一撥踐約的鏢客，都是騎馬的。鐵布衫屠炳烈和孟震洋、歐聯奎爭先而上；抹過青紗帳，一意尋找那紅燈、火箭以及胡哨的起處。

月暗星黑，風搖影動；一片片的濃影夾路掩錯，不外是叢竹林木、蘆葦高粱。十二金錢俞劍平實存戒心，策馬在緊趕，忍不住又叫道：「還是我在前頭走吧。」卻是一片馬蹄聲，聽不見低呼，只得放聲大叫：「喂喂喂，前邊的慢走！……」

不意，就在前面的馬通行青紗帳才一轉角時，驟然聽一聲大喊，當先開路的頭一匹馬，突然人立起來；第二匹馬收不住韁，撲了過去，似往旁邊一帶，沒有帶開，後馬頭與前馬尾相觸。後邊的馬忽一低昂，倏地往斜刺裡奔竄過去，咕咚一聲大響。頭一個騎馬的鐵布衫屠炳烈，趁著馬才驚竄，急急地甩鐙離鞍；盡力地一躍，躍到路旁，居然沒挨摔。腳才一沾地，又急急連躍，閃開了馬道，避開了鐵蹄的踐踏。

那第二匹馬反倒驚竄，馬頭一擺，驟往前一栽，猛往旁一跳；馬上的騎客突然失勢亂晃，從高鞍上甩下來。正是身輕如葉、騎術甚疏的飛狐孟震洋。咕咚落地，身沾塵埃；卻虧他一滾身，霍地「鯉魚打挺」跳起來。

那馬前蹄打失，竟連栽了幾栽，驚逸竄到前邊去了。

屠炳烈上前把韁，這馬四蹄亂踏，竟又橫逸到田邊，把田禾踏倒一大片，仍被它脫韁跑去。俞劍平、胡孟剛急放馬過來，勒韁忙問：「怎麼了？怎麼了？」

鐵布衫是躥下馬來的，孟震洋是摔下馬來的。但後面的人多半看不清。只見得前頭兩個人墜騎，必有緣故，一迭聲呼問著奔來。孟震洋、屠炳烈羞愧難堪，大叫道：「這裡有埋伏！併肩子留神快搜搜！」倏地旋身，齊把兵刃亮出來，不管有無暗算，竟往黑影搜進去。岳俊超拍馬過來，忙取出一支火箭，砰的一聲，發出一溜藍焰，照得一瞬間前路通明，纖悉畢現。

這一道藍火苗過處，頓時引動別個鏢客；原已帶著孔明燈，六七個人忙將燈板拉開，上上下下照起來。

俞劍平側目，只一瞥，看見土路轉角處，被人刨起一個大坑，用浮草蓋住；旁邊有一塊大石，正當道放著，馬不躲大石，便要墜坑。胡孟剛嚷道：「混帳！混帳！又是狗賊們幹的！屠師傅、孟師傅掉在坑裡了吧？」

孟震洋回頭喊道：「不是，不是！不是這坑的事，我的馬中了暗箭了！是這邊，你們快來！」厲聲道：「豹子好朋友，快給我走出來！施暗箭，算什麼人物？」空嚷了幾聲，曠野外沒有應聲。眾鏢客一齊奔過來，紛紛下馬拔刀，漫散開大搜起來；六七盞孔明燈前後亂照。

智囊姜羽沖遠遠地望見變故，策馬奔過來，頓時想出一策。把空馬每兩三匹驅在一處，人在後，馬在前，先往青紗帳進去。俞劍平和胡孟剛縱馬急追，把孟、屠二人喚住道：「賢弟先別追，教別人搜搜去。你先驗驗道，再驗驗馬的傷。我看這馬多一半是踏上機關了。」把兩匹逸馬尋回，提孔明燈照看。

屠炳烈的馬倒沒有傷，孟震洋的馬肚皮下釘著小小一支弩箭。

孟震洋猜錯，並非是伏路的賊人的暗器，竟是埋在地上的伏弩。他忙把大石頭和陷坑搜看了一遍，果在坑邊左側，掘出兩張臥弩來；孟震洋越發抱愧，初出茅廬，到底不及有閱歷的前輩英雄。

胡孟剛蹬著攔路的大石，往四面張望。俞劍平上了馬，蹬著馬鐙，往遠處眺望。姜羽沖督眾搜尋青紗帳；岳俊超要過來一盞孔明燈，也立在馬背上，照了又看，看了又照。好半晌，向俞劍平招手道：「俞大哥，你快過來，看看這幾棵樹吧。」

俞劍平道：「不錯，我也正在這裡思索呢！咱們就過去搜搜看。」他把自己的暗器掏出來，是三枚青錢；先將一枚青錢捏在二指中指之間，與胡孟剛、岳俊超撲奔這田間的幾行大樹而來。孟震洋、屠炳烈自然也跟了過來。距樹十幾丈，眾人止步。俞劍平一捻手中錢鏢，道：「太遠，又是逆風，只怕錢鏢打不著。咱們再往前走幾步。」

岳俊超道：「大哥，看我先發一支箭吧。」箭用機括，力可及遠。俞劍平腕力雖強，到底錢鏢、蝗石不如弓弩。胡孟剛接過孔明燈來，對這幾棵樹葉茂密處，把燈光晃來晃去。岳俊超拿出箭匣，把一尺二寸五分長，特造的藍光蛇焰短箭，取出兩支，扣上弦道：「胡二哥，你給我照照，由左數第四棵樹樹葉子和樹身子。俞大哥，剛才我恍惚看見一條黑影從樹頂爬下樹身。」

俞劍平道：「我也恍惚瞥見了一眼。」胡孟剛、屠炳烈都說：「沒有留神。」

孟震洋不言語，悄悄地把自己的暗器也掏出來。咕登的一聲，岳俊超的火箭還沒放，只虛拽了一下。不防猛然間樹那邊撲登的大響了一聲。眾鏢客齊聲道：「著！有的！」那幾棵高樹，以左邊的四棵最為高大。就在鏢客蹺足齊觀，欲看火箭發出來的動靜的時候，還沒等著動手，由樹上黑乎

乎先後垂下來兩團黑影。「哦，賊，賊！在這裡啦！」立刻砰的一溜藍焰放過第一條人影，直等第二條人影出現才射出。

老英雄十二金錢俞三勝唇吻微微一動，哂然笑道：「可算見著他們了。」一墊步，嗖嗖嗖，猛躥過去，口中呼喊道：「朋友留步！岳賢弟不要無禮！」如飛地掠過去。但是岳俊超早將火箭發出手去；嗤的一聲響，嘭的一聲爆炸，眼見得火箭打中第二條黑影。黑影與火箭立即相隨著墜落下來，咕登的著地不動彈了。俞劍平猛省道：「不對！」急忙一縱身，夠上了步位，把手一揚，眼望大樹叫道：「樹上的朋友請下來！」說話時岳俊超倏地又扣上第二支火箭，對著第四棵大樹一比。俞劍平急忙攔阻道：「快不要發火箭，看誤傷了好朋友。朋友請走下來談談！」

挺立凝眸，捻定一枚青錢。

眾鏢客俱都看見火箭射中黑影。但這第二條黑影帶箭墜地，竟不再躥起。叢草掩蔽著，有的鏢客疑心也許敵人中箭身死，也許帶箭爬走了。幾個人連聲吆喝道：「截住他，別放走了！」揮兵刃奔大樹撲來。

俞劍平道：「諸位別過來，樹上還有人呢！」姜羽沖也應聲吆喊道：「樹上掉下來的不是人，是替身。留神這邊呀，土堆後頭！」

一語未了，陡然一聲斷喝道：「你說得對！」從青紗帳土堆後閃出一個人影，嗖的一聲，一支弩箭直對姜羽沖射來。眾鏢客一齊驚喊道：「姜師傅，留神暗箭！」

姜羽沖早已防到，一伏腰閃開。趁弩箭過處，眾鏢客照發箭的所在一抖手，暗箭齊發。放箭的人卻一縮身，又隱入土堆後，閃到青紗帳裡面去了。跟著簌簌地一陣響，似乎要溜走。

眾鏢客一齊大喝道：「追！」

卻不道這土堆後的人影，正為策應同伴，方才出現；他正要眾鏢客追

自己。那大樹上，果然有一個人影出現。趁這機會，似要分枝拂葉而下，並不猛往下躥，隻手抱樹幹，借樹障身，唰唰的盤下去。當此時，十二金錢俞劍平、智囊姜羽沖何等精明，早已注意到這裡。那青紗帳中的黑影彎著腰，飛跑誘敵，胡孟剛等奮身窮追。那大樹上的黑影乘機往下溜。

俞劍平微哼了一聲，急呼道：「朋友不要走，我十二金錢要獻拙了！呔，留神！」一抬手，但聽得空中微微地發出錚的一聲輕響，那樹上的人影突然掉下來，咕咚的墜落平地，忽地往起一躥。俞劍平喝道：「呔，看鏢！」剛把手復一揚，頓時砰的一聲炸響。一溜火光過處，岳俊超轉身再放一箭，那土堆後的人影立刻身上火起。就在這同時一剎那間，那樹下的人影一晃，箭也似的逃走。被俞劍平趕上一步，空中微微的又發出錚的一聲輕響，那人影哎喲一聲，竟又撲倒在地。

曠野的賊黨已被打倒兩個。眾鏢客大喜，頓時分出三四個人來，一擁而上，奔來擒拿敵人。李尚桐腳步最先，嗖地連躥，把鋼刀一舉；不知怎的，咕噔一聲，竟栽倒在地上。阮佩韋大驚，忙上前扶救；卻才竄過去，倏然又退下來。眼見他搖搖欲倒，一晃兩晃，終於蹲在地上了。

眾鏢客一齊大驚，心知暗中有強敵潛伏，有暗箭傷人。幾個青年壯士暴喊一聲，倏分兩側，結伴沖上，又要來犯險扶救阮、李二人。姜羽沖連忙喝止道：「留神土堆，快掏暗青子呀！」把掌中劍交到左手，急探囊，掏出一支暗器來，然後一縱身，搶奔那土堆，試探著往前攻。幾個青年立刻會意，一聲暗號，各將鏢箭對準土堆打去；掩護著姜羽沖，一步一步往前追進。

但是眾鏢客齊搶土堆，卻放鬆了大樹那一面。大樹下那個黑影已倒復起，猛然挺身一躥，撥頭要跑；十二金錢俞劍平和岳俊超正在監視，齊聲喝道：「別走！」俞劍平往前一縱身，鐵腕輕揮，喝一聲：「看鏢！」錚地

破空又是一響。那人影失聲又叫了一聲，撲通栽倒，再起不來了。

青紗帳頓時簌簌的一陣響，應聲沖出來三五條人影，一揮兵刃。俞劍平怒喝道：「呔！」唰唰的錢鏢連發，迸起微響；跟著又砰的一聲大響，岳俊超又射起一支火箭，一溜火焰凌空爆炸。那三五條人影猛然止步，齊翻身，又退回青紗帳去了。

智囊姜羽沖左手提劍，右手捏甩手箭尾，塌腰往土堆後急走；兩眼四顧，注意敵情。鐵牌手胡孟剛憤怒極了，大吼一聲，罵道：「飛豹子，快出來！」舞動雙牌，從斜刺裡猛撲上去，倒搶在姜羽沖前面。

突然間，聽得破空之聲。胡孟剛一側身，把一對鐵牌猛揮，叮噹一聲，把迎面發來的一支暗器磕飛。姜羽沖趁此巧機會，嗖地一躍，搶到土堆後面。忽覺一縷寒風撲到，急一伏身，擦頭頂也飛過去一支暗器。這暗器形體很小，力量卻大，黑影中看不出是什麼東西。姜羽沖立刻一長身，往前跨半步，甩陰手，發甩手箭。嗖地一響，一支甩手箭照敵人藏身處打去；直如石沉大海一樣，不聞一點動靜。

姜羽沖、胡孟剛還想往前闖，但是各處暗器忽發忽止，正不知暗中潛伏著多少敵人，也不知敵人究在何處。兩人僅僅搶到土堆後面，再也越不過去了。姜羽沖眼觀四面，大聲吆喝道：「朋友請了！十二金錢俞劍平和他的朋友踐約來了！」

這一聲喊罷，青紗帳裡一陣簌簌的響，陡又躍出幾條人影。

只聽一個冷峭的聲音喝道：「十二金錢，久仰久仰！」唰的一陣暗器，衝破夜影，齊奔姜羽沖打來。姜羽沖施展開全身的功夫，借物障形，左支右拒，躍高閃低，好容易才搪開了這一陣攢攻。

那一邊，十二金錢俞劍平猛然醒悟；急急地一躍，追上前來。舌綻春雷，石破天驚的大吼一聲道：「呔！相好的別要錯認了人，我十二金錢俞

劍平在這裡呢！飛豹子好朋友，請來答話！」說話聲中，早將一枚青錢一捻，錚的一聲輕響，照當先的一個敵人發出去。只見這個敵人應聲栽倒，其餘人影愕然四竄。於是有一個寬宏的聲音，喝了一聲：「好錢鏢！」從青紗帳躍出，由人影叢中越過。挺身上前，猛然一伏腰，把倒地的同伴拖起。這人影昂然出現，與眾不同。別人都短打扮，夜行衣，持兵刃。這人影是穿長衫，戴大草帽，黑乎乎手持一物，看不清是什麼兵刃。尺寸很小，比鞭、鐧短，比判官筆、閉穴鐵長，圓圓的，似錘非錘。俞劍平一眼瞥見，絕不容這敵人走回。施展連環三式，左腳往外一滑，半轉身，腰微往下塌，左掌護胸，右手錢鏢早捻到手指間。「玉女投梭」式，嗖的一聲，錢鏢打出去。不肯暗襲，揚聲喝道：「朋友接鏢！」

這只鏢直取敵人中盤雲臺穴。見那人影身軀微動，右手輕揮，噹的一聲響；陡反一聲喝道：「咳，好鏢！」俞劍平大怒，百發百中的金錢鏢，不知被敵人用什麼兵刃接去。憤怒之下，「怪蟒翻身」，右腳尖滑地，往後一個轉身撤步；用「反臂陰鏢」，展丁門絕藝，運金錢鏢獨有的手法，縮身發鏢；錚的一聲輕響，反取敵人的上盤神庭穴。這手鏢發得力大勢急，斷定敵人再不會逃出鏢下。

哪曉得敵人哈哈一笑，噹的一響，只見鏢飛，不見鏢中，更不見鏢落，又被敵人那支黑乎乎的奇怪兵刃接去。俞劍平不禁大驚。敵人具這種好身手，自己一生倚之成名的暗器竟為人所制！慚怒之下，急急地一換身形，二指又鉗起一隻錢鏢，原式不動，用「金豹探爪」，第三鏢陡然劈空打去。嗖的一聲，其疾如風，其直如矢，這第三鏢竟奔敵人的中盤開元穴致命處打去。

俞劍平一向發鏢，總分上中下三路打去。這一次兩鏢未勝，更不容情，變換鏢路，越打越狠。那敵影袍襟飛舞，身形晃動，手中那支怪兵刃上下連揮；只聽見嗆嗆嗆的連響三聲，三枚錢鏢竟一枚沒落空，卻一枚沒

打中，全被敵人接了去。

當此時，智囊姜羽沖、鐵牌手胡孟剛、蛇焰箭岳俊超看得恍惚，聽得分明，不由得一齊聳動。鏢客群中，頓時有人把孔明燈打開，晃動圓光，向敵影掃射，借此暗助著十二金錢俞劍平。卻是燈光一閃，又做了敵人的鵠的；也不知是鏢是箭，驟從敵叢中發出，向持燈的人打來。持燈的人亂躲亂閃；於是眾鏢客連忙搶上來，揮兵刃格打暗器，來掩護持燈之人。

那另一個賊人，被俞劍平打中要穴，竟起不來，這一個便來攙扶。同時禾田畔、大路邊還蹲著兩個受傷的鏢客阮佩韋和李尚桐；也趁此機會，一躍而起，往回奔來。但是阮、李二人才往回奔，立刻那青紗帳中的敵人，忽地追出三個，齊發暗器，照二人背後連打。二人如水蛇掠波似的，左閃右閃，一路奔避，情勢非常危急。

胡孟剛大喝一聲，掄雙鐵牌上前策應。青紗帳中的敵人也立刻撲出來兩個，掄兵刃阻撓。眾鏢客也忙散開，各發暗器阻敵助友。當下在土堆後，眾鏢客與七八個敵人，各據地勢，遠攻近拒的交鬥起來。鏢客人數似乎較多，一沖而上，竟搶過土堆。突有一個鏢客受了暗器，躺倒地上了。別個鏢客忙來搶救，賊人那邊也倒下一個，也被同伴拖回。

那邊大樹前，十二金錢俞劍平和岳俊超，與長衫敵影和另外三個敵影對抗。俞劍平在前，與長衫敵影相距六七丈，岳俊超稍稍在後；三個敵影在長衫敵影之後，相距兩三丈。這三個敵影趁同伴拒住錢鏢，竟從背後抄過來，把樹下負傷的兩個同伴接應著救回。

岳俊超見俞劍平全神應付長衫敵影，不遑他顧；自己就急急地一開弩弓，一聲也不言語，嗤的一道藍火，砰的一聲，沖三個敵影射來，三個敵人已趕到樹下把同伴救起。火箭過處，三敵急閃，內有一影揮刀一架，失聲叫了一聲。原來火箭是架不得的，只一碰硬，頓時火星爆炸；那敵人想已受傷，拖刀急逃而去。那負傷的同伴，被其餘二人掩護著，也慌忙退回去了。

岳俊超哈哈大笑，道：「好朋友，本領不過如此麼？」又把弩弓一曳，嗤的一聲，從俞劍平身旁越過，直取長衫敵影；藍焰閃閃，直射前心。只見這敵人一側身，便閃開了。火箭掠過他身後，方才砰的一聲爆炸開來；沒有擊傷賊人，嘲的射入青紗帳中。岳俊超也吃了一驚！

俞劍平趁著敵人招架火箭，急急地一抬手，掌風往外一揮，欲收夾擊之效，倏地又發出一枚錢鏢。這敵人不慌不忙，側身先躲開火箭，跟著一矮身，又把那短兵刃輕揮；噹的一聲響，又把這第四枚錢鏢格開了。

敵人竟非常在行，錢鏢敢擋，而火箭只閃不接。岳俊超勃然大怒，連續發出三支火箭，滿天藍焰飛躥。敵人輕飄飄閃來閃去，快若迅風，捷似靈猿。錢鏢、火箭紛紛攢射，竟奈何他不得。

俞劍平在夾縫中，續發錢鏢，緊跟著又一摸袖底，頓吃一驚，錢鏢十二只剩下五隻了。俞劍平又慚又怒，忙掂鏢按劍，側目細察敵貌。那敵人長衫大帽，持短兵刃，竄來竄去，捉摸不定。觀察良久，僅在火箭爆炸時，約略辨出，他長身闊肩，猿臂蜂腰。帽檐遮住了面目，恍惚只看見帽影下，一對巨眼閃閃含光，頷下似有濃髯繚繞。

俞劍平心中一動，立刻停鏢不肯再發；更轉身插劍，叫道：「朋友請了，你是飛豹子！在下我俞劍平應約來了，朋友，我這裡有禮了。請你吩咐一聲，大家暫且住手，咱們有話先講當面！」又大聲叫道：「諸位師傅們，好朋友飛豹子在這裡了，你們別打了。胡二弟，快過來見見！」

（未完見下冊）

十二金錢鏢——夜逃敵窟又祕返，撈魚古堡戰賊寇

作　　者：白羽

發 行 人：黃振庭

出 版 者：崧燁文化事業有限公司

發 行 者：崧燁文化事業有限公司

E-mail：sonbookservice@gmail.com

粉 絲 頁：https://www.facebook.com/
　　　　　sonbookss/

網　　址：https://sonbook.net/

地　　址：台北市中正區重慶南路一段六十一號八
　　　　　樓 815 室

Rm. 815, 8F., No.61, Sec. 1, Chongqing S. Rd.,
Zhongzheng Dist., Taipei City 100, Taiwan

電　　話：(02)2370-3310

傳　　真：(02)2388-1990

印　　刷：京峯數位服務有限公司

律師顧問：廣華律師事務所 張珮琦律師

定　　價：399 元

發行日期：2024 年 01 月第一版

◎本書以 POD 印製

Design Assets from Freepik.com

國家圖書館出版品預行編目資料

十二金錢鏢——夜逃敵窟又祕返，
撈魚古堡戰賊寇 / 白羽 著 . -- 第一
版 . -- 臺北市：崧燁文化事業有限
公司 , 2024.01
面；　公分
POD 版
ISBN 978-626-357-958-3(平裝)
857.9　　112022809

電子書購買

臉書

爽讀 APP